MISCHIEF
by Amanda Quick
translation by Kanako Takahashi

時のかけらを紡いで

アマンダ・クイック

高橋佳奈子［訳］

JN210564

ヴィレッジブックス

わたしの編集者であるベス・ド・グズマンに
感謝と称賛をこめて

時のかけらを紡いで

おもな登場人物

● **イモージェン・ウォーターストーン**
25歳の令嬢
● **マサイアス・マーシャル**
コルチェスター伯爵
● **ルーシー・ハコンビー**
イモージェンの親友。三年前に死亡
● **ヴァネック卿**
ルーシーの夫
● **ホレーシア・エリバンク**
イモージェンの叔母
● **パトリシア・マーシャル**
マサイアスの異母妹
● **アラステア・ドレイク**
イモージェンの友人
● **セリーナ**
未亡人。マサイアスの友人
● **フェリックス・グラストン**
賭場の主人。マサイアスの友人
● **ヒューゴー・バクショー**
マサイアスに恨みを持つ青年
● **ヴァイン夫人**
イモージェンの大家 兼 家政婦
● **ウフトン**
マサイアスの執事
● **ジョージ・ラトリッジ**
マサイアスの共同研究者。四年前に死亡

プロローグ

蠟燭《ろうそく》の弱々しい炎は、人気《ひとけ》のない邸宅の内部に垂れこめている暗闇に対し、明かりとしての効果はほとんどなかった。コルチェスター伯爵ことマサイアス・マーシャルには、その巨大な邸宅が夜に同化しているように思えた。亡霊だけが好んで棲《す》みつく墓場のような雰囲気の家だ。

長く黒い外套《がいとう》の襞《ひだ》を泥のついたブーツのまわりで揺らしながら、マサイアスは階段をのぼった。行く手を照らそうと蠟燭を高く掲げる。数分前にここに着いたときにも、出迎える者はなく、勝手に洞窟のような玄関の間へと足を踏み入れたのだった。この家にメイドや従者などの使用人がいないのは明らかだ。厩舎《きゅうしゃ》から馬番が走り出てくることもなかったので、馬の世話も自分でしなければならなかった。

階段のてっぺんに達すると、足を止めて手すり越しに玄関の間を包む夜の暗闇に目を凝らした。蠟燭の明かりでも、そこでたゆたう闇を貫くことはできそうもなかった。

マサイアスは闇の垂れこめる廊下を左側の最初の部屋まで進んだ。そしてその扉の前で足を止め、古びたノブをひねった。扉は絶望のうめき声のような音を立てて開いた。マサイアスは蠟燭を高く掲げ、その寝室を見まわした。

まるで霊廟《れいびょう》のなかのような部屋だった。

部屋の中央には古代の石棺《せっかん》が置かれている。マサイアスは棺《ひつぎ》を装飾する文字や彫刻に目を向けた。ローマのものだなと胸の内でつぶやく。ごくありふれたものだ。

黒い薄布のベッドカーテンがかかった棺のところへ歩み寄ると、ふたははずされていた。蠟燭の明かりが石棺の内側に張られたヴェルヴェットの黒いクッションを照らし出す。

マサイアスはテーブルに蠟燭を置いた。乗馬用の手袋をはずすと、それを蠟燭のそばに置き、棺の端に腰かけてブーツを脱いだ。

ブーツを脱ぐと、外套の襞を体に巻きつけ、石棺の内側のクッションに身をあずけた。

夜も明けようとする時間だったが、窓を覆う厚手のカーテンが暗い部屋に曙光《しょこう》が射しこむのを防いでくれるはずだ。

こんな墓のような場所で眠るのは困難だと思う人間もいるかもしれないが、自分にはまるで問題ないことはよくわかっていた。亡霊といっしょに過ごすのには慣れていたからだ。

目を閉じる直前、またも自問せずにいられなかった。どうして自分は謎めいたイモージェン・ウォーターストーンのお召しに応じたのだろう。しかし、その疑問への答えはわかっていた。昔立てた誓いのせいだ。自分はけっして約束を破ることはない。

マサイアスは必ず約束を守った。そうすることによってしか、自分が亡霊の仲間入りをしていないことの確信が持てなかったからだ。

1

マサイアスは身の毛もよだつような女性の悲鳴によって荒っぽく起こされた。もうひとりの女性の声が――こちらは古代ザマーの青リンゴのように歯切れがいい――そのぞっとするような悲鳴をさえぎった。

「まったく、ベスったら」リンゴのように歯切れのよい声が注意を発した。「クモの巣を見るたびに悲鳴をあげずにいられないの？　ひどく苛々《いらいら》するわ。今朝は作業をうんと進めようと思っているのに。あなたがことあるごとに悲鳴をあげていたら、それもかなわないじゃない」

マサイアスは目を開けて体を伸ばし、石棺のなかでゆっくりと身を起こした。寝室の開いた扉に目を向けると、ちょうど若いメイドが気を失って床にくずおれるところだった。メイドの背後の廊下に射すほのかな日の光からして、朝も遅い時間のようだ。マサイアスは指で髪を梳《す》き、生えかけたひげをこすった。気を失うほどにメイドを怖がらせたとしても無理はない。

「ベス?」また歯切れのよい青リンゴの声。軽やかな足音が廊下に響いた。「ベス、いったいどうしちゃったの?」

マサイアスは石棺の端に片腕を載せ、ふたり目の人物が入口に現れるのを興味津々で見つめた。はじめ、その女性は彼に気づかなかった。倒れたメイドにばかり目を向けていたからだ。

ふたり目の女性が上流階級の人間であるのはまちがいなかった。実用的な灰色のボンバジンのドレスに長いエプロンをつけていたが、優美に伸びた背中や、丸くやわらかい曲線を描く胸のふくらみははっきりわかった。生来の自尊心を表すように怒らせた肩や、骨の髄《ずい》までしみとおっているような決然たる雰囲気も。

マサイアスはどんどん惹《ひ》かれるものを感じながら、メイドのそばに寄った女性を見つめていた。批評家のような目を女性の全身に走らせ、ザマーの彫像の価値を推しはかるように、体のさまざまな部分を値踏みする。

女性はふさふさとした黄褐色の髪を、実用的な小さな白い帽子の下に押しこもうとしていた。しかし、帽子からはいくつか房が落ちており、それがすばらしい顔立ちをとりまいていいる。その顔はマサイアスからはなかばそむけられていたが、高い頬骨と、長いまつげと、強情そうな独得の鼻の形はわかった。

人目を惹く印象的な顔だ。その生き生きとした表情からは、強い精神の持ち主であることがうかがえる。

女学校を出たての若い女性というわけではなかったが、彼ほど年がいっているわけでもなかった。まあ、自分ほど年老いた人間はほとんどいない。じっさいは三十四歳だったが、何百年も生きてきたような気がしていた。彼女はおそらく二十五歳ほどだろう。

見ていると、女性は革表紙の冊子を絨毯《じゅうたん》の上に置き、うんざりした様子でメイドのそばに膝をついた。手に結婚指輪ははめていない。そうとわかってなぜかうれしくなる。独身のようだが、歯切れのよいリンゴのような声と堂々たる物腰がその事実に大きくかかわっているのだろうかと思わずにいられなかった。

もちろん、それも好みの問題だ。マサイアスの男性の知り合いのほとんどは蜂蜜《はちみつ》とチョコレートのような女性を好んだ。しかし、彼自身は、食後のデザートとなれば、もっと嚙《か》みごたえのあるものがよかった。

「ベス、もう充分よ。ただちに目を開けて。聞こえてる?」女性は気つけ薬をとり出し、メイドの鼻の下ですばやく振った。「この家で部屋の扉を開けるたびに悲鳴をあげて失神されるのにはほんとうに耐えられないわ。叔父はとても変わっていたし、古代の墓所の遺物を収集していたから、かなり奇怪なものに出くわす可能性が高いことは警告したはずよ」

ベスはうめき声をあげ、絨毯の上で頭を転がしたが、目は開けなかった。「見たんです、イモージェンお嬢様。母の墓にかけてほんとうです」

「何を見たの、ベス?」

「幽霊です。そうじゃなかったら、吸血鬼かもしれません。どっちかはわかりませんけど」

「ばかばかしい」イモージェンお嬢様と呼ばれた女性は言った。

「さっきの耳をつんざくような悲鳴は何?」階段の上からもうひとりの女性が呼びかけてきた。

「階下《した》で何かあったの、イモージェン?」

「ベスが気を失ったのよ、ホレーシア叔母様。ほんとうにもううんざりだわ」

「ベスが? ベスらしくないわね」廊下に足音が響き、ホレーシア叔母様と呼ばれた女性が近づいてくるのがわかった。「ベスは頑丈な娘よ。気を失うような人間じゃないわ」

「気を失ったんでなければ、毒気にあてられた貴婦人の真似がずいぶんと上手なのね」

ベスはまつげをばたつかせた。「ああ、イモージェンお嬢様、ぞっとしたんです。石棺のなかに死体があって、それが動いたんです」

「ばかなことを言わないで、ベス」

「でも、見たんです」ベスはまたうなり、首をもたげてイモージェンの肩越しに部屋の暗がりへ不安そうな目を向けた。

また彼の姿を目でとらえ、ベスが悲鳴をあげると、マサイアスは顔をしかめた。ベスは浜に打ち上げられた魚さながらに、絨毯の上にまたひっくり返った。

三人目の女性が入口の外の廊下に現れた。イモージェンと同様に、地味なドレスとエプロンと帽子といった動きやすい装いをしている。姪《めい》よりは一、二インチ背が低く、ウエストや腰まわりは姪よりもかなりふっくらしていた。白くなりつつある髪は帽子の下にピンでまとめられている。彼女は眼鏡越しにベスをしげしげと眺めた。「いったい何にびっくりしたのかしら?」

「見当もつかないわ」イモージェンはまた気つけ薬をかがせるのに忙しくしていた。「ベスはふくらみすぎる想像力の持ち主なのよ」

「その子に読み書きを教えるのは危険だと警告したじゃない」

「それはわかってるわ、ホレーシア叔母様。でも、健全な精神の持ち主が教育を受けずにいるなんて耐えられないのよ」

「あなたってほんとうにあなたの両親そっくりね」ホレーシアは首を振った。「まあ、この家でふつうじゃないものを目にするたびにぎょっとしてばかりいるようじゃ、あまり役には立たないわね。変わった葬送品ばかり集めた兄の収集品は、誰が見たって毒気にやられてしまうもの」

「そんなことないわ。セルウィン叔父様の収集品はたしかに少し陰気だけど、それなりに魅力的よ」

「この家は霊廟みたいなものよ。あなたにもそれはよくわかっているじゃない」ホレーシアは言い返した。「ベスのことは階下《した》に戻したほうがいいわ。ここはセルウィンの寝室よ。きっと石棺を見てぎょっとしたんだわ。兄があの古いローマ時代の棺のなかで寝ると言ってきかなかった理由はわたしの理解を超えているわね」

「かなり風変わりなベッドよね」

「風変わり？　正常な感性の持ち主だったら、悪夢に襲われるわよ」ホレーシアは薄闇に包まれた部屋の暗がりに目を凝らした。

　マサイアスはその瞬間に棺から立ち上がった。石棺の端をまたぎ、黒く薄いベッドカーテンを押しのける。外套が体を包み、ズボンや、着たまま寝たせいでひどく皺《しわ》の寄ったシャツを隠した。彼はホレーシアがぞっとして目をみはるのを、おもしろがるようなあきらめの表情で見守った。

「なんてこと。ベスの言ったとおりだった」ホレーシアの声が悲鳴に近くなった。「セルウィンの棺に何かいるわ」そう言ってよろめくように一歩あとずさった。「逃げて、イモージェン、逃げて」

イモージェンははっとして立ち上がった。「まさか、叔母様まで。ホレーシア叔母様ったら」そう言ってくるりと振り向き、部屋の暗がりに鋭い目を向けた。棺の前に立っているマサイアスの姿を目でとらえると、驚いて唇を開く。

「まあ、ほんとうに誰かいるわ」

「そう言ったじゃないですか」ベスがかすれた小声で言った。

マサイアスはイモージェンが悲鳴をあげるか、気を失うかするかと興味津々で待った。彼女はどちらもせず、とがめるように目を細めただけだった。「あなたはどなた？ こんなぞっとするようなやり方でわたしの叔母やメイドを怖がらせてどういうおつもりですの？」

「吸血鬼だわ」ベスが弱々しい声で言った。「吸血鬼の話を聞いたことがあります。血を吸われますよ。逃げて。逃げられるうちに逃げてください。ご自分の命を救って」

「吸血鬼なんてものはいないのよ」イモージェンは驚愕《きょうがく》しているメイドに目を向けることもなくきっぱりと言った。

「だったら、幽霊です。どうか逃げてください、お嬢様」

「ベスの言うとおりよ」ホレーシアはイモージェンの袖を引っ張った。「ここから逃げなくては」

「ばかなことを言わないで」イモージェンは背筋を伸ばし、形のよい鼻越しにマサイアスを見下ろした。「それで？　ご自分についてなんとおっしゃるつもり？　おっしゃってくださいな。さもないと、地元の治安判事を呼んで牢獄《ろうごく》に入れてもらわなければならなくなるわ」

マサイアスは彼女の顔から目を離さずにゆっくりと近づいた。彼女はあとずさろうとはしなかった。それどころか、腰に両手をあてて短靴を履いた爪先で床を打ちはじめた。

奇妙なことに、見覚えのある女性だという鋭い感覚が全身に走り、ぞくぞくする思いに駆られた。あり得ない。しかし、そばまで行き、イモージェンの大きな青緑色の目――失われたザマーの王国をとり囲む海の色の目――に宿る強く澄んだ光を見て、突然その理由がわかった。なぜかははっきり説明できないものの、彼女はザマーの伝説的な太陽の女神、アニザマラを思い起こさせたのだ。その女神は古代ザマーの伝説に頻繁《ひんぱん》に登場し、芸術作品として表現されることも多かった。あたたかさと、命と、真実と、精力の源だった。同等の力を持つのは唯一、夜の神ザマリスだけで、ザマリスだけが女神の輝かしい魂を抱くことができるのだった。

「こんにちは」マサイアスはふくらみかけた想像を抑えつけ、頭を下げた。「コルチェスターです」

「コルチェスターですって?」ホレーシアはぎょっとしてまた一歩下がり、壁にぶつかった。目を彼の髪に向けると、大きく唾を呑みこむ。「冷血なコルチェスター?」

彼女の目が黒髪にひと筋はいった氷のような白髪に向けられているのはたしかだった。たいていの人がそれですぐに彼が誰かわかる。四代にもわたる一族の男たちの特徴だった。

「言ったとおり、コルチェスターです」

〝冷血な〟というあだ名を頂戴《ちょうだい》したときには、コルチェスター子爵だった。子爵であれ、伯爵であれ、同じあだ名で通じるという事実は、社交界の面々が噂《うわさ》をする際に都合のいいことだったのだろうと彼は苦々しく胸の内でつぶやいた。そのあだ名を改める必要はない。

ホレーシアの口が動いた。「アッパー・スティックルフォードで何をしてらっしゃるんです?」

「わたしがお呼びしたのよ」イモージェンが目もくらむような明るい笑みを向けてきた。

「正直、そろそろいらしてもいいころだとは思っていたんです。伝言を送ったのは一カ月以上も前ですから。どうしてこんなに遅くなったんですか?」

「数カ月前に父が亡くなったんだが、イギリスへ戻ってくるのが遅くなってね。戻ってきたときには、父の領地に関して処理しなければならないことが山ほどあった」

「ええ、もちろんそうね」イモージェンは恥ずかしそうな顔になった。「すみません。お父様のこと、深くお悔やみ申し上げますわ」

「ありがとう」マサイアスは言った。「でも、父とは疎遠だったもので。厨房に何か食べるものはあるかな？　ひどく腹が減っていてね」

コルチェスター伯爵についてまず目を惹かれるのは、漆黒の髪にひと筋はいった銀髪ねとイモージェンは胸の内でつぶやいた。流行に沿わない長い黒髪を冷たく白い炎がなめているかに見える。

次に目を惹かれるのはそのまなざしだった。冷たい銀髪以上に冷たい目。

第四代コルチェスター伯爵は堂々たる男性だわと思いながら、イモージェンは図書室の椅子を身振りで示した。その目がなければ、非の打ちどころなく完璧な男性と言えただろう。彼の目は厳しい顔のなかできらめき、知的で非常に危険な幽霊さながらの、感情に欠けた冷たい光を宿していた。

その幽霊のような灰色の目をのぞけば、コルチェスター伯爵は思い描いていたとおりの男性だった。〈ザマリアン・レビュー〉誌に載せている輝かしい記事には、彼の知性はもちろん、僻地《へきち》を長年旅してまわったことによって形成されたらしい性格もしっかりと反映されていた。

石棺のなかで穏やかに眠りにつける男性は、鉄の神経の持ち主であるはずだ。こちらとしては願ったりだわ。イモージェンは高ぶって胸の内でつぶやいた。

「わたし自身と叔母のことをちゃんと紹介させてくださいな、伯爵様」イモージェンはお茶のポットをつかんでカップにお茶を注《つ》ごうとした。コルチェスター伯爵が来てくれたことに興奮するあまり、自分を抑えきれなくなりそうだった。自分についての真実をすべてぶちまけてしまいたくなる思いに駆られる。しかし、用心しなければならないという思いのほうが勝った。結局、彼がどんな反応を見せるか定かではないのだから。彼に協力しようと思ってもらうことが今は重要だ。「きっともうおわかりだと思いますが、わたしがイモージェン・ウォーターストーンです。こちらはミセス・ホレーシア・エリバンク。亡くなった叔父の妹です。最近ご主人を亡くして、親切にもわたしといっしょに暮らすことに同意してくれたんです」

「はじめまして、ミセス・エリバンク」紹介を受けてマサイアスは頭を下げた。

「はじめまして」ホレーシアは椅子の端にぎごちなく腰かけ、不安そうにとがめるような目をイモージェンに向けた。

イモージェンは眉根を寄せた。最初に感じた恐怖も失せ、ちゃんと紹介も交わした今、ホレーシアがそれほどに不安そうな顔をする理由はないはずだった。つまるところ、コルチェスターは伯爵なのだから。もっと大事なことに――少なくともイモージェンにとってみれば――彼はザマーの権威のコルチェスターなのだ。あの長く失われていた古代の王国の著名な発見者であり、ザマー協会の創設者であり、名高い〈ザマリアン・レビュー〉の創刊者で、ザマー学会の理事でもある。ホレーシアの高い規準をもはるかに超えるほどの人物のはずだ。

イモージェン自身は、彼をじろじろと見ずにいるのが精一杯だった。ザマーの権威のコルチェスターが図書室にいっしょにいて、ふつうの人のようにお茶を受けとっているなど、信じられないほどだった。

でも、それ以外はこの人にあまりふつうのところはないわねと彼女は胸の内でつぶやいた。

背が高く、すらりとしたたくましい体つきのコルチェスター伯爵には、隆《りゆう》とした男らしい優美さが身についていた。ザマーを探し求める長年の苦難の旅のせいで、今のほれぼれするような体格が形づくられたにちがいない。

コルチェスター伯爵はすばらしい肉体の持ち主だけど、それは何も彼ひとりにかぎった話ではないとイモージェンは自分に言い聞かせた。筋肉質のすばらしい体を持つ男性なら数多く目にしてきた。結局、ここは田舎なのだから。近隣の人間の多くは畑で汗を流す男たちだった。そのほとんどが広い肩とたくましい脚をしていた。おまけに、男性となれば、彼女にも経験がまったくないわけではなかった。まず、ダンス教師だったフィリップ・ダルトワがいる。フィリップは飛ぶ鳥のように優美だった。それから、アラステア・ドレイクも。たくましく、ハンサムな男性で、最高にすばらしく装うのに仕立屋の力を借りずにすむ体形をしていた。

しかし、コルチェスター伯爵はそういう男性たちと昼と夜ほどもちがっていた。彼がかもし出す強さはなめらかな筋肉のついた肩や太腿《ふともも》とは関係なかった。それは何ものにも動じない鋼《はがね》のような芯の部分からにじみ出てくるもので、その意志の力は傍目《はため》に明らかだった。彼には日の光よりも影にこそふさわしい静けさもあった。獲物をねらう捕食動物の静けさ。イモージェンはあの運命の日、廃墟《はいきょ》と化したザマーの街の下に張りめぐらされた迷路をついに踏破し、隠された図書館を見つけたときの彼の姿を想像してみようとした。その記念すべき場に自分も立ち会えたなら、魂を売りとばしてもいいと思ったことだろう。

マサイアスはその瞬間、首をめぐらし、問うような、わずかにおもしろがるような目を彼女に向けた。彼女の内心の思いを読みとったかのようだった。イモージェンは気恥ずかしさに全身がかっと熱くなる気がした。持っているお茶のカップがソーサーの上で音を立てた。

暗い図書室は冷え切っていたが、伯爵が親切にも暖炉の火をおこしてくれた。奇妙な墓所の遺物がさまざまに集められている部屋はすぐにあたたかくなるだろう。

伯爵が幽霊でも吸血鬼でもないと確信できると、ベスはだいぶ気をとり直し、人のいない厨房へ下がってお茶と冷たい軽食を用意した。残り物のサーモン・パイと、パン・プディングと、ハムが少々という簡素な食事だったが、伯爵はそれに満足したようだった。

満足してくれなくては困る。その食料は邸宅の空っぽの食品棚から調達したものではないのだから。その朝早く、セルウィン・ウォーターストーンの収集品の目録づくりにやってくるときに、バスケットにつめて持ってきたものだ。食べ物をすみやかに平らげるコルチェスター伯爵の様子からみて、ホレーシアとベスと自分にはあまり残らないのではないかと思われた。

「こちらこそ、お近づきになれて光栄です」と彼は言った。

イモージェンは彼の声が自分の感覚にきわめて奇妙な影響をおよぼすことに突然気がついた。何とわからない暗い力にとらわれそうになる。それは謎めいた海や見も知らぬ土地を思わせるものだった。

「お茶のお代わりはいかが？」イモージェンは急いで言った。

「ありがとう」マサイアスがカップを受けとるときに、長く優美な指が彼女の指をかすめた。

そうして触れられたところから奇妙な感覚が広がった。それは指からてのひらへと伝わり、なぜか肌を熱くした。火のそばに寄りすぎたかのようだった。イモージェンは落とす前に急いでポットを下に置いた。

「昨晩お着きになったときに、出迎える者が誰もいなくてほんとうにごめんなさい」彼女は言った。「叔母といっしょにここにあるものの目録をつくるあいだ、使用人たちには何日か暇をとらせたんです」そこでふと思いつくことがあり、顔をしかめた。「たしか、マナーハウスではなく、コテージに来てくださるようにとお願いしたはずですわ」

「たしかにそうだ」マサイアスはやさしく言った。「ただ、きみの手紙にはあまりに指示が多くてね。ひとつふたつ失念してしまったのかもしれない」

ホレーシアはイモージェンをにらんだ。「手紙ですって？　なんの手紙？　まったく、イモージェン、説明してもらわなければならないわ」

「すべて説明するわ」イモージェンは叔母に請け合った。それから伯爵に警戒するような目を向けた。彼の目にひややかにあざけるような光が浮かんでいるのはたしかだったからだ。それが癇《かん》に障った。「伯爵様、わたしの手紙の内容におもしろいところはなかったはずですけど」

「昨日の晩はとくにおもしろいとは思わなかったよ」マサイアスも認めた。「遅い時間で、雨も降っていた。馬は疲れはてていたし。小さなコテージを見つけようとするのに時間を無駄にする意味はないと思った。この巨大な邸宅にはたどり着いたのだから」

「そうですか」イモージェンは意を決したように彼に笑みを向けた。「石棺でひと晩過ごしたというのに、驚くほどおちついていらっしゃるのね。セルウィン叔父様は石棺がベッドにぴったりだと思っていたけど、みんながみんなそうは思わないはずだって、よく叔母とわたしとで言っていたものですわ」

「もっとひどい場所で寝たこともあるからね」マサイアスはハムの最後の一枚をとり、考えこむような顔でまわりを見まわした。「セルウィン・ウォーターストーンの収集品については噂を聞いたことがある。じっさいは噂以上に思いがけないものだったが」

つかのま気を惹かれた様子でホレーシアが眼鏡の縁越しに彼をじっと見つめた。「兄が墓で発掘された美術品や古代の遺物に昔から興味を持っていたことはご存じだったんじゃないかしら」

マサイアスは隅に立てかけてあるエジプトのミイラの棺に興味深そうな目を向けていた。

「ええ」

「今はすべてわたしのものよ」イモージェンは自慢するように言った。「セルウィン叔父様はこの家とすべての収集品をわたしに遺《のこ》してくださったんです」

伯爵は値踏みするような目を彼女に向けた。「墓の美術品に興味があると?」

「ザマーのものにかぎりますけど」彼女は答えた。「セルウィン叔父様がザマーのものもいくつかあると言っていたので、ほんとうにそうならいいなと思っているんです。見つけるには時間がかかるでしょうけど」イモージェンは図書室に山と積まれた古代の遺物やめずらしい弔《とむら》いの品などを身振りで示した。「ご覧のとおり、叔父は整理整頓の才には恵まれていなかったんです。収集品の目録をつくろうなんて思いもしなかったんですわ。この家には、発掘されるのを待っているめずらしい宝がたくさんあるかもしれません」

「たしかに見つけるのは大変そうだ」とマサイアスが言った。

「ええ、そう。さっきも言いましたけど、ザマー人の手によるものだとはっきり見分けのつくものはすべて手もとに残しておくつもりなんです。残りはほかの収集家に譲るか、博物館に寄付するかしますわ」

「なるほど」マサイアスはお茶を飲み、図書室のなかをさらにしげしげと眺めまわした。

イモージェンは彼の目を追った。風変わりな叔父が、死にかかわる古代の遺物を妙に好んでいたのはまちがいない。

ローマや古代エトルリアの霊廟から持ってきた古い剣や鎧《よろい》が部屋のあちこちに無造作に置

かれ、エジプトの墓で見つかった遺物を模したスフィンクスやキマイラやワニの意匠が家具を飾っている。古代の霊廟で発見された彫像のかけらや不透明なガラスの瓶が食器棚にしまわれていた。壁にはぞっとするようなデスマスクがかけられている。

本棚には古代の弔いの習慣や死体の防腐処理の方法について書かれた古い本が何十冊もつめこまれていた。部屋の反対側の端にはいくつかの大きな木箱が積まれている。イモージェンはまだそれを開けておらず、なかに何がはいっているのか見当もつかなかった。

階上《うえ》の部屋も状況は変わらなかった。どの部屋も、セルウィン・ウォーターストーンが生涯かけて手に入れた古代の墓の遺物で一杯だった。

マサイアスは部屋を見まわすのをやめ、イモージェンに目を戻した。「ウォーターストーンが集めた風変わりな収集品をどうするかはもちろんきみの自由だ。本題に戻ろうじゃないか。どうしてぼくをここへ呼びよせたのか、教えてもらえるかな?」

ホレーシアがかすかな音を立てて息を呑んだ。それからイモージェンのほうに向き直った。「こんなことをするなんて信じられないわ。どうしてわたしに言ってくれなかったの?」

イモージェンは叔母をなだめるように笑みを向けた。「だって、伯爵様に手紙を送ったのは、叔母様がアッパー・スティックルフォードにいらっしゃる数日前ですもの。伯爵様がいらっしゃるかどうか確信が持てなかったから、叔母様に言ってもしかたないかと思って」

「こんなばかなことをして」ホレーシアはぴしゃりと言った。最初の衝撃が過ぎ去って、いつもの自分らしさをとり戻したようだ。「この方が誰だか知っているの、イモージェン？」

「もちろん、知ってるわ」イモージェンは敬意を表すように低い声を出した。「ザマーの権威、コルチェスター伯爵様よ」

マサイアスは眉を上げたが、何も言わなかった。

「伯爵様、あなたのおっしゃったとおり――」イモージェンはつづけた。「そろそろ本題にはいったほうがよさそうですわ。あなたはたしか、セルウィン叔父様の親しいお友達でしたわね」

「親しい友人？」マサイアスは訊いた。「それは初耳だな。セルウィン・ウォーターストーンに友人がいるとは知らなかった」

不安がイモージェンの心を貫いた。「でも、あなたは叔父に大きな恩があるってことだったわ。叔父によれば、あなたはそうできるときが来たら、その恩を返すと誓ったそうだし」

彼はしばらく黙って彼女をじっと見つめた。「ああ」

イモージェンは心からほっとした。「よかった。一瞬、恐ろしいまちがいをしでかしたのかもしれないと思ったわ」

「そういうまちがいはよくしでかすのかい、ミス・ウォーターストーン」彼はやさしく訊《き》いた。

「いいえ、ほぼありません」イモージェンは請け合った。「そう、両親は教育がとても重要だと信じていました。わたしは揺籠《ゆりかご》で揺られているころから、論理学や哲学や、その他たくさんの教えを受けてきましたわ。父はいつも言ってました。はっきり物事を考えられれば、まちがいを犯すことはめったにないって」

「たしかに」マサイアスは小声で言った。「きみの叔父上については、たしかにぼくは恩を感じている」

「古代の文献に関することじゃありませんでした？」

「何年も前に、彼は旅行中、非常に古いギリシャの文献を手に入れた」と彼は言った。「その文献には、失われた島の王国に関する間接的な言及があった。その文献と、ぼくが見つけたほかの文献とを組み合わせて、ザマーの位置を特定する手がかりが得られた」

「セルウィン叔父様も同じことをおっしゃっていたわ」

「残念ながら、恩返しをする前に彼は亡くなってしまったが」と伯爵は言った。

「あなたは運がよかったわ」イモージェンがにっこりした。「約束をはたす方法があるんですから」

マサイアスは、内心の思いの読めない目で彼女を見つめた。「きみが何を言いたいのかよくわからないんだが、ミス・ウォーターストーン。叔父上は亡くなったときみも言ったはずだ」

「ええ、そうよ。でも、収集した古代の墓の遺物に加えて、叔父はわたしにかなりの額の遺産とあなたの約束を遺してくれたの」

しばしの沈黙が流れた。ホレーシアはおかしくなってしまったのかという目で姪を見ている。

マサイアスは謎めいた目をイモージェンに注いでいた。「なんだって?」

イモージェンは軽くせき払いをした。「セルウィン叔父様はあなたと交わした約束をわたしに託してくれたんです。遺言状にはっきりと書かれているわ」

「そうなのか?」

期待したほど順調にはいかないのね。イモージェンはそう胸の内でつぶやき、気をしっかり持とうとした。「その約束をはたしてもらいたいんです」

「ああ、なんてこと」ホレーシアはあきらめて恐ろしい運命に身をゆだねたとでもいうように小声でつぶやいた。

「きみの叔父上への恩をぼくにどうやって返させようというんだい、ミス・ウォーターストーン?」しばらくしてマサイアスが訊いた。

「その、それについては——」イモージェンは答えた。「ちょっと入り組んでいるんだけど」

「そうだとしても意外ではないな」

イモージェンは話す気をなくさせるようなそのことばは聞こえなかった振りをした。「ヴァネック卿《きょう》のことはご存じ?」

マサイアスはためらった。そのまなざしに冷たい侮蔑《ぶべつ》の色がよぎった。「ザマーの遺物の収集家だ」

「わたしの親友のルーシー・ハコンビーの夫でもあった人です」

「ヴァネック卿夫人は少し前に亡くなったのでは?」

「ええ。正確には三年前です。わたしは彼女が殺されたと思っているんです」

「殺された?」マサイアスははじめて驚きを顔に浮かべた。

「ああ、イモージェン、まさかほんとうに——」ホレーシアはそこでことばを止め、恐怖に目を閉じた。

「夫のヴァネック卿によって殺されたと思ってるんです」イモージェンはきっぱりと言った。「でも、それを証明する方法はありません。だから、あなたの力をお借りして、正義が為《な》されるのをこの目で見たいんです」

マサイアスは何も言わなかった。イモージェンの顔から目を離すこともなかった。

ホレーシアはいくぶん気をとり直したようだった。「伯爵様、こんなとんでもない計画はあきらめるように言ってやってくださいな」

イモージェンはホレーシアに顔をしかめてみせた。「もうこれ以上遅らせるつもりはないわ。知り合いが手紙で知らせてくれたの。ヴァネックは再婚するつもりでいるそうよ。経済的に深刻な状況にあるらしくて」

マサイアスは肩をすくめた。「それについてはほんとうだ。数カ月前、ヴァネックは大きなタウンハウスを売ってずっと小さな住まいに移らなければならなくなった。それでも、どうにか体面は保っているが」

「きっと今もロンドンの舞踏場や応接間をめぐって金持ちの若い娘たちをあさっているにちがいないわ」イモージェンは言った。「財産を手に入れたら、その女性の命も奪うかもしれない」

「イモージェン、いいかげんにして」ホレーシアが弱々しく言った。「そんなふうに彼を非難することはできないわよ。まったく証拠がないのに」

「ルーシーがヴァネックを恐れていたのはたしかよ」イモージェンは言い張った。「それに、ヴァネックが彼女を手ひどくあつかうことが多かったのもわかってる。彼女が亡くなる前にロンドンのルーシーを訪ねたときに、いつか夫に殺されるかもしれないって打ち明けてくれたの。常軌を逸しているほど嫉妬《しっと》深いんですって」

マサイアスはカップを下ろし、肘を太腿についた。膝のあいだでゆるく手を組むと、渋々多少関心を抱いたと言う顔でイモージェンを見つめた。「それで、どうやってきみの計画とやらを実行するつもりなんだい、ミス・ウォーターストーン？」

ホレーシアはぞっとした顔になった。「ちょっと、焚きつけないでくださいな」

「少しばかり興味を抱いたので」マサイアスはそっけなく言った。「その計画とやらの詳細を聞いてみたくなった」

「そんなことをしたら一巻の終わりよ」ホレーシアは小声で言った。「イモージェンはほかの人間を自分の計画に巻きこむすべを心得ているんだから」

「これだけはお約束できますが、ぼくは自分で選ばないかぎり、何にしても容易に巻きこまれる人間ではない」マサイアスは請け合った。

「その勇ましいことば、あとになっても覚えていてほしいものだわ」ホレーシアはつぶやくように言った。

「叔母はときどき心配しすぎることがあって」イモージェンが言った。「でも、心配は要《い》りませんわ。これはとても慎重に計画したことですから。自分のしていることは自分でよくわかっています。話を戻すと、あなたもおっしゃったように、ヴァネック卿はザマーの遺物全般にわたってきわめて熱心な収集家です」

「それで?」マサイアスは冷たく口をゆがめた。「ヴァネックは自分を専門家と思っているかもしれないが、じっさいは本物のザマーの遺物と馬の尻の区別もつかない人間だ。I・A・ストーンですら、彼よりは鑑識眼があると言える」

ホレーシアが下ろしたカップがソーサーにあたって小さな音を立てた。彼女はマサイアスとイモージェンをすばやく見比べた。

イモージェンは深々と息を吸って身がまえた。「たしか、〈ザマリアン・レビュー〉誌上で、I・A・ストーンの解釈に頻繁に異議を唱えてらっしゃいますね」

マサイアスは礼儀正しい笑みを浮かべた。「うちのつまらない雑誌を読んでくれていると?」

「あら、ええ。購読をつづけて何年にもなりますわ。あなたのお書きになる論文はいつもとてもためになると思っております」

「ありがとう」

「でも、I・A・ストーンの書くものも脳に刺激を与えてくれますけどね」イモージェンはそう付け加え、穏やかな笑みに見えますようにと思いながらほほ笑んだ。

ホレーシアは警告するように眉根を寄せた。「イモージェン、本題からはずれてしまっているようよ。とくに本題に戻りたいわけでもないけれど――」

「I・A・ストーンはザマーに行ったこともないんだ」マサイアスは歯を食いしばるようにして言った。この世のものと思えない目に、その朝はじめて真の感情が燃え立った。「自分の論じていることについてじかに見聞きしたわけでもないのに、ぼくの成し遂げたことにもとづいて自由に意見を述べ、勝手な結論に達していいと思っている」

「あなたとミスター・ラトリッジの成し遂げたことね」イモージェンは急いで指摘した。

マサイアスの目に燃え立っていた感情は浮かんだときと同様にすぐに消え去った。「ラトリッジは四年前、最後にザマーを訪れたときに命を落とした。それは誰もが知っていることだ。彼が昔書いたものは悲しいほどに時代遅れになっている。I・A・ストーンは彼の研究結果を考察に使用しない頭があるべきだったな」

「I・A・ストーンの論文はザマー協会の会員にとても好意的に受けとめられている感じでしたけど」イモージェンは恐る恐る言ってみた。

「たしかにストーンはザマーについて浅い知識は多少持っているようだ」マサイアスは優美ながら尊大な口調で言った。「しかし、それはより深い知識を持つ専門家の研究結果からかき集めた知識にすぎない」

「あなたのような専門家ですか?」イモージェンは礼儀正しく訊いた。

「そのとおり。ぼくがザマーについて書いたものをストーンがほぼすべて読んだのは明らかだ。それなのに、信じられないほど厚かましいことに、いくつかの点について、ぼくの意見に反論しているわけだ」

ホレーシアはひそかにせき払いをした。「その、イモージェン?」

イモージェンはその話題をさらにつづけたいという衝動に逆らった。ホレーシアが示唆《しさ》したとおり、優先させるべき問題がほかにある。「ええ、その、ヴァネックに話を戻すと、専門的な知識にかぎりがあるとしても、彼が古代ザマーの遺物に深い関心を寄せているとみなされていることはあなたも認めざるを得ないはずよ」

マサイアスは、I・A・ストーンの専門家としての知識の欠如についての熱い議論をつづけたがっているように見えた。しかし、ヴァネックの話題に引き戻されるのをしかたなしとしたようだった。「彼は古代ザマーのものだと言われているものならなんでもほしがる人間だ」

イモージェンは気を引きしめた。「率直に言いますわ。噂によれば、その点はあなたも同じだそうですね。おふたりのちがいは、あなたのほうが議論の余地なくザマーの遺物についての権威ということです。きっとひそかに収集なさっているものはこのうえなくすばらしい趣味のものでしょう」

「ぼくはほかに類を見ないほど上等で、めずらしく、最高に興味を惹かれるザマーの遺物のみをわがものとしている」マサイアスはまばたきもせずにイモージェンにじっと目を注いでいた。「言いかえれば、ぼくが自分で発掘したものだけだ。それがどうしたと？」

イモージェンは背筋にかすかに寒気《さむけ》が走ったことに驚いた。心乱されることなどめったになかったからだ。しかし、彼の声の何かにはときおり心乱されずにはいられなかった。彼女は深々と息を吸った。「さっきも言ったように、ヴァネックが殺したという証拠は何もないわ。でも、ルーシーにはとても恩があるので、彼女を殺した人間がまったく罰せられることなくのうのうとしているのを許すわけにはいかないんです。三年ものあいだ、わたしは目的を達するための計画を練り上げようとしてきたんですけど、セルウィン叔父様が亡くなるまで、ルーシーの復讐をはたす方法を見つけることができずにいました」

「じっさい、ヴァネックをどうするつもりでいるんだい？」

「社交界の目から見て、彼を破滅させる方法を思いついたんです。計画が遂行されたらヴァネックは、ルーシーのような無垢《むく》な女性を餌食《えじき》にすることはできない立場に追いやられるわ」

「本気でその計画を実行しようと思っているんだね？」

「ええ、そうよ」イモージェンは顎《あご》をつんと上げ、ひるむことなく彼と目を合わせた。「本気そのものですわ。ヴァネックを経済的にも社会的にも破滅させる罠《わな》をしかけるつもりよ」

「罠には餌《えさ》が要る」マサイアスはやさしく指摘した。

「ええ、たしかに。わたしが使うつもりの餌はザマーの女王の大印章なんです」

彼は彼女をじっと見つめた。「女王の印章を持っていると?」

イモージェンは顔をしかめた。「もちろん、持っていないわ。印章が見つかっていないことは誰よりもあなたがご存じでしょうに。でも、ラトリッジは姿を消す直前に〈ザマリアン・レビュー〉の編集者に手紙を書いて、印章へとたどりつけそうな道を見つけたと知らせたそうよ。彼がそれを探すために地下の迷路にはいって亡くなったという噂のせいで、〃ラトリッジの呪い〃というものが生まれたらしいわ」

「そんなのはばかばかしい迷信だ」マサイアスは片方の肩を優雅にすくめた。「そのいまいましい呪いの噂がやまないのは、印章がきわめて貴重なものと言われていたからだ。大きな価値のあるものには、必ず伝説がつきまとうものさ」

「あなたご自身の研究によれば、その印章はとても純粋な金でつくられ、さまざまな宝石が散りばめられているもののようですね」イモージェンは言った。「それについて書かれた碑《ひ》文《ぶん》を見たことがあるとお書きになっていたわ」

マサイアスは顎をこわばらせた。「その印章の真の価値は、それが絶滅したザマー人の最高の芸術家の手によってつくられたという事実にある。印章が実在するとして、それがはかりしれない価値を持つのは、宝石や金でつくられているからではなく、古代ザマーについてさまざまなことを教えてくれるからだ」

イモージェンはにっこりした。「あなたのお気持ちはわかりますわ。印章についてあなたが学術的な見地から評価するのは当然です。でも、ヴァネックのような人間は基本的に、印章の金銭的な価値のほうにずっと大きな魅力を感じるものだわ。今彼が置かれている窮状《きゅうじょう》を考えればなおさらに」

マサイアスの笑みは愉快なものではなかった。「きっとそれはそうだろう。そのことがきみの計画にどう関係するんだい？」

「わたしの計画は単純よ。ホレーシア叔母様といっしょにロンドンへ行って、ヴァネックの社交の輪にはいりこむの。セルウィン叔父様のおかげで、それができるお金もあるし。必要なつてもホレーシア叔母様のおかげであるわ」

ホレーシアは椅子にすわったまま居心地悪そうに身動きし、マサイアスに謝るような目を向けた。「母方がブランチフォード侯爵の遠縁なんです」

彼は顔をしかめた。「ブランチフォード侯爵は外国を旅行中では？」

「ええ、たしか」ホレーシアは認めた。「いつもそうです。社交界に我慢できない人間であるのは秘密でもなんでもありませんわ」

「その点、ぼくと共通するところがある」と彼は言った。

イモージェンはそのことばは無視した。「社交シーズンのあいだ、ブランチフォード侯爵が社交界に姿を現すことはほとんどありませんわ。でも、だからって、ホレーシア叔母様とわたしがそうしていけない理由にはなりませんわ」

「言いかえれば――」マサイアスは言った。「この常軌を逸した計画を実行するために、叔母さんのつてを頼ろうというわけか」

ホレーシアは目を天に向け、舌打ちするような音を立てた。

イモージェンは彼をにらんだ。「常軌を逸した計画じゃないわ。賢明な計画よ。何週間もかけて考えた計画なんだから。目指す社交の輪にはいったら、女王の印章についてささやかな噂を流すつもりよ」

マサイアスは何も言わずに眉を上げた。「噂とは？」

「叔父の収集品の目録をつくってるあいだに、印章の場所を知る手がかりとなるような地図を見つけたという噂よ」

「まったく」彼は小声で毒づいた。「そんな存在しない地図ですばらしい宝が見つかるとヴァネックに信じさせるつもりか？」

「そのとおり」

「自分の耳が信じられないな」マサイアスはようやく同意を求めるようにホレーシアに目を向けた。

「警告しようとしたじゃないですか」とホレーシアはつぶやいた。

イモージェンは熱心な様子で身を乗り出した。「わたしが宝を見つけるための発掘隊に資金を出してくれる人なら誰とでもその地図を共有するつもりでいると、ヴァネックに信じさせるの」

マサイアスは問うような目を彼女に向けた。「それでどうなると?」

「明々白々じゃありません? ヴァネックは印章を見つけに行くという考えには逆らえないわ。ただ、今の彼は経済的に困っていて、まだ金持ちの花嫁候補も見つけていないから、自分で発掘隊を組む資金はないでしょうね。だから、複数の投資家による共同事業体を組織して発掘隊を組むように勧めるつもりよ」

マサイアスは考えこむような目を彼女に向けた。「推測させてくれ。つまり、ヴァネックを経済的にのっぴきならない立場におとしいれ、最後の一撃を加えてやろうということかい?」

「あなたなら理解してくださるとわかっていたわ」ようやく彼が計画の真の目的を理解しつ

つあることがイモージェンにはうれしかった。「まさしくそれが目的よ。発掘隊の資金をつくるために共同事業体を組織しようとヴァネックに思わせるのは、それほど大変なことじゃないはずよ」

「それで、彼が船と発掘隊の隊員を雇い、発掘に必要な高価な機材を購入するために共同事業体の資金をつかいはたしたところで、役に立たない地図を渡すというわけか」

「そうすれば、彼は実りのない旅に出ることになるわ」イモージェンは悦に入っているのを隠そうともせずにしめくくった。「ヴァネックが女王の印章を見つけることはけっしてない。資金が尽きたところで、発掘隊は挫折《ざせつ》することになり、投資家たちは怒り狂うわ。罪のない投資家たち相手の大胆な詐欺《さぎ》だったという噂も流れるでしょう。南海泡沫《ほうまつ》事件（一七二〇年に起こった南海会社をめぐる株価の急騰と暴落、それにつづく混乱のこと）の再来よ。ヴァネックがロンドンに戻ってくることはないでしょうね。長いあいだ債権者に追われることになる。戻ってきたとしても、もとのように社交界に受け入れられることはないわ。金持ちの娘を妻にして財産を得る望みはほとんどなくなるのよ」

マサイアスは当惑顔になった。「なんて言っていいかわからないよ、ミス・ウォーターストーン。ことばもない」

ザマーの権威であるコルチェスターにあっと驚くような影響をおよぼしたという事実には

満足を感じずにいられないわねとイモージェンは胸の内でつぶやいた。「うまい計画でしょう？ それに、あなたはわたしにとってぴったりの相棒になるわ」

ホレーシアがマサイアスの注意を惹こうとした。「伯爵様、そんなのは常軌を逸した、危険で、無茶で、愚かしい計画だと言ってやってくださいな」

彼はホレーシアにちらりと目を向け、またイモージェンに冷たいまなざしを戻した。「きみの叔母上の言うとおりだ。まさしくそういう計画だな」

イモージェンは驚いた顔になった。「そんなことないわ。きっとうまくいく。自信があるの」

「訊いたことを後悔するのはわかっているんだが、ミス・ウォーターストーン、好奇心に駆られて訊かずにいられないよ。この壮大な計画において、ぼくにどんな役割を割り振ってくれたんだい？」

「それは明らかじゃありません、伯爵様？ あなたはザマーのすべてに通じた権威だわ。I・A・ストーンを例外とすれば、ザマーについてあなたよりすぐれた研究者はいない」

「例外などない」マサイアスは苦々しい顔で訂正した。「I・A・ストーンはとくに」

「どうしてもそうおっしゃるなら」イモージェンは小声で言った。「ザマー協会のありとあらゆる会員があなたが権威であることを認めているわ」

マサイアスはわかりきったことというようにそのことばは無視した。「それで？」

「自明のことと思いますけど。わたしが女王の印章の場所を示す本物の地図を持っているとヴァネックに信じさせる、もっとも単純でもっとも効果的な方法は、わたしがそういう地図を持っているとあなたが信じているように見せかけることです」

図書室にしばし張りつめた沈黙が流れた。

「くそっ」マサイアスは畏怖《いふ》したような声を出した。「ヴァネックや社交界のほかの面々に対し、きみの叔父上が印章の場所を示した古代ザマーの地図をきみに遺したと信じている振りをぼくにさせたいってわけか？」

「そのとおり」イモージェンはようやく計画の真の目的をわかってもらえてほっとした。「あなたが地図に興味を示しているとなれば、わたしの話に信憑性《しんぴょうせい》が出ますもの」

「それで、その興味をぼくはどうやって表明するんだい？」

「そこは簡単よ。わたしを誘惑する振りをしてくれればいいわ」

マサイアスは何も言わなかった。

「ああ、まったく」ホレーシアがささやいた。「気が遠くなりそうだわ」

マサイアスはなんの感情も宿さない目をイモージェンに向けた。「きみを誘惑する？」

「もちろん、振りをするだけよ」彼女は請け合った。「あなたがわたしを口説こうとしたら、社交界のみんながそれに気づくわ。あなたがそうする理由はひとつしかないとヴァネックは結論づけるはずよ」

「ぼくが女王の印章を追っているにちがいないと思うわけだ」と彼は言った。

「そのとおり」

ホレーシアはまた心の底からのため息をついた。「うまくいきっこない」

マサイアスは指で軽くお茶のカップの縁をたたいた。「ヴァネックにしろ、ほかの誰にしろ、どうしてぼくがただ単に女性を誘惑しているだけだとは思わないんだい？　ぼくが伯爵としての責任をはたすために最近イギリスへ戻ってきたことは誰もが知っている。社交界の面々はこの社交シーズンにぼくが妻を見つけるものと思っているはずだ。愛人ではなくね」

イモージェンはお茶を噴き出しそうになった。「心配しないで、伯爵様。うっかりわたしと婚約するはめにおちいる心配はないから。あなたがわたしに結婚を申しこむとは誰も思わないもの」

マサイアスは彼女の顔を探るように見た。「きみはどんな評判の持ち主なんだ？」

イモージェンは慎重にカップを下ろした。「わたしが誰かご存じないようね。驚くことでもないんでしょうけど。この数年、ほぼずっと外国にいらしたわけだから」

「おそらく、きみがほんとうはどういう女性なのか、教えてもらったほうがいいな」伯爵はうなるように言った。

「三年前、わたしはロンドンにいた友人のルーシーを訪ねたときに、〝慎みのないイモージェン〟というあだ名を頂戴したんです」彼女はそこでためらった。「わたしの評判は修復不可能なほどに傷つけられたわ」

マサイアスの眉根が寄り、一本の黒い線のようになった。彼はホレーシアに目を向けた。

「ほんとうのことですわ、伯爵様」ホレーシアが静かに言った。

彼はイモージェンに目を戻した。「相手は?」

「ヴァネック卿よ」とイモージェンは答えた。

「ちくしょう」彼は小声で毒づいた。「復讐したいと思うのも無理はないな」

イモージェンは背筋を伸ばした。「その出来事と今回のことは関係ないわ。わたしは自分の評判なんかこれっぽっちも気にしていませんから。復讐するのはルーシーを殺したことに対してよ。この話をしたのは、わたしが社交界で花嫁候補としてふさわしい女性とは思われていないことをわかってほしかったからです。つかのまの情事を求めるか、何かとても貴重なものを手に入れるためじゃないかぎり、あなたのような立場の男性がわたしを口説こうとするなんて誰も思わないわ」

「女王の印章のような貴重なものをか」マサイアスは首を振った。「くそっ」

イモージェンはきびきびと立ち上がり、彼に励ますような笑みを向けた。「これで計画の概要はおわかりね。細かいことは今日の夜、夕食の席で話し合いましょう。それまでにわたしたちは目録づくりを終えてしまわなければ。あなたもここではほかに何もすることがないでしょうから、よかったらお手伝いしていただけます？」

2

図書室にふたりきりになると、すぐさまホレーシアがマサイアスのそばに寄ってきた。

「伯爵様、ひとつお願いしたいことがあるの」

「お願い?」

ホレーシアの心配そうな表情が険《けわ》しくとがめるようなものに変わった。「あなたがどなたで、どういう方かはわかっているわ。たまたま、十年前にロンドンで暮らしていたので」

「そうですか?」

「あなたと同じ社交の輪には加わっていなかったけれどね。でも、当時、きちんとした人はみなそうだった。それでも、あなたが〝冷血なコルチェスター〟というあだ名をつけられた理由は知っています。姪はあなたのことをザマーの権威のコルチェスターとしてしか知らないわ。長年あなたを崇拝してきたの。あなたのもっと悪名高き活動については知らないのよ」

「どうして教えてやらないんです、ミセス・エリバンク?」マサイアスはやさしすぎるほどの声で訊いた。

彼が牙をむき出しにして襲いかかってくるのではと恐れるように、ホレーシアは一歩あとずさった。「教えてもしかたないですから。悪意ある噂話だとはねのけるでしょうよ。あの子のことはわかっているの。あなたの評判も、自分のと同様に不当におとしめられたにちがいないと思うだけよ。きっとあなたの一番の味方になり、もっとも頼りになる支援者になろうとするわ」

「ほんとうにそうお思いですか?」マサイアスは考えこむように部屋の入口へ目を向けた。「そういう人間はこれまであまり多くなかったので」

ホレーシアは彼をにらみつけた。「何があまり多くなかったの?」

「一番の味方となり、もっとも頼りになる支援者ですよ」

「それにはそれなりの理由があることはお互いわかっているはずよ」ホレーシアがきつい口調で言った。

「おっしゃるとおり」

「コルチェスター様、あなたがどうしようとわたしには何も言えないのはわかっているけれど、ほかにどうしようもないんです。姪はこの無茶な計画を実行すると決心しているわ。あなたに頼るしかないのよ」

「いったいぼくにどうしろと?」マサイアスは肩越しに目を向け、イモージェンが入口に戻ってきていないことをたしかめた。「気を悪くしないでもらいたいんですが、ぼくはミス・ウォーターストーンのような女性にはこれまで出会ったことがない。彼女は男を手荒く狩られた獲物のような気分にさせる女性ですね」

「あなたのおっしゃりたいことはわかるけれど、何か手を打ってくださらないと、あなたもわたしもあの子が考え出したこの復讐計画に巻きこまれることになるわ」

「ぼくも?」マサイアスは近くの棚から革表紙の本を手にとった。

「これだけは言えるけれど、イモージェンはあなたが協力を拒んだとしても、計画をあきらめることはしないわ。それを実行するためのほかの手段を見つけるだけよ」

「はっきり言わせてもらえば、それはぼくの問題じゃない」

「どうしてそんなことが言えるの?」ホレーシアは必死の形相になった。「わたしの兄に約束したわけでしょう。セルウィンの遺言状に書いてあったわ。あなたは約束をけっして破らない人だと。あなたにとって最悪の敵でも——たぶん、数多くいるんでしょうけれど——それは否定しないわ」

「たしかに、ぼくは約束は必ず守る人間です。ただ、それにはぼくなりのやり方を用いる。いずれにしても、恩があるのはセルウィン・ウォーターストーンで、彼の姪ではない」

「伯爵様、亡くなったうちの兄に恩を返そうと思うなら、イモージェンが悲しむことにならないようにしてくださらなくてはならないわ」

「ミス・ウォーターストーンはそれとはまるでちがう類《たぐ》いの協力を求めているようですがね。何がなんでも悲しむようなことになろうと決心しているようだ。あの不屈の精神と意志の強さから言って、目的ははたすと思いますよ」

「驚くほど強い心の持ち主であるのはたしかだわ」ホレーシアも認めた。

「ナポレオンと初代ウェリントン公爵の両方を恥じ入らせるほどのね」マサイアスは本がぎっしりつめこまれた棚に首を傾けた。「たとえば、ぼくが今していることを考えてみてください。どうしてミス・ウォーターストーンを手伝って彼女の叔父の収集品の目録をつくっているのか、自分でもはっきりとした理由はわからないんですから」

「うちの姪のまわりでは、そういうことが頻繁に起こるの」ホレーシアは悲しげに言った。

「何につけてもその場を仕切ろうとする性格なのよ」

「なるほど」マサイアスは手に持った本の題名に目を向けた――『南太平洋のある島で見つかった墓から発掘された奇妙で異常な遺物の記録』。「これも目録に加えるべきでしょう」

「墓からの出土品についての本ということ?」ホレーシアは机のところに戻り、眉根を寄せて開いた冊子のページをのぞきこんだ。それから鵞《が》ペンにインクをつけ、本の題名を記した。「ええ、ほかのといっしょにしてくれていいわ」

マサイアスは似たような題名の本が積み上がっているところにその本を載せ、残りの本をうわの空で眺めた。イモージェン・ウォーターストーンとのもっと重要な問題で頭は忙しく働いていた。どういう行動を起こすべきか決める前に、さらに情報が必要だと自分に言い聞かせる。

「どうしてヴァネックがあなたの姪御さんの評判を穢《けが》すことになったんです?」

ホレーシアはきつく口を結んだ。「とても不愉快な話ですわ」

「なんらかの行動を起こすとしたら、真実を教えてもらわなければならない」

ホレーシアは希望をこめた目をくれた。「たぶん、ロンドンで噂を聞くよりも、わたしから詳しく聞いたほうがよさそうね。あなた自身、いやな評判を頂戴していないというわけではありませんものね、伯爵様?」

マサイアスは彼女と目を合わせた。「それはたしかにそうです、ミセス・エリバンク。あなたの姪御さんとぼくにもそのぐらいの共通点はある」

ホレーシアは目をそらし、古代エトルリアのデスマスクをじっと見つめた。「そう、三年前、ルーシーがイモージェンに会いに来てくれと言ってきたの。レディ・ヴァネックはそのとき、結婚して一年だったけれど、イモージェンを招いたのははじめてのことだった」

「彼女はヴァネック卿夫妻のところに泊まったんですか？」

「いいえ。ルーシーは自分の家には泊められないと言ったわ。ヴァネック卿が自宅に客を泊めることに耐えられない人だからって。ルーシーは数週間のあいだ、小さな家を借りればいいと言って、すべてを手配してくれたの」

マサイアスは顔をしかめた。「ミス・ウォーターストーンはひとりでロンドンに行ったんですか？」

「ええ。当時夫がとても重い病気だったので、わたしはいっしょに行けなかったの。もちろん、イモージェン自身は付き添いが必要だとは思ってなかったわ。とても独立心の強い子だから」

「そのようですね」

「それについてはすべてあの子の両親のせいよ。ふたりの魂よ、安らかに」ホレーシアはため息をついた。「ふたりとも彼女をとても愛していて、最善をつくそうとしていたのはたしかだけれど、とんでもなく型にはまらないしつけをしていたわ」

「どんなしつけです？」とマサイアスは訊いた。

「兄とその奥様はイモージェンが生まれたときにはかなり年が行っていたの。じつを言えば、子供を持つ希望は捨てていたぐらいよ。イモージェンが生まれたときには、とても喜んでいた」

「彼女に兄弟はいなかったんですか？」

「ええ。彼女の父のジョンはわたしの長兄だったんですけれど、若者の教育ということにかけては革新的な考えを持つ哲学者だったんです。イモージェンのことは自分の理論を試す、願ってもない対象だとみなしていたわ」

「それで、彼女のお母さんのほうは？」

ホレーシアは顔をしかめた。「アリシアはとても風変わりな女性だったわ。若いころには世間を騒がせたこともあった。女性にとっての結婚の真価をまじめに問うような本を書いたりして。兄はそれを読んだ瞬間に彼女と恋に落ちたの。ふたりはすぐに結婚したわ」

「女性のほうが結婚についてそんな考えを持っていたのに？」

「この世で自分にぴったりの夫になる男性はジョンしかいないとアリシアはつねづね言っていたわ」ホレーシアはそこで言いよどんだ。「たしかにそれはそうだった。いずれにしても、アリシアも女性の教育ということについては奇抜な考えの持ち主だったの。それについてまた本を書いたりもしたのよ」

マサイアスは少しのあいだおもしろがる顔になった。「言いかえると、ミス・ウォーターストーンは革新的な哲学的実験の賜物《たまもの》だということですね?」

「そのとおりだと言わざるを得ないわね」

「あなたの兄上とその奥さんの身には何が起こったんです?」

「ふたりはイモージェンが十八になった年にどちらも肺炎に倒れたの」ホレーシアは首を振った。「あのぞっとするようなアメリカ製の煙草を吸う習慣は不健康きわまりないってよく言ってやったんですけれどね。幸い、イモージェンはそんな習慣は身につけなかったわ」

「三年前、姪御さんがロンドンに行ったときに何があったのか話してくださっているところでしたが」マサイアスはそう言いかけたが、廊下からきびきびとした足音が聞こえてきて口をつぐんだ。

イモージェンが扉の陰から顔をのぞかせ、マサイアスとホレーシアに問うような目をくれた。「ここの目録づくりは進んでる?」

マサイアスはたまたま手にとっていた『季刊古代遺物研究』の冊子を掲げた。「満足いく進捗《しんちょく》状況だと思うよ、ミス・ウォーターストーン」

「すばらしい」イモージェンは手に持った目録に目を落とした。「予定を立ててみたんだけど、それに従うためには、一階の目録づくりは木曜日にロンドンへ発つ前には終わらせなければならないわ。ホレーシア叔母様とわたしは数週間のうちに戻ってきて、残りを空いている時間に片づけることになる。仕事に励んでくださいね」彼女はそう言って明るく片手を振ると、急いで廊下を下っていった。

マサイアスは考えこむような目をその後ろ姿に向けた。「なんとも驚くべき女性だ」

「何をもってしても、目的をあきらめさせることはできないと思うわ」ホレーシアが失望もあらわに言った。

マサイアスは『季刊古代遺物研究』をテーブルの上に置いた。「三年前にどうして彼女の評判に瑕《きず》がつくことになったのか、話してくれようとしていましたが」

「わたしもあの子といっしょにロンドンへ行けたらよかったんだけれど。イモージェンは自分のことを世慣れた女性だと思っているわ。でも、あなたにもおわかりのように、生まれてからずっとアッパー・スティックルフォードで暮らしてきた彼女には、ロンドンの社交界に出ていく準備は悲しいほどにできていなかった。おまけに、両親はどちらも社交界を忌み嫌っていたしね。ギリシャ語とか、ラテン語とか、論理学とか、役に立たないことはたくさん教えていたのに、社交界で生き抜くすべのような役に立つことは何ひとつ教えていなかった」

「つまり、オオカミのなかに子羊が飛びこんでいくようなものだった」マサイアスはつぶやいた。「でも、たぶん、子羊にも多少の歯はあったはずだ」

「友達のルーシーももちろん、なんの助けにもならなかった」ホレーシアは苦々しげに言った。「あんなことになったのには、レディ・ヴァネックにも多少責任があったはずよ。でも、それがルーシーという子だった。イモージェンが彼女を親友と思っているのはたしかだけど、ほんとうのことを言えば、ルーシーのほうは自分以外の誰のことも気にかけない人間だった」

「レディ・ヴァネックをご存じだったんですか？」

「兄とその家族を訪ねたときにたまに会うことがあったの。とてもきれいで、魅力的とも言える子だった。でも、他人をあやつるのにその美しさと魅力を利用していたわ。ここアッパー・スティックルフォードでも、何人かの若者の心を傷つけていた。わたしが見たところ、イモージェンと親しくなったのも、このあたりにほかに若い女性がいなかったせいよ。ロンドンに移ってから、丸一年がたつまで、イモージェンに手紙ひとつよこそうとしなかったしね。それなのに、やぶからぼうにイモージェンにロンドンへ来てほしいって言ってきたの」

「ロンドンで何があったんです？」

「しばらくはすべてうまくいっていたのよ。イモージェンはザマー協会の活動に積極的にかかわるようになった。十七歳のころからザマーに夢中だったから。あれはあなたとラトリッジが最初の発掘から戻ってきた年でもあったわね。彼女はザマー協会が創設されてすぐに会員になったんだけれど、ロンドンに行くまでほかの会員に会う機会はなかったの」

「残念ながら、ザマー協会の会員は大半が素人《しろうと》と好事家《こうずか》です」マサイアスは顎をこわばらせた。「不運なことに、ザマーがはやりとなってしまったもので」

「そうかもしれないわね。でも、イモージェンははじめて興味を同じくする人たちと交われたのよ。とても興奮していたわ。両親の死後、彼女がひとりぼっちだったことも忘れちゃならないし。ルーシーがただひとりの友人だったの。それで、ルーシーがロンドンへ行ってヴァネックと結婚してからは、イモージェンはひどく孤独だった。ザマーを研究することがすべてだったにちがいない彼女にとって、興味を同じくする人たちに会うのはとても刺激的だったはずよ」

「正確には誰に出会ったんです?」マサイアスは警戒するように訊いた。ザマーが世間の関心を集めたせいで、ザマー協会には、危険なほどに退屈した若者たちや、堕落した放蕩者《ほうとう》や、刺激を求める連中などが惹きつけられていたからだ。

「ルーシーはイモージェンをアラステア・ドレイクという感じのよい若者に紹介してくれたの」ホレーシアはそこでためらった。「ルーシーがイモージェンにしてくれたことのなかで、唯一ほんとうに親切なことだったわ。ミスター・ドレイクはイモージェンと同じく、古代ザマーに夢中になっている人だった」

「そうでしょうか?」

「ふたりはすべての点で気が合って、それはまわりの目にも明らかだった。ミスター・ドレイクがイモージェンに好意を寄せているようだとお友達から知らされたりもしたわ。結婚の申しこみがあったんじゃないかという噂さえあった。それなのに、そこで大惨事が起こったの」

マサイアスは目録づくりをつづけている振りをやめた。片方の肩を本棚にあずけて腕を組む。「おそらく、ヴァネック卿という形の大惨事ですね?」

眼鏡のレンズの奥でホレーシアの目が暗くなった。「ええ。イモージェンは誘惑しようと手ぐすね引いている熟練の女たらしにどう対処したらいいか、まったく思いもよらなかったのよ。彼女には導いてくれる人も忠告してくれる人もいなかった」ホレーシアは突然口をつぐみ、エプロンのポケットからハンカチをとり出して目をぬぐった。「あの出来事については話すのも辛《つら》いわ」

「最後まで話してもらわなければなりません」マサイアスは容赦なく言った。「今回のことについて知るべきことをすべて知ってからでないと、どういう行動をとっていいか決められませんから」

ホレーシアは彼にためらうような目をくれたが、やがて意を決したようで、ハンカチをポケットにしまった。「いいでしょう。結局、秘密というわけではないんだから。ロンドンの誰もがその出来事のことは知っていますわ。イモージェンがロンドンに戻ったら、きっとまた噂が広まるでしょうし。簡単に言うと、イモージェンが寝室でヴァネックとふたりきりでいるのを人に見られたんです」

マサイアスは腹を蹴られたような気がした。なぜ自分がそんな激しい反応を示したのかは謎だった。話のおちとして、それほど過激なことを聞かされるとは思っていなかったからだとしばらくしてわかった。

もっとずっと罪のない出来事を想像していたのだった。結局、社交界ではほんのささいなことで若い女性が評判に瑕をつけられてしまうものだから。ひそかにキスをしたり、メイドを連れずにひとりで買い物や乗馬に出かけたり、評判の悪い男性とワルツを何度も踊ったりといった、害のない過ちを多少犯すだけで、女性の評判はおとしめられてしまう。社交界では体面がすべてなのだ。

寝室に男とふたりきりでいるのを見つかるというのは——相手がヴァネックのような男であればもちろんだが、どんな男であっても——ささいな過ちではすまされないとマサイアスは思った。〝慎みのないイモージェン〟というあだ名を頂戴したのも無理のないことだったのだ。もっとひどいあだ名をつけられなかったのは幸運とも言える。

「それはヴァネックの寝室で?」マサイアスはやっとの思いで訊いた。「それとも、自分の家に招いたと?」

「もちろんちがうわ」ホレーシアは目をそらした。「でも、結局、そういう人目のない場所での出来事だったほうがよかったのかもしれない。不運にも、イモージェンとヴァネックはサンダウン卿夫妻の舞踏会のあいだに、階上《うえ》の寝室でふたりきりでいるのを見られたのよ」

「なるほど」マサイアスは身の内に湧き起こった怒りを苦労して抑えなければならなかった。いったいどうしたというのだ? ほとんど知らない女性のことだぞ。「あなたの姪御さんは何をするにも中途半端では終わらないんですね」

「あの子のせいじゃないのよ」とホレーシアは言った。心に響くほどに姪への愛情にあふれた声だった。「ヴァネックが寝室にあの子をおびき出したのよ」

「ふたりを見つけたのは?」

ホレーシアはまた残念そうにため息をついた。「ミスター・ドレイクよ。結婚の申しこみをしそうになっていた感じのいい若者。連れもいたの。当然、その一件以降、結婚の話はなくなった。関心を失ったとしても、彼のことは責められないわ」

「ドレイクは少なくとも目にしたことについて口をつぐんでいられたはずだ」

「それはそうよ」ホレーシアは言った。「でも、さっきも言ったけれど、その晩は連れがいたの。もうひとりの男性のほうは彼ほど紳士じゃなかったようね」

マサイアスは止めていたとは気づいていなかった息を深々と吐いた。「つまり、あなたの言うその一件のせいで、ミス・ウォーターストーンとレディ・ヴァネックのあいだの友情にも終止符が打たれたというわけですね」

「ルーシーはヴァネックがイモージェンといっしょにいるのを見つかった翌日にみずから命を絶ったわ。親友が自分を裏切ってその夫と関係を持っていたことがわかって耐えられなくなったと書き残してね」

マサイアスはそのことをしばらく考えた。「どうやって命を絶ったんです?」

「アヘンチンキを大量に呑んだのよ」

「だったら、自殺したのはまちがいないんですね?」

「世間の目から見たらまちがいないわ。ヴァネックがルーシーを殺したと信じているのはイモージェンだけよ。彼のせいで姪自身が恐ろしい思いをしたために、目がくもっているんじゃないかと思うの。おそらく、少し罪の意識にも駆られているんだわ。でも、寝室にふたりきりになったのはヴァネックのせいよ。それは絶対だわ」

マサイアスは図書室の誰もいない入口をちらりと見やった。「それで、三年もたった今になって、ミス・ウォーターストーンは友人の仇《かたき》を討つというこの狂った計画を思いついたわけですか」

「もうすっかり過去のこととして乗り越えたと思っていたのよ」ホレーシアは言った。「でも、イモージェンはザマー協会の会員は辞めていないので、今でも大勢の人と連絡はとり合っているの。何週間か前に、その内のひとりが、ヴァネック卿が金持ちの花嫁を探していると知らせてきたのよ。ちょうど兄が亡くなってこの家と収集品をイモージェンに遺したところだった。それと、その、あなたの兄に対する約束もね。それで、イモージェンがふいにひらめいたのよ」

「ひらめいたということばは、ぼくだったら使いませんね」マサイアスは書棚から身を起こしたが、そこで〈ザマリアン・レビュー〉の最新号が目にはいり、身動きを止めた。その日付に気づいて顔をしかめる。「くそっ」

「どうかしました?」

「いえ、なんでも」マサイアスは雑誌を手にとり、ページを繰《く》った。「この号は編集者がザマーの碑文の解釈についてふたつの論文を載せているものなんです。ひとつはぼくの論文で、もうひとつはI・A・ストーンによるものです。この男には悩まされてばかりだ」

「そうなの」ホレーシアは死体の灰を入れる壺《つぼ》を調べるのに忙しそうに見えた。

「なぜか、編集者はストーンの論文にずいぶんと注目しているんです。どんなまぬけが見ても、彼の結論が完全にまちがっているのはわかるはずなのに。それについて編集者と話をしなくては」

「I・A・ストーンの論文をその雑誌に載せることについて編集者に文句を言うつもりなの?」

「ええ、もちろん。この雑誌を創刊したのはこのぼくですからね。これには学究的な論文だけを載せるようにさせるのがぼくの責任です」

「つまり、ザマーの碑文についてのI・A・ストーンの解釈があなたの解釈と一致しないから?」ホレーシアはそっけなく訊いた。

「ええ、そうです。とくに腹立たしいのは、例によってぼくが発表した研究結果にもとづいてストーンが解釈を行っている点です」マサイアスは怒りを抑えようとした。ほかのザマー研究者の仕事については、たいてい興味を抱くこともなく、さげすむだけで見過ごすことができた。ラトリッジがいなくなってからは、自分以上にザマーに詳しい人間はおらず、ザマー研究の分野で自分に匹敵する者はいなかった。

一年半前、〈ザマリアン・レビュー〉の誌面にI・A・ストーンが華々しく登場するまで、マサイアスの権威にたてつく人間は誰もいなかったのだった。

I・A・ストーンが自分から久しぶりに強い反応を引き出した人間であることに、マサイアスは強い苛立ちと当惑を募らせていた。どうしてかはわからなかった。ストーンには会ったこともなかったのだから。これまでのところ、新たな論敵のことは書いたものでしか知らなかったので、すぐにストーンの身もとを調べ、成り上がり者にひとこと言ってやると自分に誓った。

「伯爵様?」ホレーシアが警戒する口調で言った。「わたしたちのささやかな問題についてですけれど?」

「すみません。ストーンはぼくにとって苛立ちの種なもので」

「それはわかりますわ」

「数カ月前にイギリスに戻って以来、彼がどんどんぼくの領域を侵すような論文を〈レビュー〉に載せているのが気になっていて。ザマー協会の会員たちも、今は誌面でストーンとぼくの意見がちがうときには、それぞれの側につくようになっている」

「そのことについてのあなたのお気持ちはもちろん理解できるわ。ザマー研究におけるあなたの揺るがない立場を思えば」ホレーシアはそつなく言った。

「揺るがない立場? I・A・ストーンはことあるごとにぼくの立場を揺るがしてくれてい

る。でも、それはまた別の問題ですよ。今はイモージェンと彼女の常軌を逸した計画について話しているんだから」

ホレーシアは彼の顔を探るように見た。「ええ、そうね」

「三年前の出来事のせいで、彼女がまた社交界に受け入れられるのは不可能なのではないかと思いますが？」

「彼女がちゃんとした家から招待状を受けとることはないのではないかと望みをかけてはだめよ」ホレーシアは言った。「社交界は彼女のことをうんとおもしろい存在とみなすんじゃないかと思うの。わたしがブランチフォード家と縁戚関係にあることと、彼女自身がわたしの兄からかなりの遺産を受けとったこと、それに、ザマーの宝のありかを示す地図に関する嘘、そのすべてが組み合わさって、社交界のゆがんだ興味を惹くことでしょうよ」

「花嫁候補とはみなされなくても、おもしろい存在であるのはまちがいないということか」

マサイアスがつぶやくように言った。

「要するに、そういうことじゃないかと思うわ」

「大惨事を引き起こすとしか思えませんね」

「ええ、そう。あなたが唯一の望みの綱よ。彼女の気持ちを変えさせる方法を見つけてくださらなければ、イモージェンは破滅の深淵《しんえん》へとまっさかさまに落ちていくことになるわ」ホレーシアは次に発することばに重みを持たせるように間を置いた。「あなたがほんとうに兄に恩返しするつもりがあるのなら、イモージェンを救ってくださらなくてはならない。それこそがセルウィンの望みだったはずだから」

マサイアスは眉を上げた。「あなたもずいぶんと簡単に物事をまとめようとするんですね、ミセス・エリバンク」

「やむにやまれずよ」

「あなたの兄上との約束をかたに、ご自分の目的にかなうようぼくをあやつろうと思っているとしたら、やむにやまれずにちがいありませんね」

ホレーシアは息を呑んだが、あきらめようとはしなかった。「伯爵様、姪がこんなばかげた計画を実行しないようにしてくださいな」

マサイアスはホレーシアとしっかりと目を合わせた。「あなたはぼくの評判をご存じだとおっしゃった。そうだとしたら、ぼくが他人を救うよりは破滅させようとする人間であることもわかっておいでのはずだ」

「それはよくわかっていますわ」ホレーシアは両手を広げた。「でも、ほかに誰もいないんです。あの子はわたしの言うことなど聞きませんから。それに、あなたは兄と約束したわけだし。〝冷血なコルチェスター〟が必ず約束を守る人間だということは世間のみんなが知っているわ」

マサイアスは答えずに踵《きびす》を返し、図書室を出て廊下を渡ると、階段へ向かった。それから一段抜かしに階段をのぼった。

踊り場に達すると、足を止めて耳をすました。何かがぶつかる大きな音がし、その後にくぐもった、どすんという音が何度かして、目指す相手が東棟で作業していることがわかった。マサイアスは決意に満ちた大股で廊下を進んだ。

イモージェン・ウォーターストーンに攪乱《かくらん》されるのはもうたくさんだ。そろそろ自分の運命は自分で決める潮時だ。自分はつねに約束を守ってきたが、それはミセス・エリバンクにも警告したように、自分なりのやり方でだった。

連続して聞こえてくるどすんという音に導かれるまま、廊下の左側にある寝室の開いた扉へ近づくと、マサイアスは入口で足を止め、部屋のなかを見まわした。

部屋のなかは暗く、この家のほかの部屋同様、葬送品で装飾されていた。厚手の黒いカーテンはひもでまとめてあったが、窓から射しこむ光も、部屋を包む薄暗さを払う役には立っていなかった。ベッドにかけられた布も、喪に服すような色合いで、黒と栗色のベッドカーテンが天井から吊り下げられている。

部屋のなかで何よりも興味深い光景は、奥で背を向けて作業しているイモージェンの丸みを帯びた腰だった。マサイアスは下腹部が急に張りつめるのを感じた。

どこか妙な体勢のせいで、その魅惑的な臀部《でんぶ》の曲線が挑発するように突き出されている。イモージェンが腰のところで体を折り曲げ、大きな鉄製のトランクを黒いカバーのかけられたベッドの下から引き出そうとしているのだ。ボンバジンのドレスのスカートの後ろが何インチか持ち上がり、白いストッキングを穿《は》いた優美な形のすねがあらわになっている。マサイアスは突然、ストッキングのてっぺん付近を探ってみたいという抑えきれないほどの欲望に駆られた。

全身に走った強い欲望の波には虚をつかれた。マサイアスは深々と息を吸うと、目下の問題に注意を向けることをみずからに強いた。

「ミス・ウォーターストーン？」

「どうしたんです？」イモージェンはぎょっとしてすばやく身を起こした。くるりと振り向いたその顔は、必死で重いトランクを引っ張っていたせいで真っ赤になっている。振り向いた拍子に片手が近くのテーブルに立っていた墓所用の醜い神像にあたり、その小さく奇怪な・粘土の像は床に落ちて粉々に割れた。

「ああ、いやだ」イモージェンは壊れた神像を見て顔をしかめた。

「もったいないと思う必要はない」マサイアスは神像のかけらを一瞥《いちべつ》して言った。「それはザマーのものじゃない」

「そう、そうよね？」イモージェンは片手を上げ、傾いていた小さな白い帽子をまっすぐに直した。「廊下を歩いていらっしゃる足音が聞こえなかったわ。まさか図書室の目録づくりが終わったわけじゃないですよね？」

「いや、まだようやくはじめたばかりさ。ここへ来たのは、もっと重要なことを話し合うためだ」

イモージェンは顔を明るくした。「ヴァネックを罠にかけるわたしたちの計画のこと？」

「それはきみの計画であって、ぼくのじゃないよ、ミス・ウォーターストーン。ミセス・エリバンクとそのことについてよく話し合ったんだが、どちらも同じ考えだった。きみの計画は思慮が足らず、無茶で、おそらくはとても危険なものだ」

彼を見つめるイモージェンの目が落胆に暗くなった。「伯爵様、わたしを止めることはできないわ」

「きっとそう言うと思っていたよ」彼はしばらく彼女をじっと見つめた。「きみに力を貸して、割り振られた役割を演じるのをぼくが断ったらどうするつもりだい？」

イモージェンはためらうような目を向けてきた。「叔父との約束をはたすのを拒むの？」

「ぼくがセルウィンとした約束はかなり曖昧《あいまい》なものだ。どんなふうにも解釈することができる。約束したのはぼくだから、解釈もぼくがする」

「ふうん」イモージェンは腰に手をあて、爪先で床を打ちはじめた。「つまり、約束を反故《ほご》にするつもりなんでしょう？」

「ちがう。ぼくは約束は必ず守る人間さ。この約束も例外ではない」マサイアスは自分が腹を立てつつあるのに気づいた。「ただ、きみの叔父さんへの恩を返すもっともいい方法は、きみが危険な計画を実行するのを阻止することだという結論に達したんだ」

「これだけは言っておくわ。わたしに力を貸すのを拒んでもいいけど、わたしが計画を実行に移すのを止めることはできないわよ。あなたの協力があれば、とてもありがたかったのはたしかだけど、あなたの力を借りなくても、きっとヴァネックの気を惹くことはできるから」

「そうかな？」マサイアスは部屋に一歩足を踏み入れた。「それで、どうやってそれを実行に移すんだい？　三年前のように、個室に呼び出すのか？　そうすれば、彼の気を惹けるのはまちがいないだろうけどね」

イモージェンは一瞬ぎょっとした顔になったが、やがて怒りに目が燃えた。「よくもそんなことを」

マサイアスは後悔に心を貫かれたが、その気持ちを抑えつけた。この場合、目的が方法を正当化してくれるはずだとみずからに言い聞かせる。彼は歯を食いしばった。「その一件を持ち出したことは謝るよ、ミス・ウォーターストーン」

「謝ったほうがいいわね」

「それでも」彼は容赦なくつづけた。「ぼくらのどちらも過去を無視していいわけはない。事実は事実だからね。ヴァネックがかつてきみを誘惑したとしたら、きっとまた同じことを試みようとするだろう。彼を計画に誘いこむために自分の魅力を利用しようとしなくても――」

「いい加減にして。三年前、ヴァネックはわたしを誘惑したわけじゃないわ。評判に瑕をつけてくれただけよ。そこには大きなちがいがある」

「へえ」

「片方は現実で、片方は単なる見せかけの問題よ」イモージェンはがっかりしたように鼻をすすった。「あなたほどの知性の持ち主なら、そのふたつが根本的にちがうことをわかってくれると思ったのに」

前触れなしにマサイアスの癇癪《かんしゃく》が燃え上がった。「いいだろう、きみがそうしたいというなら、ささいなちがいに目を向ければいい。だからといって、何も変わらないからね。問題はなくならない。ヴァネックのような男を手玉にとるのは易《やさ》しくないと思い知ることになるさ」

「これだけはたしかだけど、彼のことはうまくあつかえるし、あつかうつもりよ。でも、あなたの言うことにも一理あるのがわかってきたわ。あなたの協力は必要ないのかもしれない。最初に計画を立てたときには、あなたの協力がとても役に立つと思ったんだけど、今は役に立つどころか邪魔になるかもしれないと思えてきたわ」

マサイアスにはその理由は計り知れなかったが、イモージェンの激しい非難のことばは彼の怒りの炎に油を注いだ。「なぜそう思う?」

「思っていたのとは明らかにちがう人ですもの」

「くそっ。いったいぼくをどんな人間だと思っていたんだ?」

「あなたのこと、行動的な人だと思っていたの。危険に瀕《ひん》してもひるむことのない人だと――まちがっていたみたいだけど。一瞬もためらうことなく、冒険に乗り出していける人だと思っていたのよ」

「どこからそんな妙な結論を引き出してきたんだ?」

「古代ザマーについてのあなたの論文からよ。旅や探検など、あなたがじっさいに経験した冒険についてのわくわくするような記録を読んでそう結論づけたの」彼女はあざ笑うような笑みを浮かべてみせた。「どうやら誤解だったようね」

「ミス・ウォーターストーン、ぼくがあのいまいましいI・A・ストーンと同じように、他人の研究に乗じて論文を書いていると言いたいのかい?」

「I・A・ストーンは情報源について何ひとつ隠していないわ。自分が書いているものについて、じかに目にしたとは言っていない。あなたはそう主張し、行動力のある人間と自負してらっしゃるわ。でも、どうやら、そういう人間ではまったくないようね」

「ぼくはありのままの自分以外の何者であるとも言っていない。きみは小賢《こざか》しくも大げさに——」

「あなたは事実ではなく作り話を書いているようね。あなたのこと、危険な偉業に身をささげた、賢くて機知に富んだ紳士だと思っていたなんて最悪だわ。わたしはあなたがささいな不都合よりも名誉を重んじる男性だと誤解して、あれこれ計画を立てていたわけね」

「ぼくの名誉ばかりか、男らしさも疑わしいと言いたいのか?」

「どうしてそう言ってはいけないの? あなたがわたしに恩があるのは明らかなのに、その恩を返すのを避けようとしているわけじゃない」

「恩があるのはきみの叔父さんにであってきみではない」

「その恩を叔父から受け継いだことは説明したはずよ」彼女は言い返した。

マサイアスは暗い部屋にもう一歩足を踏み入れた。「ミス・ウォーターストーン、きみはぼくの忍耐力を試してくれているよ」

「そんなことをするはめになるとは夢にも思わなかったから」危険なほどに甘い声だ。「あなたがわたしの計画に協力してくれる気がまったくないことはわかったわ。だから、約束は反故にしてくれて結構よ。どうぞお帰りくださいな」

「くそっ。そんなに簡単にぼくを追い払えると思うなよ」マサイアスは大股の二歩でふたりのあいだの距離をつめ、両手で彼女の肩をつかんだ。

そうして触れたのはまちがいだった。まばたきひとつするあいだに怒りは欲望へと変化した。

一瞬、マサイアスは動くことができなかった。力強い手で体の内側をきつくつかまれたかのようだった。呼吸をしようとしても、イモージェンの香りが鼻腔《びこう》を満たし、頭にかすみがかかってしまう。彼女の青緑色の底なしの目をのぞきこむと、溺《おぼ》れそうな気がした。威圧するようなことばを発して口論をおさめようと口を開いたが、ことばは喉の奥で消えてしまった。

イモージェンの目からも怒りの炎が消えた。突然、不安そうな色がそこに浮かぶ。「伯爵様？　どうかしたんですか？」

「ああ」そのことばを歯のあいだから押し出すのがやっとだった。

「どうしたんです？」イモージェンは警戒するような顔になった。「気分が悪いの？」

「たぶん」

「なんてこと。気がつかなかったわ。妙な振る舞いをなさるのも道理ね」

「たしかに」

「しばらくベッドに横になりません？」

「今、それはいい考えじゃないと思うね」彼女はやわらかかった。きっちりした実用的なドレスの袖越しに肌のあたたかさが感じられた。彼女が議論しているときに見せた熱情を、愛を交わすときにも見せるのかどうか知りたいという思いに駆られる。マサイアスは彼女の肩からようやくの思いで手を離した。「この議論のつづきは別のときにしたほうがよさそうだ」

「だめよ」イモージェンはきっぱりと言った。「あとまわしにしてもいいことはないわ」

マサイアスは何秒か目を閉じ、深呼吸した。まつげを持ち上げると、イモージェンが興津々の表情で見つめてきていた。「ミス・ウォーターストーン」彼は決意を固めて口を開いた。「ぼくは分別を働かせようとしているんだ」

「わたしに力を貸してくれる気になったんじゃないの？」イモージェンは笑みを浮かべた。

「なんだって？」

「気が変わったんでしょう？　名誉を重んじる気持ちが勝ったのよ」彼女は目をきらめかせ

た。「ありがとう、伯爵様。わたしの計画に力を貸してくれるとわかっていたのよ」そう言って称賛するように彼の腕を軽くたたいた。「ほかの問題については心配しなくていいわ」

「ほかの問題？」

「そう、あなたが勇敢な行動や向こう見ずな冒険をじっさいには経験したことがないということよ。気持ちはよくわかるわ。自分が行動的な人間じゃないという事実を恥ずかしがる必要はないのよ」

「ミス・ウォーターストーン――」

「結局、誰もが勇猛果敢な人間になれるわけじゃないんですもの」彼女は無頓着につづけた。「恐れる必要はないわ。わたしの計画を実行するにあたって、何か危険なことが起こったら、わたしがなんとかするから」

「危険な状況にきみが対処すると思っただけで骨の髄が凍りつく気がするよ」

「あなたはある種の神経衰弱の症状に苦しめられているようね。でも、どうにか切り抜ける策を練りましょう。恐ろしい想像に負けないようにしなくてはだめよ。行く手に何が待ちかまえているのだろうとびくびくしているんでしょうけど、何が起ころうとも、わたしがずっとそばにいるわ」

「そうかい？」マサイアスは頭がくらくらする気がした。

「わたしがあなたを守る」そう言うと、イモージェンは前触れなしに彼の体に腕をまわした。力づけるために軽く抱きしめようとしたにちがいなかった。

マサイアスが自制心を保つためにみずからをしばっていた縛《いまし》めがぷつんと切れた。イモージェンが身を引く前に彼女の体にきつく腕をまわす。

「伯爵様?」驚きにイモージェンは目をみはった。

「ミス・ウォーターストーン、この状況で唯一ぼくが心配しているのは――」彼は荒々しく言った。「誰がきみからぼくを守ってくれるかということさ」

そう言うと、彼女に答える暇《いとま》も与えず、唇に唇を押しつけた。

3

イモージェンは身動きをやめた。一瞬、感覚のすべてがぶつかり合い、くらくらするような混沌《こんとん》を生み出すように思えた。昔から、自分は強い神経の持ち主だと自負してきたのだった。ふさぎこむこともなければ、気が遠くなることもなく、立ちくらみやめまいに襲われることもなかった。しかしその瞬間、頭はすっかりぼうっとなっていた。

息が喉でつまり、てのひらがふいに汗ばんだ。少し前にははっきりしていた思考が今は散り散りになっている。まわりのすべてが突然ゆがんで見え出す。イモージェンは身震いしたが、やがてうっとりするような熱っぽいあたたかさが全身に広がるのを感じた。

健康そのものだと自信を持っていなければ、病気になったのかもしれないと思ったことだろう。

マサイアスはうなるような声を発し、キスを深めて自分の硬く強靭《きょうじん》な体に彼女をきつく抱き寄せた。彼の舌が唇をなぞる感触があり、口を開けてほしいのだとわかってイモージェンは驚いたが、好奇心が勝り、恐る恐る唇を開けた。マサイアスの舌がなかにはいってきた。その親密なキスに驚き、膝が崩れそうになる。まわりの世界がぐるぐるとまわるように感じられた。手を離されたら倒れてしまうのではないかと不安になり、イモージェンは彼の肩にきつくしがみついた。

しかし、マサイアスは手を離そうとはしなかった。彼女の体にまわした腕に力をこめ、さらにきつく抱き寄せただけだった。そのせいで手触りのよさそうな彼のズボンの前が不安になるほどにふくらんでいるのがわかった。広い胸に彼女の胸が押しつけられているのを彼が意識しているのもたしかだった。マサイアスがわずかに身を動かし、イモージェンは後ろに身をそらすことになった。ブーツを履いた片足が脚のあいだにすべりこんでくる。彼の太腿の猛々《たけだけ》しいほどのたくましさが感じられた。

これまで経験したことのない荒々しい感覚がイモージェンの体を貫いた。わたしだってまったく経験がないわけじゃないわと、懸命にみずからに言い聞かせ、正気を失うまいとする。しかし、フィリップ・ダルトワの手慣れたキスやアラステア・ドレイクの慎み深い抱擁にも、こんなふうに感覚を混乱におとしいれられることはなかった。

情熱。ようやく本物の情熱を知ることになったのだ。燃え上がるような興奮がイモージェンの全身に広がった。

マサイアスの貪欲《どんよく》な口に口をふさがれているせいで、ことばにならない悦《よろこ》びの叫びを小さくもらし、イモージェンは彼の首にきつく腕をまわした。

「イモージェン」マサイアスは首をもたげた。その厳しい顔には張りつめたものがあった。目はもはや無感情でもこの世のものとは思えない灰色でもなく、燃え立っていた。何とは知れぬ問いへの答えを探して神託のガラスをのぞきこんでいるかのようだった。「いったいぼくは何をしているんだ?」

心を粉々にされるほどの強さで現実が戻ってきた。イモージェンはマサイアスをじっと見つめた。性急な衝動に駆られて彼女を腕に引き入れたことを後悔しているのがわかったからだ。

強い喪失感が湧き起こったが、イモージェンはそれを容赦なく押しつぶした。このなんとも不適切な状況に対する適切なことばを必死で探しながら、冷静さをとり戻そうとする。「おちついて、伯爵様」彼女は傾いた帽子を直そうとしながら言った。「あなたのせいじゃないから」

「そうかい?」

「ええ、まったく」イモージェンは絶え絶えの息で請け合った。「危険な情熱が高まると、こういうことが起こるの。うちの両親も同じ問題を抱えていたわ。両親のあいだで口論が起こると、必ず最後はこういうことになった」

「なるほど」

「少し前にあなたとわたしは議論をしていたから、その瞬間の感情が一時的に自制心を失わせたんだわ」

「きみなら賢い説明を考えてくれるとわかっていたよ、ミス・ウォーターストーン」マサイアスの目がきらりと光った。「ことばにつまったことはないのかい?」

心の奥底でためらいが芽生えた。まさかからかわれているのではないわよね? 「どれほどはっきりものが言える人でも、正しいことばを見つけられないことはあるはずですわ」

「行動だけがそれにとって代わる場合もね」彼は彼女のうなじにたくましい片手をあてて動きを封じ、ゆっくりと首を下げてまたキスをした。

今度はよく計算された意識的なキスだったが、なんとも言えずすばらしかった。マサイアスの腕のなかでイモージェンの体から力が抜けた。帽子が絨毯《じゅうたん》の上に落ちて小さな音を立てた。髪がほつれて落ちる。マサイアスは髪のなかに片手を差し入れた。

イモージェンの体が揺れた。まわりの世界が液体に変わって流れ落ちていく気がした。唯一たしかなものはマサイアスだった。しかもとても硬い。そのたくましさに圧倒されると同時に、うっとりさせられる。甘い渇望が全身に走る。イモージェンはマサイアスの首にまた腕をまわし、必死でしがみついた。

「きみは次から次へと驚かせてくれるんだな」マサイアスは口づけたまま言った。「ザマーに似ていなくもない」

「伯爵様」イモージェンはそのことばにぼうっとなった。古代のザマーに匹敵すると言われるほどすばらしいことはなかったからだ。そんな深みのある褒めことばをもらったのははじめてだった。

マサイアスは彼女を一歩ずつゆっくりとあとずさらせた。イモージェンは前触れなく衣装ダンスに押しつけられる格好になった。マサイアスはイモージェンの両方の手首をつかんで頭の脇に持ち上げ、装飾をほどこしたマホガニーの扉に押しつけた。そうして押さえつけたまま、唇から唇を離し、喉へと焼けつくようなキスの雨を降らせた。同時に太腿を彼女の脚のあいだに持ち上げた。ドレスのスカートが彼のズボンの上にたまる。

「なんてこと」イモージェンははっと息を吸った。太腿のあいだに持ち上げられた彼の足はさらに高く動いた。「なんて言っていいかわから——」

「今はぼくもそうだ」マサイアスは手首を放した。たくましく優美な手を彼女の首のまわりに置くと、首をそらさせた。

イモージェンは自分の身を支えるためにぎごちなく衣装ダンスの取っ手をつかんだ。しかしその瞬間、マサイアスにベッドのほうへくるりと体をまわされた。

イモージェンは取っ手から手を離し忘れた。衣装ダンスの扉が耳障りな音を立てて開くと、中央の棚に載っていた大きな物が衝撃で揺れ、前へ傾いた。

マサイアスは口をイモージェンの喉から引き離した。「いったい……？」

棚の端から壺がすべり落ちようとするのをイモージェンはぞっとして見つめた。「ああ、いや――」

マサイアスが優美ながら驚くほどの速さで動いた。イモージェンから手を離すと、一瞬のしなやかな動きで彼女の体をまわりこみ、壺を受け止めた。

「くそっ」マサイアスは手に持った壺を見つめた。

イモージェンは安堵のため息をついた。「あぶないところだったわ。動きがとてもすばやいのね」

「その必要があるときにはね」彼はかすかに笑みを浮かべて壺を調べた。

目はまだきらめいていたが、そこに浮かんでいるのは少し前とはちがう光だった。イモージェンも壺を間近で見つめた。半透明の青緑色の石に繊細な彫刻をほどこしたもので、ザマーの遺物に特有のものだ。連絡をとり合っているザマー研究家のひとりに、上流社会でその色が〝ザマーの緑〟と呼ばれていると聞いたことがあった。その壺自体、優美なものだったが、そこには同じく優美で流れるような書体の文字が刻まれていた。イモージェンにはすぐさまその文字が何かわかった。

「ザマー語ね」驚きとともにその壺を見つめる。「セルウィン叔父様は古代ザマーの遺物をいくつか持っているとおっしゃっていたけど、こんなにきれいなものを持っているとは知らなかったわ」

「ザマー人の墓から発掘されたものだな」

「ええ」イモージェンはさらに身を寄せて壺をまじまじと見つめた。「とても上等なものよね？　文字を見て。文語体じゃなく、口語体だわ。わたしの理解が正しければ、愛する人の墓におさめた個人的な供え物よ」

マサイアスは壺から目を引き離し、値踏みするようにイモージェンを見つめた。「この文字がわかると？」

「ええ、もちろん」イモージェンは彼の手から慎重に青緑色の壺をとり、手のなかでゆっくりとまわして職人の美しい技を堪能した。「〝一日の終わりにザマリスがアニザマラを抱くように、われわれふたつの魂は永遠に結ばれる〟。美しい献辞だと思わない？」

「くそっ」マサイアスは壺を見つめていたときよりもさらに鋭い目をイモージェンに向け

た。「口語体のザマー語をこれほどすばやく正確に訳せるのは、イギリスでぼく以外にたったひとりしかいない」

イモージェンは自分がたった今犯してしまった過ちに気がついたが、遅すぎた。「ああ、もう」

「どうやらぼくはI・A・ストーンにキスをする光栄に浴したようだね?」

「伯爵様、これだけは言えるけど、だますつもりはなかったのよ」

「なかった?」

「その、たぶん、ちょっとはあったかもしれないけど。すべて説明するつもりだったわ」

「いつかは?」

「ええ。いつかは。時機を見て」イモージェンはなだめるような笑みを浮かべようとした。「あなたがいらしてから、あれこれあってお互いとても忙しかったから、その機会がなかっただけの話なの」

マサイアスは言い訳にもならない言い訳は無視した。「最初の頭文字はそのままだ。ストーンをどこからとったかも明らかだ、ミス・ウォーターストーン。でも、ミドルネームの頭文字は?」

「オーガスタからよ」イモージェンは小さくため息をついて言った。「わかってくださいな。わたしが身分を明らかにしていなかったのは、女性が書いたとわかったら、編集者がわたしの論文を〈レビュー〉に載せてくれないことはたしかだったからよ」

「それはそうだ」

「ちゃんと挨拶《あいさつ》がすんだらすぐに真実を明かすつもりでいたのよ。でも、あなたがすぐさま、I・A・ストーンを論敵とみなしていることがわかったから。わたしやわたしの計画についてえてもらうにあたって、そのせいであなたの目をくもらせたくなかったの」

「論敵だって？」マサイアスは眉を上げた。「ばかばかしい。ぼくはI・A・ストーンを論敵とは考えていない。論敵ということばは同等の立場にある人間に対して使うものだ。I・A・ストーンはぼくの論文におかしな解釈を加えている、おこがましくも安っぽい論文書きにすぎない」

　そのことばにイモージェンは腹を立てた。「言っておきますけど、事実に対してまともでたしかな解釈を加えることは、その事実をじっさいに経験するのと同じだけ重要なことだわ」

「じっさいに経験して知ることに代わるものはない」

「そんなことないわ。あなただってザマーの古代の遺物について、証拠となるものを発見しないまま、性急な結論に飛びつくことも多いじゃない」

「たとえば？」

イモージェンは顎を上げた。「たとえば、ザマー人の婚礼の儀式について、まったく根拠のない仮説を最新号の〈レビュー〉に載せていたわ」

「根拠のない仮説など立てたことはない。つねにみずからの発見と研究をもとに、論理的な結論に到達している」

「そうかしら？」イモージェンは挑むような目を彼に向けた。「婚礼を結ぶにあたって、花嫁は拒否できないとあなたは主張しているけど、ザマーの花嫁がたくさんの権利と特権に恵まれていたことは素人目にも明らかだわ。ザマーの女性は望めば婚姻を解消することもできたのよ」

「きわめてかぎられた条件のもとでだけだ」

イモージェンはひややかな笑みを浮かべた。「夫が残酷であったり、生殖能力に問題があったりするのがわかった場合にはそうできたわ。それに該当する夫婦関係もかなり多かったはずよ。それに、婚姻を結んだあとも、もともと持っていた財産や収入を自分で管理できたわ。古代ザマーの法律のほうが現代のイギリスの法律よりもずいぶんと進んでいたのはまちがいないわね」

「それについてはあまり確信を持たないほうがいいな」マサイアスは言った。「婚姻ということになると、ザマー人はイギリス人とさほど変わらなかったんだから。男は一家の主人で、妻は夫に従うものとされていた。家事を担い、夫の生活を快適にするよう求められる従順な同居人だった。一方、夫には妻と子供たちを守る責任があった」

「ほら、また根拠のない仮説をおっしゃっているわ。わたしはあなたの論文をくまなく調べて、ザマー人の婚姻が互いへの愛情と知的な敬意にもとづくものだという結論を出したのよ」

「対象をじかに調べたわけではない人間が熱に浮かされた想像力をもって考察するから、そんなとんでもない結論に達するんだ。ザマー人の婚姻はイギリス人の婚姻のほとんどがそうであるように、財産と、社会的地位と、相互利益にもとづいたものだった」

「それはほんとうじゃないわ」イモージェンは鋭く言い返した。「ザマー人の婚姻においては、互いへの愛情が何よりも重要な要素よ。あなたがザマーの図書館の遺跡で見つけた詩についてはどうなの？」

「いいだろう。それはつまり、ザマーの詩人のなかにも、ばかげた愛の詩を書く人間がいたということだ」マサイアスは嫌悪と苛立ちを示すように手で髪を梳いた。「それは何を証明するものでもない。婚姻は古代ザマーにおいては今のイギリスにおけるのと同様に、相互利益のとり決めでしかなかった」

「ザマー人が愛の力を信じていなかったとおっしゃりたいの?」

「愛ということばは欲望を上品に言いかえたものだ。きっとザマー人たちにはそれがよくわかっていたはずだ。結局、とても賢い人々だったわけだから」

「愛は欲望と同じものじゃないわ」

「いや、同じものだ」マサイアスは顎をこわばらせた。「これだけは言えるが、ぼくは自分の目で見たものから、その結論を引き出したんだ。ほかのすべての結論と同様にね。そうではない連中もいるようだが」

イモージェンはかっとなった。「わたしだってそれについては経験がないわけじゃないわ。でも、そこからちがう結論を導き出した」

マサイアスの笑みが冷たいものになった。「欲望を経験したことがあると? 詳しく教えてくれるかい、ミス・ウォーターストーン?」

「いいえ、教えないわ。そういうのって個人的なことだから」

「まったくだ。では、愛と欲望について、ぼくの個人的な経験からいくつか言わせてもらう。ぼく自身、激しい欲望に駆られて燃え上がった情熱の産物だったが、その欲望が冷めると、あとには苦々しさと怒りと悔いだけが残った」

驚きと同情がくすぶっていた怒りを鎮めてくれた。イモージェンはすばやくマサイアスのほうへ一歩踏み出し、そこでためらって足を止めた。「赦《ゆる》して。このことがあなたにとってそんな個人的な問題だとは知らなかったから」

「不運なことに、どちらにとっても逃げるには遅すぎたわけだ」マサイアスの声からありとあらゆる抑揚が消えた。「母はぼくを身ごもっていたからね。母の家族は結婚を求めた。父の家族は母が受け継ぐ財産をほしがった。地獄の縁組みさ。父は母をけっして赦さなかった。自分を罠にはめて結婚へと持ちこんだと非難した。母のほうも、自分を誘惑しておいて背を向けた父をけっして赦さなかった」

「あなたの幼少期は不幸なものだったにちがいないわ」

彼の目におもしろがるような冷たい光が宿った。「逆にぼくはその経験が役に立ったと思っているよ。学ぶことが多かった」

「辛い教訓を得たと感じているのも無理はないわ」イモージェンは悲しみに襲われそうになるのをこらえた。そこでふと思いついたことがあった。「爵位を受け継いだので、結婚を期待されているとおっしゃっていたわね。きっとご自分の縁組みには幸せを求めるのでは？」

「それはきみの言うとおりかもしれない」マサイアスは苦い顔で言った。「ばかばかしい情熱や欲望よりも、もっとしっかりした土台のもとに結婚の契約をするつもりさ」

「ええ、もちろんそうね」イモージェンは小声で言った。

マサイアスは彼女の手から光る青緑色の壺をとり、考えこみながらそれを見つめた。「愛についての詩などで頭の鈍った女性よりも、常識を心得た花嫁を探すよ。教養高い心に導かれて行動する、知性あふれる女性さ。黒い目の詩人に出くわしても、すぐに情熱を燃え上がらせたりしない貞淑な女性だ」

「そう」どうしてこの人についてこんなひどい思いちがいをしていたのか理解しがたいわねとイモージェンは胸の内で暗くつぶやいた。頭のなかで思い描いていたザマーの権威のコルチェスターは、まさに愛と冒険の物語の主人公といった人物だった。本物のコルチェスターはどうやら少々かわいそうな境遇の人のようだ。「奇妙なことだけど、あなたにいらしてほしいと伝言を送ったときには、お互い共通点が多いと思っていたの」

「そうなのかい？」

「ええ。でも、それが思いちがいであったことがわかったわ。わたしたち、あり得ないほどに真逆の人間じゃありません？」

マサイアスは突然用心するような顔になった。「ある意味ではたぶん」

「わたしが思うに、重要な点ではことごとくそうよ」イモージェンは彼に弱々しい笑みを向けた。「ですから、約束のしばりから解放してさしあげます」

マサイアスは顔をしかめた。「なんだって？」

「わたしの計画に力を貸してほしいと思ったのはまちがいだった」イモージェンはザマーの壺を持つ彼の繊細で長い指をじっと見つめた。「あなたがこういう類いの冒険に似つかわしい人じゃないとわかったから。無理に力を貸してほしいと言う権利はわたしにはないわ」

「そんなに簡単にぼくを追い払うわけにはいかないときみにもわからせたはずだが、ミス・ウォーターストーン」

「え?」

「きみの計画に手を貸すよ。ぼくはきみが思っていた人間とはちがうかもしれないが、腰抜けでないことを証明する機会はぜひほしくてね」

イモージェンはぞっとした。「伯爵様、あなたのこと……腰抜けだと言うつもりは全然――」

マサイアスは片手を上げて抗議のことばをさえぎった。「きみの言いたいことはよくわかったよ。ぼくが心配性の臆病な性格だと思っているわけだ。そこに多少の真実が含まれているのは否定しないが、まったくの腰抜けだと決めつけられるのには我慢できない」

「伯爵様、あなたのこと、腰抜けと決めつけるなんて夢にも思わないわ。精神的に弱い部分があったとしても、それを恥じるべきじゃない。それはあなたの髪にひと房白い筋がはいっているのと同様に血筋の為せるわざでしょうから。自分ではどうしようもないことよ」

「今さら遅いね。ぼくはきみの叔父上との約束をはたすと決心したんだ。それがぼろぼろになった自尊心を多少なりとも保ちつづける唯一の方法だから」

「正直、とても驚いたわ」二日後、駅馬車でロンドンへと向かう道中、イモージェンはホレーシアに打ち明けた。馬車にはふたりきりだった。マサイアスはイモージェンが渡した指書きを持って前日に出立していたからだ。「あの人が計画に乗ってくれたのは、度胸のあるところを見せるためなのよ。彼の自尊心を傷つけてしまったんじゃないかと思うわ。そんなつもりはなかったんだけど、わたしが何かに強い感情を抱くと、ついその感情に流されてしまうことがあるのは叔母様もご存じでしょう」

「わたしだったら、コルチェスターの自尊心についてはさほど心配しないわね」ホレーシアがきっぱりと言った。「ひとりの人間として充分すぎるほどの傲慢《ごうまん》さを備えているようだから」

「そう思えればいいんだけど、彼はかなり繊細な心の持ち主だって気がするの」

「繊細な心？　コルチェスターが？」

「わたしに協力するのを思い留《とど》まるよう必死で説得したんだけど、そう、だめだったわ」

「コルチェスターはこの正気じゃない計画に協力すると心を決めているようだったわね。どんな思惑があるのかはわからないけれど」

「彼の思惑についてはさっき話したじゃない。自分が行動的な人間だと証明しようとしているのよ。そういう人間じゃないのは誰が見ても明らかだけど」

「ふうん」ホレーシアは旅行用のドレスのスカートの皺を伸ばし、クッションに背をあずけた。それから、考えこむような目をイモージェンに向けた。「最初、あなたの計画が危険きわまりないと言ったのはヴァネックの反応を恐れたからだった。でも、今、コルチェスターをかかわらせることはさらに無茶なことだという気がするの」

「コルチェスター伯爵は危険な人じゃないわよ」イモージェンは鼻に皺を寄せた。「そう、今ここにいてくれたらいいと思うわ。そうすれば、これほど心配しなくてすむのに。どうやら、計画がうまくいくように細かいことに気をつけるだけじゃなく、彼にも目を配らなければならないようね。自分が臆病者でないことを証明しようと躍起《やっき》になるあまり、彼が問題を引き起こすことのないようにしなくちゃ」

ホレーシアは姪に横目をくれた。「コルチェスターを見張るつもり？」

「この状況ではそれが精一杯ね」イモージェンは窓の外に暗い目を向けた。「彼は期待していたのとまるでちがったのよ、ホレーシア叔母様」

「さっきからそればっかりね。正直に言いなさい、イモージェン。あなたの期待はかすみのように実体のない空想にもとづくものだったと」

「そうじゃないわ。彼の性格については、〈ザ マリアン・レビュー〉に載せた論文から推測したのよ。読んだものにあまり信頼を置いてはいけないということがわかっただけだったけど」

ホレーシアは眼鏡越しにイモージェンの目をのぞきこんだ。「イモージェン、あなたはコルチェスターのことがわかっていないわ。さっきから言おうとしていたんだけれど、彼の評判は十年前、彼がまだ二十代はじめだったころに確固たるものになったの。あなたは信じないでしょうけれど、ほんとうのところ、彼はきわめて危険で、どこまでも冷血だと思われているのよ」

イモージェンは顔をしかめた。「そんなのばかばかしいわ。彼と知り合ってたった五分の人間でも、そんな評判があの人の真の姿と正反対のものだとわかるはずよ。彼は忌まわしい噂話の犠牲者のようね。三年前のわたしと同じで」

「彼にそう思わされたのね」ホレーシアは小声で言った。「どうしてかしら」

「彼には協力してもらわざるを得ないようよ」イモージェンはそのことについてはあきらめて言った。「役に立つより面倒を起こしてくれそうだけど」

「今このとき、向こうもあなたについて同じことを言っているとしても驚かないわね」

イモージェンは反応しなかった。馬車の窓の外を流れていく田園風景に目を戻しただけだった。そのせいで真夜中に目が覚めることになった夢のかけらが戻ってくる。ここ数週間、似たような夢を見ていたが、昨晩の夢はこれまでよりもはっきりしていてさらに心を騒がせた。

自分は叔父のセルウィンの邸宅の図書室にいる。真夜中で、青白い月の光が窓からななめに射し、墓のような部屋のなかは影に沈んでいる。

そこにいることがわかっている男性を探して自分はゆっくりと振り返る。姿は見えない。姿を見たことはない。それでも、その存在を感じることはできる。深い闇をまとい、その男性は待っている。

部屋の隅の暗闇で何かが動く。恐怖に駆られながら見ていると、闇のなかから人影が現れ、ゆっくりと近づいてくる。その顔は闇に隠されているが、月光が射す場所を通りすぎるときに、髪にひと筋冷たい銀色がはいっているのがわかる。

夜の神、ザマリス。たくましく、魅惑的で、とても危険な神。

ザマリスは両手を広げて近づいてくる。

それはザマリスではなく、コルチェスター伯爵だ。

あり得ない。

しかしなぜか、その二者のちがいを見分けることはできない。コルチェスター伯爵とザマリスは夜を象徴するひとつの存在となる。

彼が伸ばしてくる手を見やると、長く優美な指からは血がしたたっている。

ミス・イモージェン・ウォーターストーンとかかわったことをおまえは後悔するようになるだろうとマサイアスは自分に向かって言った。ロンドンに到着してから何度となくくり返したことばだった。彼女はすでに集中力に大きな影響を与えてくれている。

マサイアスは鵞ペンを置き、うわの空で次の〈レビュー〉に載せるために書いた論文を眺めた。ザマー人の儀式についての考察を書いていたのだが、紙は半分も埋まっていなかった。イモージェンがもうすぐロンドンにやってくると考えると、気をそらされずにはいられなかったからだ。

その日、彼女はホレーシアとともに到着することになっていた。到着したらすぐにもあの粗野で無茶な計画を実行に移すことだろう。必要なのは、目的にかなう社交の集まりや舞踏会への招待状だけだった。それを手に入れることはできるとホレーシアは確信しているようだった。

マサイアスは椅子から立って大きな黒檀《こくたん》の机の角をまわりこみ、暖炉の前に立った。心の奥底におちつかない思いが巣食っていて、ロンドンに戻ってきてからずっとそれに悩まされていた。

イモージェンの常軌を逸した計画に巻きこまれるなど愚かしいことだった。その真っ黒な未来図に唯一救いがあるとすれば、いまいましい当の計画がうまくいかない可能性が高いということだった。とはいえ、イモージェンが復讐の計画をあきらめるまで、とんでもない試練にさらされるであろうことはまちがいなかった。彼女が負けを認めるまでのあいだ、彼女が困ったことにならないようにするのが自分の役目になるとマサイアスは陰鬱《いんうつ》に考えた。

イモージェンは悪い噂や危険を呼ぶ可能性の高い道へ足を踏み出そうと決心していた。マサイアスは客観的に見ようとしながら、再度彼女の計画を頭のなかで思い描いてみた。ヴァネックがじっさいに自分の妻を殺したとは信じられなかった。ヴァネックは娼館や賭場《とば》で不愉快な評判を頂戴している、ずる賢く、節操のない浪費家だったが、人殺しとは思えなかった。イモージェンのような世間知らずの無垢な若い女性を容赦なく誘惑するほうがヴァネックらしかった。脇に下ろした手が固いこぶしににぎられる。

マサイアスは目を閉じ、腕に抱いたときのイモージェンの反応を思い返した。甘く焼けつくような熱が全身を貫き、アッパー・スティックルフォードを発って以来、下腹部でくすぶりつづけていた炎を燃え上がらせた。女性とのキスが感覚に長く残る影響をおよぼしたのがいつ以来か思い出せなかった。マサイアスは身の内で燃え上がる欲望を意志の力で押し殺そうとした。それに失敗すると、サンダウン家の舞踏場の階上《うえ》の寝室にヴァネックとふたりきりでいるイモージェンを思い描こうとした。臓腑《ぞうふ》が凍りつく。

マサイアスにはそれがどういうことかわかっていた。長いあいだ感じたことがないほどの不安にさいなまれる。イモージェンを自分のものにしたいということだ。ヴァネックの堕落した腕に抱かれる彼女を思い描くだけで、人を殺す自分の姿が見える気がした。

マサイアスは深々と息を吸うと、火の中心をじっと見つめ、亡霊を探した。亡霊たちはいつものようにそこにいて、火のなかに引きこもうとするように腕を伸ばしてきた。呪わしいほど大勢の亡霊が。

父のトーマスが最後に家で母のエリザベスを怒鳴りつけたのは、マサイアスが十歳のときだった。母はいつものように涙に暮れていた。

その最後のいさかいをマサイアスは二階の手すりの柱のあいだから両手を震わせて見ていた。父が発する恐ろしいことばも、母の滂沱《ぼうだ》の涙も、自分には止められないとわかっていたため、その場から逃げ出して隠れてしまいたかった。しかし、そうせずに父と母の激しいやりとりを見ていることをみずからに強いた。自分にはけっして喜ばせることができなかった父と、けっして慰めることができなかった母のやりとりを。

両親が互いを責める、同じようにひどいことばのやりとりはそれまでも何度も耳にしていたが、じっさいにそのことばを理解したのはそのときがはじめてだった。

それから今まで何年もの月日が流れたが、そのことばはまだ頭に焼きついていた。

「おまえは私を罠にかけたんだ、このずる賢く心の冷たいメス犬め」玄関の間で妻と向き合って立っていたトーマスが叫んだ。「その体を使って私を誘惑し、わざと身ごもった」

「わたしを愛していると言ったじゃない」エリザベスが言い返した。「無垢だったわたしとベッドをともにするのに、あなたはなんのやましさも感じなかったわけでしょう？」

「おまえは私に嘘をついた。子を身ごもらない方法を知っていると言った。ちくしょう。おまえと結婚するつもりはまったくなかったんだ。おまえにはつかのま欲望を感じただけだ。娼婦に感じるのと変わらない欲望さ」

「あなたは愛していると言ったわ」エリザベスは泣き声になった。

「ふん。もうこの愛のない結婚にはうんざりだ。そう、おまえは爵位をほしいと思い、それを手に入れた。しかしな、エリザベス、私から手に入れられるのはそれがすべてだ」

「わたしを捨てることはできないわよ、トーマス」

「法的にはおまえから離れることはできない。離婚など論外だしな。それでも、死ぬまで自分を責めて不幸な人生を送るのはごめんだ。おまえは体を使って手に入れた爵位をせいぜいたのしむんだな。この家と生活費はくれてやるが、私がこの家に足を踏み入れることは二度とない。ロンドンで暮らすつもりだ。何か重要な問題で連絡をとらなければならなくなったら、事務弁護士を通してくれ」

「マサイアスはどうするの？」エリザベスは追いすがるように訊いた。「あなたの息子で跡継ぎだわ」

「おまえがそう言っているだけだ」トーマスは辛辣《しんらつ》な口調で言った。「私の知るかぎり、おまえは私のクラブの半分の会員と寝ていたからな」

「本当に最低の男ね。あの子はあなたの息子よ。それを拒むことは法が許さないわ」

「そんなことはよくわかっているさ」トーマスは言った。「しかし、どれほどひどくだまされていたのか、いつか真実を知ることになる。うちの一族の男はみな、二十歳になるまでに髪に白い筋がはいるんだ」

「マサイアスもそうなるわ。見ててごらんなさい。でも、それまでのあいだも、あの子を無視するわけにはいかないわよ」

「あの子に対する義務ははたすさ」トーマスはきっぱりと言った。「マサイアスは寄宿学校へ送られる年を過ぎている。これ以上この家にいさせれば、きっとおまえが涙とエプロンのひもで自分にきつくしばりつけるせいで、あの子は本物の男になれないだろう」

「あの子をよそへやることはできないわよ。わたしにはあの子しかいないんだから。それは許さないわ」

「おまえに選択肢はない」トーマスは言い返した。「すでに手つづきはすんでいるんだ。家庭教師は首にした。幸運に恵まれれば、おまえがあの子におよぼした悪い影響をイートンとオックスフォードが正してくれるだろう」


寄宿学校はそれほど不愉快な場所ではなかった。生まれてからの十年を父を喜ばすために費やしたマサイアスは、その実りのない努力をつづけ、勉学にいそしんだ。

トーマスは息子の成績にはあまり関心を払わなかったが、学校にいるあいだにマサイアス自身に変化があった。大多数の仲間たちとはちがい、学校教育の柱となっている古代の言語に魅せられたのだ。成長するにつれ、不可思議なほど強く惹かれるようになっていった。その奥深くに秘密が隠されているのを感じたのだ。

父の利己的でけちなやり方への不満を延々と述べるエリザベスからの長く憂鬱《ゆううつ》な手紙が、彼女が計画したハウスパーティーや彼女の病気についても知らせてくれた。マサイアスは学期と学期のあいだの休暇に家に帰るのを恐れるようになったが、そうするのは息子としての義務だと心の声に言い聞かされて家に帰った。年月がたつにつれ、そうして帰宅した際、ハウスパーティーが開かれていないときには、母が憂鬱な気分をなだめるために飲むワインとアヘンチンキの量が増えていることに気づくようになった。

父から手紙が届くことはほとんどなく、あっても久しくあいだが空いていた。そうした手紙には、おもにマサイアスの学費が高いことと、エリザベスが事務弁護士を通じて絶えず金の要求をしてくることへの怒りに満ちた非難が書かれていた。

マサイアスが十四歳の冬に、エリザベスは領地内の池で溺れ死んだ。使用人によれば、その晩の夕食の席で彼女は大量のワインを飲み、その後ブランデーも何杯か飲んだという。それから、ひとりで夜の散歩に出ると使用人に告げたのだった。

母の死は事故であるとされたが、自殺をはかったのではないかとときおりマサイアスは思わずにいられなかった。いずれにしても、その場にいて母を救えなかったことで、自分は生涯罪の意識にさいなまれる運命にあるようだった。母もそれを望んだのではないかとマサイアスは皮肉っぽく胸の内でつぶやいた。

エリザベスの墓をはさんで反対側に立つ父の姿はいまだに脳裏に焼きついていた。多くの意味で記憶に残る日だった。その日ははじめてみずからに誓いを立てた日でもあったからだ。父の顔をのぞきこみ、二度と父を喜ばそうとはしないと心に誓ったのだ。その日、心のどこかに冷たいものが宿り、それはけっして消えようとしなかった。

トーマスはマサイアスの心の変化にはまったく気づいていなかった。葬儀が終わるとすぐに息子を脇に呼び、喜色満面で再婚するつもりでいると告げた。エリザベスの呪縛《じゅばく》から解放された安堵《あんど》感と幸せな再婚への期待は、まわりをとりまく服喪の色と好対照だった。

「シャーロット・プールという女性なんだ、マサイアス。きれいで優美で純粋な人だ。高貴な女性の鑑《かがみ》さ。私がこれまで知らなかった幸せを運んでくれる女性だ」

「それはよかったですね」

マサイアスは踵を返し、母の墓から歩み去った。母の亡霊がそのときあとをついてくることはわかっていた。

娘のパトリシアの誕生を知らせるトーマスの手紙は、シャーロットとの結婚の一年後に届いた。マサイアスは、父が幼い娘とその母親に〝変わらぬ深い愛情〟を抱いているとつづった、喜びに満ちた輝かしいことばを慎重に読んだ。読み終えると、妹の誕生を告げる手紙を暖炉に放った。手紙が燃えるのを見つめていると、炎のなかに母の亡霊が見えた気がした。

その後数多く見ることになる亡霊のうち、母の亡霊が最初だった。

その晩、マサイアスの髪にひと筋の銀髪が現れた。トーマスは新しい家族を訪ねてきてくれるよう、息子に何度も手紙を送ってきたが、マサイアスはそれを無視した。

学校を終えるころには、ギリシャ語とラテン語と賭けごとにどっぷりひたるようになっていた。友人たちとともに定期的にロンドンを訪れることで、地獄にもっとも近い賭場や大英博物館の中身をよく知ることにもなった。

失われたザマーについての手がかりにはじめて遭遇したのもその博物館においてだった。高く評価されている学者であり、古代の遺物の専門家であるジョージ・ラトリッジと出会ったのもそこだった。ラトリッジはマサイアスに彼個人の図書室を利用させてくれた。

ラトリッジの見事な図書室にも、失われた島国が存在していたことを示す資料があった。ザマー発見の可能性について、ラトリッジもマサイアスに負けない確信を抱いていた。行く手に立ちふさがる唯一の問題は、発掘隊を組むための資金を手に入れることだった。マサイアスはその問題を独得のやり方で解決した。社交界に悪い噂を広め、父を激怒させたやり方で。

賭場を開いたのだ。

マサイアスがザマーを発見してからも何年ものあいだ、田舎の家で暮らす三人家族を訪ねてきてほしいというコルチェスター伯爵からの手紙が何通か届いたが、マサイアスはそれを丁重に断り、これまでなんとか継母《ままはは》と異母妹には会わずに過ごしてきたのだった。

ザマーから帰国の途についたのは、トーマスとシャーロットが馬車の事故で亡くなる数カ月前だった。葬儀は彼がイギリスにようやく戻った数週間前にとり行われていた。パトリシアは両親が埋葬されてまもなく、母方の伯父に引きとられた。

ロンドンに戻ってきたマサイアスは、自分が伯爵になったことと、自分にとりつく亡霊が増えたことを知った。

4

火曜日の晩、きらびやかな舞踏場へと足を踏み入れながら、物事が手に負えなくなったら切り札を出そうとマサイアスは自分に誓った。イモージェンの計画が実行に移されても、ヴァネックと社交界の面々に彼女の叔父の地図は偽物だと表明することで、その計画をつぶせる可能性はある。

それは危険な手であり、その手がうまくいくという保証もなかったが。なんと言っても、イモージェンはI・A・ストーンなのだから。彼女は正体を秘密にしておこうと心を決めていたが、ストーンの考えを引き合いに出すのをためらうことはなかった。尊敬され、熱心な追随者のいるI・A・ストーンが地図は本物だと証言しているとなれば、マサイアスが何を言っても、ヴァネックは餌に食いつくかもしれなかった。マサイアスの意見がまちがっていると証明されるのを見たい人間は社交界に大勢いた。

自分に向けられる値踏みするような目やひそやかな凝視を無視して大きな部屋を横切る。ささやき声がまわりに広がるのは聞こえない振りをした。

〝冷血なコルチェスター〟。

十年前に頂戴した汚名がそそがれることはなかった。そそごうとする努力をしなかったのだから当然だ。この十年、成し遂げるべきもっと重要なことがあった。失われたザマーに身も心もささげつくしていたのだ。少なくとも、イモージェン・ウォーターストーンによってこのとっぴな計画に引きずりこまれるまでは。

これまでほぼずっと社交界のことは無視して過ごしてきた。うわついた流行や悪意ある噂が活力のもとである社交界を自分が軽蔑《けいべつ》していることはまるで隠そうともしなかった。その結果、社交界のほうは彼を興味深い存在とみなすようになった。

マサイアスは知り合いとひややかに会釈を交わし、通りすがりの給仕のトレイからシャンパンのグラスを手にとった。厚く金箔《きんぱく》を塗られ、驚くほど装飾過多の舞踏場の柱に寄りかかり、ポケットから懐中時計をとり出す。午後十一時になろうとしている。そろそろ幕が開くころあいだ。

その日の早朝にタウンハウスに届いた手紙でイモージェンは、今晩の猿芝居における彼の役割を非常に細かく指示してきていた。社交界の面々の前で披露する最初の会話については、短い台本まで書いていた。そこには、はじめて紹介された振りをするようにとも書かれていた。

記憶するようにと指示されたばかばかしい台詞《せりふ》にちらりと目をやると、マサイアスは手紙を暖炉の火にくべたのだった。自分はエドマンド・キーン（18～19世紀に実在した天才俳優）ではなく、レディ・ブラントの舞踏場はかの有名なドルリー・レーン劇場ではない。それでも、こうしてここへやってきた。

そして、自分らしくなく、興味を惹かれている。

イモージェンがたくらんでいるささやかな茶番劇は奇妙で、法外で、きわめて常軌を逸している。そこに加わるなど、きっと一生の不覚となるだろう。それでも、自分が期待感を高めているのは否定できなかった。

彼女と知り合ってからの短いあいだに、これまで知らなかったいくつもの感情を経験することになった。まさかこの自分がという思いから、心乱すほどの欲望まで。そのなかには、苛立ちと、驚愕と、当惑もあり、要するに、この十年のあいだに経験したものよりもずっと多かった。あの女性は危険だ。

「こんばんは、コルチェスター様。これは驚きだわ。今晩、このレディ・ブラントの舞踏場で何かおもしろいことが計画されているのはまちがいないわね。そうでなければ、あなたが招待に応じるはずはないもの」

　聞き覚えのあるかすれた声を聞いてマサイアスは振り返り、そばに来た女性に目を向けた。わずかに首を下げる。「セリーナ」マサイアスは乾杯というようにグラスを掲げた。「いつもながらお美しい」

「ありがとう。誰しも精一杯のことをするものですわ」

「きみの場合、それがいつも成功している」

　レディ・リンドハーストことセリーナは、マサイアスのことばにからかうような響きがあることに気づいたとしても、それを表には出さなかった。当然というようにひややかに笑みを浮かべただけだった。彼女が美しいのはたしかで、ロンドンの誰もがその事実は認めていた。

　セリーナは二十代後半で、老いた夫が亡くなった四年前からロンドンで暮らしていた。再婚するつもりはないようだったが、彼女の名前がひそやかにではあっても、社交界の紳士たちと結びつけられることはたまにあった。美しく、しゃれていて、賢明な彼女は、裕福な未亡人だけが享受できる自由をたのしんでいた。

　セリーナはザマー協会にも加わっていたが、マサイアスの見たところ、彼女の古代の遺物への興味は長くつづきそうもなかった。ザマーについて研究するのに充分な知性の持ち主ではあったが、ほかの大多数の会員同様、古代ザマーへの関心は学術的に興味を惹かれてというよりは、流行に乗っているだけに見えた。ザマーをおもしろいと思わなくなったら、ほかのたのしみに乗りかえることだろう。

薄い金色の髪と、空色の目を持ち、空色のドレスを好んで着るセリーナは、〝天使〟というあだ名を頂戴していた。社交界の若者たちは彼女の〝天使のような外見〟や〝この世のものとは思えない雰囲気〟について詩を書いた。もっと年上の遊び慣れた紳士たちは彼女を魅了してベッドへ誘いこもうとした。聞いた話では、それに成功した男はほとんどいないということだったが。セリーナは愛人を選ぶとなると、選《え》り好みのきつい女性だった。

マサイアスには、彼女はその魅力と美しさによって相手の情熱はかき立てるものの、自身はあまり影響を受けない女性という気がしていた。

今夜、彼女はいつものように青いドレスに身を包んでいた。雪のように白い胸もとを広くあらわにしたそのドレスは、さまざまな金色に光るレースが縁についていた。レースの細い糸がシャンデリアの明かりを受けてきらきらと光り、髪につけた金色の羽根が揺れている。手は青い長手袋で覆われており、足には青いサテンの上靴を履いていた。まさに絵に描いた天使だなとマサイアスは胸の内でつぶやいた。背中の翼はどこに置いてきたのだろう？

イモージェンの黄褐色の髪と生き生きとした青緑色の目が一瞬頭に浮かんだ。イモージェン・ウォーターストーンにはこの世のものと思えないところはなかった。はつらつとした、鋭敏で賢明な女性。火のなかに見える亡霊と対極にあるもの。彼女の情熱は本物で、うまく情熱を装ったものではなかった。彼女とのキスの記憶が心をよぎる。

マサイアスはシャンパンを飲みながら悲しげに口をゆがめた。天使にはとくに惹かれるものは感じないが、多少悪魔的なものを持った、ある女性には惹かれてしまっているようだ。

「ねえ、コルチェスター様、今夜どうしてここへいらしたのか教えてちょうだい」セリーナは部屋を見まわした。「伯爵になられたことで、ご自分の義務をはたすことにしたというのはほんとうなの？　花嫁を探しに今シーズンの社交界に出ていらしたの？」

「そういう噂が？」

「今、大方の推測ではそうね」彼女は認めた。「ねえ、ここに集まっている若い女性のなかに目をつけている方がいるの？」

「いたらどうだと？」

セリーナは小さな笑い声をあげた。クリスタルガラスを触れ合わせたような声だった。

「ほんとうに花嫁にふさわしい人を探しにいらしたのなら、わたしが力を貸してあげられるかもしれないわ」

「どうやって？」

「もちろん、紹介によってよ。わたしが娯楽として小さなサロンを開いているのはあなたも耳にしたことがあるんじゃないかしら。週に二度、古代ザマーについて勉強する目的で、うちの応接間に人を集めているの。由緒正しい家柄の若い女性だけを招待しているのよ。外見や、物腰や、年齢や、財産などでどんな方を探しているのか教えてくれれば、あなたのためにひとりかふたり選んでさしあげるわ」

マサイアスは作り笑いを浮かべた。「馬市場の競売人みたいな口ぶりだね」

「妻を選ぶのはいい馬を選ぶのとあまり変わらないんじゃないかしら？」

「どうだろう」マサイアスは給仕のトレイからまたシャンパンのグラスをとり、それをセリーナに手渡した。「これまで妻を選んだことはないものでね。きみのザマー研究のサロンについて話してくれ、セリーナ。あまりきみらしくないことに聞こえるよ。週に二度若い女性たちをもてなして、何がたのしいんだい？」

セリーナはシャンパンのグラス越しに目をきらめかせた。「古代ザマーの謎についてほかの人たちに教えを垂れるのを純粋にたのしんでいるとは思わないの？」

「思わないね」マサイアスはそっけなく言った。「社交界でも地位の高い家族についての新しい噂話を手に入れるのに、世間知らずの若い女性たちが格好の獲物だときみが思ったというほうがずっとあり得る」

「そんなふうに低く評価されているなんてがっかりだわ」

「悪くとらないでくれ。ぼくは社交界の面々のお遊びのほとんどが低俗だと思っているんだから」

「あなたは人を批判する立場にないわよ、コルチェスター様。社交界の紳士たちから財産を巻き上げる目的であなたが賭場を開いたのはほんの数年前じゃない」セリーナは小さな笑い声をあげた。「そんなあなたにお遊びに興じていると非難されるなんてね。あなたのお遊びはまさに誰かの息の根を止めるものだったのに」

〈ザ・ロスト・ソウル〉の賭《か》けのテーブルで全財産を失った男はいなかったはずだとマサイアスは胸の内でつぶやいた。そうならないように気をつけていたのだから。しかし、それをセリーナに説明してもしかたない。いずれにしても、信じてくれそうもなかった。もちろん、社交界のほかの面々も信じないだろう。これだけの年月が過ぎたというのに、賭場の所有者だった数年のあいだに彼が大勢の人間の財産を奪って破滅させたという噂が消えることはなかった。

「最近はたのしみを別の形で手に入れるほうがよくてね」マサイアスはイモージェンを探して人ごみに目を走らせた。そろそろやってきてもいいころだ。

「誰かとくに探している人がいるの？」セリーナが訊いた。「警告しておくけど、今夜の招待客のなかにシアドシア・スロットがいたわよ」

マサイアスはうなり声を押し殺し、まったく抑揚のない声を出した。「そうか」

「夜明けの決闘で彼女の愛人を撃ち殺したときにほんとうは何があったのか、いつか話してもらわなくちゃ」

「きみがなんの話をしているのか見当もつかないね」マサイアスはなめらかな口調で言った。イモージェンにはあと十五分の猶予を与えよう。十五分以内に現れなかったら、彼女の計画に協力するのはやめる。

しかし、そう固く決心してすぐに気が変わった。イモージェンがひとりで計画を実行すると考えると、血が凍る気がしたからだ。

セリーナは興味津々の目を彼に向けた。「つまり、もう何年も前のことなのに、いまだにあの決闘については話さないってわけね？　がっかりだわ。でも、びっくりとは言えないわね。あなたが古代ザマーのこと以外について何も語ろうとしないというのは有名な話ですもの」

「社交界ではそれ以外に長々と会話を交わす価値のあることはほとんどないからね」

「あなたってどこか皮肉っぽいのね」セリーナは舞踏場の反対側の端で小さなざわめきが起こったのに気づいて口をつぐんだ。「あら、あなた以上に興味深い誰かが現れたようだわ」

マサイアスはセリーナの目を追った。熱心なささやきがひそやかに人々のあいだに広がったのはまちがいなかった。期待に満ちたその雰囲気は、狩りに出る直前の猟犬の群れさながらだった。あたりに血のにおいがただよっているかのようだ。

舞踏場全体に波のように広がっていくささやきの波頭《なみがしら》にはある名前が載っていた。そのささやきがマサイアスの耳にも届いた。

「慎みのないイモージェン。ウォーターストーン家の娘よ。覚えてない？」

「詳しいことは知らないのよ。三年前のことだから。あの娘の家がブランチフォード侯爵とつながりがあるせいで、もみ消された一件よ。たしか彼女、叔父様が亡くなってかなりの財産を手に入れたはずだわ」

「なんとも不愉快な形でヴァネック卿と結びつけられた名前よね。そう、サンダウン家の寝室でいっしょにいるところを見つかったのよ。レディ・ヴァネックはその一件のせいでみずから命を絶った」

「そのとおり。それなのに、彼女はまだ社交界に受け入れられているの？」

「〝慎みのないイモージェン〟はなんと言ってもおもしろい存在ですもの。それに、彼女の叔母はブランチフォード侯爵と縁戚なのよ」

セリーナは青と金の扇をばたつかせた。「慎みのないイモージェン。ほとんど忘れかけていたわ。なるほど、これはおもしろいことになりそうね」

「そう思うかい？」

「ええ、とても。彼女が騒ぎを起こした三年前にはあなたはロンドンにいなかったわ。控えめに言っても独得の女性よ。ひどく学者かぶれだし」セリーナは笑みを浮かべた。「あなたは感心するんじゃないかしら、コルチェスター様。彼女は古代ザマーに心底夢中だったから」

「そうなのかい？」

「覚えているかぎりでは、流行の装いにはまったく興味もなければ、何が流行かすら知らなかったわ。ワルツだって踊り方をちゃんと習ったのかどうかも疑わしい」

マサイアスはセリーナに横目をくれた。「彼女のことをよく知っているのかい？」

「ヴァネック卿との一件があってからは彼女を知らない人はいなかったわ。そのシーズンの噂の的だったから。わたしのいるところからは姿が見えないわね。あなたは背が高いから、人ごみの頭越しに彼女の姿が見える？」

「ああ」マサイアスは小声で言った。「よく見えるよ」

イモージェンが舞踏場のなかにはいってくるのをマサイアスはなかばうっとりと、なかば愉快な敬意をもって見つめていた。彼女にそのつもりがあるにしろ、ないにしろ、舞踏場じゅうの注目の的であるのはたしかだった。

着ているドレスはハイウエストで、ザマー特有の緑色だった。別にその色のせいで目立っているわけではない。結局、ザマー特有の緑色は今シーズンのはやりだったのだから。思わず二度見したくなるのは、深い襟ぐりとふんわりとしたスカートの三つの段につけられたイルカと貝殻の飾りだった。マサイアスはかすかな笑みを浮かべた。ザマー芸術の特徴を模した飾りにちがいないが、舞踏会のドレスにイルカと貝殻はかなり奇妙な飾りに見えた。

イモージェンはドレスと同じ色の大きなターバンを頭に巻いていて、いくつかほつれ毛が落ちているだけで髪は隠されていた。もっと年輩の既婚婦人にふさわしい装いだった。目立つターバンの前の部分には金色のイルカのピンが留められている。

まばゆい銀色のダマスク織りのドレスを身につけたホレーシアがイモージェンのそばにいた。いつもは眼鏡をかけているのだが、今日は優美な柄つき眼鏡を手にしている。

マサイアスは人ごみのあいだを進むイモージェンを見つめながら、笑みを浮かべそうになるのをこらえた。ほかのたいていの女性たちが念入りに練習する小股の軽い足どりではなく、精力に満ちた、しっかりした足どりで進んでくる。

彼女を見ているうちに、感覚が突然鋭くなった気がした。背後の開いたフレンチドアから庭の花の香りがただよってくるのがわかる。大きなシャンデリアの蠟燭《ろうそく》が少し明るさを増し、会話の声は数分前よりも刺々《とげとげ》しくなった気がした。人ごみのなかにいるほかの男全員が突然捕食動物になったように思えた。男たちに関しては自分の熱しすぎた想像力のせいだけでないのはたしかだ。

「彼女は夫を見つけるつもりでいるのかしら」セリーナが考えこむように言った。「たぶん、最近受けとった遺産があるから、お金に困っている男性なら結婚を申しこんでくるかもしれないと叔母様に説得されたんだわ。それはあり得るもの」

マサイアスは音が鳴るほどきつく歯を合わせた。三年前の噂がほんの数分でよみがえったことにイモージェンも気づくにちがいない。ウォーターストーン家がブランチフォード侯爵家と遠縁にあることで、彼女も社交界に戻ってこられたが、噂を鎮めることはできなかったのだ。人々のささやきが自分の耳に達したように、彼女の耳にも達しているにちがいない。

マサイアスはイモージェンをまじまじと見つめた。自分の立っているところから見ても、彼女はまわりで湧き起こったささやきにはまったく動じていないように見える。イモージェンをひるませることができるものなどほとんど何もないことの証明と言えた。

マサイアスは称賛の思いを強めながら、ホレーシアとともに部屋を横切るイモージェンを見つめていた。舞踏会に足を踏み入れ、自分が不愉快なあだ名で呼ばれるのを耳にするのがどういうものか彼にはよくわかっていた。そんななかを歩くのは勇気の要《い》ることだ。こんな図太い神経の持ち主であることを見せられて、どうすれば無茶な計画を実行するのを思い留まらせることができるだろう?

「コルチェスター様?」

マサイアスは妙な表情を浮かべて自分を見つめているセリーナに注意を戻した。「すまない。聞き逃した。なんて言ったんだい?」

「何か問題でもって訊いたのよ」

「問題? いや、全然」マサイアスは半分シャンパンの残ったグラスを近くのトレイに置いた。「失礼するよ。ミス・ウォーターストーンがじっさいに夫を探しているのかどうか知りたくてたまらなくなったものでね」

セリーナの美しい口が驚きのあまりぽかんと開いた。彼女がそんなぎょっとした顔をするのを見るのははじめてだった。マサイアスは声を出して笑いそうになった。

「コルチェスター様、まさか本気じゃないでしょうね!」セリーナはようやく気をとり直した。「いったいどういうつもりなの? まさか、花嫁候補としてイモージェン・ウォーターストーンに関心を抱いたなんて言うつもりじゃないでしょうね。なんてこと、さっきも言ったように、彼女についての噂はなんとも言えず不愉快なものなのよ」

「噂話に耳を傾けることはめったにないんでね、セリーナ。ぼくについての噂をあまりに多く耳にしたせいで、噂は信用できなくなったんだ」

「でも、コルチェスター様、彼女はヴァネック卿と寝室にいるのを見つかったのよ。あなたのような立場の男性が、〝慎みのないイモージェン〟に結婚を申しこむなんてあり得ない。彼女のお金が必要なわけでもないでしょうに。あなたが現代のクロイソスさながらにお金持ちであることはみんな知っているもの」

「失礼してよければ、セリーナ。紹介を手配できるかやってみないといけないんでね」

マサイアスはくるりと振り返ると、部屋じゅうでいくつも小さな輪をつくっておしゃべりしている人々の輪のひとつへとまっすぐ突っこんでいった。彼が近づくと、魔法のようにさっと道が空いた。イモージェンとホレーシアのところへまっすぐ向かおうとする自分を、人々が探るような目でじっと追っているのがわかる。

ふたりを囲む輪は大きくなりつつあったが、その輪の端にマサイアスはヴァネックと同時に達した。

ヴァネックはイモージェンに気をとられるあまり、マサイアスのぴかぴかに磨かれたヘシアンブーツの爪先を踏みそうになるまで、彼には気づかなかった。

「失礼」もっとよくイモージェンが見える場所へ進もうとしながらヴァネックはつぶやいたが、そこでマサイアスに気がついた。まぶたの厚い目が驚きにみはられる。「コルチェスター」ぎょっとした表情が警戒と好奇心の入り交じったものに変わった。「ロンドンにいるとは聞いていたんだが。どうしてここへ？　きみはこういう催しには耐えられないんだと思っていた」

「今夜は誰に会っても同じことを訊かれる気がするよ。うんざりするほどだ」

ヴァネックは顔を赤らめた。撥《は》ねつけられて腹を立てたのか、薄い唇を引き結んでいる。

「悪かった」

「気にしないでくれ、ヴァネック。ぼくは今夜、ほかのことで頭が一杯でね」

「そうか」

マサイアスはさらに探るように見つめてくる彼の目は無視した。ヴァネックに好意を抱いたことはこれまで一度もなかった。たまに出くわすことはあったが、それはヴァネックがザマー協会の会員だからであるだけでなく、使うクラブがひとつふたつ重なるからでもあった。

ヴァネックがかつて上流階級の女性たちからハンサムな男と思われていたことはマサイアスも知っていた。しかし、四十代半ばにさしかかった今、長年の飲酒の習慣と放蕩生活がたたったのか、腹まわりは厚くなり、かつてはすっきりしていた顎にも肉がついていた。

マサイアスは、この家の女主人である、ふっくらした陽気なレディ・ブラントことレティシアにイモージェンが紹介されるのを見守っていた。ホレーシアとレティシアが旧知の仲であるのは明らかだった。ふたりの女性はストーブに載せたふたつの鍋が煮立つようににぎやかに会話を交わしている。予期せぬ客が引き起こしたざわめきにレティシアがわくわくしているのは明らかだった。明日の朝には今夜の舞踏会について誰もが噂《うわさ》し合うにちがいない。ホレーシアは最初にどの招待を受けるか、うまく選んだというわけだ。

「イモージェン・ウォーターストーンだ」ヴァネックが言った「もう三年もロンドンには姿を現していなかった。亡くなった妻の友人でね」

マサイアスはちらりと彼に横目をくれた。「そう聞いたよ」

ヴァネックは顔をしかめた。「彼女を知っていると?」

「紹介してもらいたいと思っているぐらいには知っていると言っておこう」

「どうして紹介してもらいたいと思うのかわからないな」ヴァネックはつぶやいた。「変わった女性だ」

マサイアスはこの堕落した放蕩者がイモージェンを寝室へと誘いこむ情景を思い浮かべ、ヴァネックの肉づきのよい顔にこぶしをお見舞いしたくてたまらなくなる衝動を必死で抑えなければならなかった。そこでくるりと背を向けると、集まった人々の一番内側の輪を押し分けた。

近況を知らせ合うホレーシアとレティシアの話に礼儀正しく耳を傾けていたイモージェンは、マサイアスの姿を見て顔を輝かせた。彼はかすかな笑みを浮かべた。

「コルチェスター様」レティシアは彼にほほ笑みかけた。その晩彼が参加したことは彼女の舞踏会にとって大成功を意味し、彼に恩があることをよくわかっているのだ。それだけで女主人として高く評価されることになるのだから。

「レッティ」マサイアスは彼女の手袋をはめた、ふっくらした手に顔を寄せた。「なんともたのしい催しにお祝いを言いますよ。到着されたばかりの客人にご紹介をお願いしてもいいですか？」

レティシアの丸い顔が喜びに輝いた。「ええ、もちろん、伯爵様。わたしの大親友のミセス・ホレーシア・エリバンクとその姪のミス・イモージェン・ウォーターストーンです。ご婦人方、コルチェスター伯爵様ですわ」

マサイアスは不安そうな目を向けるホレーシアに力づけるようにほほ笑みかけ、その手に顔を寄せた。「お会いできて光栄です、ミセス・エリバンク」そう言ってイモージェンの真剣な顔に目を移した。

「伯爵様」ホレーシアはせき払いをした。「うちの姪が古代ザマーの研究をしているとお知らせすれば、興味深いと思っていただけるのではないかしら」

「まさしく」マサイアスはイモージェンの手袋をはめた手をとった。朝届いた手紙にイモージェンが書いていた台詞を思い出す。「偶然ですね。ぼくもですよ」

彼がちゃんと最初の台詞を述べたことに満足して、勝ち誇るようにイモージェンの目が躍った。「伯爵様、もしかして、失われたザマーを発見して、それを古代エジプト以上に世の関心を集めるものにしたコルチェスター様ですか？」

「たしかにそのコルチェスターです」マサイアスはそろそろ台詞から離れるころだと決心した。「ザマーについてですが、世の関心を集めたのは、それがザマーだからとしか言えませんね」

彼が即興で台詞を変えたせいでイモージェンは目をわずかに険しくしたが、自分の役割は変えまいと決心したようだった。「お会いできて幸いです。きっとお話しできることがたくさんありますわ」

「会話をはじめるのに今は願ってもないときですね。このダンスをごいっしょしてもらえますか？」

イモージェンは驚いて目をぱちくりさせた。「え、ええ、もちろん」

ホレーシアに会釈し、マサイアスはイモージェンの腕をとろうと手を伸ばしたが、数インチのところで逃した。彼女がすでに人ごみのなかを歩きはじめていたからだ。マサイアスはイモージェンがこみ合ったダンスフロアの端に達したところでようやく追いついた。

イモージェンはきびきびと振り向き、彼の腕のなかにはいると、すぐさま精力的なワルツのステップへと彼を導いた。

「さあ、はじまったわ」興奮に目を輝かせている。「今夜ここにいらしているとわかってほんとうにほっとしたのよ」

「ぼくは単に指示に従っただけだ」

「ええ、わかってるけど、わたしの計画がうまくいくかどうか疑う気持ちにあなたが負けてしまうんじゃないかとちょっと心配だったの」

「ぼくのほうはむしろ、これまでのあいだにきみが多少はためらいを覚えていてくれるんじゃないかと期待していたんだが」

「全然よ」彼女はすばやく探るような目を左右に向け、彼をダンスフロアの静かな隅に引っ張った。「ヴァネックを見かけた?」

「来てるよ」ダンスの相手に導かれるのはどこか新鮮だなとマサイアスは胸の内でつぶやいた。

「よかった」イモージェンはマサイアスの指をつかむ手に力をこめた。「だったら、あなたが突然わたしに興味を抱いたことに気づいたはずじゃない?」

「彼だけじゃなく、この部屋にいるほかのみんなもね。ぼくにはこういう場所に姿を現す習慣がないから」

「なおさらいいわ。ホレーシア叔母様はさっき世間話をしているときに、すでに女王の印章のことをレディ・ブラントの耳に入れていた。セルヴィン叔父様がわたしに地図を遺《のこ》したことも知らせているはずよ。噂はすぐに広まるわ。きっとヴァネックも今夜か、遅くても明日にはその噂を耳にするでしょうよ」

「噂話がどんなふうに社交界に広まるか考えれば、それはまちがいないだろうね」マサイアスが苦々しい口調で言った。

「わたしが女王の印章を見つける鍵をにぎっていると知ったらすぐに、あなたがすばやく機会を見つけてわたしへの紹介を求めたことも思い出すわ」イモージェンは満足そうにほほ笑んだ。「どうしてあなたがわざわざそんなことをしたのか不思議に思うはずよ。それで、あなたがわたしにすばやく近づこうとした理由が何か、明々白々な結論に達するというわけ」

「女王の印章のためだ」

「そのとおり」

マサイアスは彼女をひそかに観察した。「ただ、今夜ぼくが紹介を求めるのには別の理由も考えられる」

イモージェンは当惑の目を彼に向けた。「それはなんですの、伯爵様？」

「言っただろう、上流階級の面々にぼくは妻を探していると思われている」

彼女の顔が晴れやかになった。「ああ、そうね。そんなようなことを言っていたわね。でも、その理由であなたがわたしに関心を寄せたとは誰も思わないわ」

「どうしてだい？」

イモージェンは顔をしかめた。「にぶい振りをしないで、コルチェスター様。あなたが本気でわたしを妻にしたがるはずはないと誰もが思うわ。心配しないで。上流階級の面々はわたしたちの思惑どおりに考えるから。あなたがわたしの地図をねらっているとね」

「きみがそう言うなら」まわりの人の耳を意識し、マサイアスは湧き起こった怒りを笑みで隠した。「きみを説得してこの計画をあきらめさせようとしても無駄なんだろうな」

「ええ、絶対に。計画の手はじめはとても満足いくものになったわ。やきもきしないで。あなたが危険にさらされることにはならないよう、わたしが目を配るから」

「きみに計画をあきらめさせることができないのだとしたら、ぼくにリードさせてくれるようきみを説得するのも無理かい？」

「なんですって？」

「退屈で因習的な考えであるのはたしかなんだが、女性とワルツを踊るときには男がリードするようにと教えられたものでね」

「あら」イモージェンは真っ赤に頰を染めた。「ごめんなさい。なんていうか、練習不足で。三年前にダンス教師を雇ったの。フランス人だったわ。フランス人ってそういうことにとても長《た》けているから」

「そうらしいね」目の端でマサイアスは、ヴァネックが遠巻きに立つ人々のあいだをうろついているのをとらえた。見まちがえようもなく興味津々の目でイモージェンを凝視している。

「フィリップによると、わたしはダンスフロアでリードしたがる性格だそうよ」

「フィリップ?」

「フィリップ・ダルトワ。わたしが雇っていたフランス人のダンス教師」イモージェンは説明した。

「ああ、そうか、ダンス教師か」

イモージェンは慎み深くまつ毛を伏せた。「女性にリードされるとぞくぞくするってフィリップが言っていたわ」

「ほんとうに?」

イモージェンはひそかにせき払いをした。「血管を流れる血が熱くなるって言ってた。そう、フランス人って夢見がちな人たちだから」

「たしかに」

マサイアスは突然、イモージェンについてもっと多くを知りたいという激しい欲望にとらわれた。ふたりだけで話せる場所が必要だ。庭がいいかもしれない。

彼はダンスフロアの端で荒々しいほどの力をもって彼女の動きを止めた。「少し新鮮な空気を吸わないかい、ミス・ウォーターストーン？」

「ありがとう。でも、新鮮な空気が必要とは思わないわ」

「そんなはずはないな」マサイアスはイモージェンの肘をきつくつかみ、むりやり庭に向かって開かれた扉のほうへ向かせた。「ここは暑すぎる」

「正直、それほど暑すぎるとは思わないけど……」

「ぼくは思うね」

「なんですって？」

「たぶん、ダンスフロアできみにリードされたせいでぞくぞくしたんだ。そうすると血管を流れる血が熱くなると言ったじゃないか」

「あら」イモージェンはわかったという顔になった。「ええ、そうね。よくわかるわ。たしかにあなたには新鮮な空気が必要よ」

マサイアスはイモージェンを従えて人ごみを縫うように進んだが、扉に達する直前に、興味津々で見つめてくる人々と鉢合わせするのを避けるために左に方向転換しなければならなかった。

その突然の方向転換がちょっとした惨事を引き起こしたのは明らかだった。イモージェンにはそうする心の準備ができていなかったからだ。彼女はシャンパングラスの載ったトレイを運んでいる給仕にぶつかった。

給仕が鋭い悲鳴をあげた。トレイが手から床にすべり落ち、グラスが床にあたって割れた。シャンパンは衝突の場のすぐそばにいた女性たちのドレスに飛び散った。

マサイアスは女性のひとりがシアドシア・スロットであるのを見てとった。彼女はマサイアスを見て目をみはり、驚きに口を開けて手を豊かな胸に置いた。

「コルチェスター」シアドシアはくぐもった音を立てて息を呑んだ。顔を真っ青にしたと思うと、優美に気を失って床にくずおれた。

「くそっ」マサイアスは毒づいた。

それからは大騒ぎとなった。男性たちはめんくらった顔になり、倒れたシアドシアからマサイアスへと目を向け、当惑の表情でまたシアドシアに目を戻した。女性たちの何人かがすばやく行動に移った。わざとらしくぞっとした目をマサイアスに向けながら、気つけ薬に手を伸ばしたのだ。

「気が変わったよ、ミス・ウォーターストーン——」イモージェンが床に膝をついて給仕が割れたガラスを拾い上げるのに手を貸そうとしているのを見てマサイアスはことばを止め、軽々と彼女を引っ張り起こした。「そろそろ帰ったほうがいい。この舞踏会はとんでもなく退屈になりつつあるからね。きみの叔母さんを探して馬車を呼ぼう」

「でも、まだ来たばかりよ」イモージェンは割れたグラスと倒れた女性の惨状から引き離されながら、肩越しに後ろに目を向けた。「あの妙な女性は誰？　あの人、あなたを目にして気を失ったんだと思うわ」

「ぼくの残念な評判がときどき人にああいう影響をおよぼすのさ」

5

従者が馬車の扉を閉めようとしたところで、マサイアスが馬車のほうへと身をかがめた。馬車のランプの明かりを受けているイモージェンに、怒りのあまり険しくなった目を据える。「きみと話がしたい、ミス・ウォーターストーン。今夜は無理のようだが」彼は肩越しに苛立った目を一瞬後ろに向けた。到着する者と帰る者が押し合いへし合いし、レディ・ブラントの邸宅の石段は混み合っていた。「明日十一時に訪ねていくよ。必ず家にいるようにしてくれ」

イモージェンはそのひややかなことばを聞いて眉を上げたが、彼の言うことにも多少耳を貸さなければとみずからに言い聞かせた。今夜は試練の夕べだったようだから。イモージェンとしては、計画はかなりうまく進んでいると思えた。「訪ねてきてくださるのをお待ちしておりますわ」

そう言って彼の弱い神経の支えになればと力づけるような笑みを浮かべたが、返ってきたのはさらに暗くなったまなざしだけだった。マサイアスはそっけなくも礼儀正しく会釈して別れを告げた。ランプの明かりが髪の銀色の筋を冷たく光らせている。

「おやすみなさい、おふた方」マサイアスが一歩下がって踵を返すと、従者が扉を閉めた。

イモージェンはマサイアスが暗くなった通りへと消えていくのを見送った。それから、大きなタウンハウスの玄関の扉をちらりと見やった。ヴァネックが石段に出てきた。一瞬目が合ったが、馬車が動き出し、からみ合った視線はほどけた。

イモージェンはクッションに背をあずけてじっとすわっていた。ヴァネックの姿を目にしたのはルーシーの葬儀以来だった。あれからさらに三年、不摂生な生活を送ったつけが表れ、彼はいっそう邪悪な顔になっていた。

「コルチェスターがそばにいると、退屈することがないわ」ホレーシアが柄付き眼鏡を持ち上げた。「あなたについても同じことが言えるけれどね、イモージェン。どうやらこれからもはらはらさせられることになりそうね」それが愉快だと思っている顔ではなかった。

イモージェンはヴァネックの問題から思いを引き戻した。「コルチェスター様の姿を見て気を失った女性は誰？」

「彼って一部の女性に妙な影響をおよぼす人よね？　まずはベス、それから今度はシアドシア・スロット」

「あんな状況だったんだもの、ベスの反応は理解できるわ。彼のこと、幽霊か吸血鬼だと思ったのよ。でも、このシアドシア・スロットって人は？　彼女はどうして気を失ったの？」

ホレーシアは混んでいる通りに目を向けた。「昔の話よ。コルチェスターにまつわる数多くの逸話と同様にね。そのうちのどのぐらいがほんとうで、どのぐらいが作り話なのか、わたしにはわからないわ」

「知っていることを話して、ホレーシア叔母様」

ホレーシアは姪に目を向けた。「伯爵についての噂話は聞きたくないんだと思っていたわ」

「もっとちゃんと知っておくほうが賢明なのかもしれないと思うようになったのよ。何がどうなっているのか知らないと、何か起こっても、どう反応していいかわからないから」

「そうね」ホレーシアは考えこむような顔で座席に背をあずけた。「シアドシア・スロットは、デビューした社交シーズンでは一番人気の美人だったわ。それで、すばらしい結婚相手のミスター・ハロルド・スロットと婚姻を結んだの。たしか、海運業に携わっている一族よ。わたしが覚えているかぎりでは、ミスター・スロットは多少年のいった男性だったわ」

イモージェンは苛立ちはじめた。「そうなの。つづけて。何があったの？」

「よくあることよ。シアドシアは夫に対して義務をはたした。跡継ぎを産んだの。それでそれからすぐに、ジョナサン・エクスルビーという颯爽《さっそう》とした若者と関係を結ぶようになった」

「その人とシアドシアが恋人同士だったっていうの？」

「そうよ。エクスルビーは評判の悪い賭場によく通っていたわ。とくに〈ザ・ロスト・ソウル〉がお気に入りの賭場という噂だった。社交界の若者のあいだでとても人気の賭場だったの。そういう意味では今もそうね。いずれにしても、ある晩、彼はそこでコルチェスターと出くわし、ふたりの男性はひどいけんかになった。そうして夜明けの決闘がとり決められたの」

イモージェンはぞっとした。「コルチェスター様が決闘？」

「そういう噂よ」ホレーシアが片手で小さく振り払うような仕草をした。「もちろん、誰にもたしかなことは言えないわ。決闘は違法なことだし。関係者のどちらもそのことについてはほとんど語ろうとしないしね」

「でも、彼は命を落としたかもしれないのよ」

「どう見ても、命を落としたのはエクスルビーのほうね」

「信じられないわ」イモージェンは口のなかが乾くのを感じた。

ホレーシアは小さく肩をすくめた。「わたしが知るかぎり、その夜明けの出来事以来、エクスルビーは姿を見せなくなったの。あっさり姿を消したのよ。命を落として人知れず墓に葬られたって言われているわ。彼には行方を探してくれる家族もいなかったしね」

「その話はそれで終わりじゃないはずだわ」

「じつはそうなの」ホレーシアの話が熱を帯びた。「シアドシアが傷口に塩を塗りこむようなことをしたのよ。その決闘のあとの朝、コルチェスターが家に来て、自分を口説こうとしたと言いふらしたの」

「え?」

「エクスルビーとのいさかいの原因が彼女で、決闘に勝ったんだから、当然彼女の愛人に代わって自分がベッドをともにしていいはずだとコルチェスターに言われたそうよ。だから、表に突き飛ばしてやったんですって」

イモージェンはしばしことばを失った。どうにか気をとり直すと、抗議のことばを吐き出した。「あり得ない」

「これだけは言えるけれど、それはそのシーズン一の噂だったわ。そのことをよく覚えているのは、その年、誰もが噂していた、〝ダンストーク・キャッスルの悪魔の双子〟の恐ろしい逸話に代わるものだったからよ」

イモージェンはつかのま気を惹かれた。「悪魔の双子?」

「北部で、ある家を全焼させようとした兄妹のことよ。社交シーズンがはじまってすぐのことだった」ホレーシアは説明した。「どうやら、妹の老いた夫はそのときベッドにはいっていたようなの。火事のせいで灰になったけれど。悪魔の双子は夫の所有していた宝石を大量に持ち去ったと言われているわ」

「双子はつかまったの？」

「いいえ。宝石とともに姿を消したの。ふたりがロンドンに現れて、別の裕福な年寄りを誘惑して殺そうとするんじゃないかと、しばらくのあいだ、もっぱらの噂だったけれど、ふたりが姿を現すことはなかったわ。きっとヨーロッパに逃げたのね。いずれにしても、さっきも言ったように、コルチェスターの一件があってからは、〝悪魔の双子〟の噂は鎮まったの」

イモージェンは顔をしかめた。「コルチェスター様がそんなことに巻きこまれたはずはないわ」

「でも、彼自身がその話を否定も肯定もしないせいで、いまだに噂されているのよ。シアドシアもまだその話を自分に都合よく利用しているし。そう、劇的な効果が長つづきするように必死になっているってわけ」

イモージェンは鼻に皺《しわ》を寄せた。「たしかにそうね。今夜のあれはかなり芝居がかっていたから。でも、そんなのばかばかしすぎてほんとうのはずはないわ。コルチェスター様が決闘なんてするはずがないもの。敵を殺して、その人の愛人を誘惑しようとするなんてのはもちろん」

「あなたはあのころのコルチェスターを知らないから」ホレーシアはそこでことばを止めた。「そういう意味では、今の彼のこともあまりよく知らないはずよね」

「いいえ、ロンドンのほかの誰にもまして、彼のことはよくわかってきた気がするわ」

ホレーシアは驚いた顔になった。「どうしてそう思うの?」

「お互い共通するところが多いからよ」イモージェンは答えた。「これだけはたしかだけど、シアドシア・スロットのような女性をめぐってばかないさかいに巻きこまれるには、コルチェスター様は神経が繊細すぎるわ。決闘のような野蛮な行為に耐えられる神経じゃないもの。おまけに、彼が卑《いや》しい賭場に頻繁《ひんぱん》に出入りしていたなんて、まったく想像もできない」

「そう?」

「もちろんよ」イモージェンは言った。「あの人は繊細な感性と洗練された趣味の持ち主だもの。賭場でたのしみを見出そうとするような人間じゃないわ」

「あら、コルチェスターはその賭場を所有していたのよ」

次はイモージェンもこれほど簡単に逃げ出すわけにはいかないぞ。マサイアスは馬車から降りながら心に誓った。決意も新たにタウンハウスの石段をのぼる。明日訪ねたときに、疑問への答えは得られるだろう。いずれにしても、三年前にヴァネックとイモージェンのあいだに何があったのか、正確に知るつもりでいた。社交界で噂されている話が完全に正しいはずはないのだから。正しかったためしなどほとんどない。

すばらしい間合いでウフトンが扉を開けてくれた。壁の燭台《しょくだい》の明かりを受け、禿《は》げあがった頭がつやめいている。彼は何ものにも動じない、いつものおちついた態度でマサイアスを見つめた。「きっとたのしい夕べをお過ごしになったのでしょうね」

マサイアスは手袋をはずしてそれを執事に渡した。「興味深い夕べだったよ」

「そうですか。おそらく、さらに興味深い夕べになるようです、旦那様」

マサイアスは玄関の間をなかば横切ったところで、肩越しに後ろに目を向けた。ウフトンとは非常に長い付き合いだった。「いったいそれはどういう意味だ？」

「お客様です」

「この時間に？　誰だ？　フェリックスか？　プラマーか？」

「旦那様の、その、妹様です。それと、付き添いの方と」

「それがおまえなりの冗談のつもりなら、ウフトン、おまえももうろくしつつあると指摘させてもらうよ」

ウフトンは背筋を伸ばし、いたく気分を害したという顔になった。「冗談ではけっしてありません。私は冗談など申したことはありませんから。それはおわかりのはずです。私には冗談を言う感性がまったくないとよくおっしゃっていらっしゃるではありませんか」

「いい加減にしてくれ、ぼくには妹など――」マサイアスは唐突にことばを止め、ウフトンをじっと見つめた。「ちくしょう。まさか、異母妹のことじゃないよな?」

「レディ・パトリシア・マーシャルです」ウフトンの目に同情のようなものが浮かんだ。

「それから、付き添いのミス・グライスです」マサイアスの横から手を伸ばし、ウフトンは静かに図書室の扉を開けた。

マサイアスは蠟燭の明かりに照らされた図書室をのぞきこんで凍りついたようになった。

図書室は彼の聖域であり、避難場所であり、隠れ家だった。招かれることなくこの部屋にいることは何人《なんびと》たりとも許されない。

ザマーの様式で飾られ、異国風の色合いに満ちたこの部屋を、奇妙で不快だと思う人間も多かった。すばらしいとうっとりする連中もいたが、おちつかない気分になるという者もいた。客がどういう感想を持っても、マサイアスはまるで気にしなかった。図書室は古代ザマーを思わせるように整えてあったのだから。

この部屋に足を踏み入れるたびに、別世界にはいりこんだ気分になれた。大昔に失われた過去に包まれ、現在と未来を遮断できる場所。そこで古代の人々の亡霊に囲まれていると、ときにみずからの過去の亡霊たちを忘れることもできた。謎めいたザマーで暮らしていた人々が遺した手がかりを解明する研究に没頭して、この部屋で何時間も過ごすこともあった。

何年も前に、古代ザマーについて解明しようとする研究に没頭すれば、凍りついた心のずっと奥でたぎっている理解不能な渇望を無視できると知ったのだった。

この部屋はもっとも驚くべき発見を忠実に再現したものだった——失われた都市の廃墟《はいきょ》の地下、そこにあった迷宮に隠されていた巨大な図書館。

天井からは、たっぷりとした縁飾りのついた、ザマー特有の緑色と金色の高価なカーテンが吊り下げられている。床はそろいの色の絨毯で覆われていた。繊細な彫刻をほどこし、金メッキされた柱が部屋の壁に浮き彫りになっていて、古代の柱廊を思わせた。

本棚には、ありとあらゆる形と大きさの本がぎっしりとつまっていた。ギリシャ語やラテン語はもちろん、それよりもずっと不可解な文字でページが埋められた本もある。いくつかの棚には、文字が刻まれた陶板や、パピルスに似ているものの、もっと耐久性のある素材に文章を書いた巻物が積まれていた。その陶板や巻物は迷路に隠されていた図書館から、金塊や貴重な宝石で飾られた遺物であるかのように運び出してきたものだ。じっさい、その真の価値は、ラトリッジがほしがった光り輝く財宝よりもずっと高く思えた。

ザマーの遺跡を描いた油絵が、彫刻をほどこした柱のあいだの壁を飾っていた。ザマリスとアニザマラをかたどった石像が反対側の隅にそびえたっている。部屋の家具はザマーの美術品に頻繁に見られるイルカや貝殻で飾られていた。

マサイアスは蠟燭の明かりに照らされた部屋にゆっくりと足を踏み入れた。

ひとりは若く、もうひとりは中年のふたりの女性が、暖炉の前に置かれたイルカ型のソファーにぎごちなく腰かけていた。ふたりは身を寄せ合い、見るからにまわりの品々に気圧《けお》されている様子だった。

どちらの女性もほこりだらけの旅装で、疲労と不安の空気をかもし出していた。マサイアスが図書室にはいっていくと、どちらも待っているあいだに気を張りつめていたかのようにびくりとした。若いほうが不安そうな顔をマサイアスに向けた。

マサイアスは思わず、自分の目とそっくりの銀灰色の目をのぞきこんでいた。これほどに必死の形相をしていなければ、とてもきれいな女性だろうと彼は冷静に胸の内でつぶやいた。古風な鼻と優美な顎《あご》を見れば、神経質そうな表情の陰にそれなりの気骨が隠れているのがわかる。髪は彼の髪よりもわずかに明るい褐色で、母親譲りであるのはまちがいなかった。ほっそりとした優美な体つきをしているが、身につけているドレスが着古したみすぼらしいものであることに気づいて驚く。

パトリシアにちがいなかった。これまで一度も会ったことがなく、会いたいと思ったことさえない異母妹。父のもうひとりの子供。望まれ、愛され、かくまわれ、保護されてきた愛娘《まなむすめ》。誘惑してきた相手を結婚の罠にはめることもなかった母親の赤ん坊。

彼の母親よりもずっと用心深く切り札を切った女性の娘だとマサイアスは思った。女性の鑑《かがみ》の娘。

彼は図書室の中央で足を止めた。「こんばんは。コルチェスターだ。だいぶ遅い時間だが、どうしてここへ来たのか訊いていいかな?」マサイアスは抑揚のない声を保った。二十歳になる前に身につけ、以来長年の習慣となった技だ。それによってありとあらゆる感情も、疑念も、希望もうまく押し隠すことができた。何も求めず、何も約束しない声。

そのひややかな挨拶を聞き、パトリシアは見るからに驚いてことばを失った。今にも泣き出しそうな必死の色をたたえた大きな目でじっと見つめてくる。

気をとり直して決意に満ちた目を向けてきたのは、長年の苦悩と諦念《ていねん》が顔に刻まれている年上の女性のほうだった。「伯爵様、わたしはミス・グライスです」ときっぱりと言う。「あなたの妹さんにロンドンまで付き添ってきました。あなたが旅費を払い、付き添いの給金を払ってくださると聞いているのですが」

「ぼくが?」マサイアスはブランデーの置いてあるテーブルに歩み寄った。クリスタルのデキャンタのふたをとり、中身をなみなみとグラスに注ぐ。「どうして彼女自身が払わないんだ? 事務弁護士によると、父の遺志に従って、充分な金を与えられているはずだが」

「お金なんてまったく受けとっていないから、払えないのよ」パトリシアが言った。「年四回の手当てが届くたびに、伯父がそれを受けとって犬や馬や賭博《とばく》などに使ってしまうの。駅馬車の切符を買うのに、わたしは母のネックレスを質に入れなければならなかったわ」

マサイアスは口に持ち上げようとしたグラスを途中で止めた。「伯父?」事務弁護士が言っていた名前を思い出そうとする。母方の伯父だ。「プールといったかな?」

「ええ。伯父はわたしの遺産を管理し、それを盗んでいるんです。去年、母と父がわたしを社交界にデビューさせてくれ、今年もまた社交シーズンを経験させてくれるって母は言っていた。でも、伯父はその費用を払うことを拒んでいるんです。わたしが結婚して自分の所帯から出ていくのは困ると思っているから。わたしを自分の家で暮らさせれば、わたしのお金を自由にできるんですもの。愛する両親が亡くなってから、わたしはデヴォンにとらわれていたんです」

「とらわれる? それは少し大げさじゃないか」マサイアスは小声で言った。

「ほんとうのことよ」パトリシアは小物入れからハンカチをとり出し、その小さな四角いリネンに鼻をうずめて泣き出した。「伯父のあつかいに抗議しても、せせら笑われるだけなの。母と父が亡くなってから、わたしに喜んで住まいを与えてくれるのは自分だけだから、わたしのお金を自由にする権利があるって言うんです。あなたはわたしとはかかわりを持たくないはずだからって。それはそうとわかっているんですが、もうあなたのお慈悲にすがるしかないんです」

その涙を見て、マサイアスの心に暗い記憶が呼び起こされた。女の涙は大嫌いだった。こういうことがあると、ときおり発作的に泣き出す母をなだめなくてはならなかった過去の記憶が必ずよみがえるからだ。母をなだめる力が自分にはないことをいつも思い知らされ、それと当時に、息子にすべてをまかせてその場を歩み去る父への怒りに身を焼かれる思いをしたものだった。

「おまえの財産については、事務弁護士に調べさせよう」マサイアスはブランデーを大きくあおり、その熱さで体があたたまるのを待った。「きっとどうにかできるはずだ」

「それではうまくいかないわ。伯爵様、お願いです、わたしを伯父の家に戻さないで」パトリシアは両手を膝の上でにぎりしめた。「あそこがどんなかご存じないから。戻ることなどできないわ。怖いんです」

「いったい何が怖いと?」不快な想像が心をよぎり、マサイアスは目を険しくした。「おまえの伯父さんが?」

パトリシアは急いで首を振った。「いいえ。伯父はたいていいつもわたしを無視しています。わたしのお金にしか関心がないから。でも、二カ月前、オックスフォードから追放されたいとこのネヴィルがいっしょに暮らすようになって」パトリシアはきつくにぎりしめた両手に目を落とした。「彼が怖いんです。いつもわたしのことをじっと見ているんですもの」

マサイアスは顔をしかめた。「じっと見ている? いったいなんの話をしているんだ?」

ミス・グライスがせき払いをし、彼に揺るがないまなざしを向けた。「きっと想像はつくはずですわ、伯爵様。あなたは世知長けたお方ですもの。考えてみてくださいな。きわめてよろしくない評判を頂戴《ちょうだい》している若い男性が同じ家で暮らすようになったんです。その家で暮らす若いご婦人はうれしくない誘惑から守られているとは思えないはずですわ。きっと詳しくお話しする必要はありませんわね。わたし自身、若いころには同じような立場におちいったことがありますけど、とても辛い状況ですわ」

「なるほど」マサイアスは黒い大理石のマントルピースに腕を載せ、考えをまとめようとした。「きっとほかに親戚がいるのでは、パトリシア? 母方の親戚が誰か?」

「わたしを引きとってくれる人はいませんわ」

マサイアスはひんやりした大理石を指でたたいた。「何か打つ手はあるはずだ」そう言って、ほかにいい知恵はないかというようにミス・グライスに目を向けた。

「レディ・パトリシアによれば、あなたはお兄様だそうですね、伯爵様」ミス・グライスは事態を収拾させようとするように言った。「お兄様なら、当然ながら、彼女にふさわしい住まいを与えてあげようと思うはずですわ」そう言って心もとなさげにまわりを見まわした。

ミス・グライスが何を考えているのかは、声に出して言われたほどにはっきりわかった。この家が若い女性にふさわしい住まいとなり得るかどうか、まるで確信が持てないというわけだ。

パトリシアは風変わりな部屋の様子は無視した。若く世間知らずな者だけが抱ける希望を浮かべた目でマサイアスをじっと見つめている。「お願いです、伯爵様。お慈悲にすがらせてください。どうかわたしを表に放り出さないで。お父様が言っていたわ。必要とあれば、わたしに家を提供してくれるとあなたが約束したって」

「くそっ」マサイアスはつぶやいた。

「殿方がおひとり、あなたに会いにいらしてますよ、ミス・ウォーターストーン」

イモージェンは読んでいた〈ザマリアン・レビュー〉からすばやく目を上げた。家政婦であり、この家の大家でもあるヴァイン夫人が応接間の入口に立っていた。訪ねてきた紳士とはヴァネックにちがいなかった。期待どおり、噂がすばやく伝わったのだ。しかし、ついにそのときが来て、イモージェンは血管に恐怖が走るのを感じた。ふいにマサイアスがいっしょならよかったのにと思った。

ばかなことを。次の瞬間には自分に言い聞かせていた。これはわたしの計画よ。わたしが仕切り、うまくいくようにわたしが責任をとる計画。自分は行動的な人間ではないとマサイアスも言っていたじゃないの。

イモージェンはゆっくりと〈レビュー〉を下ろした。「はいっていただいて、ミセス・ヴァイン。それから、叔母にお客様だと伝えてきて」

「かしこまりました」ヴァイン夫人は背が高く、いかめしい顔つきをした年齢不詳の女性だったが、応接間に客人を案内するのがとてつもない重労働であるかのごとく、じっと耐えているような顔でうなずいた。

大家でありながら家政婦でもあるヴァイン夫人の立場は、間借り人との関係をゆがめてしまうのではないかとイモージェンには思われた。

廊下に足音が響いた。イモージェンは身がまえた。ヴァネックとのこの最初の遭遇が、計画を成功に導くにはきわめて重要となる。気をしっかり持たなければ。またもマサイアスがここにいてくれたならと思わずにいられなかった。彼は冒険を好む人間ではないかもしれないが、非常に賢明な人間ではある。こういう状況においては役に立つ味方になってくれることだろう。

ヴァイン夫人がいつになく気どった顔で入口に再度姿を現した。「ミスター・アラステア・ドレイクが会いにいらしています」

「アラステア」イモージェンは急いで立ち上がったためにお茶のカップを倒してしまった。幸い、カップは空《から》で、割れることなく絨毯の上に落ちて跳ねた。「あなたとは思わなかったわ」そう言って足を止めてカップを拾った。「どうぞ、おすわりになって」急いで身を起こすと、カップをソーサーに戻し、入口のところに立っているハンサムな男性に笑みを浮かべてみせた。かつての暗い記憶が心をよぎる。

「やあ、イモージェン」アラステアの官能的な口もとにゆっくりと笑みが浮かんだ。「久しぶりじゃないかい?」

「ええ、そうね」イモージェンはこの三年のあいだに変わったところはないかと探るように彼の顔をじっと見つめた。

あったとしたら、覚えているよりもさらに魅力的になっていた。たしか、そろそろ三十になるはずだ。経験を積んだことで、さらに興味深い顔になっている。明るい茶色の髪は最新流行の形に短く切りそろえられている。青い目はまだ幼い少年と世慣れた大人の両方を思わせる魅惑的な光を宿していた。かつてルーシーはそれが彼のもっとも魅力的なところだと言っていた。

アラステアはゆったりと部屋にはいってきた。「驚かせてすまない。たぶん、もっと興味深い誰かが訪ねてくると期待していたんじゃないのかい？　コルチェスターとか？　昨晩、ブラント家の舞踏会で、彼がきみのそばを離れなかったと聞いているよ」

「ばかなことをおっしゃらないで」イモージェンはもっともらしい明るい笑みに見えますようにと思いながら、彼にほほ笑みかけた。「お客様がどなたか家政婦が言わなかったので驚いただけよ。お茶はいかが？」

「ありがとう」アラステアはまつげ越しに彼女をしげしげと眺めた。「三年前に不運な形で疎遠になったわけだから、今日、あたたかく出迎えてくれなくても当然だよ」

「ばかばかしい。またお会いできてうれしいわ」最初の衝撃から立ち直ると、速まっていた脈が通常の状態に戻ったのは喜ばしいことだった。

アラステアは女性ならみなほしいと思う、性格のいい兄のような存在だとルーシーが言ったことがあったが、イモージェンは彼を兄だと思ったことはなかった。ルーシーとアラステアはザマー協会の会合で出会い、彼が彼女の社交の輪へ加わってきたのだった。イモージェンがロンドンに来ると、ルーシーがアラステアを紹介してくれ、三人はどこへ行くにもつねに行動をともにするようになった。

はじめはアラステアが付き添いを務めてくれるのがありがたかっただけだった。ヴァネックがルーシーとイモージェンを夜の集まりに連れていってくれることはめったになかったからだ。彼は夕べをクラブで過ごすか、愛人と過ごすほうを好んだ。夫が別の女性と過ごしてくれてありがたいとルーシーに打ち明けられたこともあった。夫が寝室にやってくる夜を恐れていたからだ。

イモージェンの心にさらなる記憶が押し寄せた。アラステアが自分を好きになってくれたのかもしれないと思った時期もあったのだ。繊細なシルクでできているかのようにそっとキスされたこともあった。

そんなふうに抱擁されたのはほんの数回で、たいていは晩餐《ばんさん》会や舞踏会の途中、暗い庭や陰になったテラスでこっそり唇を奪われた。イモージェンはそれをおおいにたのしんだ。そういったことにおいて、アラステアはダンス教師だったフィリップ・ダルトワほど上手ではなかったが、なんといっても、フィリップはフランス人だったのだから。今やそうやって比較してもしかたがない。どちらの男性にしても、その弱々しいかすかなキスの記憶は、数日前、燃えるようなマサイアスの熱い抱擁によって焼き消されてしまった。

かつてアラステアに抱いていたあたたかな思いは、粉々になったかけらしか呼び起こせなかったが、彼がとても見栄えのする男性であるのは認めざるを得なかった。上着とズボンはすばらしい仕立てで、クラヴァットはウォーターフォールと呼ばれるらしい、しゃれた形に結ばれていた。青いウエストコートが目の色を引き立たせている。アラステアは昔から、流行の最先端を行く装いをする男性だった。

「きみがロンドンに来ていると聞いて、自分の耳が信じられないほどだったよ」アラステアは彼女からカップとソーサーを受けとった。その目は多くを物語っている。「また会えてよかった。ああ、どれほどきみに会いたかったことか」

「そうね」突然、ヴァネックといっしょのところを見つかった晩に、アラステアの顔に浮かんでいた驚きと怒りの表情が鮮明に心によみがえってきた。アラステアは釈明の機会さえ与えてくれようとしなかったのだった。「もちろん、ルーシーのことも恋しいし」

「ああ、たしかに。かわいそうなルーシー」アラステアは首を振った。「なんとも悲しい出来事だった。ぼくは三人でいっしょに過ごしたすばらしいひとときのことをよく思い出すよ」そこで意味ありげにことばを止める。「でも、正直、何よりすばらしい思い出はきみだよ、イモージェン」

「ほんとうに?」イモージェンは息を吸った。「だったら、どうして手紙をくれなかったの?

ルーシーの葬儀のあとであなたから便りがあればと思っていたのに。少なくとも、わたしたち、友人同士ではあると思っていたのに」

「友人同士？」アラステアの声がふいに厳しくなった。「ぼくらは友人同士以上だったはずだ。嘘偽りのないことを言うよ。あの一件のあと、ぼくは傷口がまた開くのに耐えられなかったんだ」

「傷口？　なんの傷？」

「ぼくは……傷ついたんだ」口がこわばる。「ほんとうのことを言えば、心がばらばらになってしまったんだ。きみがヴァネックの腕に抱かれている光景を心から追い払うのにとても長い時間がかかった」

「わたしは彼の腕に抱かれてなんかいなかったわ」イモージェンはきっぱりと言った。「わたしは、ああ、もういいわ。何もかも過去のことですもの。もう忘れたほうがいいわ。今日はどうして訪ねてくださったのか、お訊きしてもいいかしら？」

「それは明らかじゃないかい？」アラステアはカップを下ろして立ち上がった。「今日、ぼくがこうして訪ねてきたのは、きみがロンドンにいるとわかったときに、かつてきみに対して抱いていた感情が完全に消え去ったわけじゃないと気がついたからさ」そう言って彼女の手をとって立たせた。

「アラステア、お願い」イモージェンは彼の告白に動揺するあまり、彼の手から自分の手を優美に引き抜く方法を思いつくことができなかった。

「ひとつきみに言っておかなければならないことがある。この長い三年間、心につきまとって離れなかったことだ。あの恐ろしい晩に起こったことについて、ぼくがきみを赦していることはわかってほしい」

「わたしを赦す？」イモージェンはアラステアをにらみつけた。「あら、それはおやさしいのね。でも、これだけは言えるけど、あなたの赦しは必要ありません」

「釈明する必要はないよ、イモージェン。もうどうでもいいことだから。ヴァネックがどういう類いの男かは世間のみんなが知っている。無垢《むく》で世間知らずのきみを利用したんだ。ぼく自身、あのころはもっとずっと若かったからね。社交界の考えに影響されてしまった」

「気にしないで」イモージェンは彼の肩に手を置いた。「わたしがヴァネックの愛人かもしれないという結論に飛びついたあなたの気持ちはよくわかるから。あなたの立場に置かれたら、どんな紳士でも最悪のことを信じたくなったでしょうよ」

「驚きのあまり、はっきりものを考えられなかったんだ。それに、筋道立ってものを考えられるようになったときには、遅すぎた。ルーシーは死に、きみはいなくなっていた」

「ええ、そうね。わかるわ」イモージェンは彼の肩を押した。

「今はお互い年も重ねたし、前より賢くもなった。世のあり方がわかる成熟した大人になったんだ」アラステアはキスしようと首をかがめた。

イモージェンは突き出された口を避け、彼を強く押しやった。「お願い、放して」

「お互いにどんな思いを抱き合っていたか、まさか忘れてしまってはいないよね？　何度もあたたかい抱擁を交わしたことは？　失われたザマーについて、親密に話し合ったこともあった。ザマーについて語るときには、きみの目は情熱に光り輝いていた」

大きな黒い影が入口から射しこむ光をさえぎった。「お邪魔かな？」マサイアスがザマーの地獄の業火すら凍りつかせるような声で訊いた。

「いったい、なんなんだ？」アラステアはイモージェンを放し、急いであとずさった。「コルチェスター」

アラステアとのささやかなもみ合いのせいで、動揺し、息を切らしながら、イモージェンはくるりと振り向いた。「おはいりになって、伯爵様」とはっきりした通る声で言う。「ミスター・ドレイクはお帰りになるところだから」

6

「ドレイクがここで何をしていたんだ?」マサイアスはやさしすぎる声でそう訊《き》くと、アラステアが空けたばかりの椅子に腰を下ろした。

「古い知り合いなの」イモージェンはティーポットに手を伸ばした。アラステアが帰って心からほっとしたのはたしかだったが、それに代わって現れたマサイアスがずっとましな相手かどうかは確信が持てなかった。あまり機嫌がよさそうではなかったからだ。「三年前に親しくしていた友人よ」

「とても親しい友人だな」マサイアスはイモージェンに内心の思いの読めない目を向けた。

「ルーシーとわたしの両方にとってね」イモージェンは強調するように言った。

「たしか、きみの叔母さんが彼の話をしていた」

「ヴァネックは妻を劇場や晩餐会や舞踏会に連れていこうなんて考えもしない人だったの。

ルーシーはそういう催しに参加するのが大好きだったのに」

「釣った魚には餌《えさ》をやらないってことかい？」

「そうできるなら、手に入れた収集品といっしょに倉庫におさめておきたかったんじゃないかしら。ルーシーは彼を喜ばせようとザマー協会に加わったんだけど、嘲笑《ちようしよう》されただけだったわ。でも、そこでアラステアと出会ったの」

「そして、彼をきみに紹介したと、ミセス・エリバンクは言っていた」マサイアスはつぶやくように言った。

「ええ。さっきも言ったけど、三人でよく出かけたのよ。アラステアはとても親切だった。喜んで付き添いを務めてくれたわ」

「なるほど」マサイアスは優美な手つきでカップとソーサーを手にとり、椅子に背をあずけた。前に足を伸ばし、何を考えているかわからない目をイモージェンに向けている。「つづけてくれ」

イモージェンはぽかんとして彼を見つめた。「つづけるって何を？」

「話の先を」

「それ以上おもしろいことなど何もないわ。アラステアはわたしが社交シーズンを過ごしにロンドンに出てきていると昨晩知って、旧交をあたためるために訪ねてきてくれたの。それだけのことよ」

「イモージェン、ここ何年か、ぼくがほとんどの時間をザマーで過ごしたのはたしかで、ロンドンにいるときも、社交界と呼ばれるものを避けるのをつねとしていた」マサイアスはかすかな笑みを浮かべてみせた。「でも、ぼくもどこまでもぼんくらというわけではない。ここへ足を踏み入れたときには、きみはドレイクの腕に抱かれていた。だから、頭を使い、きみの話にはつづきがあると推測したのさ」

「どんなつづき？　言ったでしょう、古い友人だって」

「きみの叔母さんに聞いたことからして、きみは異性間の友情についてきわめて進歩的な考えを持っているようだ。ただ、いくら古い友人だからといって、あれほど熱のこもった挨拶は少々行きすぎだと思うね。ぼくはそれを目にせざるを得なかったわけだから、状況について説明してもらってもいいはずだ」

イモージェンは毛を逆立てた。「アラステアとわたしにどういうつながりがあるかはあなたには関係ないはずだわ。わたしの計画に影響することでもないし」

「そうかな。きみに力を貸すとすれば、すべてを説明してもらう必要がある」

「冷静になってくださいな。あなたが知る必要のあることはすべて知らせるから」

「こういったことがどれほど面倒なことになるか、きみには想像もつかないらしいな」マサイアスは言った。「今回のことにドレイク自身がかかわるつもりでいたらどうするんだい？」

イモージェンは驚いてマサイアスをじっと見つめた。「いったいどうして彼がかかわろうと思うというの？」

「彼自身が女王の印章を手に入れてやろうと思うかもしれない」

イモージェンは淑女らしく上品に鼻を鳴らした。「まさか、あり得ないわ。これだけは言えるけど、ザマーの遺物にアラステアが興味を抱いているとしても、それは薄っぺらなものよ。真の研究者ではなく、流行に乗って知ったかぶりをしているだけだわ。遺物の収集すらしていない。そういう意味では問題になる人じゃないのよ」

マサイアスは訝《いぶか》しげに目を細めた。「だったら、三年前にきみと親密な関係だった彼が、その関係をとり戻したいと思っているんじゃないのか？」

「そうさせるつもりはないわ」イモージェンは渋い顔で言った。

「そうかな？」

「何が言いたいの、コルチェスター様？」

「そうだとしたら、数分前にぼくが目にしたよりも、もっときっぱりドレイクの意思をくじくような態度をとるべきだということさ」

「どうしてそのことをそんなに気にするの？」イモージェンは訊いた。「だって、あなたには関係ないことじゃない。アラステアのことはわたしがどうにかするわ」

マサイアスは椅子の肘掛けを指でたたいた。その問題への別の切りこみ方を探している顔だ。「イモージェン、きみのいまいましい計画に影響をおよぼすことについては、どんなことでも包み隠さず話してくれなくてはならない」

「いまいましい計画じゃないわ。とても賢明な計画よ」

「突飛もない計画さ。ぼくがその一翼を担うとすれば、きみには正直になってもらわなければならない。力を貸す以上、そのぐらいの恩はあるはずだ。これには危険がついてまわるからね。深刻な危険が」

ようやく彼の胸の内が理解でき、イモージェンは不満のため息をもらすと、ソファーの隅に背をあずけた。「つまり、やっと話が核心にたどりついたってわけね。あなたはまた心配しすぎているんだわ」

「そうも言えるだろうな」

「気を悪くしないでもらいたいんだけど、あなたがもっと大胆不敵な人じゃなかったのは残念ね」

「誰にでも強みと弱点はあると自分をなぐさめているさ。最後はこんなぼくも役に立つかもしれないしね」

「ふうん」イモージェンはなかば伏せたまつげの下から彼を物思わしげに見つめた。マサイアスがおもしろがっているのではないかという、いやな疑いをぬぐえなかったからだ。「いいわ、それであなたの神経がおちつくなら、アラステア・ドレイクとの関係についてお話しするわ」

「説明を聞いてもぼくの神経がなだめられるかどうかは疑わしいが、聞いたほうがよさそうだな」

「簡単に言えば、三年前、ヴァネックとわたしが同じ寝室にいっしょにいるのを見つけた紳士がアラステアなの」

「そこまではもうきみの叔母さんに聞いたよ」

「だったら、どうしてあれこればかげた質問をしたの？」イモージェンは鋭く訊いた。

「きみからじかに話を聞きたかったからさ」

イモージェンは目を険しくした。「わたしの評判に瑕《きず》をつけるような情景を目にして、アラステアは最悪のことを想像したのよ。それだけの話だわ」

マサイアスはザマーの興味深い遺物でも見つめるようにカップのなかをのぞきこんだ。

「ふたりがいっしょにベッドにはいっているのを見つければ、ある種の想像をしてもしかたないだろうね」

「ちょっと、わたしはヴァネックと同じ部屋にいただけよ。同じベッドにはいっていたわけじゃない」イモージェンは怒りを爆発させた。

マサイアスはお茶のカップから目を上げた。「そうなのか？」

「もちろんよ。何もかもひどい誤解だった。というか、当時はそう思っていた」記憶がさらによみがえり、イモージェンは下唇を噛《か》んだ。「そのあとでルーシーが亡くなったの。彼女が遺した書きつけがあったって噂よ。夫と親友に裏切られてみずから命を絶ったという話だった。しばらくは何もかもぐちゃぐちゃに思えた」

「それはそうだろう」

イモージェンは勢いよく立ち上がり、両手を後ろで組んで応接間を行ったり来たりしはじめた。「またはっきりものを考えられるようになると、もしかしたら、あの晩、見つかるとわかっていて、ヴァネックがわざとわたしを寝室に誘いこんだんじゃないかと思ったの」

「ルーシーが亡くなったときに、夫と親友が裏切ったせいで彼女が自殺したという噂が立って真実が押し隠されるように？　それはちょっとこじつけがすぎる気がするよ」

「一理あるとあなたも認めざるを得ないはずよ。ヴァネックはとても賢い男性で、妻殺しを誰にも見抜かれたくなかったはずだわ。ルーシーの死を自殺に見せかけたいと思ったはず。だから、彼女がみずから命を絶つ、もっともらしい理由を用意しなきゃならなかったのよ」

「どうして彼に会いにその部屋へ行ったんだい？」とマサイアスが訊いた。

「彼に会いに行ったわけじゃないわ。その寝室に来てほしいと書かれた急ぎの書きつけを受けとったからよ」

「誰からの書きつけだったんだ？」

「ルーシーよ。というか、そのときはそう思ったの。今はヴァネック自身がそれを書いて、彼女の名前を記したんだと思うけど。寝室にはいっていくと、そこに彼がいたの。おまけに――」イモージェンは真っ赤になってことばを止めた。

「おまけに？」

イモージェンはせき払いをした。「そう、半分服を脱ぎかけていたわ。わたしが部屋にはいっていったときには、シャツとブーツを脱いでいて、ズボンを脱ごうとしていた」

マサイアスはもとあった場所にカップとソーサーを置いた。「なるほど」

「ヴァネックのほうもわたしに劣らずぎょっとした振りをしていたわ。もちろん、わたしはすぐに振り返って寝室を出ようとしたの。でも、その瞬間にアラステアと彼の友人が廊下を歩いてきたのよ。ふたりはその寝室の開いた扉の前を通りしなに、ヴァネックとわたしがなかにいっしょにいるのを見かけたの」

「それで、すぐさま自分たちのクラブへ行って仲間たちに、ヴァネックがきみを誘惑していたという噂を広めたってわけかい？」マサイアスはひややかに訊いた。

「アラステアはそんなことしなかったわ」イモージェンは彼をにらみつけた。「紳士だもの。ただ、彼の連れはそれほど慎《つつ》ましい人じゃなかった。当然、アラステアはわたしの評判を守ろうと精一杯のことをしてくれたわ」

「当然、ね」

イモージェンはマサイアスにすばやく探るような目をくれた。その声の調子が何を意味するのかはっきりしなかったからだ。またばかにされているの？　イモージェンはそれを無視することにした。「でも、噂を止めることはできなかった。とくにルーシーが亡くなってからは」

「教えてくれ、イモージェン。その事情についてドレイクには釈明したのかい？」

イモージェンは窓の前で足を止め、表に目を向けた。「そのときのアラステアは動揺していたわ。自分が目にしたと思ったもののせいですっかりとり乱していたの。わたしが真実を話す前に急いでその場からいなくなってしまった。その後は釈明する機会もなかったわ」

「なるほど。だったら、ドレイクがヴァネックに決闘を申しこむこともなかったのかい？」

イモージェンは赤くなった「もちろんよ。決闘なんて論外だわ。そんなこと、わたしが絶対に許さなかった」

マサイアスは何も言わなかった。

「決闘なんてしてもなんの意味もなかったでしょうし」イモージェンは静かに言った。「両親の言ったとおりだったわ。上流社会の人たちが気にするのは真実じゃなく、見た目だけだって。だからこそ、ヴァネックがルーシーを殺しながら社交界をあざむくのがあれほどに簡単だったのよ。妻の死を自殺に見せかけたら、社交界はそれを信じた」

マサイアスはためらった。「そろそろもっと実りある話題に移るころあいだな」

「もちろんよ」イモージェンはそう言われて心からほっとし、窓から振り向くと、すばやくソファーのところに戻った。

ホレーシアが入口に現れ、驚いた目でマサイアスを見つめた。「どういうこと？　お客様がいらしていたとは気づかなかったわ。家政婦にひとこと言ってやらなければ。お客様がいらしたこと、わたしには知らせてくれなかったから」

「イモージェンとぼくは例の計画について話し合っていただけですよ」マサイアスが立ち上がってホレーシアに挨拶した。

「そうなの」ホレーシアは部屋にはいってきてマサイアスに手を差し出した。「イモージェンのその計画にはひどく不安にさせられるわね」

「不安に思っているのがぼくだけじゃないとわかってほっとしましたよ」マサイアスはイモ

ージェンにちらりと横目をくれた。「屈強な神経を持たざるもの同士、力を合わせなきゃなりませんね」

イモージェンはふたりにとがめるような目を据えた。「すべてうまくいくわ。何もかも予定どおり進んでいるもの」

「それはそう願うしかないな」マサイアスは椅子にすわった。「ただ、ほかに問題が起こってね」

イモージェンは顔をしかめた。「問題？」

「昨日の晩、ぼくの異母妹がわが家に現れたんだ。ほかに行くあてがないので、ぼくの家に住まわせてもらわなければならないと言ってきた」

イモージェンは目をぱちくりさせた。「妹さんがいるとは知らなかったわ」

マサイアスの目にはなんの感情も浮かんでいなかった。「母が亡くなってから父が再婚したんだ。パトリシアは父と再婚相手の娘さ。率直に言って、彼女をどうしていいかわからないんだ。連れといっしょにやってきたんだが、連れの女性はいっしょにはいられないらしい」

「パトリシアはおいくつなの？」とイモージェンは訊いた。

「十九さ」

「だったら、社交シーズンをたのしんでいい年ごろね」とホレーシアが言った。

「妹を社交界に出すのにぼくが何をどうしたらいいというんだ？」マサイアスが不平そうに言った。「若い女性を社交界に放つには、ドレスや、ちゃんとした招待状や、付き添いなどが必要になる。あと何が要るかは神のみぞ知るだ」

「安心していいわ、コルチェスター様」イモージェンが言った。「ホレーシア叔母様は社交については専門家よ。パトリシアのことは叔母様にまかせればいいわ」

眼鏡のレンズの奥でホレーシアの目がわずかに大きくなった。

マサイアスはイモージェンからホレーシアへ目を移し、またイモージェンに目を戻した。見るからにほっとした顔になっている。「そこまで頼むのは悪いな」

「ばかを言わないで」イモージェンはホレーシアに目を向けた。「ねえ、叔母様？　若い女性を社交界に導くのはお手のものよね？」

「きっととてもたのしいわ」ホレーシアは明るい声で言った。「膨大な数のきれいな服を注文しながら、請求書はほかの誰かに送るという以上にたのしいことは想像もつかないもの」

仕切りたがりの女性も役に立つことはある。三日後、マサイアスはクラブに足を踏み入れながら胸の内でつぶやいた。差し迫ったパトリシアの問題をイモージェンがあっというまに一手に引き受けてくれたのだった。運がよければ、このシーズンのうちに妹を結婚させ、父との約束をはたすことができるかもしれない。

その約束が為《な》されたのはまさにこのクラブにおいてだったと思い出しながら、マサイアスは帽子と手袋を老いた門番に手渡した。一年前、父トーマスに喫茶室でつかまったのだった。おそらく、みずからの死が迫っていたことを虫の知らせで感じていたのだろう。

「おまえに話しておきたいことがある」トーマスはマサイアスの向かい側に腰を下ろしながら言った。

「うかがいましょう」マサイアスは父と話すときにはいつも、ひややかで礼儀正しい口調を保つように気をつけていた。「何か問題でも?」

「将来が気になってな」

「みなそういうものじゃありませんか? 個人的な意見を言わせてもらえば、そんなことは気にしないのが一番ですよ」

「それはわかっている。まったく、おまえのその無責任な態度はおまえ自身のためにならないぞ。大学を出てからというもの、おまえは悪い噂を呼ぶようなことしかしてこなかったからな」トーマスは椅子の肘かけに肘をつき、指先と指先を合わせた。見るからに怒りを抑えようとしている様子だった。「ただ、今日おまえに話したいのはそのことではない。私や妻に何かあった場合を考えて、パトリシアのために備えておいてやりたいんだ」

「たしか、そういったことはふつう事務弁護士が処理してくれるはずですが」

「経済的なことはすでに手を打ってある。遺言状で、パトリシアはかなりの財産を受けとることになっている。ただ、彼女の母と私の気がかりは彼女の幸せなんだ」

「なるほど、〝幸せ〟ですか」

トーマスは顔をしかめた。「それは容易に手にはいるものではない」

「それはわかっていますよ」

トーマスは細い線になるほどに口を引き結んだ。「シャーロットと私に何かあったら、パトリシアはシャーロットの側の親戚の家で暮らすことになっている」

「それで?」

トーマスは息子と目を合わせた。「なんらかの理由でそのとり決めがうまくいかなかったときには、おまえがパトリシアの面倒を見ると約束してほしい」

マサイアスは身動きをやめた。「ぼくにどうしろと?」

「義務をはたしてもらいたいのだ」トーマスはうんざりした様子で目を閉じたが、やがてまた目を開け、マサイアスをじっと見つめた。「まったく、おまえは大人になってからずっと、私の跡継ぎとしての責任を愚弄《ぐろう》するようなことばかりしてきたが、この義務だけは避けられないぞ。パトリシアはおまえの妹なのだからな。私の身に何かあったら、おまえが彼女の面倒を見るんだ。わかったか？　それについておまえに誓ってもらいたい」

「そんな約束をぼくが守るとどうして思えるんです？」

「おまえはあの忌まわしい賭場をつくって家名に泥を塗った。そして、良縁を得て結婚し、爵位を継ぐ孫を与えてくれる代わりに、古代のザマーを探しに行ってしまった。ラトリッジが死んだのもおまえのせいではないかと疑う者もいる。既婚女性をめぐって決闘で誰かの命を奪ったという噂もある」トーマスは椅子の肘かけの上で両手をこぶしににぎった。「それでも、おまえがけっして約束を破らない人間だと言われているのもたしかだ。このことについても、おまえに約束してもらいたい」

マサイアスはしばし父をじっと見つめた。「こんなことを頼んでくるのがあなたにとってどれほどむずかしいことかはわかります。きっとパトリシアをとても愛しているんでしょうね」

「彼女と彼女の母親は私の人生の光なんだ」

「それで、ぼくを目にするたびに見えるのは、ぼくの母との結婚がもたらした闇だけというわけだ」マサイアスはやわらかくしめくくった。

トーマスは身をこわばらせた。マサイアスの黒髪にひと筋走る氷のように白い束に目を向ける。それは彼自身の髪を鏡に映したようなものだった。「くそっ、おまえを見るたびに私の目に映るのは、息子であり、跡継ぎだ」

マサイアスはあたたかみのかけらもない笑みを浮かべてみせた。「それはあなたにとってなんとも不愉快なことにちがいないな」

「それが愉快に思えることをおまえは何もしてこなかったからな、くそっ」トーマスの怒りは暗く弱々しいものへと変わった。「お互いのあいだにこれだけのわだかまりがあってはおまえには信じられないだろうが、おまえがより若いころにもっといっしょに過ごさなかったことを、私は後悔しているんだ。過ごしていればおそらく、強い義務感をおまえに植えつけることもできただろうに」

マサイアスは何も言わなかった。

トーマスは真剣そのものの顔で息子を見つめた。「私に何かあったら、パトリシアの面倒を見ると約束してくれるか？」

「ええ」マサイアスはさっきまで読んでいた新聞を手にとった。

トーマスは顔をしかめた。「答えはそれだけか？」

「パトリシアについて約束はしましたよ」マサイアスは父にちらりと目を向けた。「ほかにも何かぼくにしてほしいことがあると？」

「いや」トーマスはゆっくりと重々しく腰を上げた。「いや。ほかにはない」そう言ってためらった。「いや、ある。もうひとつだけ」

「何です？」

「おまえは結婚するつもりはないのか？　それとも、血筋を絶やすことで私に復讐するつもりでいると？」

「どうしてぼくがそんなふうに復讐しなければならないんです？」

「とぼけるな。おまえの母親が不幸だったことでおまえがわたしを責めているのはお互いわかっているじゃないか。とはいえ、おまえも、どんな話にも表と裏があることぐらい理解できる年になったはずだ。私の立場になれば、どうして私があいう行動をとったかわかるだろう」

「だったら、あなたの立場には絶対にならないようにしなければなりませんね」マサイアスは穏やかに言った。「ご機嫌よう」

トーマスはほかにも言いたいことがあるかのようにためらったが、ことばを見つけることができなかったらしく、背を向けて歩み出した。

マサイアスはその後ろ姿を見送った。父がひどく老けて見えることに驚きながら。どこからともなく、トーマスに認められたいという、長く抑えつけてきた望みが浮かび上がってきた。

「伯爵?」

トーマスは振り向いた。「なんだ?」

マサイアスは言いよどんだ。「ぼくはいつか伯爵としての義務をはたすつもりでいます。できれば、ぼくの代で血筋を絶やすことはしないつもりです」

トーマスの顔に安堵のようなもの――感謝と言ってもいいようなもの――が浮かんだ。

「ありがとう。私も悔やんでいるんだ……いや、なんでもない。もうどうでもいいことだ」

「何を悔やんでいるんです?」

「おまえがザマーへの最初の発掘隊を組織しようとしたときに必要な資金を用意してやらなかったことを」トーマスはそこで間を置いた。「その発掘がおまえにとってどれほど重要なものだったか今ならわかるからな」


あの日、このクラブで、父との和解への距離がかつてないほどに縮まったのはたしかだった。マサイアスは古い記憶の扉を閉め、喫茶室へはいっていった。

ひとり、ふたり、知り合いに会釈すると、〈タイムズ〉を手にとり、暖炉のそばに置かれた、張りぐるみの大きな椅子に腰を据えた。新聞は隠れ蓑《みの》だった。読みたいわけではなく、邪魔されずに考えたかっただけだ。穏やかで秩序正しい人生を送っていた自分が、ここ数日、大混乱に投げこまれていた。

読むことなく新聞の一面に目を向けながら、ヴァネックのせいで評判に瑕をつけられたというイモージェンの話を思い返した。それから、イモージェンがドレイクの腕に抱かれていたのを見て感じた、鋭く不愉快な感覚を思い出そうとした。あれは嫉妬《しっと》ではないとみずからに言い聞かせる。単に苛立ちを覚えただけだ。自分の置かれた状況からして、苛立つ権利はあるはずだ。

イモージェンと、ヴァネックと、アラステア・ドレイク。三人はそれぞれつながっていて、そのつながりが、しばらく感じたことがないほどに気に障ったのだった。

くそっ。マサイアスは胸の内で毒づいた。もしかして、ほんとうに神経が弱くなったのかもしれない。

イモージェンが、半分服を脱ぎかけたヴァネックと狼狽《ろうばい》したアラステア・ドレイクとともにひとつ部屋にいる不快な情景を思い浮かべてみる。イモージェンは因習にとらわれない両親に育てられたのだからとみずからに言い聞かせたが、新聞の端をつかむ手に力が加わり、新聞に皺が寄った。

「コルチェスター。数分前にあんたがはいってくるのが見えた気がしたんだ」

マサイアスはゆっくりと新聞を下ろし、目の前に立つ、口を引き結んだ若い男に目を向けた。「紹介を受けたことがあったかな？」

「ヒューゴー・バグショーだ」ヒューゴーの目に反抗的な光が宿った。「アーサー・バグショーの息子の」

「なるほど。きみにはぼくが誰かわかっているようだから、これ以上会話を交わさなくてもいいようだな。新聞を読み終えてしまいたいんだ」マサイアスは〈タイムズ〉を持ち上げてみせた。

「あんたがこのクラブの会員だと知っていたら、別のクラブに加わったのに」

「きみがここの会員をやめるとしてもぼくは止めないがね」

「ちくしょう。ぼくが誰かわかっているのか？」

マサイアスは渋々新聞をたたみ、ヒューゴーの怒りで真っ赤になった顔を見やった。ヒューゴーは彫りの深い鋭い顔つきとたくましい筋肉質の体をした、まじめそうな若者だった。茶色の巻き毛、派手な結び目のクラヴァット、体にぴったり合った上着のせいで、流行を追う人間に見える。しかし、真剣な茶色の目に浮かんだ激しい表情は、社交界の多くの若者たちがわざと見せる、詩的に高めた感情の表れではなかった。それは真の感情を映していた。

「ヒューゴー・バグショーといったね」マサイアスは小声で言った。

「アーサー・バグショーの息子さ」

「その関係性についてはもう聞いた」

「あんたが父を殺したんだ、コルチェスター。頭に銃を突きつけたも同様にしてね」

喫茶室がしんと静まり返った。

「きみの父上の死は父上ご自身に責任があるという話だった気がするが」

「よくもそんなことを」ヒューゴーの手が両脇でこぶしににぎられた。憤りに顔がゆがむ。

「父はあんたが十年前に経営していたあの忌まわしい賭場でカードの賭けをしてすべてを失い、みずからを撃ったんだ」

「ぼくが覚えている話はそうじゃないな」

ヒューゴーはマサイアスのことばを無視した。「当時ぼくはたった十四だった。父の仇《かたき》を討つには年が若すぎた。でも、今はどうにかその方法を見つけてやるつもりだ。そのうち、あんたはうちの家族にしたことへの代償を払うことになる」

ヒューゴーは踵を返し、扉へと向かった。喫茶室にいたほかの誰も新聞から目を上げようとはしなかったが、誰もがヒューゴーの非難を耳にしたのはたしかだった。マサイアスはゆっくりと息を吐いた。静かに考える場所を見つけようとしてもこんなものだ。

マサイアスは暖炉の炎に目を向けた。アーサー・バグショーの亡霊が見えた。

「若いバグショーがロンドンに着いたのはつい最近のことだ」椅子の後ろからヴァネックがゆったりと声をかけてきた。「遠い親戚が亡くなっていささかの財産を遺してくれたらしい。われわれも若いころはあれほど感情的だったかな、コルチェスター？　それとも、今の若い連中があんなふうに芝居がかっているのは最近の詩人たちの影響なのか？」

「ぼくにすれば、あれほどに若かったころのことはほとんど覚えていないし、覚えているささいなこともあまり劇的ではないな」

「私自身の若いころについても似たようなものさ」ヴァネックは椅子の脇をまわりこんで暖炉の前へ行き、足を止めた。「警告しておくよ、コルチェスター。バグショーはきみにえらく敵意を抱いていて、危険な存在になる可能性もある。シュリンプトンのところでボクシングの訓練を受けていて、マントンのところでは射撃の練習をしているそうだ。射撃の腕はかなりのものらしい」

「バグショーがそういったことにすぐれているとしても、ぼくにはあまり関係ない。今はもっと差し迫ったほかのことに興味を惹かれているのでね」

「なるほど」ヴァネックはあたためようとするように暖炉の火に手をかざした。「それで、興味を惹かれていることというのは、ミス・ウォーターストーンとザマーのある遺物に関係することなのか?」

マサイアスはヴァネックに問うような目を向けた。「そのことをどこで? ぼくは今、遺物を手に入れようとは思っていない。考えていることがほかにあってね。このシーズンで妻を見つけなければならないんだ」

「きみが爵位を継いだことは知っているよ。私と同じようにきみにもはたさねばならない義務があるというわけだな」

「きみ自身、妻を探しているという話だが」

ヴァネックは鼻を鳴らした。「最初の妻が跡継ぎを遺してくれなかったんでね。パーティーや舞踏会や着る物にしか関心のない女だった。ここだけの話、ベッドのなかでは死んだ魚も同然だった。私の爵位に惹かれて結婚しただけだ。私もばかだったからそれを許してしまった」

「それは驚きだな、ヴァネック。きみはきれいな顔にだまされる類いの人間じゃないと思っていたんだが」

「きみはルーシーには会ったことがないからな」ヴァネックはそこでことばを止めた。「なんともきれいな女だったんだ。ただ、持参金はなきに等しかった。あのいまいましい結婚で私には得るものは何もなかったよ。日々が生き地獄になっただけで。これだけは言えるが、ああいうまちがいを二度と犯すつもりはない」

「なるほど」

ヴァネックはまた横目をくれた。「きみのことを噂していたんだ」

「噂？」

「きみがミス・ウォーターストーンを本気で花嫁候補と考えているとは思えなくてね」

「どうして思えないと？」

「なあ、どうしたら思えるというんだ？」ヴァネックは男同士にしかわからない目をくれた。「ミス・ウォーターストーンは二十五歳になる。かなり長いこと売れずにいるとは思わないかい？　バラ色の頬の花嫁になる姿は想像つかないはずだ」

「ぼくとしては成熟した女性のほうが好みなのでね」マサイアスは新聞をめくった。「より興味深い会話ができるから」

ヴァネックは眉根を寄せた。「たとえきみの目に彼女の年が望ましいものに見えるとしても、彼女がほかの類いの徳に欠ける女性だという噂もある。そう、〝慎みのないイモージェン〟と呼ばれているんだから」

マサイアスは新聞を下ろしてヴァネックをまっすぐ見据えた。「ぼくの前で彼女のことをそう呼ぶ人間は、会話の終わりには銃をかまえ合うことを覚悟したほうがいいな」

ヴァネックは身をひるませた。「なあ、コルチェスター、きみがほんとうにイモージェン・ウォーターストーンに結婚を申しこむつもりでいるなんてことを信じるとは思わないでくれよ。彼女を口説こうとしているなら、別に理由があるはずだ。あり得る理由はたったひとつしか思いつかないが」

マサイアスは立ち上がった。「なんでも好きに信じてくれ、ヴァネック」そう言ってかすかな笑みを浮かべた。「ただ、口にはうんと気をつけるよう助言しておくよ」

パトリシアは不安そうに本屋のなかを見まわした。「わたしが買い物をしても、兄が嫌がらないとほんとうに思います？」

「コルチェスター伯爵のことはわたしにまかせておいてくれればいいわ」イモージェンはきっぱりと言った。「異を唱えたら、わたしがなんとかするから。でも、反対するとは思えないけど。本の一冊や二冊、ドレスの請求書に比べたら微々たるもので、きっと彼は気づきもしないでしょうよ」

パトリシアは青ざめた。「仕立屋であなたの叔母様は買いすぎだと思ったのよ。あんなにたくさんのドレス。それに高価な生地も。いくら遣《つか》ったかわかったら、兄は怒り狂うわ」

「ばかばかしい。必要ならわたしが彼に言って聞かせるわよ」イモージェンはパトリシアを力づけるようにほほ笑んだ。「さあ、行って見てらっしゃいな。わたしは古代の遺物についてのガリソンの新しい本が入荷しているかどうか問い合わせしてくるから。わたしたちがここでの用事を終えるころには、ホレーシア叔母様もミセス・ホートンとのおしゃべりを終えているでしょうから、きっと馬車で待っていてくださるわ」

パトリシアは疑うような顔になったが、おとなしく近くの棚へ行き、本の背表紙を眺めはじめた。イモージェンはカウンターに歩み寄った。本屋の主人がほかの客の相手を終えるのを待つあいだ、近くのテーブルに置いてある何冊かの本を手にとってぼんやり眺めていると、背後で店の入口のベルが鳴った。誰がはいってきたのかと、うわの空で肩越しに目をやる。

入口にヴァネックが立っているのが見え、背筋が凍りついたようになった。レディ・ブラントの舞踏会で姿を見かけて以来、出くわすのははじめてだった。

ヴァネックが本屋に現れたのは偶然かもしれないと自分に言い聞かせる。しかし、相手がようやく餌に食いついた可能性のほうが高かった。そろそろだと思っていたわ。

「ミス・ウォーターストーン」ヴァネックはねっとりした笑みを浮かべながらカウンターに近づいてきた。「なんともうれしい驚きだな。三年になるかな?」

「ええ、たしか」

「何か探している本でも?」ヴァネックは礼儀正しく訊いた。

イモージェンはおちついて見えますように願いながら笑みを浮かべた。「ザマーの遺物について書かれたものを見つけられるかと思って」

「それはそうだろうね。きみが今でも古代ザマーに関心を抱いているとしても不思議はないな。以前もかなりの情熱を傾けていたのを覚えているよ」ヴァネックは何気なくカウンターに寄りかかり、隠しきれない貪欲《どんよく》な目で彼女を眺めた。「きみが最近、なんとも興味深い遺産を受けとったという噂が流れているね」

「とても幸運だったの。叔父がかなりの遺産に加えて、古代の遺物の収集品を丸ごとわたしに遺してくれたので。そのなかにはいくつかとても魅力的なものも含まれているわ」

ヴァネックはすばやくまわりに目をくばり、それから彼女ににじり寄った。「そのなかには、きわめて貴重なザマーの遺物の場所を示しているとされる地図もあるとか」

「ロンドンでは噂が広がるのが速いのね」イモージェンはその場を動かないようにとみずからに強いなければならなかった。ヴァネックから身を離したいという衝動に負けそうになったからだ。

「では、ほんとうなんだね?」ヴァネックは熱っぽい目で彼女の顔を探るように見た。「その地図が女王の印章へと導いてくれるものだと信じているのかい?」

イモージェンは軽く肩をすくめた。「可能性は高いわ。今のわたしにはあまり役に立たないけど。印章を探す発掘隊を組織するお金がないから。でも、お金の問題はすぐに解決すると思っているの」

「コルチェスターのことを言っているんだろう?」

「あの方が親切にも興味を持ってくださったのよ」

「ちくしょう。思ったとおりだ」ヴァネックはカウンターに置いた手をこぶしににぎった。「彼がきみにぴったり貼りついているのはそのせいだと思ったんだ。そう、ロンドンじゅうがその噂でもちきりだからね」

イモージェンは顎をつんと上げて彼を見下ろした。「そうですの?」

「彼はきみの地図を手に入れられると思っている。コルチェスターは女王の印章を見つけるためならなんでもするだろう」

「伯爵様がザマーのもっともすばらしい遺物を数多く収集されていることは誰もが知っていることだわ」とイモージェンも言った。

ヴァネックは首をかがめ、声をひそめた。「三年前の不運な出来事のせいで、きみが私に少しばかり悪感情を抱いていることはわかっているよ。ただ、これだけは言っておくが、きみと同じく、私もあの件では被害者なんだ」

「あのときのことについて、いつも不思議に思わずにいられないことがあるわ。いったいあの部屋で何をなさっていたの？」

「どうしても知りたいというなら教えるが、人を待っていたのさ。きれいな未亡人を。その名前は当然ながら教えるわけにはいかないが。もちろん、きみが来るとは思っていなかった。何もかも恐ろしいまちがいだったんだ」

「そのまちがいのせいで、かわいそうなルーシーは命を落とすことになった」

ヴァネックは当惑顔になった。「ルーシー？」

「彼女のこと、覚えてらっしゃるわよね？ あなたの妻だった女性よ」

「ばかなことを言わないでくれ」ヴァネックは高々と襞《ひだ》をつくるクラヴァットと首のあいだに指を走らせた。「もちろん、覚えているさ。ただ、亡くなって三年になるからね。人間、前を見て生きていかなきゃならないんだ」

「そうね」本を持つイモージェンの手に力が加わった。おちつくのよとみずからに言い聞かせなければならない。怒りに負ければ、計画そのものが失敗に終わることになる。

ヴァネックは顔をしかめた。「きみとルーシーは友人同士だったたね、ミス・ウォーターストーン。私の妻がしばしば不安定な気性を見せることにはきっときみも気づいていただろう？ ほんのちょっとしたことでふさぎこむこともあった。彼女が死んだことで自分を責めてはいけないよ」

イモージェンは息を吸った。わたしじゃなくあなたを責めているのよと胸の内でつぶやく。でも、ほんとうにそうかしら？　突然疑念が湧いた。ヴァネックを罰したいという思いの根っこには、あの晩起こったことへの罪悪感があるの？　イモージェンは身震いした。

「過去のことをくよくよ考えてもしかたない」ヴァネックはきっぱりとことばを継いだ。「きみが私の妻の友人だったことでわれわれもかつて知り合いだったわけだから、私はきみに助言する責任がある気がするよ」

イモージェンは身動きをやめた。「助言？」

「コルチェスターとはいかなる関係も結ぶべきじゃないとね」

つまり、ほんとうにこの人は餌に食いついたわけね。イモージェンはひややかな笑みを浮かべてみせた。「でも、女王の印章はきっと見つけるつもりでいるの。コルチェスター伯爵は発掘隊の資金を出す手助けをしてくれるわ」

「発掘隊のことでコルチェスターと手を結ぶのは、悪魔とダンスするにも等しいさ」

「ばかなことを。大げさに言いすぎだわ」

「ほんとうのことを言っているんだ」ヴァネックは吐き捨てるように言った。「あの男が〝冷血なコルチェスター〟と呼ばれているのにはそれなりの理由があるんだ。印章を探す発掘隊の資金を出すというのは、見つかったら自分のものにしようと思っているからさ」

「お互いに満足のいくとり決めを考えることはできると思うわ」

「ふん。気の毒なラトリッジもきっとそう考えていたさ。彼の身に何が起こったかは周知の事実だが」

「そうなの？」

「ラトリッジは失われたザマーから戻ってこなかった」ヴァネックはきっぱりと言った。

「彼の死の真相についてはコルチェスターが知っていると考える連中もいるよ」

「そんなばかげた噂話なんて一瞬たりとも信じないわ。コルチェスター伯爵はどこまでも立派な紳士よ。ラトリッジの死に関与したはずはないわ」

「紳士？　コルチェスターが？」ヴァネックは目をみはり、それから突然わかったというようにその目を細めた。「なんてことだ。まさか彼がきみに本気で愛情を抱いたと信じさせられたわけじゃないんだろうね、ミス・ウォーターストーン。きみもそこまで世間知らずではないはずだ。その年になってまで」

ヴァネックも、マサイアスがわたしを好きになったかもしれないということについて、そこまで信じられないという顔をしなくてもいいのにとイモージェンは胸の内でつぶやいた。

「コルチェスター伯爵とわたしの関係は個人的なことよ」

「すまない。ただ、古い友人として、コルチェスターがきみを誘惑しようとしているのは、きみの持つ地図を手に入れるためかもしれないと警告しないのは無責任だと思ってね」

「ばかをおっしゃらないで。腹が立ちますわ」

ヴァネックはふたたび信じられないという目で彼女を見つめた。「コルチェスターほどの地位の男が、きみほどの年齢で、その、不運な評判の持ち主に真剣に結婚を申しこむなどとはまさか思っていないだろうね？」

イモージェンは腰に両手をあて、爪先で床を打ちはじめた。「正直に言うと、今は結婚よりもむしろ、発掘隊に資金を出してくれる人を見つけるほうに関心があるの。今のところ、コルチェスター伯爵に代わる人はいないから。発掘隊を組織する財力を持ち、そのことに関心のある紳士は彼だけだもの」

「発掘隊の資金をつくる方法はほかにもあるさ」ヴァネックは急いで言った。「〝冷血なコルチェスター〟とかかわるよりも危険の少ない方法が」

イモージェンは唇を引き結んだ。「そう思います？　いっとき、自分で共同事業体を組織することを考えたりもしたんだけど、そういう複雑なものを組織するのに、わたしには知識も人脈もないから」

ヴァネックは目をぱちくりさせた。興奮に目が光る。「共同事業体を組織するなど、私には朝飯前さ、ミス・ウォーターストーン。そういったことに経験豊富だからね」

「ほんとうに？　興味深いわ」まったく、この厄介なワルツを踊るには、手とり足とり導かなければならないのかしら？　イモージェンはそう胸の内でつぶやきながら、外套《がいとう》にピンで留めた小さな時計を見る振りをした。「遅くなってしまったわ。急いでいるので、失礼します。叔母が待っているので」

ヴァネックは顔をしかめた。「今夜きっと会えるね？」

「たぶん。ご招待はたくさんいただいているので。どのご招待をお受けするか、まだはっきり決めてはいないんだけど」イモージェンはかすかな笑みを浮かべ、カウンターから離れた。「ご機嫌よう」

「また今夜」ヴァネックはそっけなくうなずくと、意を決したような表情で扉へと歩み去った。

「ミス・ウォーターストーン？」パトリシアが手袋をはめた手に本を一冊持って近づいてきた。「一冊選んだわ」

「よかった」イモージェンはヴァネックが出ていって閉まった扉をじっと見つめていたが、やがてその目を窓へと転じた。「ホレーシア叔母様が馬車に乗りこむのが見えた気がするわ。行きましょう。買ったものを開けられるよう、あなたを家に送り届けなければ。今夜着る予定のドレスは五時に届くことになってるわ。それが届く前にやることはたくさんあるしね」

「ほんとうにドレスが時間どおりにできあがると思います?」パトリシアが訊いた。「仕立屋にそんな短時間で仕立ててほしいと言って」

イモージェンは笑みを浮かべた。「ホレーシア叔母様はマダム・モードに大金を支払うと約束したのよ。時間どおりに到着すると思っていていいわ」

パトリシアは安心した顔にはならなかった。それどころか、さらに不安そうな表情になった。「今日、わたしたちがあんなにお金を遣ったことを知っても、ほんとうに兄は怒らないかしら?」

「あなたが遣うお金についてのコルチェスター様の反応について、ずいぶんと心配しているみたいね。どうして彼が怒ると思うの?」

「だって、わたしのことを憎んでいるから」パトリシアはささやくように答えた。

イモージェンは彼女をじっと見つめた。「まさか」

「ほんとうなんです、ミス・ウォーターストーン。わたしが父の再婚相手の娘だから、兄はわたしには好意のかけらも抱いていないんです」

「まさかそんな」

「腹ちがいの兄がいると話してくれたときに、母がすべてを教えてくれたんです。彼からは何も期待してはいけないって言われました。とても危険で、繊細な感情なんてまったく持ち合わせていない人だからって」

「ばかばかしい。まったく、パトリシア、そんなのばかげているわ」

「彼は二十四になるかならないかで〝冷血なコルチェスター〟というあだ名をつけられたとも言っていたわ」

「これだけはたしかだけど、コルチェスター様は悪意のある噂の犠牲者よ」

パトリシアはハンカチをもみしだいた。「二年前、父に言われたの。もし父と母に何かあって、伯父の家で幸せを感じられなかったら、マサイアスを頼らなければならないって。彼がわたしの面倒を見るって約束したそうなんです」

「それで、そのとおりにしてくれた」

「父によれば、兄の唯一の長所は、約束を必ず守るという評判の持ち主であることだそうなの」

「ほんとうにそのとおりね」

「でも、兄が自分の家にわたしを迎えたいと思っていないことはたしかだわ。わたしを追い出す言い訳があれば、飛びつくでしょうね。ドレスの請求書が届いたら、わたしにはお金がかかりすぎると思うにちがいないわ。そうなったら、わたしはどこへ行けばいいの？　伯父の家に戻る勇気はないし。きっと救貧院か、もっと最悪の場所に行きつくことになる。たぶん、通りで体を売らなきゃならなくなるわ」

「そんなことにはならないと思うけど」イモージェンはつぶやくように言った。

「ああ、ミス・ウォーターストーン、母と父に会いたくてたまらない」

イモージェンの心に同情が湧き起こった。彼女自身、パトリシアと同じ年のときに愛する両親を失ったのだった。そのときの孤独と喪失感は今でもありありと思い出せた。ルーシー以外の誰も、ほとんどなぐさめになってくれなかった。ホレーシアは病気がちの夫のせいでヨークシャーから離れられず、あまり頻繁に訪ねてこられなかった。叔父のセルウィンは古代の葬送品にとりつかれたようになっていた。そう――イモージェンは胸の内でつぶやいた――パトリシアの気持ちは痛いほどよくわかる。

本屋の主人のとがめるような目を無視して、イモージェンはパトリシアに腕をまわし、すばやく心をこめて抱きしめた。「これからはそうじゃなくなるわ、パトリシア。あなたはもうひとりぼっちじゃない」

7

玄関の間が騒がしくなり、マサイアスは図書室の入口へ向かった。そこで足を止めると、ペルメル街とオックスフォード街で忙しく買い物をして戻ってきた勇猛果敢な女性たちを当惑の目で眺めた。

多種多様な箱やら包みやらが馬車から下ろされようとしていた。ウフトンは片側に寄り、イモージェンがあれこれ指図するあいだ、いかめしく厳しい表情を浮かべていた。ザマー特有の緑色の散歩用のドレスに身を包み、貝殻の飾りのついた大きなボンネットをかぶったイモージェンは、なんともたのしそうな様子で石段の上に立っている。

彼女は軍の将校さながらの明確な指示を従者たちに向かって発していた。ホレーシアはその近くをうろうろしながら、玄関の間に運び入れられる包みをたしかめている。パトリシアはいつものように不安そうな顔でそばに立っていた。マサイアスのほうへおどおどした目を頻繁に向けてくる。

妹が家に来てほんの数日だったが、そのびくびくした態度と、ほんのささいなことで泣き出す癖にはすでにうんざりしつつあった。まるで怯《おび》えた野ウサギのようだと思わずにいられなかった。

「ええ、ええ、すべてなかに運びこんで」イモージェンがイルカの取っ手のついたパラソルを振ってきびきびと指示している。「それから、全部を階上《うえ》のレディ・パトリシアの寝室に運んでちょうだい。叔母がいっしょに行って荷解きを指示するわ。上等の生地やら何やらをきちんとしまうすべを心得ているから」そう言ってホレーシアにちらりと目を向けた。「そっちはおまかせしていいかしら？　わたしはコルチェスター伯爵にちょっと話したいことがあるので」

「ええ、もちろんよ」ホレーシアは満足そうにほほ笑んだ。「今夜、パトリシアがはじめて社交界に姿を現すにあたって、必要なものを出しておかないといけないしね」そう言ってパトリシアに合図した。「いらっしゃい、パトリシア。しなくちゃならないことはたくさんあるのよ」

ホレーシアは階段をのぼりはじめた。パトリシアはマサイアスのほうへ最後に一度びくびくした目を向けると、急いでそのあとに従った。

イモージェンは意を決したようにマサイアスに向き直った。「少しふたりきりでお話できます、伯爵様？　話し合いたいことがあるんですけど」

「仰せのままに、ミス・ウォーターストーン」マサイアスは礼儀正しく入口から脇に退《の》いた。「いつも仰せのままだが」

「ありがとう」イモージェンは大きすぎるボンネットのひもをほどきながら彼の脇を通って図書室にはいった。「長くはかからないわ。ちょっとした誤解を解きたいだけですから」

「またかい？」

「これはあなたの妹さんに関することよ」イモージェンは喜ばしい驚きにとらわれたようにはっと息を呑んでことばを止め、図書室のなかをうっとりと見まわした。「まあ、驚くほどね」

イモージェンが入口をはいってすぐ、唐突に足を止めるのをマサイアスは見守っていた。彼女の反応を待っていたのだ。結局、彼女こそ、イギリスじゅうで自分以外にこの部屋のことを正しく評価できる唯一の人物、I・A・ストーンなのだから。その見るからに驚いた顔は非常に満足のいくものだった。

「気に入ったかい？」ウフトンが後ろで静かに扉を閉めると、マサイアスはぞんざいに訊いた。

「ただもうすばらしいとしか言いようがないわね」イモージェンはささやくように言い、首をそらして天井から吊り下げられている緑と金のカーテンをしげしげと眺めた。「ほんとうにすばらしい」

イモージェンはゆっくりと部屋の奥へ歩を進め、あちこちで足を止めては壁に飾られた異国風の風景画や、彫刻をほどこした台の上に置かれた花瓶などを眺めた。

「古代ザマーの真髄《しんずい》をとらえているわ。この部屋にはその精神が息づいている」彼女はそびえたつザマーの太陽の女神、アニザマラの彫像の前で足を止めた。「このうえなく美しい」

「それは最後にザマーを訪れたときに持ち帰ったものだ。王子の墓でそれとザマリスの彫像を見つけたんだ」

「すばらしいわ」ソファーを支えているそろいのイルカのひとつの背に、イモージェンは手袋をはめた手をいつくしむように走らせた。「なんとも言えずすばらしい。あなたがうらやましくてたまらないわ」

「ここがザマー人の図書館を忠実に再現したものだとまでは言わないけどね」マサイアスは得意満面にならないようにしようと努めていたが、それは容易なことではなかった。机の端に腰をかけ、ブーツを履いた足に足を載せ、腕を組む。「ただ、正直言って、ここのできばえには満足している」

「信じられないわ」イモージェンはつぶやくように言った。「ほんとうに信じられない」

ふいにイモージェンがイルカのソファーの上に裸で横たわる情景が頭に浮かんだ。その情景は心さいなむほどに鮮明だった。黄褐色の髪が肩に落ち、やわらかい体の曲線を暖炉の明かりが照らし、片膝は優美に持ち上げられている。欲望に下腹部が痛いほどにこわばった。

「このすばらしい部屋をご自分で整えられたなんて運がいいのね」イモージェンは陶板に書かれた文字をよく見ようと身をかがめた。「詩の一節ね。とてもめずらしいものだわ」

「それは墓で見つけたものだ。最近ロンドンで出まわっているザマーの陶板はつまらない商売の記録がほとんどだからね。ラトリッジがそういうものを何百もイギリスへ送る手配をしたんだ。それを売ればかなりの金になると踏んでね。そしてそれはそのとおりになった」

「お金と言えば、あなたに訊きたいことがあるの」イモージェンはマサイアスに鋭い目を向けた。「教えて、コルチェスター。あなたが〈ザ・ロスト・ソウル〉を開いたのは、ザマーへの発掘隊を組む費用を捻出《ねんしゅつ》するためだったの?」

マサイアスは眉を上げた。「じつを言えばそうだ」

イモージェンは満足した様子でうなずいた。「そうだと思っていたわ。そう、もちろん、それですべての説明がつくわね」

「父に資金を出してほしいと頼んだんだが――」マサイアスはゆっくりと言った。「大人になって父に頼みごとをしたのはそれが最初で最後だった。「拒まれた。そこで賭場を開くことにしたのさ」

「当然だわ。資金を手に入れる方法を見つけなければならなかったんだから。ザマーはあまりに重要だった」

「ああ」

イモージェンは繊細な指で花瓶に触れた。「ミセス・スロットについてだけど」

マサイアスは顔をしかめた。「ある晩、〈ザ・ロスト・ソウル〉で彼女の愛人のジョナサン・エクスルビーがいかさまをしているのをつかまえたんだ。ここから出ていってもらわなければならないと言ってやった。彼は怒り狂い、名誉を傷つけられたと言った——もちろん、それはそうだったわけだが。それで、決闘を申しこんできたんだが、酔いがさめると、考え直し、決闘する代わりにアメリカで運を試すほうがいいと決心した。その後二度とロンドンに現れなかったので、エクスルビーは死んだという噂が出まわることになった」

イモージェンは彼に穏やかな笑みを向けた。「そういうことじゃないかと思っていたわ。そう、だったら、それはそれでいい。話はちがうんだけど、あなたの妹さんについて話し合いたいの」

マサイアスは眉根を寄せた。「妹について何を？」

「妙なことなんだけど、彼女はあなたの家で歓迎されていないと感じているようなの。それどころか、恐怖に近いものを感じながら暮らしているわ」

「ばかなことを。どうして彼女が恐怖を感じなければならない?」

「たぶん、あなたの一族特有の虚弱な神経のせいよ。一族に何世代にもわたって特有の気質が伝わるのはよくあることよ。顎とか鼻の形とか——」イモージェンはマサイアスの髪に走る白い筋にちらりと目をやった。「どちらかの親から受け継いだ肉体的特徴と同じように」

「虚弱な神経?」マサイアスは自分の気質についてのイモージェンの推測にこれ以上耳を貸すのはうんざりだと思った。「いったいどこからそんなばかな考えが出てきたんだ?」

「レディ・パトリシアもあなたと同じ気質を受け継いでいるようだから。心配性で自信が持てないという気質を」

「ぼくの妹についてはもうたくさんだ」彼は冷たく応じた。「きみは彼女が二度目の社交シーズンにうまく出ていけるようにしてくれればそれでいい」

イモージェンはそのことばを無視し、後ろで手を組んで考えこみながら緑と金の絨毯の上を行ったり来たりしはじめた。「彼女がもっとくつろげるように、あなたも努力すべきだとわたしは思うの。かわいそうなあの子は、自分がお情けでここに置いてもらっていると思っているわ。あなたの援助を受ける資格が自分にはないとでもいうように」

前触れなく、マサイアスの心の奥底に怒りが走った。それは嵐のように全身を貫き、彼自身が気づく前に自制心を呑みこんだ。マサイアスは腕をほどき、机から立ち上がった。「このことについてきみの助言はほしくない」

今度は声の調子がイモージェンに多少影響をおよぼした。彼女は足を止め、振り向いて彼をじっと見つめた。「でも、パトリシアが心配性であることをよくわかってらっしゃらないようだから。彼女もきわめて繊細な心の持ち主であることを説明したいだけなの。あなたと同じように、彼女も――」

「彼女の神経のことなどどうでもいい」マサイアスは歯を食いしばるようにして言った。「ぼくは異母妹に対する義務をはたしているだけだ。雨をしのげる場所を提供してやっている。玄関の間で少し前に目にした光景からして、そのうちきわめて大きな額の請求書の支払いをすることにもなりそうだ。彼女が結婚するときには、それなりの額の持参金を用意するつもりでもいる。それ以上を求めることはできないはずだ」

「でも、それはお金の面での義務を言っているにすぎないわ。それが重要なのはたしかだけど、やさしくしたり、兄らしい愛情を示したりするほうがずっと重要だわ。今、あなたの妹さんが何よりも必要としているのはそういうことよ」

「だったら、ぼくに助けを求めたりしなければよかったんだ」

「でも、あなただって彼女に対して多少はあたたかい気持ちを抱いているはずよ」

「彼女とは数日前にはじめて会ったばかりだからね」マサイアスは言った。「よく知りもしない人間だ」

「でも、彼女のほうはあなたのこと、知りすぎているぐらいに知っているようよ。そうして知っていることのすべてがまちがっているみたいだけど」イモージェンは嫌悪を示すように小さく鼻を鳴らした。「あなたにつけられた、あのとんでもないあだ名にも根拠がないわけじゃないと思っているみたい。想像できる？　彼女のまちがった印象を正せるかどうかはあなた次第なのよ」

マサイアスは動かずにいられなかった。わざとゆっくりと窓辺へ歩み寄る。窓辺に達すると、そこに立って何を見るともなしに庭へ目を向けた。「どうしてそれがまちがった印象だとそんなに確信を持って言える？」

「ばかなことをおっしゃらないで。あなたはザマーの権威のコルチェスターよ」イモージェンは図書室とそこにおさめられた宝の数々を手振りで示した。「古代の遺物に対してあなたほどすぐれた趣味を持ち、古代ザマーの歴史についてあなたほど深い洞察を示し、そのすばらしさにあなたほど情熱を傾けている人が……その、そんな人が、あたたかい感情や繊細な心に欠けているはずはないもの」

マサイアスはくるりと振り向いて彼女と向き直った。「はっきり警告しておくよ。きみはぼくのことをよくわかっていると思っているようだが、そうではない。知らないということはきわめて危険なことになり得る」

イモージェンはその厳しいことばを聞いておじけづくというよりは当惑した顔になった。やがて目がやさしくなる。「これがあなたにとって辛《つら》い話題だということはわかるわ」

「辛いんじゃない。退屈なんだ」

イモージェンは皮肉っぽい笑みを浮かべた。「なんとおっしゃってもいいわ。でも、覚えていてほしいんだけど、あなたの妹さんはとても動揺している。今日話した感じからして、この世にひとりぼっちで、あなただけが唯一頼れる人間なのよ。ふたつだけ心に留めておいてほしいんだけど」

「きみがそのふたつを並べ立てて見せるまではこの忌まわしい会話から逃れられないという気がするよ。さっさと言ってくれ」

「まず、覚えておいてほしいのは、何があったにせよ、パトリシアに罪はないということよ。あなたご自身に罪がないように。もうひとつは、彼女にとってあなたがこの世で唯一近い身内であるように、あなたにとっての彼女もそうだということ。あなたたちふたりは肩を寄せ合って生きるべきよ」

「くそっ。うちの家族のことについて誰に聞いたんだ？」

「あまり多くは知らないわ」イモージェンは答えた。「でも、パトリシアが今日の午後言っていたことから、あなたのお母様が亡くなったあとで、あなたとお父様が仲たがいしたのは想像がつくわ」

「そのとおりさ、イモージェン。その問題についてきみは何も知らない。だから、干渉しないほうがいい。ぼくは父とのあいだの約束を守るつもりで、それでこの話はおしまいだ」

「とにかく、あなたとパトリシアはお互いがいてとても幸運だったわね」イモージェンは静かに言った。「わたしの両親が亡くなって何カ月か、わたしは兄弟を手に入れられるなら、魂を売ってもいいほどだったもの」

「イモージェン――」

イモージェンは振り返って扉へ向かい、ノブに手を置いてつかのま足を止めた。「忘れるところだったわ。もうひとつあなたに言おうと思っていたことがあった」

マサイアスは陰気な目で彼女をじっと見つめた。「だったら、時間を無駄にせずにさっさと言ってくれ」

「今日、本屋でヴァネックに会ったの。彼が餌に食いついたのはたしかよ。すでに共同事業体を組織しようと計画を練っているぐらいだった。わたしの計画が軌道に乗ったのよ」

そう言うと、イモージェンは部屋の外へ出て、ウフトンが扉を閉めた。

マサイアスは目を閉じてうなった。ぼくの繊細な神経が無傷で終わることはなさそうだ。今度のことが終結する前に、病院に閉じこめられずにすむとしたら、幸運と言うしかない。

マサイアスはバルコニーの手すりのところへ行き、混み合った舞踏場を見下ろした。真夜中になろうとしており、舞踏会は最高潮に達していた。下にいる優美な装いの男女にシャンデリアが明るい光を投げかけている。マサイアスはわずかに嫌悪を覚えて口をゆがめた。社交界に用はない。

踊っている人々のなかでイモージェンはすぐに見つかった。部屋に女性がひとりしかいないかのように目が吸い寄せられたのだ。しばらくその光景をたのしむことをみずからに許す。着ているドレスの緑色のシルクのスカートがすねのあたりでくるりと翻《ひるがえ》っている。彼女はそのドレスとそろいの上靴と長い緑の手袋も身につけていた。黄褐色の巻き毛が、高々とそびえる夜会用のターバンの下からはみ出している。

うっとりするような光景と言ってもいいはずだった。彼女がアラステア・ドレイクの腕に抱かれているのでなければ。唯一のなぐさめは、ドレイクも見るからに体の平衡を保つのに苦労していることだった。マサイアスの立っているところからも、イモージェンがダンスフロアで主導権をとっているのは見てとれた。マサイアスは一瞬にやりとした。気分が軽くなるのを感じる。

イモージェンから目を引き離し、妹の姿を探す。パトリシアが寄ってきた男たちの中心にいるのがわかって驚く。顔を赤らめて興奮しているようだ。ピンクと白のドレスは育ちのよい、しゃれた若い女性にぴったりの装いだった。

ホレーシアがそのそばに付き添いとして立ち、ひよこを誇らしげに見せびらかしている雌《めん》鶏《どり》さながらに笑みを浮かべながら、レディ・リンドハーストことセリーナとおしゃべりしていた。

まあ、これで問題のひとつは解決する。セリーナはいつもながらすばらしい体を淡青色のドレスに包んでいる。運に恵まれれば、六月までには事務弁護士に婚姻にかかわる書類をつくらせることになるだろう。イモージェンとホレーシアのおかげで、妹は成功をおさめることになりそうだ。

その満足感も、ヒューゴー・バグショーが人ごみを縫ってパトリシアのそばへ寄ろうとしているのに気づいて消え去った。バルコニーの手すりをつかむ手に力が加わる。ヒューゴーに関心を寄せられてもそれに応えてはいけないと妹に警告しておかなければ。

マサイアスはまたイモージェンに目を向けた。ちょうどドレイクとのワルツを終えたところだった。何かについて夢中になって話しているのが見てとれる。おそらくは失われたザマーについてだろう。話を強調するために扇を持った手を大きく振りまわしている。夢中になるあまり、すぐそばにグラスで一杯のトレイを持った給仕がいることには気づいていないようだ。不運にも、大惨事が起こりそうになっていることにドレイクが気づいたのも遅すぎた。

イモージェンが大きく弧《こ》を描くように扇を振りまわし、シャンパンのグラスをいくつか床にはたき落とした瞬間、マサイアスは思わず顔をしかめた。それから、身を乗り出し、その後につづいた大騒ぎを眺めた。すぐそばにいた不運な客たちは急いで脇に飛びのいた。

給仕は責めるような目をイモージェンに投げかけると、壊れたグラスの破片を拾おうと床に膝をついた。イモージェンはひどく困った顔になり、身をかがめてそれを手助けしようとしたが、ドレイクに急いでその場から連れ去られてそうすることもできなかった。

何もかもほんの一瞬の出来事だった。マサイアスはひとりほくそ笑みながら振り返り、階段へと大股で向かった。

パトリシアとホレーシアとセリーナといっしょに立っているイモージェンのそばまで行くのに数分かかった。マサイアスが近づいていって輪の中心にいる女性たちのところへ向かうと、まわりに集まっていた若い男たちが急いで脇によけた。ヒューゴーが外側の人垣からじっと見つめてくるのがわかる。

最初にマサイアスに気づいたのはイモージェンだった。「ああ、そこにいたのね、コルチェスター様。あなたのことを待っていたのよ。パトリシアは大成功をおさめているわ。ホレーシア叔母様とわたしとで、大きな棒を使って崇拝者たちを追い払わなければならなかったほどよ」

若い紳士たちの何人かが、マサイアスのほうに警戒するような目を向け、居心地悪そうに笑った。

「そのようだね」宣告を待つように不安そうな笑みを浮かべているパトリシアを、マサイアスはしげしげと眺めた。イモージェンにダンス用の上靴の爪先ですねを蹴られ、その顔を見やると、彼女の表情から、もっと何か言わなければならないことがわかった。「ミス・ウォーターストーンと彼女の叔母上がおまえを守らなければならなかった理由はよくわかるよ。おめでとう、パトリシア。おまえは今夜、最高にすばらしい」

パトリシアは驚いて目をしばたたいた。頬が赤く染まり、目が安堵に輝く。見るからに自信をとり戻した様子だ。「ありがとう」

セリーナがかすれた笑い声をあげた。「噂では、あなたの魅力的な妹さんはすべてのダンスが予約済みだそうよ、コルチェスター様」

「すばらしい」マサイアスはイモージェンに目を向けた。「まあ、それはそれとして、今度のダンスを踊ってもらえますか、ミス・ウォーターストーン？」

「もちろんよ、伯爵様。喜んで」イモージェンはくるりと振り返ると、先に立ってダンスフロアへ向かった。

マサイアスはため息をつき、手を伸ばして彼女の肘をつかむと、引っ張って足を止めさせた。イモージェンは驚いた目をくれた。

「どうかしたの？　気が変わったとか？」

「そうじゃない。ただ、ひもにつながれた犬のようにあとをついていくより、きみと並んでダンスフロアへ向かうほうが気分がいいからね」

「あら、ごめんなさい。ゆっくりいらして。急がせるつもりじゃなかったのよ。たまにわたし、あなたが活動的な人間じゃないことを忘れてしまうものだから」

「わかってもらえてありがたいよ」マサイアスは肘をしっかりつかんでダンスフロアへと導き、彼女を腕に抱いた。「今夜のきみはなんともすばらしく見える」

「とても元気ですわ。いつもそうだけど」

「それを聞いてうれしいよ」マサイアスはワルツの主導権をにぎろうと手にかなりの力をこめた。それは挑戦だった。「ただ、ぼくがすばらしいと言ったのは、きみの健康というよりも外見についてだ。そのドレスはきみが着るととても魅力的だよ」

イモージェンは自分が何を着ているのか忘れていたというようにドレスを見下ろした。

「とてもきれいよね? マダム・モードの作品よ。ホレーシア叔母様によると、とても優秀な仕立屋らしいわ」そう言って目を上げた。「きっとあなたも喜んでくれると思うけど、パトリシアは今夜、うまく社交界に迎え入れられたとホレーシア叔母様は考えているわ。きっと明日には招待状がぞくぞくと届くわよ」

「きみときみの叔母上には、パトリシアの社交生活の面倒を見てくれたことで感謝しないといけないな」

「少しも大変じゃなかったわ。ホレーシア叔母様が言うには、レディ・リンドハーストが明日開かれるザマー研究のサロンにパトリシアを招待したそうよ。とてもいいことだわ。そこで同い年ぐらいの若い女性たちに大勢会うことになるから」

「それでも、古代のザマーについてはさほど学ぶことにはならないだろうが」マサイアスはそっけなく言った。「セリーナの研究サロンは流行を追うだけのものにすぎないからね」

「そう」イモージェンは眉根を寄せ、彼をちがう方向へまわそうとした。「まあ、それでも、たいした害にはならないでしょうよ」ダンスのせいでかすかに息を切らしている声だ。

「おそらくね」マサイアスが彼女の肩越しに目を向けると、ヒューゴーがパトリシアをダンスフロアに導くのが見えた。「ただ、若いバグショーが関心を寄せてくるのは問題かもしれない。彼については明日パトリシアに言い聞かせるつもりだ」

イモージェンは目をみはった。「ミスター・バグショーの何がいけないの？　とても立派な紳士に見えるわ」

「パトリシアへの関心が、純粋に妹を崇拝してのものではなく、ぼくへの復讐心からじゃないかと疑えるからさ」

「いったいなんの話をしているの？」

「話せば長くなる」マサイアスは大きく円を描くように彼女を振りまわし、フレンチドアのそばへ寄った。「若いバグショーが、父親が書斎の壁に自分の脳みそをぶちまけようと決心した責任をぼくに負わせていると言えば充分だろうが」

「本気で言っているわけじゃないでしょうね。何があったの？」

「アーサー・バグショーは海運業に投資して失敗し、財産のほとんどを失ったんだ。財産を失ったことがわかった晩、彼は〈ザ・ロスト・ソウル〉にやってきた。えらく酔っ払っていて、鬱々《うつうつ》としていた。うちの賭場《とば》のテーブルで、失った財産のいくばくかをとり戻すつもりだったんじゃないかな。ぼくは彼が賭けるのを拒んだ」

「それはとても立派なことだったわ。バグショーは手もとに残ったお金までを失うわけにはいかなかったでしょうから」

「ぼくの行いがどれほど立派だったかはわからないね」マサイアスはそっけなく言った。「アーサー・バグショーとぼくは言い争いになった。その後彼は家に帰って拳銃をとり出した。その話はそれでおしまいさ」

「なんてこと」イモージェンはささやくように言った。「かわいそうなヒューゴー」

マサイアスはイモージェンの足を止めさせた。「若いバグショーは父親が死んだのはぼくのせいだと言っている。父親が〈ザ・ロスト・ソウル〉で全財産を失ったと思っているんだ」

「すぐに誤解を解いてあげなくては」

「いつかね」

「でも、マサイアス、これはほんとうに――」

「いつか別のときにと言ったはずだ。今はきみに話したいことがある」

「もちろん、いいわ」イモージェンは扇を開き、せわしくそれを振りはじめた。「ここはちょっと暑くない?」

「その武器のあつかいには気をつけるんだな」マサイアスは扉を抜けてテラスへと彼女を引っ張り出した。「それがかなりの破壊力を持つのをついさっき目にしたからね」

「え?」イモージェンは扇を見て顔をしかめたが、やがてその顔を輝かせた。「ああ、何分か前の不運な出来事を見たのね。わたしが悪いんじゃないのよ。あの給仕がすぐ後ろに立っていたんですもの。お互い気づいたときには遅すぎたわ。そういうことってあるものよ。だからこそ、不運な出来事って言うわけでしょう」

「たしかにね」マサイアスはテラスを彩る色とりどりのランタンに目を向け、イモージェンを引っ張って階段を降りると、夜の闇に包まれた庭の奥へ進んだ。

「それで？　何を話し合いたいの？」背の高い生垣《いけがき》のそばで足を止めさせられると、イモージェンは訊いた。

マサイアスはためらい、広大な庭の奥で自分たちがふたりきりかどうかたしかめようとじっと耳を澄ました。「さっきクラブに寄ったんだ。ヴァネックについてはきみの言うとおりだったよ。きみの餌に食いついていた。女王の印章を見つけるための共同事業体が組織されるだろうという噂もある」

「でも、それってすばらしいことじゃない。どうしてそんなに心配そうなの？」

「イモージェン、何か気に入らないんだ。ヴァネックはえらくこそこそしていた」

「まあ、それはそうよね。そういうものじゃないかしら。そんな計画があることをロンドンじゅうに知らせたいとは思わないでしょうから」

「ぼくが彼の計画を知ったのは、ぼくの知り合いに彼が話を持ちかけてきたからだ。知り合いがそれを教えてくれた。ヴァネックはわざとぼくには知られないようにしようとしているらしい」

「おちついて、マサイアス」イモージェンは彼の上着の袖を閉じた扇でたたいた。そうやって力づけ、神経をなだめようとしてくれているのはまちがいなかった。「すべて計画どおりだから」

「きみはそればかりだな」

「だってほんとうだもの。わたしの計画は思い描いていたとおりに進んでいるわ」イモージェンは満足そうに目を輝かせた。

マサイアスは月明かりのなかで彼女の顔をしげしげと眺めた。身の内に渇望が湧き起こるのがわかる。「イモージェン、この計画がどれほど危険なものか、きみにわからせる方法はないのかな？　これ以上進めないようにきみを説得することは不可能なのか？」

「ごめんなさい、マサイアス」彼女はやさしく言った。「あなたがどれほど神経質かはわかっているけど、もうだいぶ進めてしまっているから。ルーシーのために正義の鉄槌《てっつい》を下したいという思いを捨てることはできないわ」

「ルーシーはきみにとってとても大事な存在だったんだね？」

「親友だったわ」イモージェンはきっぱりと言った。「両親が亡くなってから、唯一の友人でもあった」

「ドレイクは？」マサイアスは訊いた。

イモージェンは目をしばたたいた。「なんですって？」

彼は両手で彼女の顔をはさんだ。「ドレイクも友人だったはずだ。彼のことを夢見ることもあるのかい？　寝室にヴァネックとふたりきりでいるのを見られなかったら、ドレイクとどうなっていただろうと考えることは？」

イモージェンは身動きをやめた。「いいえ。一度もないわ」

「ほんとうに？」

「アラステアにわたしがどんな感情を抱いていたにしろ、自分が目にしたと思われることに対して彼が嫌悪とともにわたしに背を向けたあの晩に消えてなくなったわ」彼女は目を険しくした。「釈明の機会も与えてくれなかった。自分で出した結論を疑問に思うことすらなかったのよ。そこまでわたしを信じてくれない男性にあたたかい感情を抱くなんてこと、絶対にないわ」

マサイアスは月明かりを受けて輝く目をのぞきこめるように彼女の首をそらさせた。「ぼくにはあたたかい感情を抱けるようになるかもしれないと思うかい？」

イモージェンは驚いて口を開いた。「マサイアス？　何を言っているの？」

「言いすぎたようだな。もうおしゃべりは終わりだ」彼はそう言って首をかがめ、彼女の口をふさいだ。

体のなかで沸き立っていた渇望が前触れなしに爆発した。

イモージェンの口はザマーに湧く泉がそうであっただろうと思われるほど、魅惑的で甘い味がした。マサイアスは突然彼女のやわらかく引きしまった太腿《ふともも》の曲線が自分に押しつけられる感触を知りたくてたまらなくなり、彼女をきつく抱きしめた。

イモージェンは小さくくぐもった声をもらした。「マサイアス」

一瞬、彼女が身を引き離すのではないかと思われた。マサイアスは自分のなかのもっとも暗く、もっとも冷たい部分から発している欲望にとらわれ、恐ろしいほどの強い感情に心をわしづかみにされた。

体が粉々になりそうなその一瞬、運命があやうく平衡を保っているような気もした。

イモージェンの腕がきつく首にまわされたのはそのときだった。マサイアスは安堵《あんど》の思いに駆られ、唇から唇を引き離すと、じっと彼女の目をのぞきこんだ。知っている感覚に全身を貫かれる。失われた古代ザマーの遺跡への入口を示す巨大な柱を見つけたときに経験したのと同じ感覚。

「イモージェン？」

渇望と女性らしい期待をこめた笑みが返ってきた。

マサイアスは唇で唇をかすめるようにした。イモージェンは身震いし、息を奪うほどの情熱をこめてキスを返してきた。舞踏場から聞こえてくる音楽も笑い声も遠くに退《しりぞ》いていく。マサイアスの世界はせばまり、やがてイモージェン以外はどうでもよくなった。

唇から唇を離さないまま、マサイアスは手袋をはずし、それを無造作に地面に落とした。それから、両手を彼女の肩に這《は》わせ、ゆっくりとドレスの袖を脇に下ろした。

小さなハイウエストのボディスが下にすべり落ち、優美な胸があらわになると、イモージェンが身震いした。

「マサイアス？」

「きみは美しい」マサイアスはささやいた。「ザマーの図書館の壁に描かれたアニザマラの絵を思い出すよ。生命力とあたたかさに満ちたその姿を」

イモージェンは震える笑い声をあげると、彼の肩に顔をうずめた。「信じてもらえないでしょうけど、最近とても奇妙な夢を見ているの。その夢のなかであなたはザマリスだったわ。もしくはザマリスがあなただった。どちらなのかはっきりは言えないけれど」

「ぼくらは夢のなかでもザマーへの興味を共有しているようだね」マサイアスは両手を彼女の腰にあて、彼女をまっすぐ地面から持ち上げた。そうすることで、豊かな胸が口の高さに来た。マサイアスは片方の固い胸の頂きを歯ではさみ、そっと吸った。

「マサイアス」イモージェンは彼の肩をつかみ、必死でしがみついた。「何をしているの?」

舌の先で輪を描くようにし、またそっと嚙むと、彼女の声が大きくなった。「これって……きっとこれって……」その後は荒い息遣いの沈黙がつづいた。

マサイアスは魅惑的な果実を放し、もう一方の胸の頂きに注意を向けた。イモージェンの指が肩に食いこむのがわかる。その口からもれる声はこれまで経験した何にもまして刺激的だった。

イモージェンは夢中になって彼の髪に小さなキスの雨を降らせはじめた。

マサイアスはまわりを見まわし、石のベンチを見つけた。イモージェンをそのベンチまで運ぶと、腕に彼女を抱いたまま腰を下ろした。スカートが彼のズボンの上に広がった。ふわふわとしたスカートの裾を膝までたぐり上げる。

「いったい何をするつもりなの?」あたたかい太腿のあいだに彼が手をすべりこませると、イモージェンが訊いた。「これはザマー人の愛の秘法なの?」

「なんだって?」彼女の香りで頭がくらくらし、そのことばに注意を集中させることはできない気がした。

「あなたが〈ザマリアン・レビュー〉に載せた論文のひとつに、ザマー人の夫婦の営みについて書かれた巻物が発見されたとあったわ」

「そのことを話し合うのはあとでもいいかな?」彼は彼女の喉にキスをした。

「ええ、もちろん」イモージェンは顔を彼の上着に寄せ、襟にしがみついた。「ただ、これって何もかもあまりに奇妙に思えて」

「そうじゃない」マサイアスは彼女の耳たぶを噛んだ。「信じられない気がするだけのことだ」

「ザマー人の夫婦関係についてわかったことをもっと詳細に書いてくれればいいのにとよく思ったものよ。あなたが書いた論文を何度も読み直したけど、ザマー人はかなり自由な人たちだったというのはどういう意味かしらといつも不思議に思うだけだった」

「キスしてくれ、イモージェン」

「あ、ええ、もちろん」イモージェンは顔を上げ、唇を開いた。

彼はまた口で口をふさぎ、同時に脚のあいだの熱く湿った場所に手をあてた。

イモージェンは驚いて小さな声をもらし、マサイアスはその声を呑みこんだ。彼女はぎごちなく脚を閉じようとしたが、それによって彼の手をはさみこむことになっただけだった。

マサイアスがそっと手を動かすと、イモージェンは脈打つような興奮に駆られたらしく、力を抜いて身をあずけてきた。

マサイアスはやわらかい場所に指を一本そっと差し入れた。「きみはとてもあたたかくてきつい」

彼の腕のなかでイモージェンが身を震わせ、指をとりまく小さな筋肉がかすかにこわばった。マサイアスはわずかに残った自制心を失いそうになった。

「マサイアス、これってとても……とても……」イモージェンは息を呑み、身を固くした。首が後ろにそる。ターバンが頭からはずれてくさむらに落ちた。

マサイアスはしめつける手袋のような通路へと何度も指を深々と突き入れた。同時に親指を使って秘められた小さな宝石をこすった。

驚きの声とともにイモージェンは痙攣《けいれん》し、腕のなかでぐったりとなった。

マサイアスはその反応にひたりながら彼女をきつく抱きしめた。ズボンのなかは爆発しそうになっていたが、どうにかそれを抑えた。まだだ。彼女をしっかりと抱きしめながら彼は自分に言い聞かせた。おまえの番はもっとあとだ。今重要なのはこの腕のなかで彼女が満足したことだけだ。

少ししてイモージェンの震えが止まった。とはいえ、手はまだ彼の上着の裾をきつくにぎりしめており、その高価な生地が皺くちゃになっているのはたしかだった。クラヴァットもほどけてしまったなとマサイアスはうわの空で思った。イモージェンの髪はほつれて肩に落ちている。

満たされない欲望のせいで痛みを覚えるほどだったが、ここ何年も感じたことがないほどに若々しく自由な気分だった。

イモージェンはゆっくりと顔を上げ、官能の驚きに目をみはってマサイアスを見つめた。彼の肘に身をあずけたまま笑みを向けてくる。「こんな驚くべきこと、これまで――」

イモージェンが何を言おうとしていたにしろ、それはひと組の男女の声にさえぎられた。自分たちがあやうい状況にあるという現実が、氷まじりの雨ほども強くマサイアスに降りかかった。その男女はほんの数フィートのところまで来ていた。イモージェンの姿を隠しているのは背の高い生垣だけだ。

「ちくしょう」マサイアスは小さく毒づいた。

それからイモージェンを腕に抱いたまま立ち上がり、急いで彼女を地面に下ろした。警告する必要はなかった。彼女も声を聞いたのはたしかで、垂れ下がったボディスをつかもうとしている。

声がさらに近くなった。女のほうが軽い笑い声をあげている。男は小声で何か言った。

マサイアスは手袋を拾おうと身をかがめたが、そこでイモージェンがドレスを直そうとしてできないでいるのに気がついた。

「さあ、ぼくにやらせて」そう言って小さな袖を肩へと引き上げた。胸が隠れる。しかし、ほつれた髪は彼にはどうしようもなかった。くさむらに落ちたターバンについても。イモージェンは官能的な抱擁を存分にたのしんだばかりの女性の姿そのものだった。

「おいで」マサイアスは彼女の手をとった。近づいてくる男女が生垣の角をまわりこむ前にその場を離れようと思ったのだ。イモージェンはつまずいて彼の手にしがみついた。

「コルチェスター様」その瞬間、セリーナとその後ろからアラステア・ドレイクが生垣をまわりこんで現れた。「それに、ミス・ウォーターストーン。いったいおふたりで何を……？あら、まあ」ゆっくりと意味ありげな笑みがセリーナの唇に浮かんだ。「答えてくださらなくていいわ。何をしてらしたのか、よくわかるから」

「イモージェン」アラステアが驚愕《きょうがく》の表情でイモージェンをじっと見つめた。

マサイアスはイモージェンを隠そうとするように前に進み出たが、もはや修復できない状況であることはたしかだった。アラステアの目が、マサイアスが落とした手袋のそばに落ちているダンス用の上靴とターバンに向けられる。

セリーナはマサイアスのほどけたクラヴァットをじっと見つめ、おもしろがるように忍び笑いをもらした。「あら、あら、あら。わたしたち、古代ザマーについてのとても興味深い研究のお邪魔をしたにちがいないわ、ミスター・ドレイク」

アラステアは唇を引き結んだ。「そのようだね」

「きみたちが非常に興味深いことの邪魔をしたのはたしかさ」マサイアスは言った。「ただ、それは学術的な研究というわけではない。ミス・ウォーターストーンがたった今、婚約に同意してくれたんだ。きみたちは最初にお祝いを言ってくれる方々ということになる」

8

そこは墓所を真似た叔父の図書室だった。今度は冷たい風が感じられた。窓が開いていて、夜の空気が部屋に流れこんでいるのだ。暗闇に石棺《せっかん》が浮かび上がる。前にはなかったものだ。ふたは開けられていた。なかに何かがはいっている。何か危険なものが。

石棺のほうへ向かい、うなじの産毛が逆立つのを感じて足を止める。また彼が同じ部屋にいるのはたしかだった。ゆっくりと振り返ると、マサイアス――ザマリスがそこにいた。月明かりが彼の髪にひと筋はいった冷たい銀髪を光らせている。高貴な顔立ちは深い闇に隠れていた。彼は優美な手を差し出した。指についた血が光る。「嘘を」彼は暗く官能的な声で言った。「嘘を信じてはならない。ここへおいで」

「とんでもないことだわ」イモージェンは今朝方の悪夢の記憶を払いのけ、今瀕《ひん》している危機に無理やり注意を向けた。「彼のせいで何もかもが台無しよ。計画そのものがまるっきりつぶれてしまった」

「おちついて、イモージェン」刺繍《ししゅう》をしながら椅子にすわっていたホレーシアが眼鏡の縁越しに姪《めい》に目を向けた。「きっとコルチェスターには自分のしていることがわかっているはずよ」

「まさか」イモージェンは手を宙に上げ、書斎の奥へ大股で向かった。「ほんとうにとんでもないことだわ。今朝は社交界の誰もがコルチェスター伯爵とわたしが婚約したと思っているんだもの」

「婚約したじゃない。昨晩おおやけに発表したんだから」

イモージェンは手を振り上げたが、その手がいい香りのする壺《つぼ》を台からたたき落としてしまった。壺は絨毯の上で跳ね、机の下に転がりこんだ。壺にはいっていた乾いた香草や花が床に散らばった。イモージェンはしばし足を止め、色あせたバラや月桂樹の葉の山に鋭い目を向けた。

「どうして彼はわたしにこんなことができるの？」イモージェンは問いつめる相手もなく尋ねた。

ホレーシアはそれについて考えをめぐらした。「きっとほかに選択肢がないと思ったのよ。あなたの評判をひどくおとしめかねない状況だったわけだから。あのすてきなミスター・ドレイクに加えてレディ・リンドハーストにも見られたなんて、前のとき以上に窮地に立たされたというわけよ。セリーナはそういう噂が大好きだもの。噂にならないようにしようとしても無理だったでしょうね」

イモージェンは顔をしかめた。「それはそうね」

アラステアは説得すればきっと口を閉じていてくれたにちがいなかった。かつては友人以上の関係だった古い知り合いなのだから。しかし、レディ・リンドハーストが秘密にしておいてくれるはずはなかった。

「コルチェスター伯爵はああいう状況で真の紳士ができる唯一のことをしたのよ」ホレーシアは眉根を寄せた。「正直、ずいぶんと驚いたけれど。高貴な振る舞いを期待できるような評判の持ち主じゃないから」

「それはまちがっているわ、ホレーシア叔母様。彼がわたしの評判を守ってくれようとする紳士であるのは疑いようがないわ。ただ、自分の行動がどんな結果を招くか、よく考えてみなかったんじゃないかと思うの」イモージェンはまた部屋のなかをうろつき出した。

「あの人にとても厳しいのね、イモージェン」ホレーシアは刺繍の針を刺した。「今度のことは彼にとっても大変なことだったはずよ」

「でも、つぶされたのはわたしの計画なのよ。婚約破棄となれば、社交界に関するかぎり、わたしは終わりだし。こういう状況では必ず女性のほうが責めを負わされるものだから」

「たしかにね」

「婚約を解消すれば、もう社交界からはしめ出されることになるわ。招待状も届かなくなる」

「そうね」

「そうなったら、どうやってヴァネックを罠《わな》にかける計画を実行できるというの？」

「見当もつかないわ」

「そのとおり。こっちが罠にかかったってわけよ」イモージェンは机の脇を通りしなに机にてのひらを打ちつけた。インク壺が揺れた。「コルチェスター伯爵がわざとしたことだと思えるほどよ」

ホレーシアの針が途中で止まった。「わざと？」

「叔母様もよくわかっているように、あの人は最初からわたしの計画に反対だったじゃない」

「たしかに、最初はとても不安だと言っていたわね」

「そのとおりよ」イモージェンは顔をしかめた。「この件で自分がはたさなければならない役割が重荷になるあまり、神経がずたずたになってしまって、こんなこそこそしたやり方で計画を終わりにしようと思ったんじゃないかしら」

「前々から言っているけれど、イモージェン、コルチェスター伯爵は神経をやられたりする人間じゃないわよ」

「わたしも前々から言っているけど、彼はとても繊細な心の持ち主なのよ。そういう人って神経が弱かったりするものだわ」心のなかで疑いが募り、イモージェンは目を細めた。「昨日の晩、あんなことになる直前に、ヴァネックが秘密の共同事業体を組織しようとしていると言っていたわ。わたしの計画が実りつつあったのよ。そのことでコルチェスター伯爵が動揺しているのははっきり見てとれた。どれほど動転していたかまではわからなかったわけだけど」

「そうなの」

「あの人、動揺してわけがわからなくなっていたにちがいないわ」

「動揺してわけがわからなくなる？　コルチェスターが？」

「動揺して不安になるあまり、わたしの計画がそれ以上進む前につぶしてしまおうと、思いきった行動に出たのよ」

ホレーシアはそのことを考える顔になった。「たしかに、婚約することであなたの計画は込み入ったことになるわね」

「完全にこんがらがってしまったわ」イモージェンはきっぱりと言った。「ヴァネックにコルチェスター伯爵が競争相手だって思わせるはずだったんだもの」

「そうね」

「ザマーへの発掘隊の資金を出してくれる人なら、誰とでも喜んで手を結ぶつもりだとヴァネックに思わせたかったのよ。自分と手を結ぶようわたしを説得できると彼に信じさせたかった」振り上げたイモージェンの手がほんの数インチのところで花瓶にあたりそうになった。「ヴァネックはもうこれで共同事業体を組織しようなんて考えをすっかり捨ててしまうことでしょうよ」

「たしかにね。状況を考えると、ヴァネックは当然、自分にはもう女王の印章を手に入れる可能性はないと思うでしょう。コルチェスターはうまいこと彼を排除したということよね？　ちゃんとしたご婦人が婚約したとなれば、婚約者以外の男性とは、事務的なものであっても関係を結ぶわけにはいかないもの。それはだめよ」

「そのとおり」イモージェンは机の脇で足を止め、磨きこまれた表面を指でたたいた。「それはだめよ。未来の夫に貞操をささげなければならないもの。事業を行うにしても、夫がすべてを支配することになるわ。コルチェスター伯爵にもそれはわかっているのよ。だからこそ、彼が必死でしかけた罠なんじゃないかと疑っているわけ。残念ながら、うまくいったみたいだし。わたしの計画をうまいことつぶしてくれたわ」

ホレーシアは眼鏡越しにイモージェンに目を向けた。「全部コルチェスター伯爵が悪いみたいな言い方ね。あなたの計画をつぶすために邪悪なたくらみをしたというような」

「たぶん、そうなのよ」

「彼ひとりでどうやってあなたの評判に瑕をつけることができたのか、訊いてもいいかしら？ あなたを人気《ひとけ》のない庭の片隅におびき寄せて、無理やりあなたに襲いかかったとか？」

イモージェンは真っ赤になった。「正確にはちがうわ」

マサイアスの愛撫を思い出し、前の晩はほぼずっと目が冴えていたのだった。彼の腕のなかで経験した感情のせいで、心は揺れ動き、頭はぼうっとしていた。興奮と慣れない感覚が入り交じり、自分の強い神経でも耐えられなくなりそうだった。

何時間も天井を見つめながら、そうした奇妙な感覚がマサイアスにはどんな影響をおよぼしたのだろうと考えていた。彼がとくに並外れたものを感じたかどうかはよくわからなかった。レディ・リンドハーストとアラステアが現れたときにはとてもおちついて見えたからだ。

イモージェンは小さなため息を押し殺した。マサイアスが昨晩どんな感情を経験したにしろ、自分が経験したほど強く心を揺り動かす類《たぐ》いのものではなかったのではないかと思われたからだ。夜明け前に見た夢も、揺れ動く感情をおちつかせる役には立たなかった。

しかし、夜明けとともに、頭の靄《もや》は晴れ、何を失うことになったのかはっきりわかったのだった。今、悪いのはマサイアスだけではないでしょうとホレーシアにやさしく責められて、さらに心が揺れ動くことになった。いいわ、わたしは進んでマサイアスにキスをしたのよ。それでも、マサイアスがわたしの感覚を魅了するのにザマーの愛の秘法を用いなければ、そこで終わっていたことだったのだ。

「どうちがうの？」とホレーシアがうながした。

イモージェンはせき払いをし、肩を怒らせた。「さっきも言ったように、計画の進捗《しんちょく》状況を話し合うために庭へ行ったのよ。それで、いっしょにいるところをレディ・リンドハーストとアラステア・ドレイクに見られたの」

「庭でいっしょにいるところを見られただけだったら、婚約を発表する必要はなかったはずよ。あなたの年ならね、イモージェン」

「それはわかっているわ」イモージェンは話題を変える方法を探した。昨晩の出来事については詳細を話したくなかったからだ。「レディ・リンドハーストとアラステアは最悪の想像をしたんだと思うわ」

「舞踏場に広がった噂によると、あなたはとんでもなく乱れた格好でいるのを見つかったらしいわね」ホレーシアはいつになく容赦ない口調で言った。「髪は肩に落ち、ドレスは皺《しわ》くちゃで、靴は片方脱げていたそうね。ボディスも半分落ちかけていたらしいじゃない。ある人の話によると、コルチェスター伯爵の手袋とあなたのターバンがくさむらに落ちていたそうだし」

イモージェンはぞっとした顔になった。「そんないやらしいことまで言われていたの?」

「それだけじゃないわ」ホレーシアはため息をついた。「もっとずっと詳しいことまでよ。あなたはまた〝慎みのないイモージェン〟って呼ばれている。コルチェスター伯爵が魔法の棒を振ってふたりが婚約したって宣言してくれなかったら、今朝にはあなたの評判は地に堕ちていたことでしょうね」

イモージェンは机の奥の椅子にどさりと腰を下ろし、両手で顔を覆った。理性的に筋道立てて物を考えられるよう、思考をまとめようとする。しかし、脳みそはぐちゃぐちゃになってしまっていた。

「くそっ」とつぶやく。「これからどうしたらいいの」

「ロンドンにいるときにはことば遣いに気をつけなければだめよ」ホレーシアがとがめた。

「そうやって毒づく癖は母親ゆずりね。でも、あなたのお母様は型破りな女性と思われていたのを忘れないで」

イモージェンは指のあいだからホレーシアに反抗的な目を向けた。「ごめんなさい、叔母様。でも、今の状況にぴったりの表現って〝くそっ〟しかない気がしたものだから」

「ばかなことを。淑女なら、どんな状況に対しても適切なことばを見つけられるものよ」

それに対して相応の答えをイモージェンが思いつく前に、短くはっきりしたノックにさえぎられた。ヴァイン夫人が書斎の扉を開けた。その肉づきのよい顔にはいつものように不機嫌そうな皺が刻まれている。

「あなたに伝言ですよ、ミス・ウォーターストーン」彼女は労働で鍛えられた手に持った、折りたたまれた紙を差し出した。「数分前に男の子が厨房に届けに来たんです」

イモージェンはすばやく両手を下ろし、机の上で組み合わせた。「見せてちょうだい、ミセス・ヴァイン」

家政婦は部屋のなかへのしのしとはいってくると、書きつけを机の上に置いた。それから踵《きびす》を返し、入口へと戻ろうとした。

「ちょっと待って」イモージェンが書きつけを手にとって開いた。「返事を送ることになるかもしれないから」

「仰せのままに」ヴァイン夫人は入口のところで我慢強く待った。

イモージェンは短い伝言に目を走らせた。

親愛なるイモージェン

今日の午後五時に公園で馬車に乗るために迎えに行く。会えるのをたのしみにしている。昨日の出来事についてあまり気をもみすぎないように。問題を解決するための満足いく方法はきっと見つかるから。

コルチェスター

我慢の限界だった。「〝気をもみすぎないように〟ですって?」イモージェンはうなった。「わたしが? 虚弱な神経の持ち主はわたしじゃないわ」

ホレーシアが問うような目をくれた。「なんですって?」

「気にしないで」イモージェンは書きつけを手のなかで丸めた。「ええ、ミセス・ヴァイン。やっぱり返事を送りたいわ」

イモージェンは引き出しから紙を一枚とり出し、鵞《が》ペンをインクにひたすと、急いで返事をしたためた。

コルチェスター様
書きつけを受けとりました。残念ながら、今日はいっしょに公園へ馬車に乗りに行くことはできません。ほかに用事があるので。

I・A・ウォーターストーン

追伸　神経の弱さに悩まされている人とちがって、わたしは不運な出来事について気をもみすぎるような性質《たち》ではありません。

イモージェンは丁寧に紙をたたんで封をすると、それをヴァイン夫人に差し出した。

「これをすぐに届けさせてくださいな」

「はい」ヴァイン夫人は首を振りながら手紙を受けとった。「伝言が行ったり来たり、行ったり来たり。何年か前に部屋を貸した人を思い出しますよ。ちょっとふしだらな女でしたね。上流階級の人間が数カ月ここに囲っていたんです。そのふたりはいつも伝言をやりとりしてました。もちろん、ベッドでもつれ合っていないときですけどね」

イモージェンは一瞬気を惹《ひ》かれた。「誰かの愛人がこの家に住んでいたことがあるの?」

「きれいな女でしたよ。でも、そう、フランス人でした。もうひとり愛人もいました。そっちも上流階級の人間でね」ヴァイン夫人はため息をついた。「趣味のいい女でした。それは認めます。でも、家賃を払っていたひとり目の愛人が、別の愛人とベッドにいる彼女を見つけたんです。大騒ぎでしたよ。そのご婦人が小物入れから拳銃をとり出して女の肩を撃ったんです。シーツは血だらけでした。次には、女の別の愛人が——」

「ちょっと待って、ミセス・ヴァイン」ホレーシアが夫人をじっと見つめた。「そのふしだらな女のために家賃を払っていた上流階級の人間って、ご婦人だったっていうの?」

「ええ。レディ・ペトリーです。いつも決められた日に家賃を払ってくれていました」

「それで、どうなったの?」イモージェンは興味を惹かれて訊いた。

「そう、そのふしだらな女はひどいけがを負いました。わたしが手当てをしてあげたんですが、そのうち三人が三人とも泣いたり謝ったりしはじめて、それが延々とつづいたんです。やがてわたしにお茶のトレイを応接間に運んでほしいと頼んできました。わたしが厨房から戻ってきたときには、すべて片がついていましたよ」

「片がつく?」とホレーシアが訊いた。

「レディ・ペトリーとレディ・アーロンが——それがレディ・ペトリーの愛人とベッドにはいっていた女の名前ですが——長年ひそかに愛し合っていたことがわかったんです」

「なんてこと」ホレーシアは息を呑んだ。「レディ・ペトリーとレディ・アーロンが?」

「どちらも相手に告白することはなかったわけですがね」ヴァイン夫人は言った。「そう、しまいにふたりはフランス女に結構な額の金を与えて追い払っちまいました。フランス女は事の成り行きに満足していましたよ。それで、婦人服仕立屋の仕事をはじめたんです。今はマダム・モードと名乗っていますよ。とても高級な仕立屋でね」

コルチェスターからの二通目の書きつけは一時間以内に届いた。ヴァイン夫人がそれを書斎に持ってくると、イモージェンは怪訝《けげん》な目でそれを見やった。いやな予感がしたのだ。それでも、ゆっくりと皺ひとつない紙を開いた。

親愛なるイモージェン

きみが書きつけのなかで言っていた午後の約束はとり消したほうがいいだろう。ぼくが五時に訪ねたときにきみが家にいなかったら、きみがひどい災難にさらされたのだとみなすことにする。ぼくのように神経が弱く、つねにひどい不安にさいなまれている人間は最悪のことを想像するからね。きみの居場所がわかって無事だと安心できるまでは、気が休まることはないだろう。これだけは言えるが、ロンドンじゅうを探しまわらなければならないとしても、きみを見つけてみせる。

コルチェスター

ホレーシアが期待するように目を上げた。「伯爵様から?」

「ええ」イモージェンは二通目の書きつけも手のなかで丸めた。「弱い神経に悩まされているはずの人間がこれほどに脅《おど》しがうまいなんて誰が思って?」

パトリシアはその日の午後四時半に、最初の社交的な訪問を終えて戻ってきた。マサイアスは図書室にいた。ザマー協会で行う予定の講演のために、いくつかまとめの資料をつくっているところだった。ウフトンが玄関の扉を開け、妹に挨拶《あいさつ》する声が聞こえてくる。

少ししてウフトンが図書室の扉を一度ノックした。マサイアスは鵞ペンを置いた。「どうぞ」

ウフトンが扉を開け、新しい昼用のドレスを身につけたパトリシアが急いで部屋にはいってきた。狼狽《ろうばい》した顔をしている。

「お兄様、お話ししなければならないことがあるの」

「あとではだめか? 約束があって出かけるところなんだ。これから、ミス・ウォーターストーンといっしょに公園へ馬車に乗りに行くことになっていてね」

「お話ししたいのはミス・ウォーターストーンのことよ」パトリシアは驚くほどきっぱりと

言った。

マサイアスは椅子に背をあずけ、妹を探るように見つめた。「ぼくの婚約について訊きたいことがあるにちがいないな」

「ある意味ではそうね」パトリシアはボンネットを脱ぎ、それを両手できつく胸に抱きしめた。「今、レディ・リンドハーストのお宅から戻ってきたところなの。今日の午後、ご親切にもお招きくださったのよ」

「わかっている。きっとたのしんできたことだろうね」

「ええ、とても。そう、サロンを開いてらっしゃるから。サロンに集まっている方々はザマーについて研究なさっているのよ。ほんとうにおもしろいの。わたしもサロンに加わらないかと言われているわ」

「そうか」

「でも、今お話ししたいのはそのことじゃないわ」パトリシアは深く息を吸った。これから言うことについて気を引きしめているのは明らかだった。「正直に言うと、今日、ミス・ウォーターストーンについてとてもいやな噂を聞いたの」

マサイアスは身動きをやめた。「なんだって？」

「こんなことを言って申し訳ないんだけど、ミス・ウォーターストーンのことがサロンで話題にのぼったの。あなたもそれを知っておくべきだと思って」

「話題にね」マサイアスは彫刻をほどこした椅子の肘かけを手でにぎった。「ぼくの婚約者についての噂話に耳を傾けたというのか？」

兄の声の調子を聞いてパトリシアは青ざめた。「彼女の名前がみんなの口の端《は》にのぼっていることをあなたも知るべきだと思ったの。過去に何かあったのはたしかよ。信じてもらえないかもしれないけれど、〝慎みのないイモージェン〟なんて呼ばれているんだもの」

「ぼくの前では誰にもそんなふうには呼ばせない」

「昨日の晩、ミス・ウォーターストーンがあなたとみだらな行為におよんだせいで、あなたが婚約を発表せずにいられなくなったんだってみんなが言っているわ」

「ミス・ウォーターストーンとぼくのあいだに昨晩起こったことは、ほかの誰にも関係ない、ふたりだけのあいだのことだ」マサイアスはとてもやわらかい口調で言った。

「わからないわ」パトリシアは心底当惑する顔になった。「ミス・ウォーターストーンの評判に瑕がついていることを知ったら、わたしと同じようにあなたも驚くと思ったのに」

「ぼくに言わせれば、彼女という女性には瑕などなく、そうではないと言う人間は誰であれ、ぼくの挑戦を受けて立つことになる。わかったか？」

パトリシアは気まずそうにあとずさったが、顎をつんと上げた。「わかったわ。好きにすればいいのよ」

「そうするさ」マサイアスは立ち上がり、机の角をまわりこもうとした。

「疑わしい貞操の持ち主と婚約したいとおっしゃるなら、それはあなたの問題だわ」パトリシアは反抗的な口ぶりで言った。「でも、これからもわたしがミス・ウォーターストーンと彼女の叔母様といっしょに出歩くとは期待しないでもらいたいわ。わたしだって自分の評判を考えないといけないんだから」

怒りがマサイアスの全身を貫いた。「この家に留《とど》まるつもりでいるなら、ミス・ウォーターストーンと彼女の叔母上には敬意を表するんだな」

「でも、お兄様——」

「ちなみに、付き合うにふさわしい相手と言えば、おまえにはヒューゴー・バグショーとは親しくなってほしくないと言っておこう。彼が近づくのを許すんじゃない」

パトリシアは驚いた顔になった「ミスター・バグショーは非の打ちどころのない紳士だわ。責めるべきところなんてひとつもない」

「ヒューゴー・バグショーはぼくを憎んでいるんだ。何年も前の出来事がぼくのせいだと信じていて、その復讐のためにおまえを利用しようとするかもしれない。彼には近づくな、パトリシア」

「でも——」

マサイアスはすでに図書室を出かかっていた。「失礼するよ。約束があるんでね」

イモージェンは怒りをたぎらせていた。馬車の隣の席で憤怒《ふんぬ》に燃えている彼女に、上着に火をつけられたりしないだろうかと不安になるほどに。そろいの鹿毛《かげ》をあやつって公園の入口を示す石柱のあいだを馬車で通り過ぎながら、マサイアスはひとり悲しくほほ笑んだ。

公園内の道はすでに優美な馬車で混み合っていた。五時という時間は上流社会の人間にとって、人を見るのも人に見られるのも粋な時間とされていた。社交界は好きではなかったが、マサイアスもその流儀を知らないわけではなかった。イモージェンにはわからなくても、彼にはわかっていた。その日の午後、人前にふたりで姿を現すのはとても重要なことだと。社交界全体に姿を見られるために。

「あなたが心配性なせいで、わたしの計画が台無しになったこと、きっとよかったと思っているんでしょうね」イモージェンがそっけなく言った。

「ぼくらの婚約がきみにとって不都合なことになったとしたらすまないと思うよ」

イモージェンは責めるような鋭い目を彼に向けた。「そうなの？　どうかしらね。昨晩の大失敗はあなたがわざと引き起こしたものなんじゃないかという気がしてならないの。わたしの計画をつぼみのうちに摘《つ》んでしまおうと見え透いた手を使ったんじゃないかって」

「どうしてそう思うんだい？」マサイアスはすれちがった馬車に乗っていた知り合いにかすかにうなずいて挨拶した。

「単純なことよ。あなたがザマーの愛の秘法をわたしに用いたにちがいないから」

マサイアスは手綱を落としそうになった。「いったい何の話をしている？」

「ごまかそうとしないで。ごまかされはしないんだから」閉じた扇《おうぎ》を持つイモージェンの手に力がこめられた。目はまっすぐ前に向けられている。「わたしもばかじゃないわ。あなたが謎めいた技を使って、わたしの感覚をすっかり乱してくれたことはよくわかっているの」

「なるほど。それで、古代ザマーを研究する過程でぼくがその謎めいた技を習得したと思っているのかい？」

「ほかにどこで習得するというの？　もちろん、通常の愛の交わし方とはちがったから、わたしにもすぐにわかったわ」

マサイアスは思わず興味を惹かれた。「そうかい？　どうしてそうはっきり言えるんだ？」

イモージェンは彼に不機嫌な目をくれた。「わたしにだってまったく経験がないわけじゃないのよ」

「なるほどね」

「キスなら何度もしたことがあるから、あなたのキスがふつうじゃないのもわかるの」

「きみがこれまで経験したものとぼくのキスが正確にはどうちがうんだい?」

「どうちがうかはよくわかっているくせに」イモージェンの声がはっきりと冷たいものに変わった。「膝に影響をおよぼしてくれて立っていられないぐらいだったわ。それに、脈も異常に速くなったし。おまけに、いっとき熱が出たのもたしかよ」

「熱?」マサイアスは腕のなかで身を震わせていた彼女を思い出した。

「ひどく熱っぽかったもの」イモージェンは思いきり顔をしかめてみせた。「でも、何より明確な証拠は、あなたのキスのせいでわたしが理性的に考えることがまったくできなくなったことよ。ヴァネックを罠にかける計画のことを考えて完璧な理性を保っていたのに、次の瞬間には、頭のなかが大混乱におちいってしまっていた」

マサイアスは馬たちの耳の先をじっと見つめていた。「ほかの男にキスされたときには、そういう反応は経験しなかったというのかい?」

「もちろんよ」

「何人の男とキスしたことがある、イモージェン?」

「それって個人的なことだわ。あなたに数を教えようなんて夢にも思わない。淑女はそういうことは口に出さないものよ」

「すまない。きみがキスをした経験についてべらべら話す女性でないことはすばらしいと思っているんだ。ただ、もしきみが比較の対象としてアラステア・ドレイクだけを念頭に置いているんだとしたら、これだけは言っておかなきゃならないが――」

「ミスター・ドレイクだけが比較の対象じゃないわ」イモージェンはすわったまま顔を振り向けた。「お教えしておきますけど、それ以外の人にもキスされたことはあるのよ」

「そうかい？」

「それに、その人はフランス人だった」彼女は誇らしげに付け加えた。

「なるほど」

「フランス人が愛の行為に長《た》けていることは世界じゅうの誰もが知っていることだわ」

「そのフランス人とどうやって知り合ったんだい？」とマサイアスが訊いた。

「どうしても知りたいというなら言うけど、ダンス教師のフィリップ・ダルトワよ」

「ああ、そうか、ダンスの教師ね。そうなると、多少話はちがってくるな。きみにもたしかに比較の対象がいたと認めざるを得ないよ」

「もちろんそうよ」イモージェンも言った。「だから、昨日の晩経験した強い感情は通常の愛の交わし方が引き起こすものとはちがうとはっきりわかるの。正直に言って。わたしの感覚を乱すのにザマーの秘法を用いたって」

「イモージェン」そこで何かが折れる音がした。マサイアスはことばを止め、彼女の扇に目をやった。彼女があまりにきつくにぎりしめていたため、扇の繊細な骨が折れてしまったことが見てとれた。「昨晩きみが経験したという強い感情には、別の説明もできると言おうとしていたんだ」

「嘘よ。ほかにどんな説明があるというの?」

「きみがあんなふうに反応した理由は、きみが社交界で言うところの〝恋心〟をぼくに抱きつつあるからだということもできる」彼はやさしく指摘した。「言いかえれば、ぼくらがお互いにある程度の情熱を抱き合うようになったということだ」

「そんなはずないわ」イモージェンは突然、すれちがう馬車に異常に興味を惹かれた様子になった。「どうしてそんなことがあり得るの……愛情もないのにそんな強い情熱に駆られるなんて?」

「ずいぶんと世間知らずなことを言うんだね、イモージェン」

小道に蹄《ひづめ》の音が響いた。ふたりの馬車にヴァネックが馬を並べたのだ。イモージェンがこわばった笑みを顔に貼りつけたのがマサイアスの目の端に見えた。

「こんにちは、おふたりさん」ヴァネックが後ろ足を跳ね上げる鹿毛の手綱を引きながら苦々しく言った。馬銜《はみ》に口をしめつけられ、馬は耳を倒した。「お祝いを言わないといけないらしいね」

「たしかに」とマサイアスが応じた。

「ありがとう、ヴァネック様」イモージェンはぎこちなくつぶやき、壊れた扇で膝をたたきはじめた。

ヴァネックはうっすらと笑みを浮かべた。その笑みは目には達しておらず、目はマサイアスとイモージェンを見比べている。そのまなざしには狡猾《こうかつ》さと油断のなさが表れていて、白イタチを思わせた。

「きみの未来の花嫁がなんとも興味深い持参金を持ってくるという噂があるようだな、コルチェスター」とヴァネックが言った。

「ミス・ウォーターストーンは持参金などなくても興味深い女性さ」マサイアスは応じた。

「彼女自身がきわめて魅力的な女性だからね」

「それはまちがいないな。では、あとで」ヴァネックはそっけなく会釈すると、小道を先に下っていった。

「まったく」イモージェンがささやくように言った。「もう少しだったのに。餌に食いついたのよ。あとは扉を閉めるだけのことだった」

マサイアスは顔をしかめた。「あきらめるんだ、イモージェン。もう終わったことなんだから」

「あきらめる必要はないわ」彼女はゆっくりと言った。

イモージェンの目に新たな光が宿り、マサイアスはふいに不安になった。「イモージェン――」

「ふと思いついたんだけど、マサイアス。もしかしたら、もともとの計画を救う手立てがあるかもしれない」

「あり得ない。きみはぼくと婚約しているんだから、ヴァネックと共同で事業を起こすことはできない。そんなことはあってはならないんだ」

「あなたがわたしの最初の計画を台無しにしてくれたのはたしかよ」

「それはすまなかった。でも、そうなってよかった気がするよ」

「かといって、一巻の終わりというわけじゃない」彼のことばなど聞こえなかったかのようにイモージェンは言った。「今、別の計画を思いついたの」

「なんだって?」

「わたしがヴァネックと共同で事業を起こす立場にないのはたしかだけど、わたしの婚約者として、当然ながらあなたにはそれができるわ」

「今度はいったいなんの話をしているんだ?」

「とても単純よ」イモージェンは目もくらむような笑みを浮かべてみせた。「発掘隊の資金を出すのに、財産の大半を費やす危険を冒したくないとあなたがヴァネックに言うの。共同事業者になってもらってもいいと。彼のほうもそれなりの分担金を手に入れてくれればの話だけどと言って」

「なんてことだ」マサイアスは思わず気圧《けお》されずにいられなかった。

「わからない？　最初の計画と効果は変わらないわ。必要なお金を手に入れるのに、やっぱりヴァネックは共同事業体を組織しなくちゃならない。それで、発掘がうまくいかなければ、彼の評判が地に堕ちるのもたしかだわ」

マサイアスは当惑と驚愕をこめた目を彼女に向けた。「きみはあきらめるということを知らないのか、イモージェン？」

「ええ、まったく。けっしてあきらめるなと両親に教わったから」

9

「単刀直入に言わせてもらいますよ、伯爵様」机の向こう側で怒りに満ちた対決姿勢をとるホレーシアの眼鏡のレンズに光が反射した。「今日ここへ来たのは、あなたがうちの姪とどういうお遊びに興じているのか知るためです」

マサイアスは指先と指先を合わせ、ホレーシアにわざと問うような笑みを向けた。「お遊び？」

「この婚約発表をあなたたならなんと呼ぶの？」

「喜んでもらえると思ったんですがね。婚約によって彼女の危険な計画には終止符が打たれることになるんだから。それはあなたにとっても望ましいことでは？」

「それで一件落着とは思わないことね」ホレーシアが言い返した。「あなたもご存じでしょうけれど、あの子はすでにヴァネックを破滅させる計画を練り直しているわ」

「ええ、でも、今度の計画には、ぼくは力を貸す以上のことを求められている。偽の発掘隊を組織するのに、ぼくの全面的な協力が必要となるからです。ぼくはそんなことをするつもりは毛頭ない」

ホレーシアは顔をしかめた。「どういう意味?」

「ヴァネックを口説いて手を結ぼうとする振りなど絶対にしないということです。ぼくがそれを提案したとしても、彼のほうがそんな提携関係をまともにとるとも思えないですし。たとえ女王の印章を手に入れるためだとしても。ヴァネックとぼくはもともと味方ではなく、敵同士ですからね。おちついてください。何もかもうまくいきますから」

「おちつけなんて言わないで。そう言われると、イモージェンに言われているみたいな気がするから」

マサイアスは肩をすくめた。「彼女の計画もここでおしまいですよ、ミセス・エリバンク」

「おしまい? まったく、あなたはおおやけの場で婚約を発表したのよ。それがどういう意味かはわかっているはずだわ。そうなるとイモージェンはどうなるの?」

「婚約したということですよ」

ホレーシアは怒りを募らせながら彼をじっと見つめた。「冗談はやめて。これまででも、もう充分評判に瑕のついた若い女性の話をしているのよ。あなたが婚約を解消したら、彼女の評判はどうなると思うの?」

「婚約を解消したとしても、イモージェンはうまく乗り越えるだろうと思いますがね。どこまでも機知に富んだ人でしょう? でも、ぼくのほうは婚約を解消するつもりはないし、彼女にもそうさせるつもりはない」

ホレーシアの口が開いて閉じた。やがてそれが引き結ばれて一本の線になった。「つまり、本気で——その」

「結婚するつもりかと?」

「そうなの?」ホレーシアは訊いた。「本気なの?」

「そんなぎょっとした顔をしなくていいですよ。否定はしませんから」マサイアスは、数分前にホレーシアが図書室へと招き入れられたときに調べていたザマーの巻物に一瞬目を落とした。それからホレーシアと目を合わせた。「ええ、本気です」

「イモージェンと結婚するつもりなの?」

「どうして驚くんです?」

「伯爵様、あなたは不幸な過去を持ち、不愉快な評判を頂戴したりもした人間だけれど、それでもコルチェスター伯爵なのよ。収入も莫大で、家柄も非の打ちどころがないのは周知の事実だわ。はっきり言って、妻を見つけるとしたら、イモージェン程度の生まれや財産の女性よりもずっと高いところの人を望めるはずよ」

「あなたを通して彼女はブランチフォード侯爵と縁戚だとおっしゃったじゃないですか」

「ばかなことを言わないで」ホレーシアは鼻を鳴らした。「そんなのとんでもなく遠い縁戚で、それはあなたにもよくわかっているはずよ。侯爵のお金など、一ペニーもイモージェンにはいってこないわ。それに、風変わりな両親のおかげで、あの子は伯爵夫人に期待される社交技術にも欠けている。おまけに、ほかの何にもまして、あの子の評判は地に堕ちているのよ。最初はヴァネックで。今度はあなたによって。あなたが本気であの子と結婚しようと考えているなんてどうして思えて？」

「彼女はぼくにとってすばらしい妻になると思いますよ。行く手に立ちふさがる唯一の問題は、その事実を彼女自身に認めさせることです」

ホレーシアは当惑もあらわに彼をじっと見つめた。「あなたのこと、理解できないわ」

「だったら、信じてくれなくてはなりません。ぼくはイモージェンと結婚するつもりでいると誓いますよ。婚約は偽装じゃない。少なくとも、ぼくの側は」

「これもけっして約束を破らないと言われるあなたの約束のひとつ？」ホレーシアは強く疑う口調で訊いた。「何があろうと絶対に破らないと評判の」

「ええ、そうです」マサイアスは骨の髄《ずい》までの確信をこめて言った。

マサイアスはホレーシアが図書室を出て扉が閉まるまで待ってから立ち上がった。そっと巻物を巻き戻して脇に置く。それから机の端をまわりこんで部屋を横切り、小さな象眼模様のテーブルの上に置かれたブランデーのデキャンタのところへ行った。

グラスにブランデーを注《つ》ぐと、それをザマリスの彫像に向かって乾杯というように掲げた。「そう、簡単にはいかないだろうな。今の彼女にぼくと結婚するつもりはまったくないんだから。それでも、ひとつぼくのほうが有利なことがある。ぼくには自分をとがめる良心がほとんどなく、紳士らしい資質もほぼ皆無だ。誰に訊いてみてくれてもいい」

ザマリスは亡霊に囲まれ、暗闇のなかで暮らしている男同士にしか交わせない、心から理解するようなまなざしで見下ろしていた。

マサイアスは暖炉の前に立った。いつからイモージェンと結婚しようと思うようになったのか自分でもわからなかった。わかっているのは、失われたザマーに対するのと同じ情熱をもって彼女を欲しているということだけだ。

イモージェンはぼくのアニザマラだ。太陽であり、命であり、あたたかさである女性。亡霊が騒ぐのを鎮めてくれる唯一の女性。

「このように、私の研究結果から、古代ザマーの生活様式や慣習にはギリシャやローマの影響がある一方、文学や建築様式の多くは、あの島の人々特有のものであることがわかりました」

マサイアスは安堵とともに覚え書きの最後の一枚を脇に放った。演台の端をつかみ、講演を聞きに集まった大勢の聴衆たちに目を向ける。「これで失われたザマーについての講演のしめくくりとします」彼は礼儀正しく付け加えた。「質問があれば喜んでお答えしますが」

混み合った講堂に礼儀正しい拍手の音が鳴り響いた。最前列に陣どっているイモージェンは例外だったが。彼女ほどの熱意をもって拍手をしている人間はほかにいなかった。マサイアスにとってはそれも想定通りだった。聴衆をたのしませるために行った講演ではなかったのだから。聴衆のなかでただひとりに感銘を与えるために行った講演だった。彼の研究と考察を真に評価してくれる唯一の人間――I・A・ストーンに。

イモージェンはうれしくなるほど精力的に拍手していた。

基本的にこういう催しを行いたいとは思わなかった。ザマーが流行となってからというもの、彼の講演を聴きに集まる人々は、ちょっとかじっただけの人や、ずぶの素人《しろうと》や、好事家《こうずか》が多くなり、それがいやでたまらなかったからだ。目の前にすわっている人々の大多数が、よくても薄っぺらい興味しか抱いていないのはわかっていた。しかしその日は、論敵として不足のない相手に対して講演を行い、すでにイモージェンからの反論は予測できていた。

拍手が鳴りやむと、マサイアスは彼女に目を落とした。席についているイモージェンは光り輝いて見えた。消えそうなほのかな蠟燭《ろうそく》の明かりで満たされた部屋を照らす、生き生きと輝くかがり火のようだった。雷に打たれたように欲望に全身を貫かれる。彼女を自分だけのものにしたい。そうするには慎重にことを運べばいいだけだ。無垢《むく》で世間知らずのイモージェンに逃れるすべはないはず――アニザマラがザマリスから逃れられなかったように。マサイアスは深々と息を吸った。演台の両端をつかむ手の力をゆるめる。このワルツでは自分がリードをとれるはずだ。自分が人生において幸せを見つけられるとすれば、そこにかかっている。

イモージェンは今日もまたザマー特有の緑色のドレスと、イルカと貝殻の縁飾りのついたそろいの外套を身につけていた。ふさふさとした髪は大きな緑のボンネットの下にきっちりと押しこまれている。

マサイアスは、彼女の知性にあふれた大きな目に浮かぶ称賛の色にひたることをみずからに許した。知性にあふれてはいるが、とても無垢な目だ。昨日、公園で馬車に乗っているあいだに受けた非難を思い出してうっとりする。彼女はキスするたびに互いのあいだに情熱が燃え上がることを認めず、彼がザマーの愛の秘法を用いたと本気で思いこんでいた。

最後の拍手がようやくやんだ。マサイアスが聴衆からの質問に備えていると、イモージェンが椅子の上でわずかに身を乗り出し、膝の上で手を組み合わせてじっと見つめてきた。自宅の図書室に置いたザマー風のイルカのソファーにゆったりと腰を下ろした彼女が、同じ表情を顔に浮かべて見上げてくる情景がつかのま心に浮かんだ。ふいに、木製の演台が聴衆の目から自分の下腹部を隠してくれていることがとてもありがたくなった。

後ろのほうの席にすわっていた、でっぷりした男が立ち上がって大きくせき払いをした。

「コルチェスター伯爵、質問があります」

マサイアスはうなり声をもらしそうになるのを押し殺した。「どうぞ」

「今日の講義では、古代ザマーの生活様式や慣習に中国が影響をおよぼした可能性については触れられませんでしたな」

イモージェンが目を天に向けるのが見えた。彼女の気持ちはよくわかる。ばかげた質問以上にわずらわしいものはない。

「はっきりそうとわかる影響はないからです」マサイアスはきっぱりと答えた。

「しかし、ザマーの文字は中国の文字と驚くほどよく似ているとは思いませんか？」

「いいえ、まったく」

質問を発した男は何かぶつくさとつぶやいて腰を下ろした。

別の男が立ち上がった。顔をしかめている。「コルチェスター伯爵、ザマーがじっさいは古代のイギリスの植民地だったというワトリーの仮説については何も言及なさらなかったようですが」

マサイアスはどうにか忍耐力を保った。容易なことではなかったが。「ザマーがイギリスの失われた植民地だったという仮説は、エジプトがこの国の古代の植民地だったという仮説同様、誤った愚かしいものです。ちゃんとした研究者なら、そんな仮説のどちらにも信憑性《しんぴょうせい》があるなどとは考えませんよ」

イモージェンが勢いよく立ち上がった。肘が隣にすわっている女性の大きな小物入れにひっかかり、小物入れが空を飛んだ。最前列で起こった突発的な出来事を、マサイアスは興味深く見守った。

「あら、いやだ」イモージェンは小声で言い、身をかがめて落ちた小物入れを拾った。「ごめんなさい」

「気にしないで」そのご婦人は言った。「大丈夫よ」

イモージェンは身を起こし、マサイアスに注意を戻した。その目には意を決したような光が宿っている。「コルチェスター様、ひとつ質問したいのですが」

「もちろんですよ、ミス・ウォーターストーン」マサイアスは無造作に演台によりかかり、期待をこめて彼女にほほ笑みかけた。「その質問とは？」

「古代ザマーの生活様式や慣習について書かれたご本のなかで、ザマーの図書館の壁から写しとったいくつかの絵を紹介されていましたが」

「たしかに」

「そうした絵のひとつには、婚礼の儀式の様子がはっきりと描かれていました。その情景から、そのなかで、花嫁と花婿が詩を刻んだ書字板を受けとっている姿も見てとれます。その情景から、ザマー人にとって婚姻とは、男女が真に平等であり、夫と妻のあいだに強い絆《きずな》が存在するという考えに基づくものであるということが示されているとはお考えになりませんか？」

「いいえ、ミス・ウォーターストーン、私はそういう結論には達しませんでしたね」マサイアスは答えた。「ザマーの図書館の壁に描かれていたのは、ザマーの知恵の女神が古代ザマー人に文字を贈っている抽象的な情景ですから」

「それが婚礼の儀式ではないと自信を持って言えるんですね？　女性が手に持っている書字板に書かれていることばがなんらかの結婚の誓いのように思えるんですが」

「ミス・ウォーターストーン、私は幸運にもじっさいの古代ザマーの婚礼に関する巻物を見つけたのでね」

聴衆のあいだに興味津々のつぶやきが広がった。

イモージェンは興奮して目をみはった。「その巻物には何が書かれてあったんです？」

マサイアスはほほ笑んだ。「そこに書かれてあったのは、どちらかと言えば、指南のようなものでした。きわめて詳細に描かれた絵も添えられてあった」

疑問を呈するようにイモージェンの眉が寄った。「指南？　夫と妻、それぞれの権利と義務についての指南ということですか？」

「正確にはちがいます」マサイアスは答えた。「夫婦関係の親密な一面というむずかしい問題について、指導と現実的な助言を行っている文章でした。私の言っている意味はおわかりと思うが、夫婦の秘めごとということです」

忍び笑いや恥ずかしそうな笑い声が聴衆から湧き起こった。年輩の女性たちのなかには眉をひそめる者も何人かいた。若い女性たちの多くは交わされている議論に急に興味を持った様子を見せた。

イモージェンは腰に手をあて、子ヤギの革の短靴をはいた爪先で床を打ちはじめた。まわりの人々をにらみつけ、その目をマサイアスに向ける。「いいえ、伯爵様、おっしゃってる意味はわかりませんわ。正確にどんな助言がその巻物には書いてあったんです？」

「その巻物は、結婚した男女に、夫と妻の両方が夫婦の寝室で幸せと満足を得られるようにする特殊な技について助言するものでした。私はこの問題についてはこれ以上言及するつもりはありませんよ、ミス・ウォーターストーン」

聴衆から驚きに息を呑む音が聞こえてきた。後ろのほうの列で忍び笑いが大きくなる。イモージェンは眉を下げ、別の質問をくり出そうとする気配を見せた。しかし、マサイアスがすばやくそれを阻止した。

ウエストコートのポケットから懐中時計をとり出すと、時間をたしかめて驚いた振りをしたのだ。「おや、そろそろ時間ですね。ご清聴に感謝しますよ」そう言って覚え書きを拾い上げ、演台から降りようとした。

最後の段に達したところで決意に目をきらめかせたイモージェンに出迎えられた。「とても刺激的なお話でしたわ、伯爵様」

「ありがとう。たのしんでくれてうれしいよ」

「ええ、ほんとうに。心からたのしみました。ザマーの図書館の壁に描かれた絵についての考察にはとくに驚かされたわ。それをあなたが見つけたときに、いっしょにいられたのだったらどんなによかったかしら」

「ぼくもきみの意見を聞いてみたかっただろうな」マサイアスは正直に応じた。

「あなたがおっしゃった婚姻についての巻物ですけど、よければこの目で見てみたいわ」

「ほかの研究者に見せたことはないんだ」彼はわざと引きのばすような口調で言った。「でも、きみの場合は喜んで例外とさせてもらうよ」

イモージェンは顔を輝かせた。「ほんとうに、マサイアス？　すばらしいわ。いつ見せてもらえる？」

「都合のいいときを知らせるよ」

イモージェンはがっかりした顔になった。「あまり長く待たせないでくれると信じているわ。早く見たくてたまらないもの」

「それはすてきな考えだな」

「なんですって？」

「気にしないでくれ」マサイアスはほほ笑んだ。「ところで、きっときみならザマー協会の博物館を見てまわるのもたのしいと思ってくれるはずだ」

「とてもたのしいはずよ」イモージェンは言った。「でも、わたしがロンドンに来てからずっと、一般には開放されていないわ」

「ザマー協会の理事たちが収集品をもっと大きな部屋に移そうと準備しているからさ。今博物館は実質的に倉庫と言っていい。でも、ぼくは鍵を持っているからね。喜んで案内役を務めるよ」

イモージェンの顔がまた輝いた。「わくわくするわ」

マサイアスはどんどん人がいなくなっていく講堂を見まわした。残っているのはほんの数人で、その人たちもすぐに帰りそうだった。マサイアスはポケットから鍵をとり出した。

「今博物館を見てまわっていけない理由はないな」そう言ってことばを止めた。「きみにほかの用事がなければの話だが」

「ないわ。まったく何も」

「博物館の扉はあの角を曲がってすぐのところだ」マサイアスは頭をかすかに傾けてその方向を示した。「階段の下さ」

「たのしみだわ」イモージェンは博物館の入口へと、ドレスのスカートがすねに強くあたるほど勢いよく向かった。

マサイアスはイモージェンが角の向こうへ姿を消す前にどうにか肘をつかんだ。「ぼくを待ってもらわないといけないと思うよ、イモージェン。鍵はぼくが持っているんだから」

「のろのろしないでもらえるとありがたいんだけど」

「ああ。でも、廊下を走るつもりもない」

イモージェンはため息をついた。「あなたが活動的な人間じゃないことをつい忘れてしまうの」

「その分をほかのところで埋め合わせをしようとしているんだけどね」マサイアスは先に立

って角を曲がり、ザマー協会の建物の階上《うえ》へとつづく広い階段の下へ行った。

博物館へ通じる扉のところまで来ると、イモージェンの足を止めさせ、鍵を鍵穴に差しこんだ。それから扉を開けて脇に退いた。

マサイアスは薄暗い博物館のなかをのぞきこんだイモージェンの表情豊かな顔を見つめていた。失望することはなかった。彼女の目は驚きに満ち、唇は恋人のキスを求めるように開いていた。ほこりっぽい古代の遺物や大昔に消え去った人々の亡霊でいっぱいの部屋を見て、こんな反応を期待できるのはイモージェンだけだろう。

「すばらしいわ」イモージェンは部屋のなかに足を踏み入れ、暗がりに浮かび上がる収集品を見まわした。「この古代の遺物のほとんどはあなた自身がザマーから持ち帰ったもの?」

「ちがう。正直に言うと、自分が持ち帰ったものは自宅にある。図書室にあるのがそうだ」

マサイアスは壁の燭台《しょくだい》に火をつけた。「ここにあるものは、ザマーを発見したときに、ラトリッジがイギリスへの移送を決めたものだ。ご覧のとおり、彼は繊細なものよりも大きなものを好んだ」

イモージェンは高さ十フィートのザマリスの彫像からほこりよけの布をとり去り、目の高さに神の巨大な生殖器が来て目をぱちくりさせた。「あなたのおっしゃる意味はわかるわ」

そう言って急いで目をそらした。「あら、肩のところで腕が折れて、それを修復したようね」

「残念ながら、ラトリッジが発見したものの多くは、彼の発掘の技術が未熟だったせいで壊されてしまったんだ。彼には技術者としての手腕がなかったからね」マサイアスは折れた柱のぎざぎざの端を撫でた。「発掘した遺物の細部にもほとんど興味を持たなかった。宝石や、収集家に売れると確信できる物ばかりを掘り出そうとした」

「かわいそうなラトリッジ」イモージェンは自分の背と同じ高さの花瓶をまわりこんだ。「あれほど悲劇的な最期を迎えるなんて。それにとても謎めいた最期」

「ラトリッジの呪いというようなばかばかしいことを信じているなんて言わないでくれるよな」

「もちろんよ。でも、ラトリッジがザマーへの最後の旅で命を落としたのは疑いようのない事実だわ」

マサイアスは柱に手をあてた。「彼の死に謎めいたところなどないよ、イモージェン。迷路を探検するときに注意を怠《おこた》るようになっただけだ。石の階段を転げ落ちて首の骨を折ったんだが、暗闇のなかでその階段に気づかなかったらしい。彼の死体を見つけたのはぼくだった」

イモージェンは彼に探るような目を向けた。「あなたにとっても最悪のことだったにちがいないわね」

マサイアスの全身に寒気《さむけ》が走った。その話はそこで終わらないと彼女が感じとっているのは疑いなかった。「ああ、たしかに」

イモージェンの目に浮かんだ、問うような色は即座に同情に変わった。彼女が大きな石棺へと歩《ほ》を進めると、マサイアスは小さく安堵の息をついた。

「ここに集められている品々についてはちゃんと目録がつくられているの?」イモージェンが石棺のふたに刻まれた文字を眺めながら訊いた。

「いや、それをきちんとできる知識と技術を持った人間はぼくだけで、ぼくにはその仕事にとりかかる暇がなかったからね」そのつもりもなかったが、と彼は胸の内で付け加えた。この部屋にあるすべてがラトリッジとつながっていたからだ。

イモージェンは身を起こし、興奮にたかぶった顔でマサイアスを見つめた。「わたしにもできるわ、マサイアス」

「ここの収集品の目録をつくることかい?」彼はためらった。「ああ、そうだね。これらについてI・A・ストーンの意見を聞くのもおもしろいかもしれない」

「博物館の理事たちはこの部屋にある遺物の研究と記録をわたしに許してくれると思う?」

「理事会を牛耳っているのはぼくだ」マサイアスが答えた。「ぼくが言えば、そのとおりに従うさ。でも、そうなると、きみは自分がI・A・ストーンだと明かすことになる」

イモージェンはそのことを考える顔になった。「たぶん、そろそろ潮時かもしれないわ」そう言ってため息をついた。「でも、まずしなきゃならないことがあるから。ロンドンへ来たのはヴァネックのことに片をつけるためよ。まずはその計画を進めなくちゃ。彼を共同事業者にするというわたしの新しい計画について考えてみてくれた?」

「いや」

「これ以上時間を無駄にできないわ」イモージェンは石棺に立てかけてあった大きな陶の仮面を検分しようとしゃがみこんだ。「できるだけ急いで新しい計画を実行に移したいの。わたしたちの婚約が偽装だとみんなに知られる前に」

マサイアスは彼女のそばに行った。ボンネットのてっぺんをのぞきこむ格好になる。「イモージェン、婚約が偽装である必要はないと思ったことはないかい?」

「なんですって?」イモージェンはびっくりして勢いよく立ち上がった。

マサイアスはすばやくあとずさり、ボンネットのつばが顔にあたる危機を回避した。イモージェンは体の平衡を崩し、石棺の縁につかまろうと手を伸ばした。残念ながら、つかんだのは背の高い花瓶のてっぺんだった。花瓶がぐらつき出す。

「ああ、いや」イモージェンは泣き声になった。

床に落ちて壊れる前にマサイアスが花瓶をつかまえ、それをそっともとに戻すと、イモージェンと向き直った。彼女はびっくり仰天という顔で彼を見つめていた。

「おっしゃったこと、聞きまちがえたみたい」と弱々しく言う。

「ぼくらはすばらしい夫婦になると思うんだ」マサイアスは手を伸ばし、イモージェンを腕のなかに引き入れた。

イモージェンは彼の上着の襟をつかんだ。「マサイアス、何をするつもり？　これまでお互い愛について話したことなどなかったじゃない」

「ぼくらが共有しているものは、そういう抽象的なばかばかしいものよりもずっと強く、ずっと長くつづくものだ」マサイアスは彼女のボンネットのひもをほどき、ボンネットを脇に放った。

イモージェンは真剣な表情で探るように顔をのぞきこんできた。彼の心の奥深くにある何かをばらばらに引き裂くような表情だった。五つあるザマーの地獄のひとつに堕ちかけているような恐ろしい感覚に襲われる。

「な……何を共有しているというの？」とイモージェンは訊いた。

「情熱とザマーさ」マサイアスは首をかがめ、何日も身の内で高まっていた激しい渇望のすべてをこめて彼女の唇を奪った。

イモージェンはくぐもった声をもらし、彼の腰に腕をまわすと、体を押しつけてきて唇を開いた。彼女の体のなかで嵐が巻き起こるのがわかる。彼自身の血管には雷が駆けめぐっていた。

そうして強まる嵐のなかへ、マサイアスはためらうことなく飛びこんだ。イモージェンのしがみつく手に力が加わる。やわらかい腰は彼のこわばったものにぴったりと寄り添っていた。熱いキスをやめ、いい香りのするうなじの隠れた場所へと唇を動かすと、イモージェンが身震いした。

「マサイアス、あなたがわたしに何をしたのか理解できないわ」イモージェンは息を切らして言った。「何にもまして驚くような感覚だとしか言えない」

嵐のなか、冷たい雨が渦巻き、沸き立つ血を冷ました。マサイアスは彼女の首もとのシルクのような肌から唇を引き離した。「だめだ。こんなやり方できみを自分のものにするわけにはいかない」

「なあに？　何がいけないの？」

マサイアスは両手でイモージェンの顔を包み、目と目を合わせた。「これが終わったときに、きみを誘惑するのにザマーの愛の秘法を使ったと責められるのには耐えられない」

「でも、マサイアス――」

「ザマーの発掘に行って以来、これほどに何かを欲したのはきみがはじめてだ。でも、きみが同じ情熱をぼくに感じてくれないのなら、これ以上抱き合うことはできない」

「ああ、マサイアス。ザマーに感じたのと同じ思いをわたしに感じてくれているの？」

「そうさ」

イモージェンは彼の腕のなかでぴたりと身動きをやめた。長いまつげが伏せられ、まなざしが隠される。心が粉々になりそうなその一瞬、マサイアスは彼女を失ってしまったと思った。そのとき、ザマーの地獄のうちのどれが足もとで口を開けたのかわかった。亡霊だけを相手に何千年もひとりで暮らさなければならない第三の地獄。

イモージェンは目を上げて彼と目を合わせた。おずおずと笑みを浮かべる。「あなたがザマーの愛の秘法を使ってわたしを誘惑しただなんて言ったのはとんでもなく不公平だったわ。ごめんなさい。あなたが婚約を発表したせいで計画が台無しになって怒っていたものだから」

「わかってる」

「ほんとうのことを言うと、あの晩、庭で起こったことで責められるべきはわたしだけなのよ」イモージェンはそこで言いよどんだ。「あのときあの場でわたしのことを奪ってほしいと思ったんだもの。今もそうだけど」

マサイアスはまた息ができるようになった。「ほんとうかい？」

イモージェンは爪先立って彼の首に腕を巻きつけた。「これほどに確信を持って何かを言ったのははじめてよ」

「イモージェン」マサイアスは彼女をきつく抱きしめ、首を下げはじめた。

イモージェンは指先を彼の唇に置いてその動きを封じた。「伯爵様、これだけははっきりさせて」

「はっきりさせる？」

「わたしたち、お互い完璧に理解し合ってこんなふうに抱き合っているということよ」

「ああ」

「あとになってわたしに責められるんじゃないかという不安は鎮まった？」

「すっかりね」マサイアスは彼女の指先を軽く噛《か》みはじめた。

イモージェンの目が輝いた。「だったら、こうなった以上、わたしにザマーの愛の秘法をいくつか教えてくれていけないわけはないわよね？」

安堵と笑いが体の内側からこみ上げてきた。「まったくないさ」マサイアスは彼女が唇から手を離そうとする前にその手をつかまえ、てのひらにキスをした。

イモージェンはため息をついて彼に身を寄せ、指を彼の指にまわした。マサイアスは口をほっそりした手首に移し、彼女の体に欲望の小さな震えが走るのに気づいて喜びにひたった。

イモージェンは爪先立ち、ためらうことなく激しいキスを返してきた。マサイアスは唇を彼女の頬の曲線に沿って耳へと這わせた。イモージェンに髪を指で梳《す》かれ、マサイアスは身を震わせた。

「ゆっくり進めるよ」と約束する。

「それがあなたの望みなら」イモージェンはクラヴァットをほどいた。

「一分一秒を味わいつくすんだ。ありとあらゆる感覚が麻痺《まひ》するほどに感じつくしてから次へ進む」

「あなたって、新しく世に出てきた詩人のひとりみたいね」彼女は彼のシャツのボタンをはずしはじめた。「それとも、ザマー人の書いた詩節を暗唱しているとか?」

「このひとときをきみにとって生涯忘れられないものにするつもりだ」マサイアスは真剣な口調で言った。

「忘れっこないわ」イモージェンは耐えきれずに彼のシャツを引っ張った。上等のリネンの破れる音がほこりっぽい部屋に響きわたった。「ああ、いやだ」

マサイアスは彼女の髪に顔を寄せてにやりとした。

「あなたのシャツを破ってしまったようだわ。ほんとうにごめんなさい」

マサイアスは頭がくらくらするような感覚にとらわれた。「シャツのことは気にしなくていい。何枚も持っているから」

「それは運がよかったわ」

マサイアスはイモージェンの顔をあおむかせ、ふっくらとしたやわらかい唇をじっと見つめた。その瞬間、時間をかけてじっくり愛を交わそうという思いは消え去った。熱にとらわれ、体が燃えるようだった。破れたシャツを見れば、彼女も同じ思いでいるのはわかる。

マサイアスはイモージェンを抱き上げ、古代ザマーの遺物のあいだを通って奥の壁際に置いてあるベンチへと運んだ。

布をかけたクッションの上にイモージェンを下ろすと、ほこりがもうもうと舞い上がった。マサイアスは顔をしかめたが、イモージェンはそれに気づいてもいない様子だった。目をきらきらさせて見上げてくる。学術的興味を同じくする恋人を持つのはなんともすばらしいことだとマサイアスは胸の内でつぶやいた。ほこりだらけの陰鬱《いんうつ》な博物館のなかで愛を交わすことに文句を言わない女性は、イギリスじゅうを探してもたったひとりしか見つかりそうになかった。

マサイアスは彼女の鼻先にキスをし、身を起こして首からぶら下がっているクラヴァットをはずした。それを石棺にかけ、すばやく上着とウエストコートと破れたシャツを脱いだ。

高価なリネンが破れているのが目にはいり、一瞬笑みが浮かぶ。

衣服を脇に放って目を下に向けると、イモージェンがじっと見つめてきていた。その顔には甘い渇望が見てとれ、マサイアスは息を奪われた。彼女の小さなピンク色の舌先が開いた唇の端に現れた。

「あなたってとてもきれいね」イモージェンはかすれた小声で言った。「ほんとうに。これまで……見たこともないほどよ」

マサイアスはかすれた笑い声をあげた。「この部屋で唯一ほんとうにきれいなのはきみだけさ」そう言ってたっぷりとした緑のモスリンのスカートのなかへ身を沈めた。モスリンの波間に沈みこむと、頭がくらくらした。

「マサイアス」イモージェンに裸の肩をつかまれる。

マサイアスは彼女を抱き寄せてキスをした。やがてイモージェンは身を震わせ、彼の腕に頭をあずけた。彼は唇から唇を引き離し、喉の魅惑的な曲線に沿って這わせた。組み敷かれたイモージェンは身をよじり、胸が胸でつぶれるほどに体を持ち上げた。

キスがドレスの慎み深い襟ぐりに到達すると、マサイアスは背中に手をまわしてボディスの留め金をはずした。ボディスが落ち、リネンのシュミーズがあらわになる。薄い生地越しにふたつのバラ色の胸の頂きが透けて見え、全身がこわばった。

マサイアスは首をかがめ、彼女の胸にキスをした。胸を覆う生地が濡れ、イモージェンが声をもらして激しすぎるほど熱心に彼の肩にキスをはじめた。

マサイアスは手を下ろし、彼女のスカートとシュミーズの裾をつかんだ。そしてそれらをイモージェンの腰までまくり上げ、秘部を隠す黄褐色の茂みをあらわにした。

かすれた声とともに首を下げ、シルクのような太腿の内側にキスをする。ザマーの海に降り注ぐ陽光のにおいに鼻腔《びこう》を満たされる。マサイアスは深い崇拝の思いとともに手を彼女にあて、そのあたたかさを包みこんだ。

イモージェンはやわらかく息を呑んだ。てのひらの下で彼女は液体と化し、マサイアスを酔わせた。生まれてこのかた、これほどに刺激的なものに出会ったことはなかった。

「想像をはるかに超えているわ」イモージェンの爪が彼の肩に食いこんだ。彼女の体は次から次へと震えに襲われている。「これまで見つけたザマーの愛の秘法をすべて試してくださっても全然かまわないわ。今日の午後、そのすべてを習得することになっても」

「残念ながら、知っている技をすべて用いるだけの忍耐力は持ち合わせていないんでね」マサイアスはズボンの留め金をようやくはずし、こわばったものをあらわにした。「でも、いつかはすべてを試すと約束するよ。脚をぼくの体に巻きつけてくれ、イモージェン」

「脚を?」

「きみのなかにはいらなくては」マサイアスはストッキングを穿いた片方の膝を持ち上げ、それを自分の腰にまわした。「これ以上待つとおかしくなりそうだ」

イモージェンは言われたとおりに太腿を彼の腰にまわした。「マサイアス、これってえらく奇妙な感じだわ。さっき言っていた古代ザマーの婚姻に関する巻物に、この体勢をとることが書かれていたの？」

マサイアスは彼女をそっと撫でた。「どの世界においても変わらないことはある」やわらかくなったイモージェンの体が開かれるのがわかった。脚のあいだの心地よい部分を愛撫し、しみ出た滴《しずく》で彼の手は濡れていた。そのうるおいを利用して入口で脈打つ繊細な真珠をなめらかにする。イモージェンが声をもらした。

「なんてこと、わたし……無理よ……」何を言おうとしたにせよ、残りのことばは呑みこまれた。

マサイアスは顔を上げ、情熱にぼうっとなった彼女の顔を見下ろした。「ぼくを見て、イモージェン。目を開けてぼくを見てくれ」

まつげがはためいて持ち上がった。イモージェンはゆっくりと笑みを浮かべてみせた。失われたザマーの遺跡以上に謎を含んだ笑みだった。

マサイアスは身を焼くほどの強い欲望に屈した。彼女をそっと開くと、自分をそこにあてがい、熱くきつい部分へゆっくりとはいっていった。

イモージェンは彼の腕のなかで身を凍りつかせた。「やり方が正しくないんじゃないかしら。解釈をまちがえたのかもしれないわよ」

マサイアスは持てる力のかぎりをつくして正気と自制心を保とうとした。「なんの話をしている?」

「このザマーの秘法はあなたのような大きさの男性には合っていないようよ、マサイアス。別の秘法を試さなくては」

「きみははじめてだからね」彼はイモージェンの鼻に口をつけてささやいた。

「あなたがザマーの秘法の解釈をまちがえたこととそれがどんな関係があるというの?」

「関係はない」マサイアスは認めた。

「ここでやめるべきだと言っているんじゃないのよ。ただ、別の秘法を試したいと言っているだけ」

「別の方法を試す前にこれを習得しなければならないんだ」マサイアスは唇で唇をかすめるようにした。「このあいだの晩、庭でどんな感じだったか覚えているかい?」

イモージェンは不安そうな目で彼を見上げた。「ええ。でも、これはそれとはまるでちがうわ」

「待っていてごらん」マサイアスはきつい鞘《さや》からゆっくりとみずからを引き出した。その感覚はいわく言いがたいもので、このうえない責め苦だった。「大きく息を吸って」彼はふたりの体のあいだに手を入れ、固く小さな宝石を撫でた。かすかな震えがそれに応えてくれた。

イモージェンは鋭く息を吸った。彼を包む彼女がやわらかくなる。ほんの少し前と変わらず、きつくはあったが、彼女の体のこわばりがゆるみはじめたのだ。マサイアスはゆっくりと慎重にまた彼女のなかに身を沈めた。

イモージェンはため息をつき、彼の背中に爪痕《つめあと》をつけた。

マサイアスはまた少し自分を引き出し、シュミーズに覆われたままの胸の頂きにキスをした。「前よりはよくなったかい?」とささやく。

「ええ。ええ、わたし……結局、この秘法もうまくいくかもしれないわ。わたしのやり方もまちがっていない?」

「完璧さ」マサイアスは歯を食いしばり、必死で自分を抑えながら、またゆっくりとあたたかい部分へと自分を突き入れた。「非の打ちどころなく完璧だ」

「マサイアス」前触れなしにイモージェンは身を震わせはじめた。

マサイアスの全身に興奮が走った。太陽の光を浴びて生きている感覚に包まれる。その瞬間、どんな亡霊も彼には触れられなかった。

10

　翌日の晩、マサイアスは『オセロ』の最後の幕が開く直前に劇場に着いた。ホレーシアと、むっつりした顔のパトリシアといっしょに席についていたイモージェンは、贅沢《ぜいたく》なつくりのボックス席にはいってきた彼を見て、とがめるように顔をしかめた。ザマー協会の建物で愛を交わしてから、彼とは会っていなかった。

「伯爵様、もういらっしゃらないのかと思っていましたわ」マサイアスに手をとられ、イモージェンが小声で言った。「お芝居はほとんど終わるところよ」

　マサイアスの口の端がかすかに持ち上がった。その翳《かげ》のある灰色の目に、昨日の親密な記憶が浮かぶのがわかった。「ぼくは必ず来るときみは信じていてくれたはずだ」マサイアスは彼女の手袋をはめた手にキスをし、ホレーシアとパトリシアに挨拶した。「こんばんは、ご婦人方。おふた方とも今夜はとてもきれいだ」

　ホレーシアは首を下げた。「こんばんは」

　パトリシアは厳しく非難するような目を兄に向けた。「劇場で落ち合おうとあなたがおっしゃったのよ、お兄様」

「ああ、そうだな」

　パトリシアは扇を振った。「お芝居はもうほとんど終わりだわ」

「芝居はほんの少し見れば充分だとわかっているのでね」マサイアスはイモージェンの隣の椅子にすわった。「頼むから、今夜、キーンを負かそうなんて考えないでくれよ、パトリシア。彼と競おうとしても無理だろうから。酔っ払っていても、彼のほうがいい役者であるのはまちがいない」

　パトリシアはたじろぎ、怒ってわずかに体をよじると、顔をそむけた。反対側のボックス席にすわるきらびやかな人々に険しい目を向けている。

　イモージェンは小さなため息を呑みこんだ。マサイアスとパトリシアが最近冷戦状態にある原因が自分にあることはよくわかっていた。明確にはわからない理由で、パトリシアと自分の関係もここ数日のあいだにどんどん悪くなっていた。その晩、兄のボックス席にイモージェンとホレーシアといっしょにすわらされることをパトリシアがいやがっているのは明らかだった。

パトリシアの態度が変化した原因はイモージェンには理解できなかったが、気にはなった。それについてはできるだけ早い機会にマサイアスと話し合うつもりだった。しかし、まずはほかにもっと差し迫った問題があった。マサイアスが故意に自分を避けているような気がしはじめていたからだ。その理由はかなりはっきりわかる気がした。

イモージェンはマサイアスのほうに身を寄せ、何気ない会話を交わしている振りを装うため、せわしなく扇を使った。噂話《うわさ》に興じる人々の声と、オーケストラ・ピットから聞こえてくる乱暴な怒鳴り声のせいで、近くにいる誰にも会話を聞かれずにすむはずだった。

「伯爵様、あなたがようやく現れてくださってうれしいわ。そろそろお見えになるころだと思っていたから」

「ぼくもきみに会いたかったよ」マサイアスは小声で言った。「きみがぼくの心を舞い上がらせてくれてから、十億年も月日が過ぎた気がするよ」

「マサイアス、お願いだから、黙って」イモージェンは真っ赤になり、誰にも聞かれなかっただろうかときょろきょろとまわりを見まわした。「わたしが話したいのはそのことじゃないわ。あなたもよくおわかりと思うけど」

「それはがっかりだな」彼は目をきらりと光らせ、彼女の手をとって指先にキスをした。

「この一昼夜、古代ザマーの遺物にかこまれてきみと過ごした時間のことばかり考えていたからね。じっさい、あの魔法のような時間からこっち、理性的な頭など吹っ飛んでしまった」

イモージェンは彼をにらみつけた。「いったいどうしてしまったの?」

「きみのせいさ、イモージェン。ぼくは学者としての研究を打ち捨てて愛をうたう詩人になろうかと思っているんだ。ぼくが髪を巻いたらどう思う?」

イモージェンは訝《いぶか》しむような目になった。「話をそらそうとしているのね?」

「話って?」

「ヴァネックを罠にかけるわたしの新しい計画の話よ」イモージェンは扇の陰で声をひそめて言った。

「その話は終わりにするほうがいいな」

「ええ、そうでしょうね。でも、わたしは婚約したからって計画をあきらめるつもりはないわ」

マサイアスの眉が上がった。「つまり、ぼくらの婚約など、ごくつまらないことにすぎないというわけかい? がっかりだな」

また全身がかっと熱くなり、イモージェンは扇を振る速度を速めた。「わたしが言いたいのはそういうことじゃないってあなたもわかっているくせに」

「その扇には気をつけたほうがいいな。かなりの風を引き起こしているよ。ぼくらのように愛をうたう詩人は風邪を引きやすいんだ」

イモージェンはそのことばを無視した。「マサイアス、わたしは本気で言っているのよ。ヴァネックを罠にかける手助けをすると約束してほしいの」

「今はそういうことを話し合うときじゃない」

「でも――」これまでの人々のざわめきとはちがう騒ぎが湧き起こり、イモージェンはことばを止めて人ごみのほうへ目をやった。「何かしら？　何かあったの？」

「キーンがお酒を飲みすぎて舞台に立てなくなったんじゃないかしら」ホレーシアが推測した。おおいに興味を惹かれた顔で身を乗り出し、オペラグラスを目にあてている。

人々のあいだに広がっていった騒ぎの原因を見つけたのはパトリシアだった。「ミセス・スロットよ。彼女が気を失ったんだわ」

ホレーシアはオペラグラスを、マサイアスのボックスの真向かいにあるシアドシア・スロットのボックスに向けた。「ああ、そうね。シアドシアが椅子の上で失神している。レディ・カールズバックが鼻の下で気つけ薬を振っているわ」

イモージェンは扇を下ろし、シアドシアのボックスに集まっている人々に目を向けた。

「あのご婦人、いったいどうしちゃったの？」

ば、お兄様が姿を現すと、ミセス・スロットが気を失って倒れることが多いそうよ。過去に恐ろしいことがあって、その衝撃からミセス・スロットは立ち直れないんだって言ってたわ」

「くそっ」マサイアスはうんざりして言った。

イモージェンは顔をしかめた。「ばかばかしいにもほどがあるわ」真正面のボックスに集まった人々がこちらへ顔を向けてくるのがわかる。劇場じゅうに憶測のささやきが広がった。

イモージェンは扇をぴしゃりと閉じ、社交界の噂にマサイアスがひとりで立ち向かっているわけではないことを誇示しようと決心して勢いよく立ち上がった。それから、すわっていた華奢《きやしや》で小さな椅子の肘かけをつかみ、椅子をマサイアスの椅子のそばに引っ張り寄せようとした。

マサイアスはイモージェンに目を向け、彼女が何をしようとしているか察すると、遅まきながら立ち上がろうとした。「イモージェン、椅子を動かすならぼくにやらせてくれ」

「いいえ、大丈夫よ」イモージェンは歯を食いしばってそう言うと、肘かけを押した。「何かに引っかかっているみたいだけど、自分でどうにかできるわ」

「イモージェン、待つんだ——」

椅子は見た目よりも重かった。イモージェンは苛立ってさらに強く引っ張った。細い木製の脚のひとつが突然折れた。

小さな椅子は赤い絨毯《じゅうたん》の上に倒れた。イモージェンは体の平衡を失って前に倒れこみ、マサイアスの膝に着地した。彼は彼女を楽々とつかまえ、彼女がたくましい肩に必死でしがみついて体の平衡をとり戻そうとすると、にやりとした。

イルカの飾りのついたイモージェンのサテンのターバンがはずれ、ボックス席の手すりを越えて飛んでいった。それは翻って下の安い座席へ落ちた。そこにすわっていた騒々しい若者たちのあいだから大きな叫び声が聞こえてきた。

「とったぞ」

「そいつはおれのだ。おれが最初に見つけたんだ」

「おや、へえ、イルカをつかまえたみたいだぜ」

「こっちへよこせ。先に見つけたんだから、おれのだ」

ホレーシアがボックスの脇から下をのぞきこんだ。「あなたのターバンをめぐって争いが起きているようよ、イモージェン」

劇場じゅうから笑い声が湧き起こった。

パトリシアは泣き出しそうな顔になった。「屈辱だわ。最悪の屈辱。このぞっとするようなボックスのなかで死んでもいいぐらい。明日、レディ・リンドハーストのサロンでどんな顔でお友達に会ったらいいの？」

「そんなのはどうにでもなるさ」マサイアスは冷たくそう言い放つと、立ち上がってイモージェンを膝から下ろした。

「みんなにお詫《わ》びするわ」イモージェンはつぶやくように言いながらスカートの皺を伸ばした。「こんなばかげた騒ぎを引き起こすつもりはなかったのよ」

「謝る必要はないさ」マサイアスはにやりとした。「正直、これほどにたのしい夕べを劇場で過ごしたのは何年ぶりかだよ。舞台上の演技もここまでおもしろくなるとは思えないから、みんな家に帰ったほうがいいな」

少しして、イモージェンは劇場のロビーを埋める人ごみのなかにパトリシアといっしょに立っていた。マサイアスは、たくさんのほかの馬車とともに通りに長い列をつくっている自分の馬車を呼ぶために外に出ていった。ホレーシアは脇に寄って知り合いとおしゃべりをしている。

イモージェンはむっつりと黙りこんでいるパトリシアに目を向け、その機会をとらえることにして一歩近づいた。

「どうかした、パトリシア？　数分前の不運な出来事については心から申し訳ないと思っているのよ。でも、言わせてもらえば、あなたはあんなことがある前から、わたしに腹を立てているみたいね」

パトリシアの顔がうっすらと赤くなった。イモージェンとは目を合わせようとしない。

「何をおっしゃってるのか見当もつかないわ」

「嘘ばっかり。あなたとはかなりうまくやっていけていると思っていたのよ。いっしょに買い物に出かけたときも喜んでいるようだったし。社交界で人気者になったときもうれしそうだった。でも、この二日ほど、上流社会で言うところの〝無視〟にとても近いことをされている気がするの」

パトリシアは一歩ゆっくりとあとずさったが、目はロビーの扉に釘づけにしたままだった。「何をおっしゃっているのか想像もつきませんわ、ミス・ウォーターストーン」

「つまり、またミス・ウォーターストーンに逆戻りってことね？」イモージェンは腰に手をあて、爪先で床を打ちはじめた。「わたしのことは名前で呼ぶことになっていたと思ったけど」

「どうしてそんないやな感じに床を蹴らなきゃならないの？」パトリシアは歯を食いしばる

ようにして訊いた。

「なんですって？」

「みんながあなたをじろじろ見ているわ」

「ばかなことを」イモージェンはまわりを見まわした。「誰も見てないわよ」

「どうして見ずにいられて？」パトリシアが鋭く言い返した。「あなたのお行儀って田舎のお転婆娘みたいだわ。その淑女らしからぬ態度をごらんなさいな。そんなふうに慎みなく手を腰にあてて、下品なやり方で床を蹴っているあなたといっしょにいるのを見られるだけで恥ずかしいわ。あなたには淑女らしい洗練された物腰も優美さもまったくないんだもの」

「あら」イモージェンは赤くなって急いで腰から手をはずした。「ごめんなさい。数年前にダンスのレッスンは受けたんだけど、それ以外は、淑女らしいお行儀をわざわざ学ぼうとは思わなかったものだから」

「それは――」パトリシアが厳しい口調で言った。「誰が見ても明らかね」

「うちの両親はそういう教育は重要じゃないと思っていたのよ」イモージェンは肩をすくめた。「それに、正直に言えば、学ぶべきもっとおもしろいことがほかにとてもたくさんあったものだから」

「そのようね」パトリシアは振り向いてイモージェンとまともに顔を向き合わせた。目には屈辱と怒りの涙が光っている。「正直、兄があなたにどんな魅力を感じたのかわからないわ。どうしてあなたに結婚を申しこんだのか見当もつかない。たぶん、あなたも自分が〝慎みのないイモージェン〞と呼ばれていることはご存じなんでしょう？」

「知ってるわ。その不愉快な名前がどうしてついたのか、説明することもできるしね」

「説明の必要はないわ。あなたの過去についてはぞっとするような詳細まで全部聞いたから」

イモージェンはじっと彼女を見つめた。「そうなの？」

「ヴァネック卿《きょう》と寝室にいっしょにいるところを見つかったんでしょう」

「誰に聞いたの？」

「お友達よ」パトリシアは唇を噛んだ。「レディ・リンドハーストのサロンで出会った人。そこのみんながあなたのことを噂しているわ。このあいだの晩、あなたと評判を落とすような行為におよんだせいで、兄は婚約を発表せざるを得なかったんだってみんな言ってるのよ」

「ふうん」

「ずっと昔、彼の恐ろしいお母様がかわいそうなわたしの父にしたのと同じことを、あなたが兄にしたんだって噂だわ。罠にはめたんだって」

「いったいなんのことを言っているの?」

パトリシアは見開いた目をぱちくりさせ、一歩あとずさった。話しすぎてしまったことに気づいたようだった。「きっとあなたもよく知っていると思ったのよ、ミス・ウォータース トーン。兄の母がわたしの父をたぶらかして関係を持ち、その後父が無理やり結婚させられたことは、ロンドンではそれほど大きな秘密というわけじゃないから」

イモージェンは眉根を寄せた。「それで、マサイアスも同じような罠にはめられたと思っているわけ?」

「ほかにあなたを伯爵夫人に選ぶ理由は想像がつかないもの」パトリシアはささやくように言った。「レディ・リンドハーストのサロンのみんなが言っているわ。兄なら、今シーズン、夫を探している若い女性たちのなかから選び放題のはずだって。評判に瑕《きず》ひとつない女性を選ぶこともできたはずよ。みんなに〝慎みのないイモージェン〟なんて呼ばれていない女性を。ああ、恥ずかしくてたまらないわ」

「あなたにとってとても辛いことであるのはわかるわ」イモージェンはそっけなく言った。

劇場の扉が開き、マサイアスがあたたかいロビーにはいってきた。イモージェンの姿を見つけると、そばへ向かってこようとする。パトリシアはふいにひどく不安そうな顔になり、おどおどとイモージェンに目を向けてきた。

マサイアスは妹に向かって顔をしかめた。「気分でも悪いのか、パトリシア？　少し顔が青いぞ」

「大丈夫よ」彼女は小声で答えた。「お願い。家に帰りたいだけよ」

イモージェンが穏やかにほほ笑んだ。「レディ・パトリシアは今夜の出来事のせいで、ちょっと興奮しただけよ。あなたの一族に特有のか弱い神経のせいね」

イモージェンはホレーシアとともに家に帰るとすぐに書斎へ向かった。夜会用のマントを椅子に放り、長い子ヤギの革の手袋をはずすと、靴を蹴り脱いだ。それから、ソファーにどさりと腰を下ろし、眉を下げて叔母を見つめた。

「彼の両親の結婚について知っていることをすべて教えて、ホレーシア叔母様。事実を全部知らなければ、問題に対処できないわ」

「話すことはそれほど多くないわ」ホレーシアは小さなテーブルの上のデキャンタからシェリーを少しグラスに注いだ。「大昔の話よ。正確に言えば、三十五年ほども前のこと。わたし自身、そのころは若い娘だったわ」

「マサイアスのお母様と知り合いだったの？」

「エリザベス・ダブニーとは面識はあったけれど、同じ社交の輪に属していなかったから」

ホレーシアは暖炉のそばにすわり、シェリーを飲んだ。「ほんとうのことを言うと、エリザベスはほんの少し身持ちのよくない女性だと思われていた。でも、きれいで魅力的だったし、お父様がとてもお金持ちで力のある人だったから、それでもまあよしとされていた。生まれたときから両親に甘やかされて育った子だったのよ。ほしいものはなんでも手に入れていた」

「それで、マサイアスのお父様をほしいと思ったわけね」

「みんなそう言っていたわ」ホレーシアはゆがんだ笑みを浮かべた。「でも、わたしがいつも言うように、何事にも表と裏があるものよ。マサイアスのお父様の名前はトーマスと言って、当時は子爵だったわ。父親がまだ存命だったから、伯爵にはなっていなかった。彼もエリザベスと同じように甘やかされて育った人間だった。とても傲慢《ごうまん》で、とてもハンサムだったわ。その社交シーズンでもかなり派手に遊んでいた。エリザベスと遊びでつきあっても、代償を支払わなければならないなんて思いもしなかったにちがいないわね。若い時分のトーマスは、何にしても代償なんて支払ったことなんかないんじゃないかしら」

イモージェンは顔をしかめた。「そうなると、興味深い疑問が湧くわ。どうして代償を支払わなければならなかったの？ トーマスは伯爵の跡継ぎだったのよ。きっと本気でそうしようと思ったら、エリザベスがしかけた罠からは逃れられたんじゃないかしら」

「伯爵家は経済的に破綻《はたん》してたのよ」ホレーシアは考えこむように暖炉の火をじっと見つめた。「当時は誰も知らなかったけれど。どこからどう見ても、息子がエリザベスを穢《けが》そうとしたことがおおやけになって、老伯爵は喜んだにちがいないわ。伯爵家の財源をうるおすのに、彼女の持参金を何よりも必要としていたから。ダブニー家のほうはひとり娘のために、喉から手が出るほどに爵位を欲していた。じっさい、ほぼ誰の目から見ても、ぴったりの縁組みだったの」

「でも、若いトーマスだけはそうは思わなかった？」

「ええ。とは言っても、勘当されるのを恐れて、父に逆らう勇気はなかったわ。それで、エリザベスと結婚した。想像できるでしょうけれど、幸せな結婚ではなかったわ。でも、幸せな結婚をしている夫婦がどれだけいて？」

「うちの両親は幸せだったわ」イモージェンが小声で言った。

「そうね。ただ、あなたは現実をだいぶ斜めに見るように育てられている気はするけれど。とにかく、マサイアスが生まれたあとは子供が生まれることはなかった。トーマスとエリザベスはほぼずっと離れて暮らしていたの。何年ものあいだ、トーマスはロンドンで次から次へと愛人をつくっていた。エリザベスのほうはコルチェスター伯爵家の田舎の邸宅で贅沢なハウスパーティーを開くことで満足していた。彼女が亡くなった年に、トーマスはシャーロット・プールという若い未亡人と恋に落ちたらしいわ。ふたりはエリザベスが亡くなってすぐに結婚した」

イモージェンはソファーの背に腕を伸ばし、暖炉の火をじっと見つめた。「そうしてパトリシアが生まれた」

「ええ」

「今夜、パトリシアに言われたの。マサイアスが父親と同じ運命におちいることになるとみんなが噂しているって」イモージェンは静かに言った。

ホレーシアは姪に目を向けた。「パトリシアは世の中の経験がほとんどない、とても若い娘だから」

「一方のわたしは、パトリシアが何を言いたいかよくわかっている成熟した女性よ」

「つまり？」

イモージェンはホレーシアと目を合わせた。「つまり、ほんとうにわたしを愛してくれているんじゃなければ、マサイアスにわたしとの結婚を許すことはできないわ。彼に父親のまちがいをくり返させたと知りつつ生きていくなんて耐えられないもの」

ホレーシアの目に悲しく理解する色が浮かんだ。「いつからコルチェスターを好きになったの、イモージェン？」

イモージェンは悲しそうにほほ笑んだ。「たぶん、〈ザマリアン・レビュー〉に彼が最初に載せた論文を読んだときからよ」

「なんとも入り組んだことになってしまったわね」

「ええ」イモージェンは大きく息を吸った。「でも、このこんがらがった状況を生み出したのがわたしである以上、それをほどくのもわたし自身がしなければならないわ」

二日後の夜、イモージェンはウェルステッド卿夫妻の舞踏場で、大きな鉢植えのシダの陰にひそかに立ち、パトリシアが舞踏場から忍び出ていくのを見つめていた。

イモージェンは顔をしかめた。新たにおちいったこの難局に対処するのにマサイアスがここにいてくれればと思わずにいられなかった。残念ながら、彼はまた舞踏会への参加を避けていた。彼が社交の集まりを嫌っている事実が急速に問題となりつつあった。彼が付き添いに任命した人間をパトリシアが拒絶していたからだ。

さまざまな社交の集まりにイモージェンとホレーシアに付き添われて参加することはパトリシアも渋々受け入れていた。マサイアスがほかに選択肢を与えなかったからだ。しかし、夜会や舞踏会にやってくるとすぐに、付き添いとのあいだにできるかぎり距離を置こうとするのだった。兄の婚約者を恥ずかしいと思っているのは明らかで、そうした態度をホレーシアにまで見せることもあった。

イモージェンはパトリシアが舞踏場を出ていくのを見てため息をついた。ほかにどうしようもない。パトリシアのあとを追わなければ。

イモージェンは、通りかかった給仕のトレイからとったばかりのレモネードのグラスを脇に置いた。心配しすぎる理由はないわと自分に言い聞かせる。パトリシアはウェルステッド家の広い庭へ出ていったわけではないのだから。庭に出たとしたら、無垢な若い女性が深刻な問題におちいることも考えられるわけだが。たくさんの男女がすでに生垣と明かりのない道が数多く存在する薄暗い世界へと姿を消していた。

イモージェンは壁伝いにマサイアスの妹が逃げ出した扉へ向かった。パトリシアが人ごみと熱気からしばらく逃れようとしただけということもあり得る。しかし、姿を消す前に用心深くあたりを見まわしていた態度には人目をはばかる様子が感じられた。あとをつけられるのを恐れているかのように。

あとをついていっても、パトリシアに感謝されることはないだろうが、残念ながら、自分の義務感がこの状況を見て見ぬ振りをすることを許してくれそうもなかった。上流階級の邸宅は、人ごみという安全な場所からはずれてうろつく若いご婦人にとっては危険な場所なのだ。イモージェンはその教訓を三年前に学んでいた。

扉を抜けると、そこは使用人用の狭い通路だった。ロブスターのタルトが載った移動式の台が置かれているだけで、そこには誰もいなかった。イモージェンは通路を通り抜け、角を曲がり、別の廊下に出た。その奥に、らせんになっている狭い階段があるのが見えた。

イモージェンは足を止め、別の出口がないかと探したが、出口はなかった。パトリシアが階上《うえ》へとそのらせん階段をのぼったにちがいないと気づき、イモージェンの頭に真の警鐘が鳴り響いた。

自分がどこへ向かっているか、パトリシアが知っていたのは明らかだ。新鮮な空気を吸おうと舞踏場を抜け出しただけだったら、使用人の通路に出てしまったとわかってすぐに引き返したはずだ。こうして階上へと姿を消したところを見ると、前もって計画してあった行動であるのはまちがいない。

イモージェンはスカートをつまみ上げ、急いで狭い階段をのぼった。やわらかいダンス用の上靴は木の踏み板の上で音を立てなかった。

階段のてっぺんに着くと、壁の燭台によって、かろうじて扉があるのが見てとれた。イモージェンはそっとその扉を開き、なかをのぞきこんだ。いくつか並んだ背の高い窓から射しこむ月明かりによって薄暗く照らされた濃い闇以外、何も見えなかった。

扉を通り抜けてなかにはいり、静かに閉める。目が暗闇に慣れるまで数秒かかった。目が慣れると、壁にかかっている、金メッキされた分厚く四角い枠が光っているのがようやく見てとれた。それが十あまりもある。そこが大きな邸宅の端から端までつながる、絵画を飾る廊下であるのがわかった。

イモージェンはパトリシアの気配はないかと暗がりに目を凝らしてあたりを見まわした。長い廊下の奥から小さな音が聞こえてきて、はっとそちらへ目を向ける。淡青色のスカートがちらりと見えたと思うと、壁のくぼみへ消えた。

「パトリシア？　あなたなの？」イモージェンは急いであとを追った。

そして、暗くて見えなかった椅子の鉤爪《かぎづめ》状の脚に爪先をぶつけた。

「痛っ」イモージェンは顔をしかめて身をかがめ、ぶつけた爪先をもんだ。

暗がりからひとりの男性が歩み出てきた。「ミス・ウォーターストーンか？」

「いったい誰――？」ぎょっとしてイモージェンはすばやくあとずさり、近づいてこようとする人影に目を凝らした。その人物が月明かりの射している場所を通り過ぎたときに顔がわかった。「ヴァネック様」

「こんな芝居がかったやり方をしてすまない」ヴァネックは足を止め、不快な強い視線を向けてきた。「ただ、きみとふたりきりで話さなきゃならなくてね。こうやってきみと会う手配をするのにずいぶんと時間をかけたよ」

「レディ・パトリシアはどこ?」

「立派なご婦人に付き添われてすでに舞踏場に戻ったよ。大丈夫、パトリシアは無事だ。彼女の評判は危機にさらされてはいない」

「だったら、わたしがここに残っている必要もないわね」イモージェンはスカートをつかみ、ヴァネックの脇をまわりこんで駆け去ろうとした。

「待ってくれ」ヴァネックは通り過ぎようとするイモージェンの腕をつかんで足を止めさせた。「こうやってきみと会うのにえらく大変な思いをしたんだ。きみとはどうあっても話をするつもりだ」

「放して」

「私の言うことをすべて聞いてもらうまではだめだ」ヴァネックはそこでことばを止めた。

「ルーシーのために、聞いてもらわなければならない」

「ルーシーのために」イモージェンは凍りついたようになった。「かわいそうなルーシーとこのことにどんな関係があるというの?」

「きみは彼女の友人だったはずだ」

「それが何か?」

「くそっ、ミス・ウォーターストーン、私の話を聞くんだ。ルーシーも私にきみを守ってほしいと思ったはずだ。きみは社交界でどう自分の身を守っていいかわからない人だったからね」

「あなたに守ってもらう必要はないわ」

ヴァネックは彼女の腕をつかむ手に力を加えた。「きっときみも気づいているはずだが、コルチェスターは婚約を発表できるようにわざときみを穢そうとしたんだ」

「彼はそんなことはしなかったわ」

「彼は女王の印章を手に入れようとしている。もう地図は渡したのか？」

「いいえ、渡していない」

「そうだと思った」ヴァネックは険しくも満足げな顔で言った。「渡していたら、婚約は解消されているだろうからな。彼の思惑がわからないのか？　地図を手に入れたらすぐに、きみのことなど捨て去ってしまうはずだ」

イモージェンはひややかな笑みを浮かべた。「それはまったくの誤解よ」

ヴァネックの顔が怒りと焦りにぎらついた。指が彼女の肌に食いこむ。「あの忌まわしい印章がほしいんだ、ミス・ウォーターストーン。ひと財産になる価値のあるものだとラトリッジが書いていた。まさに値をつけられないほど貴重なものだと」

「腕が痛いわ」

ヴァネックはそのことばは無視した。「何日か前、ザマーへの発掘隊の資金を調達するために、共同事業体の組織に着手したところだったんだ。しかし、残念ながら、参加してくれそうだった連中も、きみとコルチェスターの婚約を知って興味を失った。コルチェスターはその一撃で私の計画をつぶしてくれたってわけさ」

その声の何かがイモージェンのうなじの産毛を逆立てた。「今夜ここであなたとこんなことを話し合っているわけにはいかないわ。舞踏場に戻らないと」

「婚約を解消するんだ」ヴァネックは激しい口調で言った。「すぐにな。それしか方法はない。きみがコルチェスターを追い払ってくれさえすれば、共同事業体は組織できる。きみと私が共同で発掘隊を送るんだ。女王の印章が見つかれば、お互い金持ちになれる」

それはイモージェンが計画したとおりの筋書きだったが、その瞬間、ヴァネックが不健康な興奮をたぎらせているのがわかり、イモージェンは突然怖くなった。

「行かなくちゃ」と急いで言う。「このことは別のときにお話しできると思うわ。あなたとコルチェスター伯爵とで共同事業体を組織してもいいかもしれないし」

「コルチェスターと？」

イモージェンは自分がまちがったことを言ってしまったことに気がついたが遅すぎた。

「たぶん――」

「あり得ない」ヴァネックはうなるように言った。「コルチェスターがそんなことに同意するはずがない。彼がラトリッジを殺したことは世間の誰もが知っている。彼と共同で発掘隊を組織したとしても、私が同じように葬られるだけさ。きみは彼に地図を渡す前に婚約を解消しなければならない。それしか方法はないんだ」

怒りが不安にとって代わった。イモージェンはぴんと背筋を伸ばした。「わたしはわたしのしたいようにするわ。放してくださいな」

「女の気まぐれによって女王の印章をかすめとられるつもりはない。きみが婚約を解消するつもりがないというなら、私が解消してやる」

ヴァネックのなかで何かがぷつりと切れたかのようだった。イモージェンは自分がおちいった危険に気づき、必死で身を引き離そうとしたが、逃れることはできなかった。

ヴァネックはつかんでいる腕を引っ張って彼女をそばのソファーに押し倒した。上にのしかかられると、そのあまりの重さに、イモージェンの体から空気が押し出された。一瞬、ぎょっとするあまり、今起こっていることが信じられなかった。恐怖に心を貫かれる。イモージェンは爪で彼を引っかいた。

「くそっ、この売女《ばいた》め」ヴァネックはスカートに手をかけた。「ことを終えたら、きみは発掘隊の資金を出してくれと私に懇願することになる」

「ルーシーのこともこうやってあつかったの？」イモージェンは抗《あらが》いながら訊いた。「彼女にアヘンチンキを呑ませる前に無理強いしたわけ？」

「ルーシー？　おかしくなってしまったのか？　アヘンチンキなど呑ませていないさ」暗闇のなか、ヴァネックの目が石ほども硬くなった。「自分で呑んだんだ。あの忌まわしい女は神経がどうのといつも文句ばかり垂れていたからな」

「どうしてわたしに嘘をつくの？　全部推測はついているのよ。あなたといっしょのところを見つかってわたしの評判に瑕がつくように手配したのは、ルーシーが親友に裏切られて自殺したと見せかけるためだったにちがいないわ。あなたが殺したことはわかっているの。何もかもわかっているのよ」

「きみは何もわかっていない」ヴァネックは肘をついて身を起こした。「何を言っているんだ？　私を人殺しだと糾弾《きゅうだん》しているのか？」

「ええ、そうよ」

「気が変になったんだな。私はルーシーを殺していない」ヴァネックは目を細くした。「ただ、何度も考えはしたがね。結局、願いはかなったということになるかもしれないが、この手で彼女を殺しはしなかった」

「そんなの信じないわ」

「きみが何を信じようとどうでもいい。私がほしいのはあの地図だけだ。どうあっても手に入れてやる」

ヴァネックは怒りと焦燥にとりつかれたようになっていた。無理強いすることで言うことを聞かせられると思っているのだ。ねっとりと冷たい手にむき出しの脚をさわられてイモージェンは叫び声をあげそうになり、湿った手で口をふさがれた。動揺に呑みこまれそうになる。ソファーの後ろの壁に目をやると、金メッキされた額がきらりと光った。ヴァネックがスカートを太腿の上にまくり上げようと格闘しているあいだ、イモージェンは手を上げてどうにか額の端をつかんだ。

そのぞっとするような一瞬、額は壁から離れないかに思えた。ヴァネックがドレスを引き上げようとしているあいだも、イモージェンは懸命に額を引っ張って釘からはずそうとしていた。

ようやく額が釘からはずれたが、そのあまりの重さに、落ちてくる額をうまく支えられなかった。イモージェンは思う方向にうまく額を落下させようと努めた。それはヴァネックの頭と肩にあたり、その衝撃が彼女自身の体にも伝わってきた。

ヴァネックは身を震わせ、うなり声をあげると、イモージェンの上に倒れこんだ。彼女は必死で彼を床に押しやろうとした。体をつぶされそうになるその重さから自由になる前に、別の誰かの手がヴァネックをつかんだ。

「下種《げす》めが」マサイアスだった。暗闇から復讐のために現れた悪魔さながらの様子だ。彼はヴァネックをソファーから引っ張り上げ、足もとに落とした。

ヴァネックは床に伸びた。目を開け、かすんだ目で見て、それがマサイアスだと気がついた。「コルチェスターか？　くそっ、ここで何をしている？」

マサイアスは手袋をはずしてヴァネックの胸に落とした。「明日、ぼくの介添人がきみの介添人を訪ねていく。日時は明後日ということで手配できるはずだ」

「介添人？　介添人だと？」ヴァネックは片肘をついて身を起こそうとした。頭をはっきりさせようとするように首を振る。「本気で言っているはずはない」

マサイアスはイモージェンをソファーから抱き上げ、きつく抱いた。「これだけはたしかだが、こんなに本気になったのは生まれてはじめてだ」そう言って踵を返すと、廊下を歩き出した。

「でも、あんたはその女と結婚するつもりなどなかったはずだ」ヴァネックの必死の叫びが長い廊下の壁にこだました。「婚約が偽装であることはみんなが知っている。あんたがほしいのは例の地図だけだ。ちくしょう、コルチェスター、その女は決闘に値する女じゃない。これは恋愛沙汰《ざた》じゃないんだ」

マサイアスは何も言わなかった。イモージェンは暗い廊下を運ばれていきながら、彼の顔を見上げた。ついさっきヴァネックに襲われたこととは関係のない震えが体に走った。

その瞬間、彼はよく見る悪夢に登場する、謎めいた危険な存在に見えた。わたしは夜の神、ザマリスの腕に抱かれているのだ。

11

イモージェンは震えを止められなかった。マサイアスに抱かれて階段を降り、廊下を進みながら、たくましさとあたたかさを求めて彼に身をすり寄せていた。広い肩に顔を押しつけ、目をきつく閉じて涙をこらえようとしたが、できなかった。

マサイアスが邸宅の玄関へとすばやく進むあいだ、真に心配する声や、退屈しのぎの詮索の声がまわりから聞こえてきた。

「なあ、コルチェスター、ミス・ウォーターストーンがどうかしたのかい?」ひとりの男性が訊いた。

「具合がよくないんだ」マサイアスは抑揚のない声で答えた。「神経がたかぶりすぎてしまってね。そう、婚約したことが刺激になったようだ」

声をかけてきた男性は忍び笑いをもらした。「それはそうだろう。きみなら不安を解消する方法を考えてやれるだろうが」

イモージェンは、自分の神経は婚約などというありふれたことでたかぶるほど弱くないと抗議したかったが、マサイアスの肩から顔を上げる勇気はなかった。この男性に涙を見られてしまう。

「医者を呼びましょうか？」と使用人が尋ねた。

「いや、ぼくが家まで送っていく。この人に必要なのは休息だからね」

「馬車を呼びましょう」

「頼む」

イモージェンは肌にひんやりとした空気を感じた。ようやく外に出たのだ。すぐにもマサイアスの馬車に無事におさまることができるだろう。

敷石の上に蹄と車輪の音が響いた。馬車の扉が開く音がする。マサイアスがイモージェンを腕に抱いたまま馬車のなかに乗りこんだ。クッションのきいた座席に腰を下ろすと、彼女を膝に乗せた。

「気を鎮めて」馬車が夜の闇のなかへと出発すると、彼は彼女をきつく抱きしめた。「大丈夫だから。終わったんだ。きみは無事だった」

「でも、あなたは無事じゃないわ」ようやく人目のないところにおちつき、イモージェンは彼の腕から身を引き離した。彼の肩をつかんで揺さぶろうとする。「なんてことをしてくれたの、マサイアス？」

マサイアスは動かなかった。黒い外套《がいとう》の上等の生地を彼女の指がつかんでだめにしていることにも気づいていないようだった。内心の思いの読めない、光る目で彼女をじっと見つめている。「ぼくも同じ質問をしようとしていたところだ」

イモージェンはそのことばは無視した。目下おちいっている恐ろしい状況に気をとられていたからだ。「ヴァネックに決闘を申しこむなんて。ああ、マサイアス、どうしてそんなことができたの？」

「あの状況に対して、それが唯一ふさわしい反応に思えたんだ」

「でも、わたしは傷つけられたわけじゃないわ」

マサイアスは手で彼女の顎《あご》を包んだ。「それについては、神に感謝し、きみ自身の勇敢な精神をありがたく思うしかないな。きみはほんとうに驚くべき女性だよ。あの絵の額でヴァネックをあやうく殺すところだったんだから」

「だったら、彼に決闘を申しこむ必要はないはずじゃない」イモージェンは必死で訴えた。

マサイアスは親指で彼女の唇の端を撫でた。暗がりで目がきらめいている。「きみが自力で身を守ったからといって、ヴァネックをそのままにしておくわけにはいかない。じっさい、ほかに選択肢はないのさ」

「そんなはずないわ」イモージェンの目にさらなる涙があふれた。彼女はそれを手の甲でぬぐった。「あの人は決闘なんて挑む価値のない人間よ。あなたが決闘で命を危険にさらすなんて認められない。彼と決闘させるわけにはいかないわ」

マサイアスは彼女の顎をわずかに上げ、その濡れた顔をまごつきながら眺めた。「ぼくのために涙を流してくれているんだね」

「ほかにどうしてわたしが泣かなきゃならないの?」イモージェンは怒って訊いた。

「今夜きみの身に起こったことを考えれば、泣いて当然だからさ。きみのような強い神経の持ち主であっても、つい感情に負けて――」

「ばかなことを言わないで。決闘を申しこむなんて愚かしいことをして、あなたの身に何が起こるかという心配のほうがずっと大きいわ」イモージェンは両手で彼の顔を包んだ。「マサイアス、こんなのだめよ、わたしの言うことが聞こえる? 許すわけにはいかないわ」

マサイアスは彼女の手首を指でつかんでそっとにぎった。「大丈夫さ、イモージェン。すべて丸くおさまる」

「あなたが命を奪われる可能性だってあるのよ」

マサイアスはかすかな笑みを浮かべた。「そう考えるのがいやみたいだね」

「いいかげんにして、マサイアス。そう考えただけでおかしくなりそうよ」

「どうして？」

怒りと不安がイモージェンを呑みこんだ。「あなたを愛しているから」

馬車の内部に深い静けさが広がった。魔法使いが魔法をかけ、その場を凍りつかせたかのようだった。イモージェンの耳に、遠くの人の声や、道を行き交う馬車の車輪や蹄の音がぼんやりと聞こえてきた。行き過ぎる馬車のランプがときどき暗闇のなかで光った。馬車の外の世界は動いている。しかし、馬車のなかで動くものは何もなかった。

「ぼくを愛している？」マサイアスはささやくような声でくり返した。

「ええ」

「だったら、特別許可証で明日ぼくと結婚してくれ」

イモージェンは口をぽかんと開けた。「命を危険にさらそうというときに、どうして結婚の話なんかできるの？」

「どうしてもさ」マサイアスはそう言ってまた彼女を腕に抱いた。「今話し合うに足る重要な問題は結婚の話だけだから」

「でも、マサイアス――」

「ぼくが運命を決する場に行く前に結婚すると言ってくれ」マサイアスはイモージェンの濡

れた目に軽くキスをし、もつれた髪にも唇を寄せた。「ぼくが望むのはそれだけだ、イモージェン」

「あなたが決闘をとり消してくれるなら、なんでもあなたの望むとおりにするわ」

「それはできないな。無事生き延びて、そのあと朝食をいっしょにとることは約束できるが」

マサイアスのことばには断固とした響きがあり、それ以上抗議しても意味のないことはわかった。イモージェンは彼の肩を軽くこぶしでなぐった。「マサイアス、お願い――」

「結婚してくれ。明日」

イモージェンは行き場のない怒りに疲れきり、ぐったりと彼に身をあずけた。新たな涙があふれ、彼の上着に顔をうずめる。「あなたがそれをほんとうに望むなら」

「唯一の望みさ。ぼくがきみに望むのはそれだけだ」

その瞬間、彼が何を言おうと拒絶はできなかった。「いいわ」上着に顔を押しつけたまま発した声はくぐもっていた。「明日あなたと結婚する」

「明日植民地に送られるとでもいうような声を出さなくてもいいよ」

「ああ、マサイアス」

「わかってるさ」彼はほつれた彼女の髪を撫でた。「わかってる」

また沈黙が流れた。イモージェンはそれからほんの少しだけ絶望にひたるのをみずからに許した。彼のたくましい手が髪を撫でる感触には妙に心をなだめられ、冷静になって気持ちをもっと前向きにすることができた。決闘を止める計画を練らなければならない。

しかし、効果がありそうな賢明な計画を思いつく前に、もっと差し迫ったことが頭に浮かんだ。

「なんてこと、忘れるところだったわ」イモージェンが勢いよく体を起こしたせいで、頭頂部がマサイアスの顎を直撃した。

「痛いな……いずれにしても、ヴァネックはきみにかなわなかったんじゃないのか?」マサイアスは顔をしかめ、顎を撫でた。「あの絵の額で頭をかち割らなかったとしても、きっときみはこんなふうに自力でなんとかする別の方法を見つけたはずだ」

「ねえ、ほんとうにごめんなさい。あなたに痛い思いをさせるつもりはなかったのよ」

「わかってるさ」マサイアスは一瞬歯をちらりと見せ、驚くほどいたずらっぽい笑みを浮かべた。「それで、何を突然思い出したんだい?」

「パトリシアよ。彼女はどこ?」

「パトリシアは無事で、ホレーシアといっしょにいる。きみを探しに絵が飾られている廊下へのぼる前に、ふたりに会ったよ。きみを無事家に連れ帰ったら、彼女たちのために馬車をあの家にまた送るつもりだ」

「あなたの妹がわたしの叔母といっしょにいる?」

「ああ」

はっと気づいたことがあって、イモージェンは暗い気持ちになった。「ねえ、どうしてわたしを絵の廊下で探せばいいってわかったの?」

「パトリシアに聞いたんだ。きみが絵を見に階上《うえ》へ行ったようだと」

「そうなの」イモージェンはつぶやくように言った。

馬車が揺れながら通りを走るあいだ、イモージェンは考えをめぐらした。新たに抱いた疑惑をマサイアスに打ち明けてもどうにもならない。今彼には頭を悩ますことが充分あるのだから。妹がヴァネックと共謀して自分の婚約者を絵の廊下におびき寄せたらしいと知っても、すでに乱れている神経がさらに動揺するだけだろう。

イモージェンはマサイアスに身を寄せ、馬車の窓の外へ目を向けた。またも思いは乱れていた。そこでもう一度だけ、決闘しないよう、説得を試みることにした。

「ねえ、ヴァネック卿と決闘するなんていう途方もない決心を考え直すと約束して。決闘が名誉を回復するための唯一の方法だと感じている紳士もいるのはわかるけど、それって愚の骨頂だわ。あなたが愚かな人じゃないのはたしかだし。だから――」

「もういい、イモージェン」マサイアスはとても静かに言った。「もう決まったことだ。それから、このことは誰にも言わないでくれ、いいね?」

「でも――」

「これは男同士の問題だ。関係する人間はすべてを秘密にしなければならない。社交界の噂の種にはしないでほしい」

イモージェンは驚いた。「そんな……無意味でばかげた殿方たちの愚行について噂を流そうなんて夢にも思わないわ」

「よかった」彼は彼女のもつれた髪に手をからませた。「きみなら口を閉じていてくれるとわかっていたよ」


「イモージェン、そんなふうにうろうろしなきゃいられないの?」ホレーシアがふたつのカップにお茶を注いだ。「ねえ、見てるだけで目がまわりそうだわ」

「ほかにどうしたらいいの?」イモージェンは書斎の窓辺に寄り、足を止めて雨に濡れた小さな庭へ暗い目を向けた。「ヴォクソール公園で打ち上げを待つ花火になった気分だわ。なんともひどい感覚よ」

「神経のせいね。たぶん、生まれてはじめて神経が動揺しきっているのよ」

「そんなばかな。わたしが弱い神経の持ち主じゃないことは叔母様もよくご存じじゃない」

「もうすぐ結婚するなんて状況に直面したのは、あなたもはじめてだもの」ホレーシアは舌を鳴らすような音を立てた。「伯爵様がどうしてこんなにことを急ごうとするのかわからないけれど、状況を考えれば、それが一番だと思ったのね」

「状況？」イモージェンは首を絞められたような声を出した。一瞬、ホレーシアが決闘のことを知っているのかと疑う。「どういう意味？」

「気を悪くしないでね、イモージェン。でも、いろいろあったことを考えれば、豪勢で派手な結婚式は計画しないものだわ。いずれにしても、コルチェスターはそういう社交的なことにはあまり関心がないでしょうし」

イモージェンはわずかに気をゆるめた。「ええ、そうね」

そうしてまた庭に目を向けた。世界じゅうがひと晩で灰色の場所に変わってしまったかに見える。どんよりと垂れこめる霧が夜明けの街を包みこんでいた。浅い眠りは最近よく見る悪夢によって断ち切られたのだった。悪夢のなかでイモージェンは見えない危険からマサイアスを守ろうとしていたが、時間切れとなってしまい、彼は石棺のなかで見つかった。血だらけで。

霧に包まれた庭をじっと見つめながら、頭の片隅で動揺が湧き起こるのを感じる。正気の沙汰ではないことを止める方法を見つけるのに、あと一日もないのだ。

「イモージェン？」

「ごめんなさい」イモージェンは肩越しに叔母に目を向けた。「なんておっしゃったの？」

「メイドに荷づくりするように言ったかって訊いたのよ」

「何か言ったはずよ。よく覚えてないけど」イモージェンは顔をしかめた。「じつは別のことを考えていたから。そう言われてみれば、今晩コルチェスターのタウンハウスに移るってメイドに言ったかどうかはっきりしないわ」

ホレーシアは力づけるような笑みを浮かべて立ち上がった。「すわってお茶を飲みなさい。わたしが二階へ行ってメイドに指示してくるわ」

「ありがとう」イモージェンはお茶が載っている小さなテーブルのところへ歩み寄った。カップを手にとると、元気をつけようとするようにごくりとお茶を飲んだ。

ホレーシアが部屋を出て扉が閉まり、イモージェンは書斎にひとり残された。静かな部屋に背の高い時計の音が鳴り響く。もうそれ以上その音を聞いているのに耐えられなくなり、彼女はまた行ったり来たりをはじめた。

長年のあいだにときおり決闘の噂を耳にすることはあったが、気にする理由もない話題だったので、あまり注意を払うことはなかった。そこには決闘するふたりに加え、多くの人がかかわるのはまずまちがいなかった。紳士たちの介添人と、ときに医者が立ち合うこともあると誰かに聞いたことがあった。それだけではないはず。馬車をあやつる人間もいる。おそらく、馬番もひとりかふたり。上流社会においては、紳士が自分ひとりですべてをやるということはめったになかった。連れとして御者や馬番や数人の親友が必ずいっしょにいた。

ヴァイン夫人が扉を一度ノックして開けた。「ご婦人がおひとり会いにいらしていますよ、ミス・ウォーターストーン」

イモージェンは振り返った。勢いのあまり、カップのお茶をソーサーにこぼしてしまう。

「ご婦人って誰が？」

「レディ・パトリシア・マーシャルが、おひとりでいらしています」

イモージェンは音を立ててカップを置いた。「すぐにお通しして、ミセス・ヴァイン」

「かしこまりました」ヴァイン夫人はため息とともに去った。

少しして、パトリシアが現れた。入口で足を止めた彼女は、昨晩の快活な若い女性とはだいぶちがって見えた。きれいな顔は緊張してこわばっている。灰色の目は不安で一杯だった。今にも泣きそうな様子だ。

「あなたと話をしなければならないの」ヴァイン夫人が書斎の扉を閉めると、パトリシアはささやくように言った。

「すわって」イモージェンはそっけなく言った。みずからは机の奥にまわって椅子に腰かけた。それから、磨きこまれたマホガニーの上で手を組み、パトリシアをじっと見つめた。

「何を話したいの?」

「兄があなたと今日結婚するって朝食の席で言っていたわ」

「そうなの?」

「ええ。それで、明日の朝は決闘で命を危険にさらすつもりらしいの」パトリシアはすすり泣く声になり、小さな小物入れのなかのハンカチを探った。「そんなことになるはずじゃなかったのに」

イモージェンは啞然《あぜん》とした。「決闘のことはどうやって知ったの?」

「レディ・リンドハーストの家から戻ってきたところなの」パトリシアはハンカチをあてて鼻をすすった。「ロンドンじゅうに噂が広まっているって言っていたわ」

決闘などというばかげたことにかかわる紳士たちも、秘密を守る能力にはすぐれているはずと思っていたのに、誰かがもらしたのは明らかだ。たぶん、夜明けの決闘のあれこれを手配する任務を請け負った介添人の誰かが。

「それなのに、よくも噂《うわさ》を流すのは女性たちだと文句を言ったものね」イモージェンはつぶやくように言った。

パトリシアは問うような目をくれた。「なんですって？」

「気にしないで。パトリシア、あなたは今、わたしたちがおちいっているとんでもない苦境のことを知っているみたいだから、きっとこれも教えてくれるわね。昨日の晩はいったい何をしようとしたの？」

パトリシアは身をひるませた。しかしやがて、怒りに口の端をこわばらせた。「あなたがしかけた罠から兄を救おうとしただけよ。でも、なぜか何もかもおかしなことになってしまった」

「そう」イモージェンは目を閉じ、椅子に背をあずけた。「それが目的かもしれないとは思ったのよ。これですべてつじつまが合い出したわ」

「ほかの男性とみだらな状況にあるあなたを兄が見つければ、婚約を破棄する原因になるとレディ・リンドハーストに言われたの。そうなるように手配するのは簡単だって」

「たしかにね。だったら、あれはレディ・リンドハーストの考えだったの？」

パトリシアはハンカチで鼻をかみ、憤怒に満ちた目を上げてイモージェンと目を合わせた。「教えてもらったとおりにしたのよ。あなたが舞踏場から絵の廊下へあとを追ってくることはわかっていた。必ず付き添いの役目をはたそうとするから。自分自身は節度ある振舞いなんて……ハエほども知らないのに」

「ハエですって？」

「あなたを絵の廊下へ連れていって、それからわたしはレディ・リンドハーストと舞踏場へ戻ったの。兄がやってきて、あなたの居場所を訊かれたときには、あなたは絵を見ていると言ってやった。兄はあなたを探しに行ったわ。レディ・リンドハーストは何もかも計画どおりになったって言っていたのよ」パトリシアは声を張りあげた。「でも、兄はレディ・リンドハーストが言っていたみたいに婚約を破棄しようとはしなかった」

「あなたってなんてばかなの」イモージェンは勢いよく立ち上がって机に両手をついた。「自分がとんでもないことをしでかしたとは思わなかったわけ？」

「でも、わたしは兄を救おうとしていただけなんですもの」また涙があふれてパトリシアの頰を伝った。「父の身に降りかかったような運命を兄に味わわせたくなかった。人生を棒に振ってほしくなかったのよ」

「だったら、自分が引き起こした今の状況には満足でしょうね」イモージェンは机の端をまわりこんだ。「あなたのよき友人のレディ・リンドハーストも責任のかなり大きな一端を担っているようだし」

「彼女は力になってくれようとしただけよ」

「あり得ないわ。レディ・リンドハーストは無理してまで自分以外の誰かに力を貸す人間じゃないって気がするもの。きっと何かのお遊びに興じているのよ」

「それはちがうわ。わたしにはとても親切にしてくれる。彼女のことは真の友人と思っているのよ」

「たしかに、とてもめずらしい類いの友人であることは証明してみせたわね」イモージェンはそのことを考えてみた。「このことがなぜ彼女の興味を惹いたのかしら。もしかしたら、彼女自身も印章をほしがっているのかもしれない」

「あなたが何をつぶやいているのかわけがわからないわ」パトリシアが苛立って言った。「でも、何か手を打ってくれなくては。兄がヴァネック卿との決闘で命を落としたらどうするの？」

「おちついて、パトリシア。策を考えるから」

パトリシアはためらった。「兄との結婚を拒んでくれればいいのよ。噂にはなるでしょうけど、兄を拒んだからって、すでに〝慎みのないイモージェン〟と呼ばれている女性の評判にそれ以上の瑕をつけることにはならないと思うわ」

「あなたの言うとおりかもしれないけど、わたしが結婚を拒んでも、マサイアスがヴァネックと決闘するのを止めることはきっとできないわ」

「どうして兄が自分との結婚を拒んだ女性のために決闘するっていうの？」

「あなたってお兄様のことをあまりよくわかっていないのね？」イモージェンは言った。「これだけは言えるけど、マサイアスは状況がどうあれ、決闘するつもりでいるわよ。はっきりそれは宣言したんだもの。名誉のためにも、必ずヴァネックと決闘するわ。いずれにしても、わたしは今日結婚すると彼と約束したの。それがマサイアスの唯一の希望だったから。彼を拒むことはできないわ」

「爵位を手に入れるためなら、あなたはなんでもするだろうってレディ・リンドハーストが言っていたわ」パトリシアが吐き捨てるように言った。

イモージェンは鋭く光るまなざしをパトリシアに向けた。「次にレディ・リンドハーストが言っていたことを引き合いに出すときには、彼女こそが今のこの困った状況にみんなを投げこんだ張本人だと思い出すことね」

パトリシアは一瞬ことばにつまってイモージェンをじっと見つめた。声を出したときには、また泣き声になっていた。「いいえ、それはちがうわ。彼女はこんな結果になるとは思っていなかったんだもの。ただわたしに力を貸そうとしただけで」

「そのことについて言い争っている暇はないわ。レディ・リンドハーストの問題はあとまわしにしなければ。今はもっと重要な問題を解決しなければならない」イモージェンは入口へ行って扉を開け、廊下に呼びかけた。「ミセス・ヴァイン？　すぐにここへ来てもらえるかしら?」

パトリシアは当惑してイモージェンを見つめた。「何をするつもり?」

「口出ししないで」イモージェンは怒りと嫌悪に満ちた声で言った。「もう充分問題を引き起こしてくれたんだから。家に帰って、今度のことに片がつくまで、悪さをしないでじっとしていることね」

「何をするつもりなの?」

「帰って、パトリシア。今日の午後、あなたのお兄様と結婚する前にやらなければならないことが山ほどあるんだから」

パトリシアはまたわっと泣き出した。「明日の朝兄が死んだら、あなたはとんでもなく金持ちの未亡人になるわ。そんなの不公平よ」

イモージェンはくるりと振り返り、部屋のなかへ大股で戻った。それから、パトリシアの肘をつかんで引っ張り起こした。「それが理由でこんなふうに大騒ぎしているわけ? 兄の身を心配しているのは、明日の朝、彼が殺されたら、わたしがその財産を相続し、自分は文無しになるから?」

パトリシアはぎょっとした顔になった。目がみはられる。「いいえ、そういう意味で言ったんじゃないわ。兄の身に何かあるのはいやよ。この世でたったひとりの身内なんだもの。

兄が決闘で命を落とすかもしれないと思うとぞっとするわ」

「ほんとうに？」イモージェンは探るようにパトリシアの顔をじっと見つめた。「ほんとうに彼のことを心配しているの？」

「妹が兄を愛するように彼に愛情を抱いているかと訊かれれば、そうじゃないと認めなきゃならない」パトリシアは指でハンカチをもみしだいた。口が苦々しくゆがむ。「兄がわたしを見るたびに、自分の不幸な過去を思い出しているとわかっていて、どうして彼を愛することができて？」

「これだけはたしかだけど、その見方はちがうわ、パトリシア。たぶん、あなたが最初に彼の家に現れたときは、びっくりしたでしょうけど――」

「あなたにだってよくわかっているはずだわ。彼がわたしを家に住まわせてくれたのは、父との約束をはたさなければならないと思ったからにすぎないと。兄ができるだけ急いでわたしを結婚させ、家から追い出すことだけを目標にしているとわかっていて、どうして彼に深い愛情など抱けて？」

「彼はあなたを無理やり結婚させようとは思っていないわ」

「最悪の場合、兄が面倒を見てくれるっていつも父に言われていたの。でも、もし彼が決闘で亡くなったら、わたしは伯父の家に戻らなければならなくなる。それで……あそこにはあの恐ろしいいとこもいるわ。わたしにさわろうとしてくるに決まってる。ああ、何が起こるか考えるのも耐えられない」

「そう」イモージェンはうわの空でパトリシアの肩を軽くたたきながら、片方の爪先で絨毯を打った。

パトリシアは目をぬぐった。「わたしたち、どうすればいいの？」

「あなたは何もしないのよ。今回のことはわたしがなんとかするから。ご機嫌よう、パトリシア」イモージェンは彼女を扉のほうへ軽く押した。

パトリシアはふたたび目をぬぐい、がっくりした様子で廊下へ出ていった。問題を引き起こしたのは彼女だったが、イモージェンはふいに少しばかり気の毒になった。「パトリシア？」

「はい？」パトリシアは足を止めて振り向いた。すっかり打ちのめされた顔をしている。

「これに片がついたら、あなたとはじっくり話をするつもりよ。それまでは動揺して具合が悪くなるようなことにはならないで。もう今ある問題で手一杯なんだから」

ヴァイン夫人がのそのそと現れると、不承不承エプロンで手を拭き、パトリシアを玄関の間から扉の外へと案内した。それから、渋々イモージェンのほうを振り向いた。

「ご用ですか？」

「ええ、ミセス・ヴァイン。最寄りの共同厩舎《きゆうしや》に伝言を送ってもらいたいの。そこの経営者に、馬番の服を買いたいと言ってやって。わたしの体格に合う服にしてもらってちょうだい」

ヴァイン夫人はおかしくなったのかと言いたげな目でイモージェンを見つめた。「馬番の服を買いたいんですか？　でも、うちには厩舎なんてありませんよ。そういう意味では、馬番もいないけど」

イモージェンはひややかな笑みを浮かべてみせた。「仮装舞踏会に参加する予定なのよ、ミセス・ヴァイン。馬番の格好で行ったらおもしろいと思って」

「まあ、二年ほど前に部屋を貸していた人から用意してほしいと頼まれたものよりはましですね」ヴァイン夫人は驚くほど世を悟ったような声を出した。「その男性にはご婦人用のドレスを用意してほしいとよく言われたものですよ。きれいな靴や、帽子や、かつらなんか、何から何までをね。本物のご婦人が身につけるものをひとそろい」

イモージェンはわずかに興味を惹かれた。「部屋を貸していた紳士が、ご婦人のドレスを着て仮装舞踏会に出かけていたの？」

「いいえ、仮装舞踏会に出かけるためにそんな格好をしたわけじゃありませんでしたよ。夜にここで紳士のご友人たちをもてなすときに、そういうきれいなものを着たがったんです。

そういう服を着るほうが心地いいって言って。とくに羽根とか、きれいなストッキングとかがお好みでしたね。ご友人たちもドレスやきれいな帽子を身につけて訪ねてきたものです。みんなたのしそうでしたよ。その間借り人はいつもちゃんと期日に家賃を払ってくれましたしね」

「そうなの」イモージェンはしばらくそのことを考えた。「人それぞれなのね」

「それはわたしがいつも言うことですよ。家賃を払ってもらえさえすれば、その人がどんな格好をしようとわたしには関係ないですからね」ヴァイン夫人はよたよたと厨房へ戻っていった。

マサイアスは図書室の扉が静かに開くのを耳にした。その日事務弁護士が用意した書類の最後の一枚にサインすると、それを机の中央に積まれた書類の山の上に置いた。「ああ、ウフトンか？　なんだ？」

「わたしよ」イモージェンが小声で言った。「ウフトンじゃないわ」

マサイアスは鵞ペンを脇に置いた。目を上げると、イモージェンが後ろにまわした両手でノブをにぎりながら扉に寄りかかっていた。チンツ（光沢のある木綿さらさ）のローブをはおり、やわらかい上靴を履いている。髪は白い小さな帽子の下に押しこめていた。ベッドから抜け出してきたように見える。

一日じゅう体のなかでくすぶっていた期待が突然噴き出した。ぼくの妻。ぼくのアニザマラ。妻になってほぼ四時間が過ぎていたが、静かな結婚式をあげてから、ふたりきりになるのはこれがはじめてだった。結婚式と決闘の準備を同じ二十四時間のあいだにしなければならないとなると、驚くほど忙しいものだからだ。

マサイアスは彼女にほほ笑みかけた。「階上《うえ》に戻るんだ、イモージェン。ぼくももうすぐ終わるから。すぐにきみのところへ行くよ」

イモージェンはそのことばは無視した。「何をしているの?」

「ひとつ、ふたつ、些末《さまつ》な問題を処理しているんだ」

イモージェンは机のところへ行き、彼の目の前に積まれた書類の山を見下ろした。「どういった問題?」

「通常の問題さ。領地の管理人に指示を書いたり、日誌を書いたり、遺書を直したり。たいして重要なことじゃない」

「遺書?」イモージェンの目に警戒の色が浮かんだ。彼女は着ているローブをきつく体に巻きつけた。「なんてこと。まさかあなた……」

「いや。明日はきみがベッドから出る前に家に戻ってこられると思っているよ。心配してくれるのはうれしいが、まるで見当ちがいだ」

「見当ちがいじゃないわ。マサイアス、危険や冒険をともなう行動は好きじゃないってよく言っていたじゃない。あなたは繊細な心の持ち主だわ。自分の神経が強くないこともよくわかっているはずよ」

マサイアスは驚くほど陽気な気分になってにやりとした。「なぐさめになるかどうかわからないが、噂では、ヴァネックの神経のほうがぼくよりさらに弱いそうだよ」

「どういうこと？」

「つまり、彼が指定された時間に現れない可能性が高いということさ。彼は臆病者なんだ、イモージェン」

「でも、臆病者だからって絶対そうなるとはかぎらないはずよ」

「絶対そうなると思うね」マサイアスはそう言ってことばを止めた。「ぼくの評判が役に立つこともある」

「でも、マサイアス、〝冷血なコルチェスター〟と呼ばれるあなたの評判が不正確でまちがった噂にもとづくものだと彼が知っていたとしたらどうするの？　あなたが社交界で思われているのとはちがう人間だと気づかれていたら？」

「そうだとしたら、ぼくの哀れな神経がこの決闘をやり抜くに足るほど強いものであることを信じるしかないな」

「ちょっと、冗談を言っている場合じゃないのよ」

マサイアスは立ち上がって広い机をまわりこんだ。「きみの言うとおりだよ。今日はぼくらの新婚初夜なんだから。それにはある程度、まじめにとり組まないといけない」

「マサイアス――」

「もういいよ、奥さん」マサイアスは彼女を腕に抱き上げた。「決闘の話はこれでおしまいだ。ぼくらはもっとずっと重要なことを話し合わなければならないんだから」

「もっと重要なことって何？」イモージェンは強い口調で訊いた。

「もう一度きみに愛していると言ってもらいたいのさ」

イモージェンは目をみはった。「愛していることは知ってるじゃない」

「ほんとうに？」マサイアスは閉じた扉のところまで彼女を運んだ。

「もちろんよ。そうじゃなかったら、結婚に同意なんてしなかったわ」

マサイアスはかすかな笑みを浮かべた。「扉を開けてくれるかい？」

「え？　ええ、わかったわ」イモージェンは手を伸ばしてノブをまわした。「でも、マサイアス、わたしたち、話し合わなければならないわ。あなたには言いたいことがたくさんあるの」

「きっとそうだろうね。でも、その話はベッドのなかで聞くほうがいいな」

マサイアスはイモージェンを抱いたまま入口を通り抜け、広い階段へと廊下を渡った。絨毯を敷きつめた階段をのぼっていると、罪悪感が心をよぎった。

あのとき、高まった情熱を利用してイモージェンに結婚を受け入れさせたことはよくわかっていた。彼女は夜明けに夫が冒すことになっている危険について恐怖を覚えている。前の晩には、ヴァネックに襲われて動揺し、すっかり心乱れた様子だった。あのときは何を頼んでも了承したことだろう。ぼくを愛しているから。

ぼくはその状況を容赦なく利用し、今彼女を自分のものにしている。しかし、決闘の問題が片づき、ふつうの暮らしが戻ってきたら、たかぶっているイモージェンの感情もおちつくはずだ。

そうなったら、こんなふうに結婚させられたことを彼女はありがたがらないのではないだろうか。博物館で自分が彼女に言ったことばが思い出される。情熱とザマー。

もうたくさんだ。マサイアスはきっぱりと胸の内でつぶやいた。もう終わりにしなければ。

12

イモージェンがしがみついてきて、手と口によって高められた渇望を満たしてくれと懇願してくるまで、マサイアスは自分を抑えていた。魅惑的にふっくらとした脚のあいだに身を置き、震える太腿《ふともも》の内側にキスをする。彼女の欲望の濃厚なにおいに頭がくらくらした。濡れた部分の熱が指を焼く。

夜明けの決闘がとんでもなく悪い事態におちいったとしても、イモージェンには今夜のことを一生覚えていてほしかった。

「マサイアス、だめよ……そう、ああ、無理よ。絶対に。これもきっとザマーに伝わる愛の秘法のひとつなんでしょうけど、もう耐えられない」

切れ切れの息とともに発せられたことばと小さく息を呑む音が、マサイアスにはこのうえなく色っぽい歌に聞こえた。その魅惑的な音楽はどれだけ聞いても聞き足りなかった。マサイアスは太腿の内側から、秘部を守るふっくらとした花びらへとキスの雨を降らせた。そっと彼女を開くと、首をかがめ、硬く小さなつぼみを唇ではさむ。

「なんてこと」イモージェンは彼の髪を指でつかみ、背をそらせた。「お願い、お願い、そうよ」と身を震わせて叫ぶ。

マサイアスの耳に、自分の血管のなかを血が音を立てて流れるのが聞こえてきた。首を上げ、自分の腕のなかで悦《よろこ》びにひたるイモージェンの顔をじっと見つめる。

夜明けに悪いことなど何も起こらせはしない。彼は心のなかでそう誓うと、彼女の体に沿って身を伸ばした。イモージェンのもとへ戻らなければならないのだから。ほかの何も――古代ザマーの宝でさえ――彼女ほど大事ではない。

組み敷いたイモージェンがひどく身もだえしたため、彼女のうるおいで濡れた手で腰を押さえつけなければならなかった。イモージェンをじっとさせると、熱い鞘《さや》へとつづくきつい部分にそっと自分を押し入れた。彼女に包まれる感触。最後に残った自制心が霧散した。

「もう一度愛していると言ってくれ」と彼女のなかに身を沈めながらかすれた声で言う。

「愛してる。愛してるわ」暗闇のなかでイモージェンがしがみついてくる。

官能的なあたたかさに溺《おぼ》れ、マサイアスは陽光あふれる海で泳ぐ喜びをみずからに許した。

準備のできたイモージェンの体へと深々とみずからを突き入れる。彼女の小さな痙攣《けいれん》はまだおさまっていなかった。しまいに体を揺さぶるような震えが襲ってきて、マサイアスは痛みと恍惚《こうこつ》を分ける細い線の上であぶなっかしく平衡を保っていた。息は奪われ、体は濡れて疲弊し、満たされていた。

そして、生命力にあふれていた。

またも過去の暗い亡霊たちの手から逃れることができたのだった。

マサイアスは、イモージェンが疲れきって深い眠りに落ちるまで待ってから、あたたかいベッドを出た。霧に包まれた夜明けのぼんやりとした曙光《しょこう》が窓から低く射し、ほの暗いその光がキルトの下で丸まっているイモージェンを照らしていた。髪は枕に広がっている。小さな白い帽子は夜のあいだに床に落ちていた。長く黒いまつげが羽のように軽く、高い頰骨に降りている。

イモージェンという驚くべき存在に新たな衝撃とともに胸を打たれる。彼女が子を宿している可能性も高いのだ。

また激しい感情の波に襲われたが、今度は守ってやりたいという強い思いだった。マサイアスはしばらくのあいだイモージェンを見下ろして立っていた。前の晩の記憶と将来の夢とともに燃え立った新たな炎を胸の内でかき立てながら。

イモージェンと出会ってから、過去よりも未来のことを考えることがどんどん多くなっていると、ふと思う。

マサイアスは渋々ベッドに背を向け、化粧室へはいった。夜じゅう延々とつづいた議論や懇願や脅しを思い出してひとりかすかな笑みを浮かべる。長いあいだ追い求めてきた復讐をはたす機会ではあっても、自分に命を危険にさらしてほしくないとイモージェンが思っていることがわかったのはうれしいことだった。

自分の神経はヴァネックのような男の始末をつけるのになんの問題もないと言ってやりたくてたまらなかったのだが、その思いはこらえた。第一に彼女がそれを信じるとは思えなかったからだ。繊細な心の持ち主だとイモージェンには思われており、その誤解を正す理由もなかった。

何よりも大きな不安の種は、過去の評判が作り話ではなく、事実にもとづくものであるといつの日かイモージェンに知られることだった。今日の夜明けよりも、その日の夜明けのほうがずっと怖かった。

化粧室に行くと、蠟燭をつけ、ズボンに手を伸ばした。従者を起こす必要はない。こんなときには複雑な結び目のクラヴァットも上等のリネンのシャツも必要ないのだから。マサイアスは手早く着替えをすませ、ブーツを履くと、蠟燭を持って化粧室を出た。イモージェンがまだ大きなベッドで眠っているのを見てほっとする。彼女はキルトを頭までかぶっていたが、上掛けの下の体の曲線はわかった。

マサイアスはイモージェンが起きる前に家に戻ってくるつもりでいた。

タウンハウスはザマーの墓廟《ぼびょう》ほども静まり返っていた。マサイアスは階下《した》へ降りた。表から聞こえてくる車輪や馬の蹄の音から、昨晩与えた指示に御者が従ったのだとわかる。

マサイアスは玄関の間のテーブルに蠟燭を置いた。階段の下にある小さな部屋から外套をとってくると、それを腕にかけ、玄関の扉を開けた。

街は灰色の霧に包まれていた。石段の先にかろうじて馬車が見えた。馬は霧のなかで亡霊のように見える。

目的地に着くまで霧が晴れなければ、ヴァネックとは二十歩ずつ離れた場所から互いを見分けるのがむずかしいことになるだろう。まずもってヴァネックが現れると仮定しての話だが。その可能性は低かった。

決闘が中止になったと介添人から連絡が来なかったことには若干驚いたのだった。友人たちも、ヴァネックなら夜明けの決闘に直面するよりもロンドンから逃げ出すだろうと考えていた。ヴァネックは勇気ある男とは思われていなかったからだ。

マサイアスは石段を降りながら御者に目をやった。「カボットの農場だ、ショーボルト」

「了解」寒さ対策に何枚もケープを巻き、目深に帽子をかぶったショーボルトが馬の轡《くつわ》をとっていた若い馬番に身振りで指示した。「馬を出すぞ、ぼうず。旦那様はお急ぎだ」

「はい」よれよれのスカーフと深くかぶった帽子のせいで顔の見えない少年は轡を急いで放し、御者台のショーボルトの隣によじのぼった。

マサイアスは馬車に乗りこみ、座席に背をあずけた。ショーボルトは馬たちに合図し、馬車は霧のなかへ動き出した。

ロンドンの街は夜明けであってもけっして静まり返るということはなかった。娼館や賭場《とば》から戻ってくる酔っ払った紳士たちを乗せた優美な馬車がマサイアスの馬車とすれちがった。すでに農場から街の市《いち》へ向かおうとする荷車もあった。夜間のくみとり人たちの最後の一団が街の汚物だめの中身を積んだ荷車でロンドン郊外へ向かおうとしており、ときおりその積み荷から悪臭がただよってきた。

しかし、しばらくすると、混み合った騒がしい街が過ぎ去り、霧に包まれた農地や牧草地が現れ出した。カボットの農場は街からそれほど遠くない郊外にあった。長年にわたり、夜明けの決闘の場所として便利だという評判を頂戴《ちょうだい》している場所だ。

ショーボルトが牧草地の端で馬を停めると、マサイアスは窓の外へ目をやった。あたりには霧が細くたなびいていて、葉の落ちた木々の枝が骸骨《がいこつ》の幽霊のように見えた。草の生い茂った牧草地の反対側の端に馬車が停まっていた。二頭の葦毛《あしげ》がつながれている。

結局、ヴァネックはここへ来たわけだ。マサイアスの心の奥で冷たい不安が渦巻いた。

馬番が馬の面倒を見るために御者台から降りた。何かが鈍い音を立てて地面に落ちた。

「おいおい、気をつけろや、ぶきっちょめ」ショーボルトが文句を言った。「おまえさんが今地面に落としたのはおれの道具なんだからな」

「すみません」少年はとても低い声で謝った。

「びくびくしなくていい」ショーボルトがぶっきらぼうながらやさしくつづけた。「今朝銃を向けられるのはおまえさんじゃないんだから」

「ええ。それはわかってます」少年の声はようやく聞こえるほど小さかった。

「旦那様は冷静なお方だ。明日から新しい仕事場を探さなきゃならないと不安になる必要はないぜ。さあ、おれの道具をここへ戻してくれ。それから、いい子だから馬の轡を押さえていてくれよ。かわいそうな馬たちは銃声があまり好きじゃないんでな」

「それはそうですよ」少年はつぶやいた。

マサイアスは脇で交わされるショーボルトと馬番の会話は無視し、馬車の扉を開けて外へ出た。遠くに停められている馬車からは誰も降りてこなかった。その小さな二輪馬車には寒さ除けに幌《ほろ》がかけられていて、なかにいる人間の顔は見えなかった。ヴァネックの介添人の姿もどこにもない。馬たちはそこに来てしばらくたつかのようにおちついた様子で草を食《は》んでいた。

マサイアスが時計をとり出そうとしていると、馬車が近づいてくる音が聞こえた。目を上げると、その馬車が霧のなかから姿を現した。御者はすぐそばで馬たちを停めた。見慣れた人影が扉を開けて湿った草の上に飛び降りた。

「コルチェスター」最新流行の装いをした長身痩軀《そうく》のフェアファックスがにやりとして歩み寄り、マサイアスに挨拶《あいさつ》した。「早いんだな。きっと早く奥さんのところへ戻りたいってわけだろう?」

「ああ、うんと早くな」マサイアスは、フェアファックスが運んできた優美な彫刻をほどこした木の箱にちらりと目をやった。「火薬が乾いているのはたしかめてくれたんだろうな?」

「心配要《い》らない。きみの拳銃についてはきちんと準備しておいたから」フェアファックスは馬車のほうへ顎をしゃくった。「ジェレミーとぼくはヴァネックに手あてが必要な場合に備えて医者をつれてきたんだ」

「ジェレミーはどこだ?」

「ここさ」陽気な目とふさふさとしたブロンドの髪をした背の低いジェレミー・ガーフィールドが馬車からゆっくりと降りてきた。

「おはよう、コルチェスター。さっさと終わらせてくれるよな。家に帰ってベッドにはいりたいんだ。ひと晩じゅう起きていたからね。どうしてこういうことって必ず夜明けにやらなくちゃならないんだい？　こういうことをするには最悪の時間帯じゃないか」

「最悪のことだからさ」フェアファックスが明るく言った。「まあ、少なくともコルチェスターがヴァネックにうまくねらいをつけられるほどには霧も晴れてきたよ。彼が現れればの話だが。現れそうもないけどね」

マサイアスは遠くに停まっている二輪馬車に首を傾けた。「ヴァネックはぼく以上に早く片をつけたがっているようだ」

ジェレミーは小さな馬車を見て鼻を鳴らした。「つまり、結局姿を現したというわけか。ちょっと驚きだな。彼の介添人はどこだい？」

フェアファックスは馬車に目を向けた。「彼の介添人の話を聞いたかぎりでは、ヴァネックは決闘するよりもロンドンを去ろうとしているという印象だったんだがな」

マサイアスは馬車のほうへ歩き出した。「なぜ彼が馬車に乗ったままでいるのかたしかめてこよう」

「たぶん、怯《おび》えているのさ」ジェレミーが小走りにマサイアスに追いついた。「ヴァネックが気骨に欠けた男であるのは世間のみんなが知っている。どこまでも臆病な男さ。ひと晩じゅう酒瓶に勇気をもらって過ごしたにちがいない」

マサイアスは答えなかった。うわの空で自分の馬車の脇を通りながら、馬番に目を向けた。少年はくたびれた帽子のつばの下からじっと見つめてきていた。夜明けの寒気を防ぐためにまだ顔のまわりにはしっかりとスカーフを巻いている。

はっと気づいて全身に衝撃が走った。霧のせいではない寒気《さむけ》に顔をしかめる。その馬番が誰であるかを思い出そうとしたのだが、自分の厩舎でその若い馬番に会ったことはないとふいに確信したのだ。それでも、少年にはどこか心騒がすほどに見慣れたところがあった。少年の姿勢と頭のもたげ方に見覚えがある。

「なあ、えらく奇妙だな」とフェアファックスが言った。

マサイアスは心騒がす謎めいた馬番から一瞬注意を引き戻された。「何が奇妙なんだ?」

「何もかもさ」フェアファックスはあたりを見まわした。「ジェレミーとぼくは昨日の晩、ヴァネックの介添人たちに会ったんだ。どちらもヴァネックがロンドンから逃げなかった場合は、拳銃をたしかめるためにここにいると言っていた」

背後でためらいがちな小さな足音がした。マサイアスが肩越しに目を向けると、馬番が馬たちのそばを離れ、ヴァネックの馬車へ向かう三人のあとを追ってこようとしていた。

「おい、どこへ行こうってんだ、ぼうず?」ショーボルトが叫んだ。「こっちへ戻ってこい。おまえには関係ないことだ」

少年は立ち止まり、ためらうようにショーボルトに目を向けた。少年に見覚えがあるという感覚がマサイアスの心のなかで高まった。くたびれた上着でも隠せない背筋の優美な線に気がつく。一瞬、目が伝えるものを信じることを頭が拒否した。それから、信じられないという思いが怒りにとって代わった。

「くそっ」マサイアスは小声で言った。

フェアファックスが警戒するように彼に険しい目を向けた。「どうかしたのか、コルチェスター?」

マサイアスは大きく息を吸った。「いや、なんでもない」そう言ってイモージェンに一瞬鋭い目をくれた。胸の内で怒りが煮えたぎっていることを知らせようとしたのだ。気づかれたとわかったのか、イモージェンは目をみはった。

「きみとジェレミーとでヴァネックと話をしてきてくれ」マサイアスは友人に穏やかに言った。「なぜ馬車のなかに留《とど》まっているのか理由を探ってきてくれ。ぼくは馬のことについて使用人にひとこと言っておきたいんだ」

「すぐに戻る」フェアファックスは約束した。「来いよ、ジェレミー。ヴァネックの勇気がもう消え失せてしまったのかどうか、たしかめに行こうぜ」

マサイアスはふたりが声の届かないところまで行くのを待った。それから、背後の少し離れたところに立っているイモージェンのほうを振り返ると、わざとゆっくりと歩き出した。彼女の身もとをヴァネックやほかの面々に知られないようにするのが何よりも重要だと自分自身に言い聞かせながら。

怒りの炎に油を注いだのは、イモージェンが評判をおとしめる危険にまたも身をさらしたという事実だけではなかった。心痛むほど絶望感が募ったせいだ。ヴァネックに銃弾を撃ちこむ姿を見せれば、イモージェンに真実を知られてしまう。繊細な心だの弱い神経だのといったきれいな幻想が木っ端みじんに吹き飛んでしまうにちがいない。

マサイアスがそばに寄ると、イモージェンは一歩あとずさった。それから、気をしっかり持つように顎を上げた。「マサイアス、お願い、いっしょに来ないわけにはいかなかったのよ」

「いったい何をするつもりなんだ?」マサイアスは彼女を揺さぶった。「おかしくなってしまったのか? こんな変装をしたという噂が広がったら、きみの評判がどうなるか、まったく考えもしなかったのか?」

「評判をそれほど重要だと思ったことはないもの」

「そうか、でも、ぼくにとっては重要だ」心が凍りつきそうなその瞬間、それが唯一思いつけた意味の通ることばだった。「きみはもうコルチェスター伯爵夫人なんだ。それにふさわしい行いをしてもらう。馬車に乗るんだ」

「でも、マサイアス――」

「言っただろう、馬車に乗って、すべてが終わるまでそこにいるんだ。聞こえたか？　きみのことはあとで片をつける」

イモージェンはマサイアスがその意味をよく知るようになったやり方で背筋を伸ばした。

「あなたにこんなばかげた決闘をさせるわけにはいかないわ」

「どうやって止めるつもりだい？」

イモージェンは険しい目になった。「ヴァネックに謝らせるわ。彼が謝れば、あなたも決闘をとりやめにするしかない。こういうことの決まりは勉強したのよ。謝罪が問題に決着をつけることはよくわかっているの」

「きみに襲いかかろうとしたことを考えれば、ヴァネックが何を言おうと、罰を与えずにすますわけにはいかないな」マサイアスはとてもやさしい口調で言った。「何を言おうとね」

「でも、やっぱり――」

「馬車に乗るんだ」

「こんなこと、させるわけにいかない」

「きみにぼくを止めることはできない」

「コルチェスター」フェアファックスが牧草地の向こうで叫んだ。

「こっちへ来て自分の目で見てくれたほうがいい」

マサイアスは友人のほうに苛立った目を向けた。「いったいどうしたっていうんだい?」

「ちょっと困ったことになった」ジェレミーが呼びかけてきた。「状況が一変した」

「くそっ」マサイアスは一瞬イモージェンのほうに顔を向けた。「馬車のなかで待っていてくれ」そう言って、彼女がそのことばに従ったかどうかたしかめもせずにそばを離れた。

二輪馬車につながれている葦毛の去勢馬は何人もの人間が集まってきたのにもわれ関せず、草を食みつづけていた。馬の手綱が落ちた枝に結びつけられているのが見てとれた。ジェレミーの顔は険しくなっている。フェアファックスすらもいつもより厳しい顔だ。

「ヴァネックはどこだ?」馬車のそばまで行くとマサイアスは訊いた。

ジェレミーがせき払いをした。「なかだ」

「なかでいったい何をしているんだ? 遺書でも書いているのか?」

「そうじゃない」とフェアファックスが言った。

馬車のなかをのぞきこむと、座席にぐったりともたれている人影が見えた。ヴァネックの首は片側に垂れている。かっと見開かれた生気のない目は宙を見つめていた。外套は身につけていたが、寒さから身を守る必要はもはやなかった。シャツの前には大量の血のしみがついている。

「こうなると——」マサイアスは言った。「すでに遺書が書かれていることを願うしかないな」

「でも、誰が彼を撃ったの?」コルチェスター伯爵家の馬車がカボットの農場を出発するとすぐにイモージェンが訊いた。丈夫な神経の持ち主だと自負してはいたが、ここ数時間に経験しためまいがするような出来事や感情のせいで、自分が動揺を覚えているのは認めざるを得なかった。

「ぼくにどうしてわかる?」マサイアスは座席の隅に背をあずけ、暗く陰鬱な顔でイモージェンをじっと見つめていた。「不愉快な人間だったから、敵は大勢いただろう。手を下したのが誰かわかったら、花束を贈りたいぐらいだよ」

「誰にしても、決闘のことを知っていた人間にちがいないわ。殺した人間はわざわざヴァネックの馬車をカボットの農場まで運んできて、あなたに見つかるように死体を置いていったんですもの」

「決闘のことを知っている人間となると、きっと上流社会の半分の人間が含まれるな」

「でも、どうして決闘の場にヴァネックの死体を置いていこうと思うの？」

マサイアスは肩をすくめた。「フェアファックスの推測が正しいにちがいない。ヴァネックがカボットの農場に着いてすぐにおいはぎに襲われたと推測していた。ジェレミーも同じ意見だった。それがもっともな真相だろうね」

「おいはぎね。それもひとつの可能性だわ」

「それ以外はない可能性さ」

イモージェンはその推測について考えをめぐらした。「何もかもとても奇妙だわ」

「たしかに。花嫁が馬番に変装する趣味があるとわかるのも奇妙きわまりないが」

イモージェンは目をしばたたいた。「まったく、マサイアス、ヴァネックが殺されたことに比べれば、こんなのささいなことじゃない」

「ぼくにとってはささいなことじゃないさ」

「とんでもなく深刻で複雑な問題に直面しているときに、こんなささいなことをどうして気にするのかわからないわ」

「ぼくがささいなことをどれほど気にするか知ったら、きみは驚くだろうよ」マサイアスの声はなめらかだったが、脅すような響きがあった。「その才能があるんだ」

　イモージェンの心に同情が湧き起こった。「今朝、あなたがずいぶんと大変な思いをしたことはわかっているわ。わたしたちふたりともそうよ。わたしの神経ですら、どこか乱れているもの。わたしより心配性のあなたが今朝の出来事にひどく心を乱しているのは理解できるわ。それでも――」

「心を乱す？」マサイアスは手袋をはめた手をかすかに動かした。獲物をねらう猫の前足に似た動作だった。「ぼくの今の気分を言い表すのにそれじゃ足りないね。きみが気づいていないといけないから言うが、ぼくは死ぬほど怒っているんだ」

　イモージェンは目をぱちくりさせた。「怒っている？」

「どれだけひどいことになったかしれないのに、それがわかっていないようだね。幸い、きみが馬番でないことに気づいたのはうちの御者だけで、仕事を失いたくなければ、口を閉じていてくれることだろう。でも、フェアファックスとジェレミー・ガーフィールドがヴァネックの死体を見て驚愕《きょうがく》するあまり、きみが変装していることに気づかなかったのは単に運がよかっただけのことだ」

「マサイアス、お願い――」

「ヴァネックがすでに死んでいて、彼の介添人があの場に来ていなかったのもさらに幸運だった。きみの変装がばれていたら、どんな噂が広がるかは想像するしかないね」

ようやくイモージェンにも事の重大さが身にしみた。「そう、それが問題だというのね」

マサイアスは刺すようなまなざしを彼女に向けた。「自分の評判を危険にさらしてばかりいるのが問題だとは思わないのかい?」

イモージェンは窓の外へ目を向けた。彼のことばがもたらした胸の痛みを無視しようとしたができなかった「ねえ、わたしと結婚したときに、わたしが世間の評判や社会的立場を気にする人間じゃないことはあなたも知っていたじゃない。それに、あなただって社交界からどう思われようと気にする人じゃないと思っていたわ」

「くそっ、イモージェン、これはやりすぎだ」

傷つき、怒りに駆られてイモージェンは彼のほうに向き直った。「社交界で立派な伯爵夫人と認められるような妻を求めているなら、〝慎みのないイモージェン〟とは結婚すべきじゃなかったのよ」

「いい加減にしろ、ぼくが求める妻はきみだけだ」マサイアスの動きはすばやく、手首をつかまれるまで、イモージェンには彼の意図がわからなかった。座席から彼の胸へと引っ張られる。

「マサイアス」

鉄の枷《かせ》のようにたくましい腕が体に巻きついてくる。「今朝きみがしたことは、ヴァネックとの決闘以上にぼくの神経を揺さぶってくれたよ。ぼくの言いたいことがわかるかい?」

「あなたが気にしているのはわたしの評判だけって気がするわ」

「妻が決闘の場に居合わせるなんてことは常軌を逸しすぎていて、男だったらそれを拒むのがあたりまえだとは思わないのか?」

「そんなことはわかっていたわ」イモージェンは目に涙が浮かぶのを感じた。「あなたはもっとちゃんとしたご婦人と結婚すべきだったのよ。あなたとわたしは呪われているんだから。全部あなたのせいよ。わたしは警告しようとしたのに――」

「呪われている?」

「ああ、口をはさまないで、マサイアス。あなたの高尚なお説教はもうたくさんだわ」イモージェンはハンカチがないかと穿《は》き慣れないズボンのポケットを探ったが、ハンカチはなかった。「あなたは悪い噂と最低の評判以外、何ももたらさない女と一生をともにする運命にみずからをしばりつけたのよ」

マサイアスは自分のポケットから白いリネンのハンカチをとり出して彼女の手に押しつけた。「ぼくが恐れているのは悪い噂や評判じゃない」

「いいえ、そうよ。今そう言ったばかりじゃない。わたしとは情熱とザマーを共有していると言っていたけど、それだけじゃ足りなかったようね」イモージェンはハンカチで鼻をかんだ。「全然足りなかったのよ」

「イモージェン、きみはわかっていないよ」

「こんなひどいことになった責任の一端がわたしにあるのはよくわかっているわ。あなたからの申しこみを断る勇気と常識を持ち合わせているべきだった。でも、頭が心に支配されるのを許してしまった。だから、こうしてその代償を支払わなければならないんだわ」

マサイアスの目が険しくなった。「つまり、ぼくとの結婚を後悔しているんだね？」

「さっきも言ったけど、わたしたち、呪われているのよ。古代のザマーと同じように」

「もういい」マサイアスは彼女の腕をつかんだ。「きみの評判を心配していると言ったのは嘘だ」

イモージェンは警戒するように目を上げた。「どういうこと？」

マサイアスの顎が切り出した石ほども硬くなった。「聞いてくれ、イモージェン、一度きりしか説明しないから。ぼくはヴァネックがきみにしたことを目にして決闘を申しこまずにいられなかった。でもほんとうは、ヴァネックは臆病者だから、今朝決闘の場に姿を現すことはないだろうと踏んでいたんだ。家に戻って決闘などなかったときみに知らせられると思いこんでいた」

イモージェンは顔をしかめた。「そうなの」

「そう、自分のことをとても賢い人間だと思っていたわけだ。ぼくに決闘を申しこまれたことで、ヴァネックがロンドンを離れざるを得なくなると思っていた。きみのもともとの計画どおりに、彼が社交界にいられなくなるにちがいないと。そうなれば、きみ自身に危険がおよぶことなく、計画は成し遂げられる」

「なんてこと」イモージェンは畏怖《いふ》の念とともに言った。「それってとても賢いわ、マサイアス」

「でも、ヴァネックの馬車があそこに来ているのを見たとき、思惑どおりにはいかなかったと思った。ほんとうに決闘をしなければならないと悟ったんだ。そんなときにきみが馬番に変装してそこにいるのに気がついた。ぼくは死と同時に、評判の大きな危機に直面することになった。そう、きみの言うとおりだったかもしれない。ぼくの繊細な神経には耐えられないほどだった。それで怒りに駆られてしまったんだ」

「死と評判の危機」イモージェンはすぐに態度をやわらげた。「ああ、マサイアス、わかるわ。あなたがどれほど心を悩ませていたか気づいてしかるべきだった」そう言って弱々しい笑みを浮かべてみせた。「正直、この一日か二日、わたし自身、ずいぶんと悩んでいたのよ」

マサイアスは彼女の頬に触れた。「ヴァネックがルーシーを殺したのだとしたら、その復讐は為された。終わったんだ」

「ええ、そうよね？」そうと認めるのは奇妙な感じだった。現実感がしないほどに。ルーシーの復讐をはたしたいという思いをあまりに長く抱いていたせいで、その復讐がおいはぎの手によってついに為されたのだと信じるのはむずかしかった。「でも、ヴァネックを罰するのにあなたに命までかけてほしいとは思ってなかったのよ」

「わかってる」マサイアスは彼女に腕をまわして引き寄せた。

「あなたを守りたかったの」

「ぼくは大丈夫さ」

「でも、あぶないところだったわ」

「そうでもない」

「いいえ、そうよ」イモージェンは言い張った。「ヴァネックが夜明けの決闘に姿を現すつもりでいたのはたしかだわ。結局、彼の馬車がカボットの農場に来ていたわけだから。きっと――」

「シッ」マサイアスは唇で彼女の唇をかすめるようにした。「彼がどうするつもりでいたのかはわからないし、それはもうどうでもいいことだ。さっきも言ったように、終わったんだから」

イモージェンは言い返そうとしたが、その瞬間、馬車が大きく揺れてタウンハウスの前で停まった。「家に着いた」

「運がよければ、家の者たちはまだ眠っていて、静かにベッドに戻れるさ」マサイアスが言った。「ぼくは動揺した神経を休めるために昼寝してもいいな」

「たぶん、お茶を一杯飲めばおちつくわよ」イモージェンが馬車の窓から外に目を向けると、石段のてっぺんの扉が開いた。ウフトンが現れる。「あら」

ウフトンはひとりではなかった。ふたりの従者と、料理人と、家政婦と、メイドがその後ろにひしめき合っていた。みな不安そうな顔をして、馬車に乗っている人間が降りてくるのを待っている。

「くそっ」マサイアスは毒づいた。従者のひとりが馬車の扉を開こうと石段を駆け下りてくる。「家の者全員が起きている」

使用人が集まるなかにパトリシアが姿を現した。馬車の扉が開くのを待つあいだ、その顔に不安そうな表情が浮かんでいるのがイモージェンにも見てとれた。

「妹さんはあなたが無事でいるか、とても心配しているようだわ」イモージェンは満足したようにあたたかい口調で言った。「そうだとわかっていたけど」

「四半期に一度受けとる金と住む場所がどうなるかというほうが心配だったと思うけどね。

ぼくが今朝カボットの農場でくたばったりしたら、自分は伯父の家に戻されるんじゃないかと恐れていたのはまちがいないから」

イモージェンは彼に顔をしかめてみせた。「ねえ、マサイアス、そんなことを言うなんて公平じゃないわ。あなたは兄なんだから、彼女は妹として当然心配していたはずよ」

マサイアスは肩越しにばかにするような目をイモージェンに向け、馬車から降りた。

「お兄様」パトリシアが石段を降りてきた。「大丈夫なの？」

「もちろん、大丈夫さ。大丈夫に見えないかい？」

「え、いいえ」パトリシアはぎごちなく足を止めた。目がマサイアスからまだ馬車のなかにすわったままのイモージェンへとすばやく動く。パトリシアは唇を噛み、兄に目を戻した。

「わたし……噂を聞いたの。それで、とても心配で」

「そうなのか？」マサイアスがよそよそしい口調で訊いた。

パトリシアはわっと泣き出しそうな顔になった。

イモージェンが馬車の窓から力づけるようにほほ笑んだ。「パトリシア、ホレーシア叔母様がここにいたら、きっと、こう言うわ。この状況でお兄様を抱きしめるのはまったくもって正しいことよって。妹としてちょっとばかり愛情を示しても彼は気にしないわ。たとえ使用人たちに見られているとしてもね。そうでしょう、マサイアス？」

「いったい何を言っている――」パトリシアにすばやく抱きしめられ、マサイアスは唐突にことばを失った。

「あなたが命を落とさなくてほんとうによかった」マサイアスの上着に顔をうずめたパトリシアの声はくぐもっていた。マサイアスがことばを見つける前に抱擁を解き、パトリシアは何度か気まずそうにまばたきした。

マサイアスのほうは完全にまごついた様子だったが、どうにか気をおちつけていつもの冷静さをとり戻し、集まった使用人たちをにらみつけた。「おまえたちみんな、仕事はないのか？」

「もちろんございます、旦那様」ウフトンが小声で答えた。「でも、まず、使用人を代表して、私ども一同がきわめて喜んでおりますことをお伝えしてよろしいでしょうか？　旦那様がそのように、その……」

「無事で戻ってきたことをか？」マサイアスはそっけなく言った。「そのことばはありがたいが、こんなふうに大騒ぎする理由はわからないな。結婚したばかりの花嫁を朝早く馬車に乗りに連れていったとしても、使用人たちがこんなふうにひどく心配する理由はないはずだ」

ウフトンはせき払いをした。「ええ、旦那様。レディ・コルチェスターがごいっしょとは気づきませんでしたから」

「もちろん、いっしょよ、ウフトン」マサイアスに馬車から抱き下ろされ、イモージェンが言った。「わたしは早起きだから」

ウフトンも使用人たちも、馬番の格好をしている女主人の奇妙な姿をぎょっとして見つめた。

イモージェンは石段の上に集まった面々ににっこりとほほ笑みかけた。「早朝に馬車に乗りに行くと、気持ちがすっきりして食欲が増すわ。朝食の用意はできている?」

13

「今日はおもしろい噂が出まわっているよ、コルチェスター」アラステア・ドレイクがマサイアスと向かい合う椅子に軽々と身を沈めた。

出まわりはじめたばかりの噂を最初に知らせてくるとしたら、それはやはりドレイクというわけだとマサイアスは胸の内でつぶやいた。アラステアはザマー協会の会員だったが、最近までは流行に乗るためだけに古代ザマーについて浅い知識を得ている大勢の好事家のひとりにすぎないと切って捨てていた。

しかし、アラステアがイモージェンと過去につながりがあったと知って、これまでまったく興味のない相手だったのが、深い嫌悪を抱く相手に変わったのだった。そのこと自体はさほど大したことではなかったが。マサイアスは社交界において残酷で非情なお遊びに興じる人々のほとんどに深い嫌悪を抱いていたのだから。

「噂話に耳を傾けることはめったにないんでね」マサイアスは〈モーニング・ポスト〉から目を上げようとしなかった。「まちがっていて、うんざりさせられるのがおちだから」

十一時になるかならないかで、社交界の基準から言えば、まだ早い時間だった。クラブのなかも静かで、アラステアが現れるまでに唯一聞こえてきたのは、この時間に外出している数少ない頑健な会員のためにコーヒーやお茶が出されるときに、銀器や磁器が触れ合う音ぐらいだった。クラブの紳士たちは、娼婦を買ったり、賭《か》け事に興じたり、酒を飲んだりして夜を過ごし、夜明け近くまで家に戻らない者がほとんどだった。たのしみにふけりすぎたせいで頭が痛み、まだ眠りこけているはずだ。目を開けている者も、カードでひと財産失ったことをぼんやりと思い出していることだろう。

「じっさい、今朝ロンドンに出まわっている噂はふたつある」アラステアはつづけた。「ひとつはきみが昨日の夕方、特別許可証をとってミス・ウォーターストーンと結婚したという噂だ」

「それは噂じゃない」マサイアスはつかのま目を上げた。「〈モーニング・ポスト〉に告知も出ている」

「そうか」アラステアの目から内心の思いは読みとれなかった。「それはおめでとう」

「ありがとう」マサイアスは新聞に目を戻した、

「もうひとつの噂もひとつ目と同じぐらい驚くべきものだ」

マサイアスはふたつ目の噂が何か訊こうとはしなかった。アラステアが話したいという思いに逆らえないことはわかっていたからだ。

「ヴァネックが今日の夜明けに決闘することになっていたという噂だ」

「そうか」マサイアスは新聞をめくった。イモージェンの名前がそこに結びつけられていないことを祈るだけだった。

「噂では、ヴァネックは決闘の場に現れたという話だ」

「驚きだな」

「たぶん。でも、もっと驚きなのは、介添人が現れる前に決闘が行われたということだ。なんとも異常な話だが」アラステアはことばを止めた。「どうやらヴァネックはその決闘を生き延びられなかったらしい」

ちくしょう。マサイアスは胸の内で毒づいた。つまり、噂はそっちの方向に話を持っていったというわけか。イモージェンがそこにいたことが噂になっていないのは救いだが。「そういったことは決闘ではあり得るからな」

「ああ、そのとおりさ。決闘が決まりに従って行われたかどうか、たしかめる証人がいない場合はとくにね。かわいそうなヴァネックは馬車から降りる前に撃たれて死んだという話だ。決闘の相手は危険を冒したくなかったようだな」

マサイアスは噂されている結論を安堵《あんど》に近い思いで受け止めた。イモージェンの評判を気にするあまり、自分の評判については失念していたのだった。社交界にとってみれば、〝冷血なコルチェスター〟がまたことを起こしたというわけだ。

彼が冷血なやり方でヴァネックを撃ったという噂が何日か社交界をにぎわすのはまちがいないが、それもやがては鎮まることだろう。事実だと証明する証拠はないのだから。噂話を長く引きずるほどヴァネックの死を深く気にする人間もいそうにはない。この噂も〝冷血なコルチェスター〟にまつわるほかの噂話と同じ道をたどることになるはずだ。過去にそうした噂話は乗り越えてきた。また同じようにするだけのこと。重要なのは、イモージェンがこれ以上悪意ある噂にさらされないようにすることだ。今の自分には、彼女の夫として彼女を守る権利と義務がある。

アラステアは探るような目をしてしばし待っていたが、やがてため息をつくと立ち上がった。「ぼくが知らせたことに興味はないようだな、コルチェスター。だったら、新聞に戻ってくれていいよ。新しいレディ・コルチェスターによろしく伝えてくれたまえ」

「お祝いは伝えておくよ、ドレイク」マサイアスは新聞をまためくり、心のなかでは死者の国のハデス王にアラステアがよろしくと言っていたと伝えていた。

アラステアのことをイモージェンに伝えるつもりはなかった。彼に対する彼女の気持ちがいまだにはっきりしなかったからだ。未練がある様子はまるでなかったが、問題を招くような真似をしても意味はない。

マサイアスはアラステアが喫茶室を出ていくまで新聞をたたまなかった。暖炉の前に自分ひとりだとわかると、新聞を脇のテーブルに放った。椅子の肘かけに肘をつき、指を組むと、揺れる炎をじっと見つめる。

イモージェンは愛を約束をしてくれたが、それに期待しすぎてはいけない。結局、彼女が命の心配をしてくれているときに脅すようにして結婚へと持ちこんだのだから。自分は世間に出て長い時間を過ごしてきた。強い感情につき動かされて人々がさまざまに荒っぽい無茶な告白をしてしまうことがあるのはよくわかっていた。もし――それとも、来《きた》るべき〝いつか〟と言うべきか――自分についての真実をイモージェンに知られてしまったら、背を向けられることになるかもしれない。

マサイアスは暖炉の火をじっと見つめた。古い亡霊たちが骸骨の口でにやりとしてくるのが見えた。新たに見つけた幸せが彼にとってどれほど大事で、どれほどはかないものかわかっているのだ。そして、まわりのすべてが崩壊し、また闇のなかへ戻らなければならなくなったら、そこで亡霊たちが待ちかまえている。

マサイアスは椅子の肘かけに手を載せてこぶしをにぎった。まだ情熱はあるはずだとみずからに言い聞かせる。ザマーもある。おそらくそれで充分のはずだ。

おそらく……。

しばらくたって、マサイアスがまだじっと暖炉の火を見つめているときに、フェアファックスが部屋の入口から挨拶してきた。

「コルチェスター。ここで見つかると思ったよ」フェアファックスのいつも変わらない陽気な顔に懸念を示す皺《しわ》が何本か刻まれている。彼は暖炉の前まで来た。「なあ、どうかしたのか?」

「いや」マサイアスは友を見上げた。「どうして訊く?」

「きみの顔に妙な表情が浮かんでいたからさ。それだけだ」フェアファックスは暖炉に手をかざしてあたためた。「気にしないでくれ。ヴァネックの死についてロンドンじゅうに噂が広まっていることを伝えに来たんだ」

「息を無駄にしなくていい。もう聞いたから。噂はすぐにおさまるさ」

フェアファックスはせき払いをした。「それはそうかもしれない。ふつうの状況ならな」

「どうして今の状況がふつうじゃないと思うんだ?」

「レディ・コルチェスターのせいさ」フェアファックスはそうひとこと言うと、まわりには誰もいないのに、身をかがめて声をひそめた。「きみの私生活に意見するつもりはないんだが、この噂を聞いたら、彼女がどんな反応を見せるか考えたことがあるかい?」

ひどく遅まきながら、マサイアスははっとした。イモージェンには、いっしょにカボットの農場へ行ったことはもちろん、夜明けの決闘の噂を聞いたということも誰にも言ってはだめだと警告しておいた。しかし、ほかの人たちが決闘の噂をしているのを耳にしたときにどう反応したらいいかについてはとくに注意しなかった。

イモージェンの問題は、指示を与える場合、とことん細かく指示しなければならないということだった。予期せぬ方向に脱線しがちだからだ。

マサイアスは椅子の肘かけをつかんで立ち上がった。「失礼するよ、フェアファックス。家に戻らなければならないので。妻と話をしたいんだ」

「朝食の席での夫婦の会話には遅すぎるんじゃないかな」

「どういう意味だ?」

フェアファックスは同情するような、おもしろがるようなしかめ面をした。「ここへ来る前にきみのタウンハウスに寄ってきたんだよ。きみのところの執事のウフトンによれば、レディ・コルチェスターは買い物に出かけたばかりだということだった」

「なんてことだ」恐ろしい可能性に行く手をふさがれ、マサイアスは一瞬その場に立ちすくんだ。

「噂が社交界のご婦人方の耳に達していないことを祈るしかないな」フェアファックスは懐中時計をとり出して時間をたしかめた。「こうして話しているあいだも、ご婦人方はオックスフォード街とペルメル街あたりへくり出しているかもしれないからな」

「噂がご婦人方の耳に達していないだって？　きみはおかしくなってしまったのか？」マサイアスは扉へと向かった。「噂は朝のチョコレートとともに彼女たちの耳に達するのさ」

「誰も起きないうちにお兄様が家を出たとわかって、ほんとうに心配だったのよ」パトリシアがイモージェンと並んで歩きながら言った。「きっと殺されてしまうと思った。そう、このことについては何週間も悪夢に悩まされそうだわ」

「ばかなことを言わないで。もう終わったことなんだから、そのことについてはあまり話さないほうがいいわ」その朝の出来事によって、一時的にではあるが、パトリシアとのあいだに新しい絆《きずな》のようなものが生まれたことにイモージェンは気づいた。驚くことでもないかもしれない。結局、どちらもマサイアスの身を心配しているのだから。「マサイアスが言ったことを覚えておくのね。何も変わったことなど起こらなかったように振る舞うのよ」

「わかっているわ。でも、まだどうして戻ってきたときにあなたがお兄様といっしょだったのかわからない。それに、いったいどうして馬番の格好をしていたの？」

「もちろん、決闘を阻止しようと思っていっしょに行ったのよ」イモージェンは説明した。

「マサイアスがわたしのせいで命を危険にさらすのを見過ごすわけにいかなかったから」

「でも、どうやって決闘を阻止できると思ったの？」

「やり方はいくつも考えたわ」イモージェンはきっぱりと言った。「でも、結局、そのどれも実行せずにすんだ」

「ヴァネックがおいはぎに撃たれたおかげよね」パトリシアは身震いした。「なんとも奇妙なことだわ」

「ほんとうに奇妙よね。でも、彼の死を悼《いた》んだりはしないけど」

「イモージェン？」

「なあに？」

「ありがとう」パトリシアはささやいた。

オックスフォード街はにぎやかだった。正午になろうとする時間で、買い物客でにぎわう時間だったのだ。優美な装いをした女性たちが、店の窓から窓へと最新流行の装いを求めて歩きまわっている。その後ろには、箱や包みを抱えたメイドや従者たちが従っていた。

「レディ・コルチェスター」高価なドレスとしゃれたボンネットを身につけた中年の女性が

イモージェンにひややかな笑みを向けた。小さくて丸い目は興味津々に輝いている。「結婚なさったそうで、おめでとうございます。朝の新聞の告知を見たわ」

「ありがとうございます、レディ・ベンソン」イモージェンはそのまま行き過ぎようとした。

「それから、共通の知人に関して、なんとも異常な出来事があったって噂も聞いたの」レディ・ベンソンは急いでつづけた。「ヴァネック様が今日撃たれて亡くなっているのが見つかったって。今朝とても早い時間に。お聞きになった?」

「ごめんなさい。それについては何も知らないんです。残念ながら、おしゃべりしている時間もありませんわ。失礼いたします」イモージェンはパトリシアをうながしてすぐ近くの店の扉へと向かった。「予約を入れてあるんです……その」そう言って頭上に掲げられている小さな木の看板にちらりと目を向けた。「マダム・モードと。そう、すばらしい仕立屋ですわ。今夜またお会いできますわね」

「もちろんよ」レディ・ベンソンは目を細めた。「あなたとコルチェスター伯爵は今夜開かれるどんなすばらしいパーティーでも、もっとも人目を惹くご夫婦でしょうから。きっとまたお話しできるわね」

「きっと」イモージェンはパトリシアを連れて仕立屋の扉をすり抜けた。小さな店の表の間に客が誰もいないことがわかってほっとする。

「マダム・モードに予約なんて入れてないわ」パトリシアがささやいた。

「知ってるわ」イモージェンはくるりと振り向き、窓の外をのぞきこんだ。「でも、レディ・ベンソンのおしゃべりに巻きこまれたくなかったのよ。噂好きで有名な人だから。マサイアスが嫌がるようなね」

「ええ、知ってるわ」パトリシアが声をひそめて言った。「レディ・リンドハーストから聞いたことがあるもの。イモージェン、この店の主人はどこにいるのかしら？　ここには誰もいないわ」

「マダム・モードはきっと顧客と試着室にいるわよ」レディ・ベンソンが通りを下っていくのを見て、イモージェンはほっと安堵の息をついた。「よかった。行ったわ。このまま手袋屋へ向かえるわ。さあ、行きましょう。家に帰る前に本屋にも寄りたいし」

その瞬間、奥の部屋から女性の甲高い声が聞こえてきた。「コルチェスターが冷血にヴァネックを殺したなんて言わないで、シアドシア。そんなこと信じないわ」

「彼が〝冷血なコルチェスター〟と呼ばれているのも理由のないことではないのよ、エミリー」シアドシアが異常なほどに興奮した声で言い返した。「わたし自身、彼が人を殺せる人間だってことをわかりすぎるほどわかっているんだから。ヴァネック卿は大勢殺されたなかのひとりにすぎないわ。そのなかには愛《いと》しのジョナサンも含まれている。それに、ラトリッジの謎めいた死についての噂はあなたも聞いたことがあるはずよ」

「まあ、そうね、もちろん、聞いたことがあるわ。ラトリッジの呪いとかなんとか言われているじゃない。でも、ジョナサン・エクスルビーが殺されたのは何年も前よ。ラトリッジが命を落としたのは遠く離れたザマーだったし。今度のヴァネックの一件は今朝、ロンドン郊外で起こったことだわ」

「コルチェスターの本性を誰よりもわかっているから、これだけは言えるけど……痛っ。ピンに気をつけて、モード。刺さったわよ」

「すみません、奥様」仕立屋は小声で謝った。

「コルチェスターは銃の名手だと言われているわ」エミリーが考えこむように言った。「どうして決闘の前にヴァネックを殺したのかしら？　どうしてちゃんとした証人が現れるまで待って、その前で撃たなかったのかしら？」

「そんなの誰にもわからないわ。たぶん、介添人が現れる前に言い争いになったのよ」シアドシアは言った。「これだけはたしかだけど、コルチェスターは罪を犯しても絞首台にのぼることはないわ。狡猾《こうかつ》でとんでもなくずる賢いんだから」

「それに伯爵だしね」エミリーは事実を述べた。「狡猾と言えば、〝慎みのないイモージェン〟とどこまで深いお遊びに興じるつもりかしらね。婚約には多少納得がいったわ。彼が貴重なザマーの遺物を手に入れるためなら、なんでもすることは周知の事実ですもの。でも、結婚ですって？」

「結婚だって永遠につづく必要はないわ」シアドシアは苦々しげに言った。「妻を殺すのはそれほどむずかしいことじゃないもの」

その会話は行きすぎだった。目の前が真っ白になるほどの怒りがイモージェンのなかで沸き立った。「よくもあんなふうに彼のことを言ったわね」

パトリシアは店の表の間と試着室を隔てるカーテンに不安そうな目を向けた。「たぶん、ここを出たほうがいいわ」

「シアドシア・スロットにひとこと言ってやってからね」イモージェンはカウンターをまわりこみ、試着室へ向かった。

パトリシアは急いでそのあとを追った。「イモージェン、待って。こんなこと兄が許すとは思えないわ。今回のことについて話してはいけないと警告してたじゃない」

「堪忍袋の緒が切れたのよ」イモージェンは厚手のカーテンをつかんで勢いよく開いた。三人がぎょっとして息を呑む音がそれに応えた。

シアドシアが鏡の前に立っていた。その友人のエミリーは椅子にすわってシアドシアが新しい舞踏会用のドレスを試着するのを眺めていた。

床に膝をついて客のドレスの裾に印をつけていたマダム・モードはひどく困った顔になった。

「ちょっと待ってくださいな、マダム」仕立屋は口一杯にピンをくわえたまま言った。

「急ぐ必要はないわ」イモージェンは鏡越しにシアドシアのぎょっとした目と目を合わせた。「ミセス・スロットのことばを訂正したいだけなの。まちがった情報を流しているようだから」

「ミス・ウォーターストーン」驚きのあまり、シアドシアの口が開いて閉じた。「いえ、レディ・コルチェスター。店にはいってらしたのが聞こえなかったわ」

「そうでしょうね」イモージェンは鋭く言い返した。「わたしの夫についての嘘偽りを広めるのに忙しかったから」

パトリシアがイモージェンの袖を引っ張った。「帰ったほうがいいわ」

イモージェンは彼女を無視し、シアドシアの連れに目を向けた。「こんにちは、ミセス・ハートウェル」

「こんにちは、ミス……いえ、レディ・コルチェスター」エミリー・ハートウェルは弱々しくほほ笑んでみせた。「ご結婚おめでとう」

「ありがとう」イモージェンはまた鏡越しにシアドシアに目を据えた。「さて、コルチェスターに関する嘘についてだけど」

「嘘じゃないわ」シアドシアは最初の驚きから気をとり直し、反抗するようにつんと顎を上げた。「誰もたしかなことは言えないけれど、コルチェスターという人間を知っている人なら、ちゃんとした決闘が行われる前に彼がヴァネック様を撃つことも、あり得ないことじゃないとわかるわよ」

「ばかばかしいにもほどがあるわ」イモージェンは言った。「たまたま、全部を見ていた証人がいるのよ。必要なら、その人たちが夫の無実を喜んで証言してくれるわ」

エミリーは息を呑んで手を喉にあてた。「証人がいるとは知らなかったわ」

「イモージェン、お願い、もう行かないと」パトリシアが必死の声で言った。「そう、約束があるじゃない」

「ちょっと待ってて、パトリシア」イモージェンはシアドシアをにらみつけた。「コルチェスターの無実については誰にも証言してもらう必要はないわ。彼に罪があるなんて考えること自体、まるでばかげたことだから」

「そんなに確信をもって言わないほうがいいわよ、レディ・コルチェスター」シアドシアが言い返した。「あなたの旦那様がとても危険な評判の持ち主であることは世間のみんなが知っているんだから」

エミリーはぞっとした顔になった。「シアドシア、お願い、何を言い出すの？　あなたが人殺し呼ばわりしたと聞いたら、コルチェスターが怒り狂うわ。気をつけなきゃだめよ」

「そうよ、ミセス・スロット」イモージェンはなめらかな口調で言った。「人を非難するときにはうんと気をつけたほうがいいと助言するわ」

シアドシアは何度か目をしばたたいた。目に浮かぶためらいが義憤のようなものにとって代わった。彼女は連れにすばやく気まずそうな目をくれた。「非難なんてしてないわよ。ただ、誰の目にも明らかなことを言っているだけで」

「そうかしら？」イモージェンは腰に手をあてて爪先で床を打った。「明らかなことなんて何もない気がするわ。もちろん、ほかの誰もと同じように、あなたにもヴァネック卿を撃つ理由があるということは明らかだけど。それもたいていの人以上にね」

「なんですって？」シアドシアは憤怒《ふんぬ》のあまり口を大きく開けた。

「本気で言っているんじゃないわよね」エミリーはぞっとしてイモージェンを見つめた。

仕立屋は口一杯にピンをくわえたまま凍りついた。

「イモージェン」パトリシアが必死でささやいた。「お願い。もう行かなくちゃ」

誰も身動きできずにいると、聞き覚えのある声が店の表から聞こえてきた。

「つづけて、レディ・コルチェスター」セリーナが試着室にはいってきながら小声で言った。「どうしてシアドシアが決闘の前にヴァネックを殺したのか、理由が知りたくてたまらないわ」

「レディ・リンドハースト」仕立屋は動揺した様子になった。「ちょっと待ってくださいな」

小さな部屋にいる全員がセリーナのほうを振り返った。

「わたしは誰のことも殺してないわ」シアドシアは泣き声になった。

イモージェンは顔をしかめた。「ミセス・スロットがヴァネックを撃ったと言ったんじゃないのよ。ただ、彼女にもほかの多くの人と同じぐらいにはそうする理由があると指摘しただけ。そう考えれば、誰かを非難する際には慎重になるべきとわかるはずだもの」

「コルチェスターがヴァネックを殺したなんて言ってないわ」シアドシアは叫んだ。「殺したのかもしれないと言っただけよ。それだけだわ」

セリーナはイモージェンにかすかな笑みを浮かべてみせた。「どうして決闘の前にシアドシアがヴァネックを撃つなんてことがあるの？」

「マサイアスが冷血に彼を殺したように見せかけるためよ」イモージェンは穏やかに言った。

シアドシアが激しい怒りに顔をゆがめた。「でも、どうしてわたしがそんなことをするのよ？」

イモージェンは唇を引き結び、その質問への答えを考えた。「おそらく、そんな噂が広まれば、マサイアスをロンドンから追い出せると思ったからよ」

「どういう意味？」とシアドシアが訊いた。

「彼に同じ社交の輪にいられるとちょっと気まずいんじゃないの、ミセス・スロット？　結局、彼が社交界に現れるたびに、真実を明らかにされる危険があるわけだから」

セリーナの眉が上がった。「真実って？」

「そう、ミセス・スロットが長年嘘をついてきたことよ」イモージェンは言った。「彼女をめぐっては誰も決闘なんてしなかった。お友達のミスター・エクスルビーは〈ザ・ロスト・ソウル〉のカードのテーブルでいかさまをしてつかまったあと、ロンドンを離れてアメリカで運を試すことにしたの。マサイアスがエクスルビーの代わりにあなたとベッドをともにすることを求めたなんていうばかげた話だけど、そう、それはあまりにばかばかしいわ」

シアドシアは怒りに燃える目をイモージェンに向けた。「よくもわたしがお友達に嘘をついていたと言ったわね」

「偽りを正したいと思う唯一の人間はマサイアスだけよ」イモージェンはつづけた。「そうされる危険を冒すわけにはいかない、そうでしょう、ミセス・スロット？」

「どういうことよ？」と彼女は訊いた。

「彼が社交界から遠ざかっていてくれるかぎり、あなたの秘密は守られる。でも、最近、マサイアスは社交の輪にまたはいってくるようになった。エクスルビーがロンドンからいなくなったことに関する真相を彼が話すようになったら、社交界におけるあなたの立場がどうなるか、考えてみればいいわ。みんなに滑稽《こっけい》だと思われるようになる」

「侮辱だわ」シアドシアは叫んだ。「我慢できない」

「わたしのほうも夫に対するあなたのばかげた非難をこれ以上見すごすつもりはないの」イモージェンはひややかに応じた。「今度ヴァネックを殺したのがうちの夫だとほのめかしたくなったら、その前によく考えてみるのね。あなただって罪を犯したと糾弾《きゅうだん》される可能性があるってことを」

「こんな侮辱、許せないわ」シアドシアはかすれた声で言った。

イモージェンはあざけるような目をくれただけで、驚いてことばもないパトリシアに向かって言った。「行きましょう。手袋屋に行って、それから本屋にも寄りたいから」

そう言ってさっと振り返った。そして、試着室の入口にいたマサイアスにまともにぶつかった。

「あっ」イモージェンはよろめいた。一瞬、緑の麦わらしか見えなくなったが、ぶつかった拍子につばの広いボンネットが曲がって目の上に落ちたのだとすぐに気づいた。そこでつばをつかんで目から押し上げた。

マサイアスはかすかな笑みを浮かべ、ボンネットを直そうと手を伸ばした。「ぼくにやらせてくれ」

「ああ、マサイアス」イモージェンは急いでボンネットのひもを結び直した。「あなたのこと、見えなかったわ。マダム・モードのお店でいったい何をしているの?」

マサイアスは試着室のなかで凍りついたようになっている女性たちをきらりと光る目で眺めた。「ぼくもどうやら装いに興味を持ったようでね」

セリーナはひどくおもしろがる顔になった。エミリーは逃げ道を探すように不安げに目を泳がせた。

シアドシアは首を絞められたようなとても奇妙な音を立て、無様に床に倒れた。

「ふうん」イモージェンは倒れた女性をのぞきこんだ。「今度はほんとうに気を失ったんじゃないかしら。たぶん、気つけ薬を出したほうがいいわ、ミセス・ハートウェル」

図書室の隅にある背の高い時計が重々しく時を刻んでいた。なぜかマサイアスはその音にじっと耳を澄ましながら、広い机越しに妻と妹と向き合ってすわっていた。お説教をどこからはじめたらいいか考えながら、じっとふたりを見つめる。

パトリシアは問題ないはずだと彼は胸の内でつぶやいた。このちょっとした尋問の結果がどうなるか不安でたまらない思いでいるのが見てとれた。決闘について人に話すなという命令にはからずもそむくことになったため、耳をつかまれてこの家からつまみ出されるのではないかという不安がもっとも大きいにちがいない。

不機嫌な顔で夫と向き合っているイモージェンは明らかな問題だった。いい兆候ではない。彼女が不安を感じているとしても、それは彼女なりの義憤の下に隠されていた。

マサイアスは机の上で手を組み、イモージェンに目を向けた。「もしかしたら、今朝、ぼくの言いたいことがはっきり伝わらなかったのかもしれないな」

「ちゃんとはっきり伝わったわ」イモージェンは尊大な口調で言った。「ヴァネックの死にまつわる出来事については誰にも話してはいけないって言っていた」

「だったら、どうしてそのことばに従わなかったんだ？」

パトリシアは兄の声の響きに身をひるませた。マサイアスは妹のことは無視した。

イモージェンはひややかな目を彼に向けた。「従わなかったわけじゃないわ」

「そうだとしたら、あの仕立屋のいまいましい試着室で何を言い争っていたのか説明してもらえるかな？」

パトリシアは手に持ったハンカチをもみしだいた。

イモージェンは毛を逆立てた。「シアドシア・スロットが嘘偽りを広めているところにたまたま居合わせたのはわたしのせいじゃないわ。わたしはただ、あなた以外にも、ヴァネックを殺したと非難し得る人間は大勢いると指摘して、それをやめさせようとしただけよ」

「彼女にヴァネック殺しの責めを負わせようとする勢いだったじゃないか」

「正確にはちがうわ」イモージェンは慎重に答えた。

「正確に言ってそうだ」

「まあ、わたしのことばがそうとられたとしても、彼女は責められて当然だったのよ」イモージェンは思いきり顔をしかめた。「ホレーシア叔母様によれば、ミセス・スロットは長年、あなたについてありとあらゆる類《たぐ》いの悪意ある噂を広めてきたそうよ。おまけにあの試着室でも、ヴァネックを殺したのがあなただと言わんばかりだった。そうよね、パトリシア?」

パトリシアは話の途中で名前を呼ばれてびくりとした。しかし、マサイアスが驚いたことに、イモージェンの質問には答えた。

「ええ」と聞こえるか聞こえないかの声で言う。「ほんとうよ」

「ほら、わかった?」イモージェンは勝ち誇った目を彼に向けた。「わたしが口を出さなかったら、噂は今夜にはロンドンじゅうに広がっていたでしょうよ」

「噂はすでにロンドンじゅうに広がっているよ。きみは失われたザマーの文字を解読することにかけてはすばらしい才能の持ち主かもしれないが、社交界に関してはどうしようもなく無知なんだな」

イモージェンはしばし気を惹《ひ》かれた顔になった。「すばらしい才能？」

マサイアスは机に手をついて立ち上がった。衝動的に自分を弁護してくれた彼女をしかるのは容易なことではなかったが、しからないわけにもいかなかった。「くそっ、イモージェン、ぼくはヴァネックの死について何を耳にしてもすべて無視しろと言ったはずだ」

「シアドシア・スロットの非難は無視できなかったわ。今以上の嘘を広められるのは」

「シアドシア・スロットが何を言おうと、ぼくも含めて誰も気にもしないさ」マサイアスは歯を食いしばるようにして言った。「わからないのかい？　ぼくはきみの評判のほうがずっと心配なんだ」

「言ったでしょう、わたしは自分の評判なんかまったく気にもかけないって」

「それでも、ぼくは気にする。きみはもうぼくの妻だと何度言ったらいいんだ？　きみにはぼくの妻らしく振る舞ってもらう」

「あなたが気にするのはそれだけなの？」イモージェンはぐっと背すじを伸ばした。「レディ・コルチェスターになった女性がどう振る舞うべきかってことだけ?」

「いい加減にしろ、イモージェン。きみの名前がヴァネックの死に結びつけられるようなことは許さないということだ」

「わたしだってあなたの名前がそこに結びつけられるようなことは許さないわ」

「噂されるのが避けられないとしたら、それに対処する唯一の方法は無視することだ」マサイアスは言った。「ぼくを信じてくれ。そういうことについては専門家と言っていいんだから」

「賛成できないわ。わたしが思うに、火は火をもって制すべきよ」

「この火については、ぼくのやり方で制すんだ」マサイアスはきっぱりと言った。「時とともに噂も鎮まるはずだ。必ず。だから、ぼくの命令にはきちんと従ってもらう。ヴァネックのことや彼の死について、この家の者以外にはもうひとことも話さないでくれ。わかったね?」

パトリシアが勢いよく立ち上がった。「イモージェンに向かって怒鳴るのはやめて、お兄様」

マサイアスは驚いて妹を見つめた。イモージェンも同様だった。

パトリシアの顔には恐れと決意が入り交じっていた。手はきつくこぶしににぎられている。「イモージェンにそんなふうに言うなんてとても不公平だと思うわ。だって、彼女はあなたを守ろうとしてミセス・スロットに立ち向かっただけなんだから」

「これはおまえには関係ない」マサイアスは言った。「すわるんだ」

「パトリシア、とてもやさしいのね」イモージェンは椅子から飛び上がり、パトリシアに腕をまわした。「そんなふうに誰かがわたしを弁護してくれたことなんてこれまで一度もないのよ。わたしのためにとりなしてくれたことにどうお礼を言ったらいいかしら？」

パトリシアは驚いた顔になり、イモージェンの肩をぎごちなく軽くたたいた。「いいのよ、イモージェン。声をあげざるを得なかったんですもの。お兄様があまりに不公平だから」

「まったく」マサイアスはうんざりした顔で椅子に腰を戻した。

イモージェンはパトリシアから一歩離れ、小物入れからハンカチをとり出した。「失礼するわ」そう言って目を拭いた。「感情的になって疲れたの」

それからすばやく扉へ向かい、扉を開けると、廊下に姿を消した。

イモージェンが部屋を出て扉が閉まった。マサイアスは机を指でたたいていた。「彼女はたのしくない会話を終わらせるのに独得の方法を用いるな」

「あんなひどい言い方でお説教を垂れるべきじゃなかったのよ」パトリシアが小声で言っ

た。「彼女はあなたを守ろうとしただけなんだから」

マサイアスはむっつりしながらも興味を惹かれて妹に目を向けた。「いつからイモージェンの味方になったんだ？　彼女のことは認めていないと思っていたんだが」

「彼女については考えを変えたの」パトリシアはぎごちなく答えた。

「そうか。だったら、どうやらぼくらの目的は同じだな」

パトリシアは警戒する顔になった。「目的？」

「お互いおおいに骨を折って、彼女が困ったはめにおちいらないようにするってことさ」

「それは簡単なことじゃないと思うわ」パトリシアはゆっくりと答えた。

「イモージェンがかかわると、簡単なことなど何もないからな」

14

その晩、リードモア家の舞踏会の途中で、イモージェンはパトリシアの様子がどこかおかしいという結論に達した。

アラステアはイモージェンに慇懃《いんぎん》にほほ笑みかけ、ダンスフロアでなめらかな楕円《だえん》を描くのに、自分がリードをとろうとする試みをあきらめた。「きっと結婚の贈り物として、コルチェスターに女王の印章の場所を示す地図を渡したんだろうね。なあ、彼はちゃんと感謝してくれたかい？」

「じつを言うと、地図の話をしたことはないの」イモージェンはアラステアにぼんやりと笑みを向け、今度は誰がパトリシアと踊っているのかたしかめようと脇に目をやった。

ヒューゴー・バグショー。また彼。

イモージェンは下唇を噛んだ。ヒューゴーがパトリシアをダンスフロアに導くのは今夜二度目だった。マサイアスは喜ばないだろう。

舞踏場のバルコニーからワルツの調べが流れてきた。演奏家たちはそこでシャンデリアにつけられた何百もの蠟燭《ろうそく》と、それとほぼ同じ数だけいる人々がもたらす熱気と果敢に闘っていた。舞踏会はすでに大成功とみなされていた。社交界でもっとも名誉とされる、客が殺到した会として。

パトリシアがさらに大きな成功をおさめているとホレーシアは考えているようだった。少し前にも、コルチェスターに関して最近広まっていた噂も害をもたらすことがなくてほっとしたとイモージェンに語っていた。じっさい、決闘と突然の結婚に関する新しい噂は、退屈している社交界の面々に、コルチェスター伯爵家の女性たちをさらに魅力的に思わせたようだった。

「イモージェン?」アラステアが苛立つような声で言った。

「あら、ごめんなさい」イモージェンは彼にほほ笑みかけた。アラステアとのダンスはどこか退屈だったが、少なくとも格闘せずにはすんだ。一方、マサイアスとのダンスは必ずや小競り合いのようなものになったが。

イモージェンはほかの大勢の紳士に対するのと同様に、アラステアのダンスの申しこみも受け入れたのだった。それがパトリシアを目で追うのにもっとも都合がよかったからだ。名うての遊び人たちがパトリシアを庭に誘いこもうとしていると、少し前にホレーシアも言っていた。

イモージェンはホレーシアにもマサイアスにも何も言わなかったが、決闘以来、パトリシアのことがますます心配になっていた。パトリシアがふさぎこむことが多く、それが気になり出していたのだ。コルチェスターの血筋の人間に暗い物思いへ沈みがちなところがあるのはわかっていたが、パトリシアの最近の振る舞いはいつもよりも不安を呼ぶものに思えた。

イモージェンはその状況をマサイアスと話し合うべきだろうかと考えはじめていた。これまでそれをためらっていたのは、心配性で弱い神経の持ち主という、自分の一族特有の気質について話すのを彼が好まなかったからだ。

アラステアはまたイモージェンの心がよそに向いているのに気づいたにちがいなかった。彼の目に一瞬、困惑の色が浮かんだ。しかし、それはすぐに消え去り、代わりに穏やかにおもしろがるような光が宿った。「コルチェスターがすでに女王の印章を探しに行く計画を立てていないのは驚きだよ」

「それについてはそのうち計画を立てると思うわ」イモージェンはぞんざいに答え、パトリシアとヒューゴーをもう一度見ようと目をさまよわせた。ふたりはダンスフロアの人ごみに呑みこまれ、姿を消していた。「くそっ」イモージェンはまたアラステアの向きを変えさせた。

アラステアの口が苛立つように引き結ばれた。「今なんて?」

「あなたのほうがわたしより背が高いわ、アラステア。マサイアスの妹が見える?」

アラステアは人ごみにちらりと目を向けた。「いや」

「ヒューゴーが彼女を庭に引っ張っていかないだけの分別を持ち合わせているといいんだけど」イモージェンはダンスフロアの中央で足を止めて爪先立ち、すぐそばで踊っている人たちの頭越しに見まわした。「ああ、あそこにいる。失礼するわ」

「まったく」アラステアはダンスフロアの真ん中で放り出されたことに怒ってつぶやいた。「きみは社交界でのまともな振る舞い方をこれっぽっちも知らないんだな。ルーシーの言ったとおりだ。きみは物笑いの種だよ、レディ・コルチェスター」

イモージェンはほかの何を耳にしても足を止めなかっただろうが、ルーシーの名前を聞いて立ち止まった。くるりと振り返ると、アラステアをじっと見つめる。「今なんて言ったの?」

「別に」アラステアの目からはつかのま燃え立った怒りの炎が消えていた。彼は気まずそうに周囲を見まわしている。自分の置かれた状況に困惑しているようだ。「早く行って付き添いの義務をはたしておいでよ」

「ルーシーについてなんて言ったの？」そばで踊っていた男女がすばやく方向転換できずにぶつかってきて、イモージェンはわずかによろめき、その男女をにらみつけた。「わたしはここで話をしようとしているんです」

「ああ、それはわかりますよ、レディ・コルチェスター」ぶつかってきた男性のほうが皮肉たっぷりに言った。「ただ、話をするなら、ダンスフロアから出てしたほうが楽でしょうけどね」男性の腕に抱かれた女性はひそかにおもしろがる顔になった。

イモージェンは赤くなった。「ええ、もちろんそうね」そう言って振り返ったが、アラステアは人ごみのなかに姿を消していた。「もうっ。彼はどこへ行ったの？」

マサイアスのたくましく優美な指がしっかりと彼女の手首をつかんだ。「ぼくが力になれると思うが」

「マサイアス」イモージェンは彼の腕に引き入れられ、ほっとしてほほ笑んだ。「ここで何をしているの？　あなたはクラブで夕べを過ごすんだと思っていたわ」

「妻とダンスしたくなってね」マサイアスは彼女の頭越しに部屋を見まわした。「少し前にきみとドレイクのあいだで何があったんだい？」

「え？　ああ、別にたいしたことじゃないわ。彼がルーシーについて何か言ったのよ。もう一度言ってもらおうとしたんだけど、わたしがぶつかってきた人たちに文句を言おうとそっちを向いているあいだに、姿を消してしまったの」

「なるほど」

「ダンスフロアの真ん中に置いてきぼりにしようとしたので、怒ったんじゃないかしら」イモージェンは告白した。

「それは容易に想像できるな」マサイアスは言った。「でも、きみが彼を置いてきぼりにしたわけは知りたいが。彼は自分がリードしようとしたのかい?」

「いいえ、そうじゃないわ。わたしがパトリシアを見つけようとしたからよ。人ごみのなかで姿を見失ってしまったの」

「妹はヒューゴー・バグショーとビュッフェの部屋にいたよ。ついさっき見かけた」

「あら」イモージェンは彼の顔を探るように見た。「きっとあなたはおもしろくないんじゃない?」

「ああ、たしかに」

「ヒューゴーが復讐の手立てを探しているとあなたが思いこんでいるのは知っているけど、今夜は騒ぎを起こさないでくれるわね。パトリシアが屈辱に感じるでしょうから。もしかして、彼にとてもやさしい感情を抱きはじめているんじゃないかと思うの」

「だとしたら、急いで行動を起こしたほうがいいな」

「ねえ、マサイアス、性急なことをしてはだめよ」

マサイアスは眉を上げた。「ぼくにどうしろと?」

「ヒューゴーとふたりきりで話すべきだと思うわ」

「すばらしい考えだ。彼を脇に引っ張ってパトリシアには近づくなと警告してやろう」

「そういう話じゃなくて。まったく、彼を脅して遠ざけても問題は何も解決しないわよ」

「きみの言うとおりかもしれないな」マサイアスは考えこむ顔になった。「バグショーがもっと大胆にパトリシアに関心を示すことにもなりかねない」

「重要なのは、どうなるにしても、パトリシアが傷つくことになってはならないということよ。彼のお父様の死の真相についてヒューゴーにすっかり話して聞かせるべきだと思うわ」

「彼が真相を知りたいと思うかどうか疑わしいね。嘘ばかり聞いて育ったわけだから」

「あなたなら、きっと彼を真実に直面させられる。彼だっていつかは真実を受け入れなければならないはずよ。そうでなければ、あなたへの憎しみを持て余しながら一生を送ることになり、それが彼自身の魂までむしばんでしまうわ」

彼女の体にまわしたマサイアスの腕に力が加わった。目は険しくなっている。「どうしてぼくがバグショーを彼の父親についての真実に直面させられると思うんだ?」

「だって、あなた自身、お父様と同じような関係だったわけだから」イモージェンはやさしく言った。「誰よりもあなたなら、ヒューゴーの心にわだかまっているものを理解できるはずよ。父親に拒絶されるのがどういうものかわかっているあなたなら」

「バグショーの父親は息子を拒絶したりはしなかったさ。経済的な問題のせいでみずから命を絶っただけだ」

「それがヒューゴーにもたらした影響は似たようなものだと思うわ。いろんな形の拒絶があるのよ。あなたとヒューゴーはどちらもとても若いときにひとりきりで世に放り出され、父親の行動の結果に対処しなければならなかった」

マサイアスは何も言わなかった。

イモージェンは彼と目を合わせた。「あなたはザマーの研究に救いを見つけたけど、ヒューゴーはそれほど幸運じゃないかもしれない。あなたが彼を導いてあげなくては」

「バグショーに道理を説いて聞かせるよりも、もっと有意義なことはほかにある」

イモージェンは人ごみの端にパトリシアとヒューゴーの姿をとらえた。パトリシアの顔にはにかみと真摯《しんし》な表情が浮かぶのが見え、ヒューゴーがマサイアスに目を向けるのもわかった。若者の目に怒りが燃えているのはまちがいなかった。

「いいえ、マサイアス」イモージェンはやさしく言った。「それ以上に有意義なことなんてほかにないわ」

マサイアスは腕を組んで賭場の〈ザ・ロスト・ソウル〉の入口に立ち、ヒューゴーがハザード（二個のサイコロを振って競う賭けのゲーム）のテーブルでサイコロを振るのを見つめていた。ほかの参加者が勝ち名乗りをあげ、かすれた叫び声があがった。ヒューゴーは手をこぶしににぎった。顔には怒りと焦りが刻まれている。彼は賭けに負けようとしていた。

遅い時間で、賭場には若者や、洒落者《しゃれ》や、放蕩に倦《う》んだ連中が入り交じっていた。焦りと不健康な興奮の霞《かすみ》がテーブルのまわりに垂れこめている。部屋のなかは汗とエールと香水のにおいがした。この場所を所有していたころとほとんど変わらないなと、かつてを思い出してマサイアスは胸の内でつぶやいた。おそらく、賭場というものは本質的に変わらないものなのだろう。

「こんばんは、コルチェスター。賭けをしに？　それとも、昔をなつかしんで訪ねていらしたとか？」

マサイアスは入口にいる自分のそばに現れた、ずんぐりとした男に目を向けた。「やあ、フェリックス。今日はご機嫌にちがいないな。ずいぶんとにぎわっている」

「たしかに」フェリックスは飾りのついた杖の取っ手の上で両手を組み合わせた。ふっくらとした顔を笑み崩すと、丸々とした頬にはえくぼが浮かび、抜け目のない目の端には人のよさそうな小皺が刻まれた。「今夜はなかなかのもうけになりそうです」

十年前、マサイアスはフェリックス・グラストンを雇って〈ザ・ロスト・ソウル〉の経営をまかせたのだった。フェリックスは数字に尋常ならざる能力を持っており、情報収集のこつも心得た人間だった。そのふたつの才能を兼ね備えているおかげで、マサイアスにとってきわめて貴重な存在となっていた。ふたりは力を合わせてロンドンでもっとも悪名高く、もっとも人気の賭場をつくりあげたのだったが、賭場が成功をおさめたおかげで、どちらも非常に裕福になった。

ザマーへの最初の発掘隊の資金に必要な額が集まると、マサイアスは〈ザ・ロスト・ソウル〉をフェリックスに売った。それ以降、フェリックスは所有者としてうるおい、今は裕福な商人として暮らしていた。

ふたりは大きくちがう社会階級の出身だったが、固い友情を結び、それを保ちつづけていた。その関係は今も社交界では驚きととらえられていた。紳士は賭場で財産を失うことはあっても、賭場の所有者と親しくしようなどとは夢にも思わないものだからだ。

ヒューゴーがついているテーブルでまた叫び声があがった。ヒューゴーはさらに顔をこわばらせた。

「どうやら若いバグショーは夜明けまでにはすっからかんになりそうですな」とフェリック

スが言った。

「干渉するつもりかい？」

「もちろん」フェリックスは忍び笑いをもらした。「うちのテーブルで顧客が領地や全財産を失うようなことはけっしてさせないというあなたの経営方針を今も守っていますからね。賭場が繁盛するためにもそれがよかったし」

「バグショーはいつもあんなふうに派手に賭けるのかい？」

「いいえ。それどころか、聞いたところでは、めったに賭けもしないそうですよ。この賭場ではもちろんのこと。父親が死んだのは〈ザ・ロスト・ソウル〉のせいだと彼がいまだに言っているのはあなたもご存じでしょう」

「それは知っている」

「ええ、当然ながら、あなたは誰よりもそれをよくわかっているはずだ」フェリックスはつぶやくように言った。「忙しい一週間だったようですね、コルチェスター。ところで、ご結婚おめでとうございます」

「ありがとう」

「それで、また決闘を生き延びたようで」

マサイアスは苦々しい笑みを浮かべた。「今度はそれもむずかしいことではなかったよ」

「たしか、ヴァネックは銃を撃つこともなかったとか。あなたがカボットの農場に着いたときには死んでいたそうですね」

「きみの情報は例によって驚くほど正確だな、フェリックス」

「それだけの金を払ってますから」フェリックスはなんということはないというように指輪をはめたふっくらとした手を振った。「でも、少しばかり妙ですな」

「何がだ？」

「ヴァネックが決闘の場にいたことですよ。私の情報源によれば、昨日の午後には前触れなしに使用人を解雇したそうですから。ヨーロッパへとかなり長い旅に出るつもりだったのはたしかなのに」

「おもしろいな」

「おそらく、公共心に富んだおいはぎがヴァネックをこの世から排除してくれたということなんでしょうな」

「それについてはたしかなことは言えない」

フェリックスはマサイアスをちらりと見た。「それはどうしてです？」

「馬車のなかで彼を見つけたときに、まだ指輪をしていたからね」

「それは不思議だ」

「ああ、おおいに」

ヒューゴーがサイコロをつかむのを見てフェリックスは顔をしかめた。「やっぱり彼の面倒を見てやらなくてはならないようですな。この手のゲームができる体力も気質もないようですから。今夜あんな無茶な賭け方をするなんて、何があったんでしょう」

「たしか、今日は父親が自殺した命日だ」

「ああ、そうですね。それで説明がつく」

マサイアスはヒューゴーが興奮してすばやくサイコロを振るのを見つめた。イモージェンが耳もとでささやくのが聞こえる気がした。〝あなたはザマーの研究に救いを見つけたけど、ヒューゴーはそれほど幸運じゃないかもしれない〟。

ヒューゴーといっしょにビュッフェのテーブルのそばに立っていたパトリシアの表情も思い出した。妹がこの青年に恋心を抱きはじめているのはまちがいなかった。

いずれにしても、ヒューゴーの問題には片をつけなければならない。

マサイアスは意を決した。「今夜は彼のことはぼくが引き受けるよ、フェリックス」

フェリックスは肉づきのよい肩をすくめた。「お好きなように」

マサイアスは人ごみを縫ってヒューゴーがついているテーブルへ歩み寄った。ヒューゴーはまたサイコロを投げようとしているところだった。

「よければ、ちょっと話があるんだが、バグショー」マサイアスが静かに声をかけた。

ヒューゴーは身をこわばらせた。「コルチェスター。いったいなんの用だ？」

マサイアスはヒューゴーの怒りに燃える目をのぞきこみ、そこにも亡霊が宿っているのに気がついた。それはいつも暖炉の火のなかに見える亡霊たちとはちがい、ひげ剃《そ》り用の鏡で見る亡霊だった。

「きみとは共通点があると言われてね」とマサイアスは言った。

「放っておいてくれ。あんたと話すことなんてない」ヒューゴーは顔をそむけ、賭けのテーブルに注意を戻した。それから動きを止め、あざけるように口をゆがめた。「もちろん、決闘を申しこみに来たというなら話は別だけどね。あんたの夜明けの決闘のやり方はふつうとはちがうらしいが」

テーブルのまわりがしんと静まり返った。賭けをしていたほかの人々は興味津々でマサイアスとヒューゴーを見つめている。

「いっしょに来てもらう」マサイアスはとてもやさしい口調でヒューゴーに言った。「そうでなければ、ここで、きみのお仲間の前で話をすることになる」

ヒューゴーはあざけるような笑みをくれた。「賭けてもいいが、その話というのはあんたの妹に関することだろうな。まあ、いいさ。彼女とぼくがとても親しい友人同士になったのをいつあんたが気づくかと思っていたんだ」

「話はきみの父上に関することだ」

「父に？」ヒューゴーはサイコロを落とした。サイコロは緑のフェルトの上で跳ねた。「いったい何を話すっていうんだ？」

マサイアスはヒューゴーが驚いてひるんだすきに腕をつかんで立たせ、紫煙《しえん》に満ちた暑い賭場から外の澄んだ涼しい夜空のもとへと連れ出した。外では雇った馬車が待っていた。

「お兄様はかわいそうなヒューゴーに決闘を申しこむわ」混み合った通りを走るコルチェスター伯爵家の馬車のなかで、パトリシアは泣き声を出した。「どうしてそんなことができるの？　あまりに不公平だわ。ヒューゴーが彼にかなうわけないのに。きっと殺されてしまう」

「ばかなことを言わないで」ホレーシアがきっぱりと言った。「コルチェスターは誰のことも撃つつもりはないわよ。若いミスター・バグショーはもちろんのこと」

「そのとおりよ、ホレーシア叔母様」イモージェンは座席の上で身を乗り出した。「パトリシア、よく聞いて。もう何度も言ったはずだけど、マサイアスがヒューゴーに決闘を申しこむことはないわ。彼と話をするだけよ」

「きっと脅すつもりよ」パトリシアの目に涙が光った。「ヒューゴーに二度とわたしとダンスを踊ったり、口をきいたりするなと言うつもりよ」

「いいえ、そうじゃないと思うわ」

「お兄様が何をするつもりかどうしてわかるの？ 彼はヒューゴーのことを認めてないのよ。彼には近づくなとわたしに言っていたもの」

「あなたとミスター・バグショーが急に親しくなったことをコルチェスターは心配しているのよ。ミスター・バグショーの目的がはっきりしないから」ホレーシアが言った。「言うならば、そんなふうに心配するのも理由のないことじゃないしね。あなたのお兄様が心配するのももっともよ」

「ヒューゴーはわたしのことを思ってくれているの」パトリシアは言った。「彼の目的はそれだけよ。非の打ちどころなく立派な人だし。お兄様に反対する権利はないわ」

イモージェンは目を天に向けた。「ヒューゴーが数年前に彼のお父様の身に起こったことについてマサイアスを責めているという話はしたはずよ。今夜、マサイアスは彼に真実を話すつもりでいるの」

「その話をヒューゴーが信じなかったら？」パトリシアは小声で言った。「けんかになるわ。男性たちがどういうものかはご存じでしょう。片方がもう片方に挑んで決闘ということになるのよ」

「決闘はないわ」イモージェンはきっぱりと言った。「わたしが許さない」

パトリシアの耳にそのことばは聞こえていないようだった。「呪いだわ」

「呪い？」ホレーシアが顔をしかめた。「いったい何を言っているの？」

「ラトリッジの呪いよ」パトリシアが言った。「そのことをレディ・リンドハーストのサロンで勉強しているの」

「ラトリッジの呪いなんてまったくのたわごとよ」イモージェンはきっぱりと言った。「今の状況に呪いなんて関係ないわ」

パトリシアはイモージェンのほうに顔を向けた。「あなたがまちがっているんじゃないかと不安だわ、イモージェン」

マサイアスは馬車のランプの揺れる明かりのもと、ヒューゴーの怒りに満ちた反抗的な顔を探るように見た。自分でも内心、しても意味がないと思っている話をどこからはじめたらいいだろうと考える。

「長年のあいだにぼくにもわかったことだが、不公平な出来事があると、その責めを誰かに負わせるほうが、真実を受け入れるよりもましだということはよくある」と彼は言った。

ヒューゴーは口を引き結んだ。「ぼくの父の死に自分はなんの関係もないと言おうとしているなら、息を無駄にしないことだな。ぼくはあんたの言うことはひとことも信じないから」

「それでも、こうしてここにいっしょにいるわけだから、言うべきことは言うさ。さて、きみの父上の死の真相はこうだ。それを信じるかどうかはきみ次第だが。彼はカードで全財産を失ったわけじゃない。投資先を誤って大金を失ったんだ。そういう人は大勢いた」

「それは嘘だ。母がぼくに真実を教えてくれた。亡くなった晩、父は〈ザ・ロスト・ソウル〉でカードをした。それで、あんたは父と言い争いになった。それを否定しないでくれ」

「否定はしないさ」

「その賭けのあと、父は家に戻ってきて頭に銃弾を撃ちこんだんだ」

マサイアスはヒューゴーに目を向けた。「きみの父上はあの晩ひどく酔っ払っていた。何人かの紳士といっしょにテーブルにつき、賭けに加わりたがっていた。彼がカードも持てないほどに酔っていたので、ぼくはクラブから帰ってくれと頼んだ」

「そんなの嘘だ」

「ほんとうさ。まさにその日、きみの父上が経済的に大きな損失を負ったと連絡を受けたこともわかっていた。酔っ払っていたこともあいまって、父上は精神的にひどく落ちこんでいた。その晩、賭けなどできる状態じゃなかったんだ」

「あんたは父のそんな状態を利用したんだ」ヒューゴーは怒り狂って言った。「父がほかの人たちにそう言っていたそうだ」

「きみの父上はクラブを出るときにぼくに怒りをぶつけていた。失った財産を賭場でとり戻すつもりだったからね。でも、賭けをしていたら、海運業への投資ですでに失った以上の金を失うことになったのはたしかだ」

「あんたの言うことなど信じない」

「わかってる」マサイアスは肩をすくめた。「このことについてぼくが何を言おうときみは信じないだろうと妻には言ったんだ。でも、何があったのか、説明してみるべきだと言い張るんでね」

「なぜ?」

「きみがぼくへの復讐にパトリシアを利用しようとしたら、彼女が傷つくんじゃないかと心配しているのさ」

ステッキをにぎるヒューゴーの手に力が加わった。目は窓の外に向けられている。「レディ・パトリシアを傷つけるつもりはない」

「そうとわかってよかった」マサイアスはうわの空で指を曲げ伸ばしした。「妹に何かあったら、行動を起こさなくてはならなくなるからね。妹についてはぼくに責任があるんだ」

ヒューゴーはすばやく振り向いてマサイアスをじっと見つめた。「レディ・パトリシアに近寄るなと警告しているのか?」

「いや、正直に言えば、そうするつもりでいたんだが、レディ・コルチェスターに反対された。ただ、ぼくへの復讐をくわだてるのに、妹を利用するなとだけは警告しておく。父上の自殺をぼくのせいにせずにいられないなら、直接ぼくに向かってくればいい。男同士、一対一で対決するんだ。女性のスカートの陰に隠れるのではなく」

ヒューゴーは顔を赤くした。「ぼくはパトリシアのスカートの陰に隠れるつもりはない」

マサイアスはほんのつかのま笑みを浮かべた。「だったら、これ以上話し合うことはない。きみと愉快なおしゃべりをしたと妻に伝えるよ。これで妻から責め立てられることもなくなるだろう」

「奥さんを満足させるためだけにこうやって話をしたなんて言わないでくれ。そんなのまるであんたらしくないからな、コルチェスター」

「ぼくについてきみが何を知っているというんだ?」マサイアスはやさしく訊いた。

「父の死後、母に聞いたことだけさ。ラトリッジとの関係にまつわる噂も知っている。荒っぽくて向こう見ずだということも知っている。何年か前にエクスルビーという男を撃ったことも。今朝もあんたが冷血なやり方でヴァネックを殺したと言う連中もいる。あんたについては多くを知っているさ」

「ぼくの妻もそうだ」マサイアスは考えこむように言った。「きみが聞いたすべてを彼女も聞いた。それでも、ぼくと結婚してくれた。どうしてだと思う？」

ヒューゴーは驚いた顔になった。「どうしてぼくにわかる？」それから、せき払いをした。「レディ・コルチェスターはとても変わっているという噂だから」

「そうさ。まさしく変わっている。たぶん、蓼《たで》食う虫も好き好きということだな」マサイアスはつかのまの物思いからみずからを引き戻した。「妻に言わせると、きみとぼくには共通点があるそうだ」

「どんな共通点があり得ると？」ヒューゴーはさげすむように訊いた。

「息子に対する責任をはたそうとしなかった父親を持つ点さ」

ヒューゴーはマサイアスをじっと見つめた。「そんなのでたらめだ。これまで聞いたこともないほどひどいでたらめだ」

「一時間前、ぼくも妻にそんなのばかばかしいと言ってやったさ。でも、そのことをよく考えてみれば、妻の言うことにも一理ある気がする」

「一理？」

「考えてみたことはないか、バグショー？　きみの父上もぼくの父も、自分でへましておきながら、尻拭《しりぬぐ》いは息子にさせたんじゃないかと」

「父はへまなどしていない」ヒューゴーは感情的になって言い返した。「あんたがカードによって父を破滅させたんだ」

「イモージェンにも言ったんだが、こんなのはどこまでも時間の無駄だな」マサイアスは馬車の窓の外へ目を向け、そこがどこであるか認識した。御者は命令にちゃんと従ったのだ。

「そのようだな」ヒューゴーもむっつりと言った。

マサイアスは馬車の天井をついて御者に停めるように合図した。「ぼくはここから歩いて帰るよ。新鮮な空気が必要だ」

ヒューゴーは当惑して窓の外に目を向けた。「ここはあんたの家の近くじゃないはずだ」

「知っているさ」

馬車は大きく揺れて停まった。マサイアスは扉を開けて外へ出ると、ヒューゴーを振り返って見た。「ぼくの言ったことを覚えておくんだな、バグショー。復讐しなきゃならないと思うならすればいい。ただ、盾としてぼくの妹を利用するのはやめろ。きみは父上とはちがう。きみは彼よりも強い人間だという気がするよ。ひとりの男として自分の問題に向き合える人間なんじゃないかとね」

「ちくしょう」ヒューゴーはささやいた。

「父上の昔の事務弁護士に問い合わせしてみればいい。家族の財産がじっさいにはどうなったのか話してくれるはずだ」マサイアスは馬車の扉を閉めようとした。

「コルチェスター、待ってくれ」

マサイアスは動きを止めた。「なんだ？」

「妹に関心を寄せるなと警告するのを忘れているぞ」

「そうかい？」

ヒューゴーは顔をしかめた。「それで？」

「それで、なんだ？　今晩はほかに片づけなくてはならない用事があるんだ、バグショー。失礼させてもらうよ」

「今後、あんたの家を訪ねていってもいいというのかい？」

マサイアスはかすかな笑みを浮かべた。「訪ねてみて自分でたしかめたらどうだ？」そう言って扉を思いきり閉め、振り返ることなく通りを下った。

そこはロンドンでも静かで慎《つつ》ましい界隈《かいわい》だった。質素なタウンハウスのふたつの並びのあいだには暗い公園が細長く伸びている。建物のいくつかは暗くなっていたが、多くの家の窓にはまだ明かりがともっていた。噂もある点では正しかったわけだとマサイアスは胸の内でつぶやいた。ヴァネックが経済的に困窮していたのはたしかだ。数ヵ月前までは裕福な界隈のもっと大きな家に住んでいたはずだ。

ヴァネックの住まいを夜遅く訪ねてみようという考えは、その日の午後、朝の出来事を思い返しているあいだに心に浮かんだのだった。イモージェンにはその計画について何も教えなかった。きっといっしょに行くと言い張るだろうと思ったからだ。

マサイアスは足を止め、タウンハウスのふたつの並びを眺めた。ヴァネックが住んでいたほうのタウンハウスは暗くなっている。

通りに立ったまま、あり得るさまざまな可能性を思い浮かべてみた。やがて角を曲がり、ヴァネックのタウンハウスの裏へつづくと思われる暗い路地を見つけた。

小さな庭に通じる門までたどりつけるだけ、充分な月明かりもあった。暗闇のなか、門のちょうつがいが甲高い音を立てた。

マサイアスはできるだけそっと門を閉め、庭を通って厨房の扉に達した。幸い、彼は闇夜に目がきいた。その能力はこれまで長年にわたって役に立ってくれた。

厨房の扉に鍵がかかっていなかったことには驚いた。首になった使用人たちが自宅へ戻る前に戸じまりしていくのを忘れたようだ。

マサイアスは厨房に足を踏み入れ、目がさらなる暗闇に慣れるのを待った。それから持ってきた蠟燭を外套のポケットからとり出し、火をつけた。

揺れる炎を片手で守り、家の一階を二分する長い廊下を歩き出した。何が見つかるかはわからなかったが、まずはヴァネックの書斎から探索をはじめることにした。そこを最初に調べるのは理にかなっている。

廊下の左側にあったその部屋は荒らされていた。ヴァネックの机の上には書類が散らばっている。マサイアスはインク壺《つぼ》にちらりと目を向けた。小さなインク壺のふたは開いたままになっている。鵞ペンがそのそばに置いてあった。ヴァネックが手紙か書きつけを書いている途中で邪魔がはいったかのように。

マサイアスは蠟燭を下ろし、一番上にあった紙を手にとった。小さな黒いしみがいくつかあるのに気づいて身動きを止める。その紙を蠟燭の明かりにかざしてみると、それらはインクのしみではなかった。お茶か赤ワインをこぼしたしみが乾いたものという可能性もあったが、そうではないだろうと思われた。

そのしみが乾いた血であるのはまずまちがいなかった。

目を下に向けると、ブーツの爪先のそばの絨毯《じゅうたん》に、もっと大きく、もっと不気味なしみがあった。

うなじの産毛が逆立つ。マサイアスはその黒いしみをよく見ようと身をかがめた。絨毯に靴がこすれる、ほとんど聞こえないぐらいの音がする前に、彼はその部屋に自分ひとりでないことに気がついた。

何かとても大きく重いものが頭めがけて降りてくると同時に、マサイアスは脇に身を転がした。どっしりとした燭台《しょくだい》が机の端にあたり、何かが砕けるような音がした。

マサイアスが身をまわして四つん這《ば》いから立ち上がろうとしたところで、襲撃者が再度燭台を振り上げた。

15

マサイアスは間一髪で二度目の燭台の攻撃も避《よ》けた。襲撃者に三度目の機会は与えず、ザマーの戦法について書かれた古い書物から学んだ動きを用《もち》いて脇に逃れた。

敵が燭台を振り上げる方向を変える前に、マサイアスはブーツを履いた足を蹴り出した。蹴りを受けて襲撃者は机の上にあおむけに倒れた。鵞ペンと書類とインク壺が机の端から床へ落ちた。

襲撃者は低いうなり声を発し、机から降りようともがいた。マントと顔の下半分に巻いたウールのスカーフが動きをさまたげている。髪は頭にしっかりとかぶった帽子の下に隠されていた。

机の上に飛びかかろうとしたそのとき、廊下で何かがこすれる音がしてマサイアスははっとした。この家には自分以外にひとりではなくふたりいるのだ。ふたり目の顔はマントのフードとスカーフによって隠されていた。

マサイアスがそちらへ目を向けると、新たな敵は片腕を上げた。蠟燭の明かりを受け、厚手の手袋をはめた手が持つ小さな拳銃の銃身が光った。マサイアスはあやうく自分の頭蓋骨《ずがいこつ》を砕きかけた燭台をつかみ、入口にいる人影のほうへ飛びかかっていった。

拳銃が火を噴くと同時に、どっしりとした燭台がふたり目の襲撃者の胸にあたった。弾丸が背後のオーク材の羽目板にあたる音がし、しばし猶予ができたのがわかった。ふたり目の襲撃者が単射の拳銃に弾丸《たま》をこめるのには数分必要なはずだ。

マサイアスは机の上で身を起こそうともがいている最初の襲撃者に飛びかかっていった。その勢いのせいで、襲撃者とともに絨毯の上に落ちることになった。激しく転がって椅子にぶつかると、また机のほうに転がる。マサイアスは相手のこぶしを避け、なぐりつけようと自分のこぶしを振り上げた。こぶしをたたきつけようとした瞬間、ふたり目の悪党が近づいてくるのがわかった。

長年練習してきたザマーの戦法をまた用い、マサイアスは身をよじって脇に飛びのくと、敵から離れて立ち上がった。しかしそこで、冷たい火のようなものが腕に走った。

痛みを無視し、ブーツを履いた足をすばやくくり出す。荒々しい弧《こ》を描いた足が床から立ち上がりかけていた最初の男をとらえた。男は後ろに飛ばされて机にぶつかった。

マサイアスは相手の攻撃に対して応戦のかまえをとったが、驚いたことに、襲撃者はどちらも踵《きびす》を返して書斎から逃げていった。ふたりが家の裏手へと逃げる靴音が廊下のタイルに響いた。

次の攻撃に備えて身がまえていたマサイアスは、敵に逃げられて一瞬混乱した。

書斎から廊下に飛び出したが、遅すぎることはわかっていた。敵が外へ出て厨房の扉が音高く閉まるのが聞こえてきた。

「ちくしょう」

マサイアスは片手を壁につき、体を支えると、何度か深呼吸した。妙に頭がくらくらしていた。

眉根が寄る。いったいぼくはどうしたんだ？　格闘はほんの数分のことだった。体調はとてもいいと思っていたのに。

左腕に走った火が今や冷たくないことにそこで気がついた。今は地獄の業火のように感じられる。目を下に落とすと、上着の袖が切れて穴が開いていた。書斎でともした、たった一本の蠟燭の明かりによって、高価な生地ににじむ自分の血の色が見えた。

敵はちゃんと武装していたわけだ。ひとりは拳銃を持ち、もうひとりはナイフを持って。

ヴァネックの家で何を探していたにせよ、やつらにとって非常に重要なものだったにちがいない。

それは見つかったのだろうか？

マサイアスはクラヴァットをはずし、出血している腕にすばやく巻きつけた。それからヴァネックの書斎の探索に戻った。古代ザマーの神秘的な遺跡を探しているときに鍛錬によって身につけた思考回路をとろうとしながら。


一時間後、マサイアスは自宅の図書室のイルカのソファーに背をあずけ、イモージェンが階段を駆け下りてくる足音に耳を傾けていた。ウフトンがナイフの傷を縫い終えるまで痛みに耐えていたマサイアスはにやりとした。

「けがをしたの？」図書室の扉は閉じていたが、イモージェンの声はやすやすと聞こえてきた。表の通行人にその声が聞こえたとしても意外ではない。「彼がけがをしたっていったいどういうこと？　どこにいるの？　ひどいけがなの？　ウフトンは医者を呼びにやったの？」

イモージェンの矢継ぎ早の質問が、階段を降りてくる軽快な足音に交じって聞こえてくる。「ウフトンが手当てしているですって？　ウフトンが？　ウフトンですって？　ウフトンは執事であって医者じゃないわ」

「奥様はご心配のようですね」マサイアスの腕に白い包帯を慎重に巻きながらウフトンが言

った。

「そのようだな」マサイアスは目を閉じ、頭をソファーにあずけると、ひとりほくそ笑んだ。「家に妻が待っているというのは妙な感じだな」

「お気を悪くしないでいただきたいのですが、旦那様、レディ・コルチェスターはたいていの奥様より少々変わってらっしゃいます」

「ああ、そうだな」とマサイアスも言った。

イモージェンが命令を下したり、さらなる質問をくり出したりするのにじっと耳を澄ます。

「すぐに彼のベッドの用意をして」イモージェンが誰かに言っている。「あなた。チャールズ、あなたよ。旦那様を二階に運ぶのに使えるような敷き藁《わら》を準備して」

マサイアスは身動きし、いやいや目を開けた。「家全体が病院に変えられる前に誰か彼女を止めたほうがいいな」

ウフトンは青ざめた。「私を見ないでください、旦那様」

「おまえが意気地と不屈の精神をなくすなんてこれまでにないことだな、ウフトン」

「奥様のような特別な性格のご婦人に対応するのははじめてですので」

「それはぼくも同じさ」

外の廊下でイモージェンの声がさらに大きくなった。「タイルの上に落ちているのは血じゃない？　マサイアスの血だわ。なんてこと。包帯を持ってきて。水も。針と糸も。急いでったら」

「気をしっかり持つんだ、ウフトン」マサイアスは扉にちらりと目をやった。「まもなく襲来だ」

ウフトンは包帯を巻きながらため息をついた。

図書室の扉が勢いよく開き、チンツのローブをはおり、フリルのついた小さな白い帽子をかぶったイモージェンが部屋に飛びこんできた。不安そうに見開かれた目がすぐさまソファーに向けられる。マサイアスは悲劇のヒーローといった顔をつくろうとした。

「マサイアス、いったい何があったの？」イモージェンはソファーのそばで足を止めた。左腕に巻かれた白い包帯にすばやく目を向け、その目をトレイの上に積み上げられた、血のしみのついたシャツに移す。顔から血の気が引いたのはたしかだった。

「大丈夫だ、イモージェン」マサイアスは言った。「おちついて」

「なんてこと、全部わたしのせいよ。今夜、あなたひとりを辻馬車で行かせるべきじゃなかったんだわ。街はとても危険なんだから。わたしたちといっしょに家に帰ってくれればよかったのに。ミスター・バグショーと話をするように言うなんて、わたしは何を考えていたのかしら?」

マサイアスはてのひらを外に向けて手を上げた。「これについて自分を責めてはだめだ、イモージェン。ご覧のとおり、命の危機に瀕《ひん》しているわけじゃないんだから。ウフトンはこういうことに多少経験があってね。そう、ロンドンの並みの医者よりもずっと腕がいい」

イモージェンは疑うようにウフトンを見やった。「どんな経験があると?」

ウフトンはいかめしい鼻をつんと上げた。「古代ザマーを探して海外を旅するときに、旦那様のおともをしてまいりました。ほんとうにさまざまな事故や冒険が日常のことでした。船に乗っているときや、発掘のときに、同行者の傷や骨折などの手当てをすることにかなり熟練するようになったのです」

「まあ」イモージェンは一瞬当惑顔になった。それから、満足したようにうなずいた。「あなたがそう確信しているのだとしたら、きっとわたしたちもあなたを頼っていいわね、ウフトン」

「ああ、そうだ」マサイアスも言った。「ウフトンは昔から医学に才能を見せていた。旅に出ているあいだに、ありとあらゆる興味深い医術や薬の処方を学んでいたよ」

「医術や処方ってどんな?」とイモージェンが訊いた。

ウフトンはせき払いをした。「たとえば、傷を閉じる前に、旦那様の傷口にブランデーを注ぎました。強い酒が傷に雑菌がはいるのを防ぐと信じる船乗りや兵士は多いんです」

「それは興味深いわね」イモージェンは上品に鼻を鳴らした。「きっとそのブランデーを多少旦那様の喉にも注ぎこんだんでしょうしね。それも手当ての一部なのでは？」

「もちろん、重要な一部さ」マサイアスはつぶやくように言った。

ウフトンはひそかにせき払いをした。「傷口を縫い合わせる前に、針を炎にかざすこともしました。東方でよく使われる技です」

「それは聞いたことがあるわ」イモージェンはしゃがみこみ、マサイアスの腕の包帯をたしかめた。「血は止まっているようね」

「傷はそれほど深くありませんでした」ウフトンが言った。ぶっきらぼうながら、安心させようというように声がわずかにやさしくなる。「一日か二日すれば、旦那様の具合もずいぶんとよくなるはずです」

「それってすばらしいわ。ほんとうにほっとした」イモージェンは勢いよく立ち上がり、腕をウフトンに巻きつけた。「マサイアスの命を救ってくれたことにどう感謝したらいいかしら？」

ウフトンは顔に恐怖そのものといった表情を浮かべて身を凍りつかせた。「お、奥様、お願いです。これはあまりにも……あまりにも常軌を逸しています」そう言ってことばを止め、マサイアスに必死に懇願する目を向けた。

「彼を放してやったほうがいいぞ、イモージェン」マサイアスはにやりとしそうになるのをどうにかこらえた。「ウフトンはそういう感謝の示され方に慣れていないからな。そう、ぼくはいつも金で感謝を表してきた。彼もそのほうがいいはずだ」

「ああ、そうね、もちろん」イモージェンはウフトンを放してすばやく一歩下がった。「ごめんなさい、ウフトン。あなたに気まずい思いをさせるつもりじゃなかったのよ」そう言って明るい笑みを向けた。「でも、今夜あなたがしてくれたことを恩に着ているってわかってほしくて。あなたのためにわたしにできることがあったら、なんでも言ってくれなくちゃだめよ」

ウフトンは顔を奇妙な赤い色に染め、大きく唾を呑みこんだ。「ありがとうございます、奥様。でも、旦那様とは長いおつきあいですので、そうおっしゃっていただく必要はありません。立場が逆なら、旦那様もまったく同じことをしてくださったはずですから。じっさい、これまでに一度ならずそういうこともありました」

イモージェンは明らかに興味を惹かれた様子だった。「あなたの傷を彼が縫ったの？」

「もう何年も前のことです。墓所で不運な出来事がありまして」ウフトンは急いで扉のほうへあとずさった。「では、私は下がったほうがいいようで。きっとおふたりでお話しなさりたいでしょうから」

ウフトンは踵を返して逃げた。

イモージェンは彼が部屋を出て扉が閉まるまで待ち、それからソファーのマサイアスの隣に腰を沈めた。「全部話して。おいはぎに襲われたの?」

「正確にはおいはぎとはちがうだろうね」

イモージェンは突然恐怖に駆られたように目を見張った。「まさか、ミスター・バグショーがかっとなってあなたを襲ったとか?」

「まさか」

「よかった。一瞬、あなたが話をしたときに彼が怒り狂ったのかもしれないと思ったわ」

「バグショーはぼくが見たかぎりではそれなりにおちついていたよ。ただ、ぼくの話したことにはまったく興味を示さなかったが」

「ああ、そう」イモージェンはため息をついた。「彼もわかってくれるんじゃないかと期待していたんだけど……まあ、いいわ。それはまた別の問題だから。全部話して、マサイアス」

「話せば長くなる」マサイアスはかすかに身動きし、けがをした腕が痛んで顔をしかめた。

イモージェンの目が内心の思いをありありと伝えてきた。「痛みはひどいの?」

「ブランデーをもう少しやってもいいかもしれない。そう、ぼくの神経のためにね。グラスをとってくれるかい？」

「ええ、もちろん」イモージェンはソファーから飛び上がり、ブランデーの置かれているテーブルへ急いだ。デキャンタを勢いよくつかんだせいで、優美なカット・クリスタルの栓が飛んで絨毯の上ではずんだ。イモージェンはそれを無視し、ひとつならずふたつのグラスになみなみと中身を注いだ。

それからグラスをソファーに持ってくると、ひとつをマサイアスに手渡し、自分は彼の横に陣どった。「そう、何もかも心乱されることばかりだわ」イモージェンは手に持ったブランデーを大きくあおり、すぐさませきこみはじめた。

「ほら、ほら、イモージェン」マサイアスは彼女の肩のあいだを軽くたたいた。「ブランデーがきみの動揺した神経を鎮めてくれるよ」

イモージェンはグラスの縁越しに彼をにらみつけた。「わたしの神経は動揺していないわよ。わたしはとんでもなく強い神経の持ち主なんだから。何度も説明したじゃない」

「まあ、だとしても、ぼくの神経は鎮めてくれるさ」マサイアスは元気づけに大きくあおった。「どこからはじめたらいい？　ああ、そうだ、バグショーとおしゃべりしたことは話したね。話を終えると、ぼくは馬車を降りた。すると、驚いたことに、そこはヴァネックの住まいの前の通りだった。住まいだったところと言うべきだろうな」

「たまたまその界隈で馬車を降りたっていうの？　とんでもなく妙ね」

「もちろん、ぼくも驚いたよ。いずれにしても、そこに行ったからには、彼の書斎を調べてやろうと決心したのさ」

イモージェンはグラスを落としそうになった。「何をするですって？」

「そんなふうに怒鳴らなくてもいいよ。動揺するような経験をしたばかりで、ぼくが今敏感になっているのはわかるはずだ」

「声を荒らげるつもりはなかったのよ。あまりに驚いたものだから。マサイアス、そんなふうに起き上がっていてはよくないわ。気が遠くなるにちがいないもの。わたしの膝に頭を載せたらどうかしら？」

「すばらしい考えだ」

イモージェンは広い肩に腕をまわし、彼の頭を自分の脚の上に下ろさせた。「ほら、このほうがいいわ」

「ずっといい」マサイアスは目を閉じ、頭の下に感じる、太腿のやわらかくあたたかい感触を味わった。それから、ひそかに彼女の香りを吸いこんだ。それに反応して下腹部が硬くなる。「どこまで話したかな？」

「ヴァネックの書斎よ」イモージェンは彼に顔をしかめてみせた。「いったいどうしてそこへ行ったの？」

「ただ調べてみたかったのさ。彼の死の状況にちょっと引っかかるものがあってね。ぼくがあれこれ思い悩む人間であることはきみも知ってのとおりだ」

イモージェンはそっと彼の額をもんだ。「気になっていることがあったなら、性急なことをする前にわたしに話してくれるべきだったのよ」

「気にすべきことがあるかどうかもわからなかったからね。だから、ヴァネックの書斎にひとりで忍びこんだわけだ」

「何か変わったものを見つけた？」

「血のしみがあった」

イモージェンの手がマサイアスの額の上で止まった。「血のしみ？　たしかなの？」

「ああ、絶対に。ヴァネックの書斎でつい最近、かなりの量の血が飛び散ったんだ。絨毯に大きなしみがあったよ。誰もそれをきれいにしようとは思わなかったようだ。つまり、彼が死ぬ直前のことだというわけさ」マサイアスはそこでことばを止めた。「そしておそらくは、彼が使用人たちを首にしたあとのことだ」

「使用人たちを首にした？　いつ？」

「でも、マサイアス、そうなると、彼はあなたと対決するよりもロンドンを出ようと決心していたにちがいないわ」

「ああ。でも、話をつづけると、机の上にあった紙にもいくつか血のしみがあり、その紙には日付が書かれていた。どうやらヴァネックは、手紙を書こうとして邪魔されたようだ」

「日付はいつになっていたの？」

「昨日さ。決闘の前日」

「驚きね」イモージェンは身動きをぴたりとやめ、暖炉の火をじっと見つめた。「彼はカボットの農場であなたと対決する前、昨日の晩のうちに自分の書斎で撃たれたんだと思う？」

「その可能性が高いと思うね」マサイアスは彼女の目を追った。ヴァネックの亡霊も炎のなかに現れることになるのだろうかとぼんやりと考えながら。それから、そうはならないだろうと思った。あの男がとりつくのはぼくではない。

「だけど、そうだとしたら、彼はおいはぎに殺されたんじゃないってことになるわ。もしかして、強盗に？」

「ふつうの泥棒や強盗だったら、殺した相手をわざわざ決闘の場に運んだりはしないはずだ」マサイアスは言った。「ヴァネックが夜明けに決闘することになっていたことすら知らなかっただろう」

「それはそうね」イモージェンは思いきり顔をしかめた。「でも、そうなると――」

「そのとおり」マサイアスは彼女の太腿の上で身動きした。彼女が額にまた注意を戻してくれないかと期待したのだ。「ヴァネックを殺したのは、決闘のことが耳にはいるだけヴァネックをよく知っている誰かだと考えていいと思う。おそらく、殺した人間はその罪をぼくに着せるために、ヴァネックの死体をカボットの農場へ運んだんだ」

イモージェンは、マサイアスのけがをしていないほうの肩を指で軽くたたいた。「そうだとしたら、ヴァネックの知り合いの誰かが彼を殺したということになるのね」

マサイアスはためらった。「かかわっている人間はふたりだと思う」

「ふたり？　でも、どうしてそれがわかるの？」

「今夜ヴァネックの家に忍び入ったときに――」マサイアスは言った。「家のなかで何かを探しているらしいふたりの人間に出くわしたからさ。ぼくよりも先に忍びこんでいて、ぼくがそこへ現れたことがありがたくなかったようだ」

イモージェンの指が突然彼のけがをした腕をつかんだ。「それでけがをしたの？　そのふたりのどちらかに刺されたの？」

マサイアスははっと息を呑んだ。「心配してくれてありがたいが、イモージェン、そっちはけがをしているほうの腕だ」

「あ、いやだ」イモージェンはすぐさま彼の腕を放し、謝るような苦悩の色を浮かべた目をみはった。「忘れていたわ。あなたの話に夢中になってしまって」

「わかるよ。神経が揺さぶられると、そういうこともある」

「わたしの神経に問題はないわ。ねえ、話をつづけて」

「要するに、それからとんでもなく無様な取っ組み合いがあって、そのあいだ、先に家にいたふたりのどちらかがぼくにナイフを使ったんだ。どちらの悪党も誰かはわからなかった。マントをはおり、顔をスカーフで覆っていたからね。残念ながら、両方に逃げられてしまった」

「マサイアス、あなた、殺されていたかもしれないのよ」

「それはないな。さて、ここまでは退屈な話だ。先にあの家にいたふたりが夜の闇のなかに逃げてからぼくが見つけたもののほうがもっと興味深い」

ブランデーが必要だったのは、傷の痛みのせいではないとマサイアスは心のなかでつぶやいた。サイコロのひと振りに自分の未来を賭ける強さを得るために必要だったのだ。自分がばかなことをしようとしているのはわかっていた。まるで火に引き寄せられてしまう愚かな蛾《が》になった気分だった。

「けがをしたあともそこに残って探索をつづけたというの？ マサイアス、どうしてそんなばかなことができたの？ まっすぐ家に戻ってくるべきだったのに」

ばかなことというのは書斎を探索したことではないとマサイアスは思った。これからすることこそ、ばかなことだ。

「ヴァネックの書斎にいたのはほんの数分さ」彼は言った。「数分でその日記を見つけた」

イモージェンの眉根が寄り、いかめしい一直線になった。「なんの日記？」

「きみのそばのテーブルに載っているやつさ」

イモージェンは薄い革表紙の冊子に目を向けた。「ヴァネックの日記？」

「ちがう。きみの友人のルーシーのだ」

「ルーシーの？」イモージェンは当惑した目で日記をじっと見つめた。「わからないわ」

「ヴァネックがそれを机の隠し場所にうまく隠しておいたんだ」

「でも、どうしてわざわざ隠そうとしたのかしら？」

「見当もつかないね」マサイアスは考えこむような目を妻に向けた。「ただ、ぼくがヴァネックの家で驚かせたふたりの人間はそれを探していたのかもしれない」

「どうして？」

「ぼくらのどちらかがそれを読むまでその答えはわからないよ」マサイアスは奥歯を噛みし

めるようにした。「ルーシーはきみの友人だったわけだから、きみが読むほうがいいと思う」

イモージェンは困った顔になった。「彼女の日記を読むのは正しいことかしら?」

「彼女は亡くなっているんだ。読んだからって彼女を傷つけることにはならないだろう?」

「でも——」

「きみとぼくは大昔に死んで葬《ほうむ》られた人間が遺《のこ》した文章を研究する専門家だ」

「古代ザマー人が遺した記録のことを言っているのね。ルーシーはザマーの人間じゃないわ」

「どこにちがいがある? 死者は死者だ。死んでどのぐらいたつかは関係ない」彼らの亡霊に生涯つきまとわれることもある。

イモージェンは手を伸ばして日記に触れた。「日記を読むとなると、ルーシーの私生活に土足で踏み入る感じがするわ」

「たしかにそうさ。でも、ヴァネックがわざわざ隠そうと考えるだけそれを重要だとみなした理由と、ほかのふたりの人間が今夜それを彼の家で探していた理由が知りたい」

「でも、マサイアス——」

「率直に言わせてくれ、イモージェン。きみが友人の日記を読みたくないと言うなら、きみの代わりにぼくが読むよ」

イモージェンがそれに答える前に図書室の扉がまた開いた。マサイアスが首をめぐらすと、入口にパトリシアが立っていた。驚愕した顔で兄を見つめている。

それから悲鳴をあげた。身の毛もよだつような甲高い声で、天井の梁《はり》にまで届くのではないかと思われた。マサイアスは顔をしかめ、両手で耳をふさいだ。

「大丈夫よ、パトリシア」イモージェンがきっぱりと言った。「マサイアスはすぐによくなるわ」

「呪いよ」パトリシアは手を喉にあてた。「血がまき散らされる。呪いで予言されていたとおりだわ」

そう言って踵を返し、廊下を駆け出した。開いた扉越しに、ザマーの悪魔に追われているかのように彼女が階段を駆けのぼっていくのが見えた。

「妹は女優になるべき運命だったんじゃないかと思うことがあるよ」マサイアスは小声で言った。「いったいどうしたっていうんだ？　呪いがどうのっていうのはなんだ？」

「さっきもそんなことを言っていたわ」イモージェンは顔をしかめた。「彼女やほかの若い女性たちは、レディ・リンドハーストのサロンでラトリッジの呪いについて学んでいるようね」

「くそっ。セリーナはもっと分別をわきまえていると思っていたんだが」

「レディ・リンドハースト自身がそれを信じているかどうかは疑わしいわね」イモージェンが言った。「きっと彼女にとってはおもしろいお遊びなのよ。だけど、パトリシアほど若くて繊細な感受性の持ち主は、ときにそういうことを真剣にとらえすぎてしまうんだわ」

「繊細な感受性なんてくそくらえだな」マサイアスはため息をついて言った。「ぼくらにとっては問題を引き起こしてばかりでうんざりするよ」


マサイアスが眠りに落ちてからもイモージェンはしばらく目が冴えていた。大きなベッドでもっと居心地のよい体勢をとろうと何度も寝返りをくり返す。数分が何億年にも感じられた。窓から射しこむ冷たい月明かりが絨毯の上でゆっくりと動いている。マサイアスがそばで眠っていることを強く意識しつつも、ルーシーの日記を読むことを考えると、ひどく孤独な気がした。ルーシーの私生活をのぞきみることがはばかられるだけでなく、なぜか日記を開くのに気が進まなかった。

それでも、日記を開かずには眠れないこともわかっていた。自分が読まなければ、マサイアスが読むことだろう。避けられないことを避けてもしかたない。

イモージェンはあたたかいベッドを出てローブをはおると、上履きに足をつっこみ、振り返ってマサイアスを見下ろした。彼はうつぶせに寝そべり、顔を向こうに向けている。むき出しの肩は白いシーツの上でなめらかでたくましく見えた。月明かりが彼の黒髪にひと筋はいった銀髪を光らせている。マサイアスにはどこか夜が似合うところがあると思わずにいられなかった。

冷たい不安が心をよぎる。夢に登場する暗い人影が思い出された。マサイアスでもあり、ザマリスでもある人影。闇にとらわれた男性。

イモージェンはすばやくベッドに背を向け、冷たい月明かりのなかを自分の寝室へ向かった。寝室にはいると、続き部屋の扉を閉めた。

ルーシーの日記は窓のそばのテーブルの上に載っていた。イモージェンは日記を手にとり、しばらくそれについて考えた。薄い冊子を手にとってみて、開きたくないという思いがさらに強まった気がした。見えない力が読むのを止めようとしているかのように。

自分の暗い物思いに悩まされながらも、イモージェンは読書用の椅子に腰を下ろし、ランプをともした。

マサイアスは続き部屋の扉が静かに閉まる音がするまで待った。それから、あおむけになってけがをしていないほうの腕を頭の後ろにまわし、暗い天井を見上げた。

イモージェンがルーシーの日記を読みに自分の寝室へ行ったのはわかっていた。答えがあの冊子のなかにあるとしたら、彼女が見つけることになる。

ホレーシアが言っていたことから、ルーシーはそれほどいい友人ではなかったのではないかとマサイアスは推測していた。レディ・ヴァネックがイモージェンにやさしくしていたことには裏があったにちがいない。最悪の事態は、イモージェンがルーシーについての不愉快な真実に直面せざるを得なくなることだ。

しかしマサイアスには、自分が自分に嘘をついていることがわかっていた。イモージェンがルーシーについての真実を知ることは最悪の事態とは言えない。最悪の事態は、イモージェンが夫についての真実を知ることだ。

マサイアスはためらっていたが、それ以上耐えられなくなった。続き部屋の向こうに広がる恐ろしい静けさに、気が変になりそうだったのだ。マサイアスはキルトを押しやってベッドから出た。強い焦りに襲われる。ばかだった。自分を救うにはもう手遅れかもしれない。

黒いローブを見つけ、けがをした腕を袖に通そうとしばしもがいたが、やがてあきらめた。ローブをケープのように肩にはおると、続き部屋の扉のところへ行った。

そこで足を止め、深呼吸すると、扉を開けた。

窓辺の椅子にすわっているイモージェンの姿を見て、冷たい後悔の念に心を貫かれた。ルーシーの日記は膝の上に伏せて置かれている。何も訊かなくても、その忌まわしい冊子の中身についての疑念が正しかったことがわかった。マサイアスはドアノブを握ったまま立っていた。運命は定まったという恐ろしい感覚にさらされる。

「イモージェン?」

彼女は顔を上げて彼に目を向けた。頰は涙で濡れている。

「どうしたんだい?」マサイアスはささやいた。

「ルーシーは浮気をしていたの」すすり泣くような声。「不幸な結婚生活だったから、それほど驚くことでもないんだと思う。よそで幸せを見つけようとした彼女を責めはしないわ。ほんとうに。でも、ああ、マサイアス、どうして彼女はわたしを利用したの? 友達だと思っていたのに」

マサイアスは胃がよじれる気がした。そういうことではないかとわかっていたのだ。「ルーシーがきみを利用した?」

「三年前にわたしをロンドンに招待したのはそのためだったのよ」イモージェンはハンカチで目を拭いた。「じっさい、それがわたしにロンドンへ来てと言ってきた唯一の理由だった。そう、浮気をヴァネックに知られないようにするためだったの。知られたら、お金をもらえなくなるんじゃないかと恐れたのよ。たぶん、田舎に追いやられるんじゃないかって。跡継ぎを産んでなかったせいで、すでに彼は怒っていたし」

マサイアスはゆっくりとイモージェンに近づいた。「そうか」

「ルーシーはヴァネックに触れられるのにも耐えられないと書いているわ。結婚したのは彼の爵位とお金目当てだったって」イモージェンは読んだことを完全には理解できないというように首を振った。「それについてはとてもあけすけに書いてある」

マサイアスはイモージェンの前で足を止めたが、何も言わなかった。

「わたしがロンドンでつねにいっしょにいれば、彼女の愛人の恋愛の対象はわたしだとヴァネックに思わせられると考えたのよ」

マサイアスは心のなかでパズルのピースを組み合わせた。「アラステア・ドレイク」

「え？」イモージェンは鼻をかみながら彼にちらりと目を向けた。「ああ、そう。もちろん、アラステアよ。彼がルーシーの愛人だったの。ルーシーは熱い情熱をもって彼を愛していたみたい。彼と駆け落ちするつもりだと書いてあるわ。でも、そのときが来るまでのあいだも、できるだけ彼といっしょに過ごしたいと思っていたのよ」

「それで、きみがいたおかげで、ヴァネックに疑われずにドレイクといっしょに過ごすことができたというわけか」

「ええ」イモージェンは手の端で涙をぬぐった。「アラステアも彼女に協力して、自分が愛情を傾けている女性はわたしだという振りをしていたのよ。わたしのみならず、ヴァネックも、ほかのみんなも、そうだと信じたわ。もちろん、彼もそう信じさせるような振る舞いをしていたわけだから。しばらくのあいだ、わたしは彼が……いいえ、もうそんなことはどうでもいいことだわ」

「このことできみが真実を知ることになってしまってすまない」

「自分を責めないで、マサイアス。ルーシーの日記によってわたしが何を知ることになるのか、あなたにはわからなかったんだから」イモージェンは悲しげなかすかな笑みを浮かべてみせた。「あなたが正しかったと言わざるを得ないわね。ある面でわたしはかなり世間知らずだわ。だまされやすいし」

「イモージェン」

「考えてみれば、驚きよね。アラステアといっしょに過ごしていたあいだ、彼がルーシーと恋仲だなんて感じたことは一度もないんですもの。彼女とひそかに会うだけでなく、おおやけにも会えるようにわたしを利用していたなんて想像すらしなかった。三人で出かけるときに、ルーシーがいつもご機嫌だったのも当然よね」

「かわいそうに」マサイアスはささやいた。ほかになんと言っていいかわからなかった。彼は彼女をそっと椅子から抱き上げた。

「マサイアス、どうしてわたし、あんなに愚かだったのかしら？」イモージェンは彼の胸に顔を寄せた。「ルーシーはわたしについてこんなひどいことを書いていたのよ。わたしをばかにしていた。わたしってほんとうのルーシーを全然わかっていなかったみたい」

マサイアスには、イモージェンのことも自分のこともなぐさめることばがなかった。ただ彼女をきつく抱き寄せ、暗闇に目を凝らしていた。

自分はほんとうに弱い神経の持ち主なのではないかと思わずにいられなかった。おそらく、心を凍りつかせるようなひどい絶望感は、無垢《むく》なはかない花を踏みつけにした代償なのだ。

16

二日後、イモージェンはお茶のカップを手に、ホレーシアの小さな応接間を歩きまわっていた。「ルーシーのこと、完全に誤解していたなんて、いまだに信じられないぐらいだわ」

「あなたがルーシーのことを悪く思いたくなかった気持ちはわかるわ」ソファーにすわっているホレーシアは深く思い悩む目でイモージェンを見つめていた。「彼女のことを友達だと思っていたし、友達だと思う相手にとても忠実なのはあなたの性格だもの」

「友達だったのよ。こんなこと、想像もしなかった」イモージェンは窓辺で足を止め、表の通りを見やった。「アッパー・スティックルフォードで近くに住んでいたころは親切だったし」

「親切だったのはあなたのほうよ。いつも泊まりに来るよう彼女を招いていた」

「ルーシーはドレスをくれたわ」

「流行遅れになってからね」ホレーシアはつぶやくように言った。「アッパー・スティックルフォードでは流行なんて重要じゃなかったもの」

「ルーシーには重要だったのよ」

イモージェンはそのことばは無視した。「両親が亡くなったあともよく訪ねてきてくれてお茶をいっしょに飲んだわ」

「訪ねてきたのは、いつも死にそうなほど退屈だったからよ。田舎暮らしは彼女の好みに合わなかったのね」

「古代ザマーについても話し合った」

「それについて話していたのはあなただけよ」ホレーシアはゆっくりと言った。「たぶん、ルーシーはザマーに関心のある振りをしていただけじゃないかしら」

イモージェンが勢いよく振り返ったせいで、お茶のカップがソーサーとぶつかって音を立てた。「どうしてそんなことを言うの?」

ホレーシアは小さなため息をついた。「たしかにわたしはあなたのお友達のルーシーのことはあまりよく知らなかったけれど、彼女の人柄については耳にしていて、あまりいい印象を持たなかったからよ」

「噂よ」イモージェンは言い張った。「そんなの噂にすぎないわ」

「気の毒だけれど、イモージェン、どう見てもルーシーは、利己的で、わがままで、向こう見ずで、予測不可能な変わった気質の娘だったわ」

「ルーシーは叔父様の家から逃げたくてたまらなかったのよ。ジョージ・ハコンビーは誰よりも不愉快な人間ですもの。うちの両親も彼のことは嫌いだったわ」

「それはそうね」ホレーシアも認めた。

イモージェンははじめてルーシーが訪ねてきて、ひと晩泊めてほしいと言ってきたときの彼女の目を覚えていた。「ルーシーはハコンビーが怖かったのよ。とくに彼がお酒を飲んだときには。彼とふたりきりで過ごしたくなくて、うちに泊めてほしいと頼んでくることも多かった」

「それで、あなたは彼女を受け入れた」ホレーシアは片方の肩を小さくすくめた。「イモージェン、このことについてあなたと言い争うつもりはないのよ。ルーシーは亡くなっているんだから。今になって彼女の過去を暴いても得ることは何もないわ」

「ええ、わたしもそう思う」

ホレーシアは鋭く非難するような目で姪《めい》を見つめた。「ルーシーの日記を読んで、ルーシーがミスター・ドレイクと関係を持っていたのがわかったというのね？」

「ええ。彼女の日記を読んだのが正しいことじゃなかったのはわかっているの。でも、なぜヴァネックが撃たれたのか、日記のなかに手がかりがあるにちがいないとマサイアスが言うものだから。三分の二ほど読んだけど、これまでのところ、なぜヴァネックが殺されたのか知る手がかりは見つかっていないわ」

ホレーシアは顔をしかめた。「ヴァネックはおいはぎに殺されたんだと思っていたわ」

「それについてはたしかなことは言えないの。いずれにしても、わたしが日記を読まないなら、自分が読むとマサイアスに言われたものだから。ルーシーの個人的な記録が知らない人の目にさらされないよう、わたしが守らなければならない気がして」

「そうなの。それで、コルチェスターがどうやってこの日記を手に入れたのか訊いてもいい？」

イモージェンはせき払いをした。「その、ヴァネック卿《きょう》の住まいを訪ねたときに見つけたのよ」

「どうしてヴァネックの家を訪ねたの？」

「ヴァネックが殺されたときの状況の何かが心に引っかかっていたから」イモージェンは説明し、すばやく考えをめぐらした。「使用人と話をすれば、なにがしかの真実がわかるかもしれないと思ったの」

「なるほどね」

ホレーシアの疑うような声は気に入らなかった。「彼が置かれた状況を考えれば、しごく当然のことよ」と急いで言う。「マサイアスの名前をヴァネック殺しに結びつける噂が広がっているわけだし。ただ、行動に起こす前に、わたしに教えてくれたらよかったのにと思うわ」

ホレーシアの眉が上がった。「たしかにコルチェスターはかなりややこしい立場に置かれているわね。そうは言っても、そんなの彼にとっては目新しいことでもないでしょうけれど」

イモージェンは叔母をにらみつけた。「彼は汚名を晴らして噂を鎮めたいと思ったのよ」

「そんなのできるわけがないし、彼にだってそれはわかっていると思うわ」ホレーシアはそっけなく言った。「昔から世間の人は〝冷血なコルチェスター〟についての噂話をたのしんできたんだもの。真実が明らかになったぐらいでは変えられるものじゃない」

「彼を冷血なんて呼ばないで」

「悪かったわ」少しも謝っている声ではなかった。内心怒り狂っている声だ。

イモージェンは驚愕して顔をしかめた。「ホレーシア叔母様? どうかしたの?」

「別にたいしたことじゃないわ」ホレーシアはなめらかな口調で言った。「目下の問題に話を戻しましょう。コルチェスターがルーシーの日記を見つけてあなたに読むように言ったというのね？」

「ええ。今夜には読み終えるつもりよ。でも、すでにわかっている以上のことが見つかるとは思えないの。かわいそうなルーシーがアラステア・ドレイクにぞっこんだったのは明らかよ。彼と駆け落ちするつもりでいた。イタリアに行って、ふたりで堂々と愛の生活を送ることを夢見ていたのよ」

「イタリアに行っても、ルーシーは慣れた贅沢《ぜいたく》な暮らしをつづけられると思っていたの？」

「アラステアにはかなりの収入があるようだと日記に書かれていたわ」

「そう」

「でも、彼のほうは彼女をイタリアに連れていきたいとは思っていなかった」イモージェンは、ルーシーが日記のなかでじょじょに焦燥感を強めていたことを思い出した。「彼女は動揺していたわ。そう、アラステアのことをとても愛していたから」

「そうなの？」

「ヴァネックは夫の権利を行使しようとするたびに拒絶されて、よくかっとなっていたと日記には書かれていたわ。何度か無理やり行為におよんだこともあったそうよ」イモージェンは身震いした。「それはほんとうだと思うわ。ヴァネックの赤ちゃんを産みたくないと思って、ルーシーがじっさいに手を打つこともあったみたい。そういうことを請け負うバード・

レーンの女性に相談したとも書いてあった」

「そう」

「きっとヴァネックはルーシーが赤ちゃんを流したことを知ったか、駆け落ちをくわだてていることを見抜いたかしたんだわ」

「それで、怒り狂って妻を殺したと？」

「ええ」そう考えればすべてに説明がつくわとイモージェンは胸の内でつぶやいた。けれども、その推測について考えるたびに、ルーシーの死に自分はかかわっていないとヴァネックが強く否定していたことを思い出さずにもいられなかった。

「まあ、ヴァネックがルーシーを殺したのだとしたら、その報いを受けたのね」とホレーシアは言った。

「ええ、でも、誰が彼を殺したのかしら？」イモージェンは静かに疑問を口にした。

「その答えがわかることはなさそうね」

「たぶん、そうね」イモージェンは通りの反対側のタウンハウスの並びに目をやった。

「ほかに何か悩みでも、イモージェン？」

「この二日ほど、ルーシーがどうしてあんな行動をとったのか、よく考えてみたの」イモージェンはゆっくりと言った。

「それで？」

「彼女は病気だったのかもしれない」

「病気？」

「おそらくは心の病気よ」イモージェンは確信を強め、ホレーシアのほうを振り返った。「そう考えると多くのことに説明がつくわ。向こう見ずだったことも、やけになっていたことも。機嫌が変わりやすかったことも」

「ああ、イモージェン、わたしはそうは思わない――」

「それで納得がいくわ。たぶん、ルーシーは叔父様のせいでずいぶんと辛《つら》い思いをしたのよ。自分で認めていた以上に。それが心に影響をおよぼしたんだわ。きっと年を追うごとにじょじょに状態が悪くなっていったんだと思う。アッパー・スティックルフォードを出てからの彼女がとてもちがって見えたのも無理はないわ」

「それほどちがっていたかどうか、わたしにはわからないわね」

イモージェンはそのことばには注意を払わなかった。自分の推測にどんどん確信を深めていたからだ。「アラステア・ドレイクとの情事を隠すのにわたしを利用しようとたくらんだ理由もこれでわかったわ。そうじゃない、ホレーシア叔母様？　わたしがロンドンでいっしょに過ごすようになったときには、ルーシーはやけになっていたのよ。もとの彼女とはちがってしまっていた」

ホレーシアはしばらく姪をじっと見つめた。「あなたの言うとおりかもしれないわね、イモージェン」

「それが唯一筋のとおった推測だわ」イモージェンはきっぱりと言った。「ルーシーは昔から強い人じゃなかったし。最初は叔父様から、次に夫からひどいあつかいを受けて、耐えがたいほどに心を悩ませ、神経を揺さぶられてしまったのよ。それがついにはアヘンチンキほども確実に彼女を滅ぼすことになってしまった。そう、心の病気ですべてに説明がつくわ」

イモージェンの心に平穏が戻った。結局、ルーシーについてはまちがっていなかったのだ。彼女は病気で、絶望するほどに不幸だった。日記にわたしについて残酷なことを書いていた彼女は正気ではなかったのだ。

イモージェンは馬車から降り、叔母の家へ向かったときに比べればかなり軽い心でタウンハウスの石段をのぼった。ルーシーをとり戻すことはできないが、彼女とのあたたかい友情の記憶はまた心にしっかりとしまわれた。かわいそうなルーシー。どれほど辛かったことだろう。

石段の上で扉が開いた。ウフトンが玄関に立っていた。

「お帰りなさいませ、奥様」

「ありがとう、ウフトン」イモージェンはボンネットのひもをほどきながら彼にほほ笑みかけた。「マサイアスは図書室?」

「いいえ、奥様。旦那様は外出なさっています」

イモージェンは不安に駆られた。「外出した? どこへ?」

「行き先はおっしゃいませんでした、奥様」

「でも、傷はどうなの? 家で養生すべきはずよ」

イモージェンがなかにはいると、ウフトンは玄関の扉を閉めた。「旦那様はそういう助言に耳を傾ける方ではないので」

「彼が戻ってきたら、すぐにそれについて話をするわ」

「もちろんです、奥様」ウフトンはためらった。「今日の午後は馬車をお使いになりますか?」

二階への階段の一番下の段に足をかけていたイモージェンは、そこで動きを止めて振り返った。「いいえ、もう外出の予定はないわ。どうして訊くの?」

ウフトンは首を下げた。「馬車がお入り用かどうかたしかめたかっただけです。レディ・パトリシアがレディ・リンドハーストのお宅を訪問なさりたいとおっしゃっていたので。今日は馬車が二台必要かと思いまして」

「二台は要《い》らないわ」イモージェンはほほ笑み、急いで階段をのぼった。

踊り場に着くと、絨毯を敷いた廊下を寝室へと向かった。その日の午後のうちにルーシーの日記を読み終えてしまうつもりだった。ルーシーが病気だったとはっきりわかった今、もっと客観的に分析しながら読めるはずだ。これまでは友情に対するルーシーの裏切りに心が沈みこむあまり、はっきりものを考えられずにいたのだった。

イモージェンは寝室の扉を開け、部屋にはいった。ボンネットをベッドに放ったところで、はっと驚いて足を止めた。

寝室には先客がいた。パトリシアがルーシーの日記を抱えて窓辺に立っていたのだ。ぎょっとした顔でイモージェンを見つめている。

「パトリシア?」イモージェンは一歩彼女に近づいた。「いったいここで何をしているの? どうしてその日記を持っているの? それはわたしのよ」

「イモージェン、お願い、赦《ゆる》して。ひどい人間だと思われるにちがいないけど、わかってほしいの。ほかに選択肢がないのよ」

「いったいなんの話をしているの?」

「ラトリッジの呪いよ」

「またそのくだらない呪いの話ね」

「わからないの？　このあいだの晩、そのせいでお兄様はあやうく殺されかけたのよ。誰かが命を落とす前にそれに終止符を打てるのはわたしだけだわ」

「ばかばかしい」

「ほんとうのことよ、イモージェン。それについては話さないって約束したけど、わたしはずっと不安でたまらなかった。これ以上耐えられないわ。何もかも、書字板に刻まれた預言どおりのことが起こっているんですもの」

「書字板って？」イモージェンは鋭く訊いた。

「レディ・リンドハーストが古代ザマーの陶板をいくつか持っているんだけど、そのひとつに呪いが刻まれているのよ」

「あり得ないわ。冷静になって、パトリシア」イモージェンはまた一歩彼女に近づいたが、ふと思いついて足を止めた。「ラトリッジの呪いとわたしの友達の日記に、どういう関係があるの？」

「あなたとお兄様がこれについて話をしているのを耳にしたの。お兄様がけがをした晩、ヴァネックの家からこれを持ってきたことも知っているわ。そのせいであやうく命を落としかけたんだもの」

「何があったと思っているの？」イモージェンは慎重に訊いた。

「わからないの？　ヴァネックはラトリッジの呪いの犠牲者なのよ。この日記は彼につながるものだわ。お兄様は彼の家からこれをとってきて、呪いのかかったこの日記のせいであやうく殺されかけた。ラトリッジにかかわるものにはすべて呪いがかかっているのよ」

「ああ、もういい加減にして、パトリシア――」

「これ以上このままにしてはおけない。誰かが止めなくちゃ。レディ・リンドハーストはザマーの呪いを研究しているの。呪いを止めるためにどうすればいいかわかっているわ」

「ばかばかしいにもほどがある」イモージェンはベッドのところへ行き、ボンネットを手にとった。「ラトリッジの呪いについてはもううんざりするほど聞かされたわ。そろそろそういうばかな噂《うわさ》には終止符を打たないとね」

イモージェンがボンネットのひもを結び直すのをパトリシアはためらいながら見つめていた。「何をするつもり？」

「明々白々じゃない？」イモージェンはパトリシアを力づけるようにほほ笑んだ。「今日はわたしもあなたといっしょにレディ・リンドハーストのサロンに参加するつもりよ。その陶板に刻まれた呪いをこの目で見てみたいの」

コルチェスター伯爵家の馬車が出発した直後にマサイアスが家に戻ってきた。暗い物思いから逃げ出そうと、最初はクラブへ、それから馬市場へ行ったのだった。しかし、大勢の熱心な買い手の前を行進する駿馬《しゅんめ》たちを目にしても、気分は浮かび上がらなかった。

イモージェンが家にいないとわかって、がっかりすると同時にほっとしたのもたしかだった。彼女を腕に抱きたいと強く思いながらも、心のどこかでは彼女の目をのぞきこむのを恐れる気持ちもあった。夜の暗闇よりも真実の夜明けが怖かった。結局、亡霊には慣れているのだから。

心に渦巻く、慣れないさまざまな感情に悩まされながら、図書室に歩み入る。ふと、イモージェンに出会った日からこっち、驚くほど多種多様な慣れない感情や気分を味わってきたものだと思った。

マサイアスはクラヴァットをほどいて脇に放り、机に向かった。謎めいた島について言及している分厚いギリシャ語の本を開き、研究に没頭しようと努める。その島がじっさいは古代ザマーであるのはたしかだった。それが明らかになれば、ギリシャ人とザマー人のあいだで交易が行われていたという自分の考察が正しかったことがわかるはずだ。

英語を読むほど楽に読めるギリシャ語が、ページの上でもつれ合うように思えた。気がつくと、同じ部分を二度も三度も読み返していた。文章に注意を集中させようとしても、気が散ってじっとしていられない気分だった。

この遠い島の人々は数学にすぐれていると言われている。建物や山の高さを知るための計算を行い、潮の満ち引きを正確に予測できる。

もう無理だった。目の前のことばを見るたびに、日記を読んでわかったことを告げるイモージェンの苦悩に満ちた目がぼんやりと浮かぶのだ。彼女が流した涙の湿り気すら感じられるほどだった。マサイアスはこのふた晩、ベッドにはいっても長いあいだ眠れずにいた。破滅が迫りくる感覚に心を揺さぶられていたからだ。みずから招いた破滅。

どうしてイモージェンに日記を読むよう強要したのだ？　その忌まわしい質問を何度も自分にくり返したが、答えはわからなかった。

マサイアスは机の上の本を閉じ、首の後ろをこすった。深い疲労感に包まれる。古代ザマーの研究となれば、自分は思慮深い論理的な人間だったはずだ。それなのに、自分自身の行動が理解できない気がした。いったいぼくはどうしてしまったんだ？　彼は胸の内で自問した。

図書室の扉をノックする音が暗い物思いを破った。

「どうぞ」

ウフトンが現れた。「ミセス・エリバンクがいらしています」

「ホレーシアが？　なんの用だろう。お通ししてくれ、ウフトン」

ホレーシアが抑えきれない怒りの表情で図書室にはいってきた。これまで見たことがないほどに怖い顔をしている。マサイアスは警戒してゆっくりと立ち上がった。

「伯爵様」

「こんにちは、ミセス・エリバンク」彼女が机をはさんで向かい合う椅子にすわるのをマサイアスはじっと見つめていた。「イモージェンは留守にしているとウフトンから聞きませんでしたか？」

「あなたに会いに来たんです、コルチェスター様」

「そうですか。何か問題でも？」

「単刀直入に言いますわ」ホレーシアは冷たく言った。「どうしてルーシーの日記をイモージェンに渡したりしたんです？」

「なんですって？」

「聞こえたはずよ。あなたがルーシーの日記を見つけたんじゃなかった？」

「ええ」

「それで、その日記をイモージェンに渡した」ホレーシアは言った。「それを読んでもイモージェンのなぐさめとはならず、そこに書いてあることで傷つく可能性のほうが大きいとあなたは疑っていたにちがいないわ。それなのに、どうして日記を彼女に渡したの？」

長年の習慣と鍛錬によって、マサイアスはどうにか無表情を保った。それから、ゆっくりと椅子に背をあずけた。「ルーシーはイモージェンの友人だった。当然、イモージェンが日記を読むべきだと思ったんです」

「嘘ばっかり。あなたが日記をイモージェンに渡したのは、友人についての幻想を壊してやりたいと思ったからよ。否定しようとしないで」

マサイアスは何も言わなかった。

「思ったとおりだわ」ホレーシアは身を乗り出し、憤怒に満ちた目を彼に据えた。「イモージェンが抱いているルーシーの幻想を壊してどうしようと思ったの？　どんな残酷な目的があったのかしら？」

「ルーシーがイモージェンの信じているような気高い良き友ではないと最初に教えてくれたのはあなたです。ぼくもロンドンに戻ってきてから、ひそかに調べてみたんですが、ルーシーについてあなたの言ったことが裏づけられただけだった」

「だからどうだというの？」

マサイアスは鵞《が》ペンをもてあそんだ。「なんにしても、事実に直面するほうが賢明だとは思いませんか？　いつかはそれに直面しなければならないわけだから」

「両親の死後、ルーシーはイモージェンにとって唯一の友人だったのよ。ルーシーがいなければ、イモージェンはアッパー・スティックルフォードでほんとうにひとりぼっちだった。幻想を抱いたっていいじゃない」

「ルーシーもあのいまいましいアラステア・ドレイクも、自分たちの許されない関係を隠すためにイモージェンを利用したんだ。それを友情と呼ぶんですか？」

「いいえ、呼ばないわ」ホレーシアは目を険《けわ》しくした。「でも、こんなに月日がたってから、イモージェンに真実をつきつけて、なんの得があるっていうの？」

「ヴァネックの死には疑問があり、答えを見つける必要があったんです」マサイアスは鵞ペンの先をじっと見つめた。「その答えはルーシーの日記のなかにあるのではないかと思った」

「あなたがひそかに自分で日記を読むことだってできたはずよ。読めと強要するのはもちろん、イモージェンにそのことを知らせる必要だってなかったわ」

苦悩か怒りにちがいない、心痛む感情がマサイアスを貫いた。「あの忌まわしい日記を読めと彼女に強要したりはしなかった」

「わたしには強要したように思えるわ。彼女が読まなければ、自分が読むと言ったそうじゃない。イモージェンはルーシーの秘密を守ろうとしたのよ」

「いい加減にしてください。ぼくは最善と思われることをしたまでだ。イモージェンはルーシーについての真実に直面する必要があった」

「ふん。今は真実がどうのという話をしているんじゃないわ。問題は唯一の友とのイモージェンの大切な思い出を、あなたがわざと壊そうとしたことよ。伯爵様、あなたは〝冷血なコルチェスター〟と呼ばれて当然だと言わせてもらいますわ。あなたのしたことは冷淡で思いやりのないことよ。あなたがいつ本性を現すかと思っていたけれど、残念ながら、現したときには、不幸な結婚から姪を救うには遅すぎたわね」

鵞ペンが半分に折れた。マサイアスはぎょっとして指のあいだで折れたペンを見下ろし、それをそっと机に置いた。「あなたにそう思われてもしかたがない、ミセス・エリバンク」

「あなたの目的がなんなのか、不思議に思わずにいられないわ」ホレーシアは椅子から立ち上がり、顎《あご》を上げて彼を見下ろした。老いた青い血管が浮いて見えた。その瞬間、彼女が侯爵の縁戚であることは容易に信じられた。

マサイアスも勢いよく立ち上がった。広い机をはさんでホレーシアと目を合わせる。「真実を明らかにしたいという以上の目的はなかった」

「そんなのこれっぽっちも信じないわ。まったく、あなたがほんとうに姪を愛してくれているんだと思っていたのに。どうして彼女にこんなことができたの?」

マサイアスは片手をこぶしににぎり、くるりと振り返ると、もう一方の手を壁に打ちつけた。「ぼくが妻に嘘をついて暮らしていくことにうんざりしたのかもしれないとは思わないんですか?」

つかのま重苦しい沈黙が流れた。

「それはいったいどういう意味?」ホレーシアは静かに訊《き》いた。

マサイアスは必死におちつきをとり戻そうとした。大きく息を吸うと、自制心の鎧《よろい》をまとう。「気にしないでください。どうでもいいことだ。ご機嫌よう、ミセス・エリバンク。ウフトンがお見送りします」

ホレーシアはしばらく彼をじっと見つめていたが、やがてことばを発することなく振り返ると、扉へ向かった。

ホレーシアが部屋を出ていくまでマサイアスは動かなかった。それから窓辺へ寄り、しばらく庭を眺めた。

ようやく探していた質問への答えが見つかったのだ。自分がどうしてルーシーの日記をイモージェンに渡したのか、今ならはっきりとわかる。

イモージェンの目からベールをとり去ったのは、ルーシーについての真実に向き合わせようと思ってではなかった。夫についての真実に直面してほしかったからだ。

さっき怒りを爆発させてホレーシアに言ったことは、心痛むほどに正直なことばだった。イモージェンと嘘の暮らしをつづけていくことはできない。夫の本性に直面しても、彼女が愛しつづけてくれるかどうかたしかめなければならない。彼女が〝冷血なコルチェスター〟を愛せるかどうかを。

イモージェンは賢明な女性だ。きっと日記を読むように強要されたときに、夫が現した本性に気づいたはずだ。なんといっても、彼女はI・A・ストーンなのだから。

イモージェンは優美な女主人のまわりに半円を描いてすわるザマー研究サロンのほかの会員たちを眺めまわした。最初に気づいたのは、その面々がセリーナと自分以外、全員とても若い女性たちばかりだということだった。明るい色のドレスを着た女性たちの誰ひとりとして、二十歳以上ではないだろうと推測できるほどに。それ以上に若い女性も多く、みな社交界にデビューしたばかりだった。

バラの縁飾りまで青いドレスに身を包んだセリーナは、家政婦がお茶を出すあいだ、客たちに上品な笑みを向けていた。

その日まで、セリーナのことは、遠目に見かけるか、夜にシャンデリアで照らされた上流階級の舞踏場で見かけるかしかしていなかったことにイモージェンは気がついた。陽光よりも蠟燭の明かりのほうがずっと女性を引き立たせるのはたしかだった。それでも、イモージェンが驚いたことに、セリーナはたいていの女性以上に太陽の光の影響を被《こうむ》っていた。〝天使〟と称される女性が、日の光のせいで思った以上にいかめしく、冷たく見えたのだ。空色の目は天上界というよりもきらめくサファイアを思い起こさせた。セリーナが午後のサロンに集まった客たちはしゃれた女主人に魅惑されているようだった。セリーナが午後の活動の開始を合図するのを待つあいだ、興奮しておしゃべりしたり、忍び笑いをもらしたり、噂話を交わしたりしている。

セリーナがおとぎ話に登場する女王さながらの物腰でその場を仕切っていた。高尚な学術的サロンを演出する品々がまわりをとり囲んでいる。近くのテーブルには何冊かの革表紙の本が積まれていて、陶器や古代のガラスの瓶のかけらがはいった木製の箱が隣に置かれている。テーブルの上には黒いヴェルヴェットに包まれたものも置かれていた。ザマーの遺物の細々したものが――イモージェンが見たところ、とくにめずらしいものでもなかったが――応接間のあちこちにうまく配置されていた。窓辺にはかなり劣悪な模造品ではあるものの、アニザマラの彫像すらあった。

パトリシアはイモージェンに身を寄せて声をひそめた。「レディ・リンドハーストは呪いの刻まれた書字板をあのヴェルヴェットに包んでいるのよ。収集品のなかでもっとも価値の高いものなんですって」

「そうなの」イモージェンは家政婦からお茶のカップを受けとりながら、ヴェルヴェットの包みを見やった。

セリーナは軽く手をたたき、集まった面々は敬意を表するように静かになった。セリーナはイモージェンにひややかな笑みを向けた。

「レディ・コルチェスター、うれしい驚きですわ。今日サロンに出席してくださるなんて。この小さな集まりに注意を向けてくださった理由をお訊きしてもいいかしら?」

「興味があったので」イモージェンは答えた。「レディ・パトリシアからこのザマー研究のサロンがとてもたのしいと聞いたものだから」

「ザマーの研究者でいらっしゃるあなたの旦那様の発見や著作には比べるべくもないものだわ」セリーナは小声で言った。「じっさい、コルチェスター様はわたしのサロンのような場所には好事家《こうずか》や素人《しろうと》ばかりが集まっているとお考えなんじゃないかという気がするの」

「長居はしませんわ」イモージェンはお茶のカップを下ろした。「レディ・パトリシアからあなたがラトリッジの呪いについて研究してらっしゃると聞いたんですけど」

「そのとおりよ」セリーナはパトリシアにちらりと目を向けた。その冷たい青い目に怒りのようなものがよぎった。それはすぐさま冷たく魅力的な仮面の陰に隠れたが。「でも、その研究をしていることは秘密にしていたはずなのに」

パトリシアは椅子にすわったまま身をこわばらせ、不安そうな目をイモージェンに向けた。

イモージェンはセリーナに眉をひそめてみせた。「レディ・パトリシアを責めてはいけないわ。わたしは今日の午後、たまたまそのことを知ったんですから。そう、わたしもあるザマーの遺物には興味を持っているんです」

「女王の印章と叔父様が遺してくださった地図のことを言ってらっしゃるのね」セリーナはあざけるような笑みを浮かべた。

「ええ、そう。でも、ザマーの権威のコルチェスターと結婚したので、印章以外のものにも興味の範囲が広がったわ。ラトリッジの呪いが刻まれているという書字板を見てみたくなって。そのヴェルヴェットの包みのなかにあるそうですね」

応接間に張りつめた沈黙が流れた。サロンに集まった優美な若い女性たちは不安そうな目を見交わしている。セリーナの権威に誰かが挑むのを目にすることに慣れていないのだ。

セリーナはためらった。しかしやがてしとやかに小さく肩をすくめた。「こうして訪ねてきてくださったのだから、喜んでお見せするわ。でも、言っておくけど、呪いはザマー語で書かれているのよ。イギリスでそれを解釈できる人はほんの数人だわ」

「それはわかっているわ」イモージェンは椅子から立ち上がり、セリーナの前のテーブルへ大股の二歩で近づくと、何をするつもりか誰にも気づかれないうちに黒いヴェルヴェットの包みを手にとった。

まわりの人々が驚いてはっと息を呑むなか、イモージェンはヴェルヴェットのなかから書字板をとり出した。

セリーナはイモージェンが古代の陶板をとり出すのを目を険しくして見つめていた。「あなたがかなり奇抜なお行儀の方だという噂はほんとうなのね」

イモージェンはそのことばは無視し、どっしりとした陶板を見下ろした。「驚きだわ。本物のザマーの書字板なのね」

「なんだと思っていたの？」セリーナは鋭く言い返した。

「模造品だろうとたかをくくっていたのよ。でも、まちがいなく本物だわ」

「お墨付きをありがとう」セリーナは冷たく言った。「さて、もう見終わったなら――」

「いいえ、まだよ」イモージェンは書字板から目を上げた。「この書字板はまちがいなく古代ザマーのものだわ。それほど意外でもないわね。家の図書室に書字板を一、二枚飾っておくのは流行だから。でも、ここに刻まれているのは呪いじゃないわ」

の？」

「ちょっと」セリーナが鋭く言った。

「残念ながら、まちがった情報を教えられたようね、レディ・リンドハースト」

セリーナは怒って顔を赤くした。「そこに刻まれた文字の意味がどうしてあなたにわかるの？」

「わたしはザマー語が読めるの。文語体のものも、口語体のものも」イモージェンはひややかな笑みを浮かべてみせた。「呪いを真剣に受けとめすぎてしまう人がいるという事実がなければ、笑えるようなことかもしれないわね」

「笑える？」セリーナはいきりたった。「それはどういうこと？」

「この陶板に刻まれているのは商売の記録にすぎないから」イモージェンはきっぱりと言った。「正確に言うと、小麦ふた袋と牡牛《おうし》を交換したという記録よ」

「そんなの嘘よ」セリーナは勢いよく立ち上がった。声も大きくなる。「どうしてあなたにザマー語がわかるっていうの？」

入口のところでかすかに人の動く気配があった。応接間にいた全員がそちらへ目を向けると、そこには何気ない態度に見せかけているマサイアスがいた。

「妻はぼくと同じだけ古代ザマー語を読めるんでね」マサイアスはやさしく言った。

イモージェンはすばやく振り向いたが、そのせいでサテンのひもにぶら下がっていた小物入れが振りまわされて大きな弧を描いた。小物入れはお茶のカップにあたり、それが絨毯へと吹っ飛んだ。お茶が飛び散った場所にすわっていた何人かの若い女性たちが驚きに悲鳴をあげて飛び上がった。

「マサイアス」イモージェンはにっこりした。「あなたがそこにいるのに気づかなかったわ。このばかばかしい書字板について意見を聞かせてくれない?」

マサイアスはおもしろがりながらも、はっきりと敬意を表した顔で上品にうなずいた。

「きみの解釈は正しい。この書字板は古代ザマーの商売の記録だ。要するに、勘定書さ」

17

マサイアスは馬車に乗りこみ、イモージェンとパトリシアと向かい合ってすわった。馬車が動き出すと、思案に暮れるような目をセリーナのタウンハウスの玄関にちらりと向けた。イモージェンとパトリシアを探してこうして訪ねたのが、〝天使〟の家のなかに足を踏み入れたはじめての機会となったが、ふたりをクモの巣から救い出してきたような気分だった。

「驚いたわ」イモージェンは明るく言った。「どうしてわたしたちを探しに来たの？　何か問題でも？」

「いや」マサイアスは座席のクッションに背をあずけ、イモージェンのほうに顔を向けた。彼女がふさぎこんでいたり、怒っていたり、恨みに思っていたりする兆しはないかとじっと目を凝らす。

その兆しはみじんもなかった。驚いたことに、イモージェンらしい、意気軒昂《けんこう》さが戻ってきているように見えた。ここ二日ほど目を暗くしていた翳《かげ》が奇跡のように消えていた。マサイアスがもたらした打撃から立ち直ったように見える。マサイアスにはその事実をどう考えていいかわからなかった。

パトリシアはイモージェンに目を向け、その目をマサイアスに向けた。当惑と希望に満ちた目だ。「あの陶板に刻まれていることばはほんとうに古代の勘定書にすぎないの？」

イモージェンはパトリシアの手袋をはめた手を軽くたたいた。「ええ、そうよ。流行として書斎や図書室を飾るのに使われているザマーの陶板のほとんどは、売買の記録とか、そうでなくても似たような日常の記録にすぎないわ」彼女はマサイアスに目を向けた。「そうよね、マサイアス？」

「ああ」マサイアスはパトリシアを見やった。「これだけは言えるが、イモージェンはザマー語の解釈にかけては専門家だ。ぼくの立っていたところからも、あの陶板に小麦と牡牛を表す記号が書かれているのがわかった。あそこに書かれていたのが呪いでないのはまちがいない」

「わからないわ」パトリシアはささやいた。「最近まわりで恐ろしいことがあまりに多く起こっているんですもの。決闘とか、ヴァネック卿の死とか。それに、お兄様、二日前の晩にはあなたがあやうく殺されかけた。またラトリッジの呪いのせいだと言われて、レディ・リンドハーストのおっしゃるとおりにちがいないと思ったの」

「ラトリッジの呪いなんてのは嘘っぱちだ」マサイアスが言った。「ザマー協会に所属している脳みそがすかすかの好事家たちが、ラトリッジが迷路で死んだという知らせが届いてすぐに言い出したことだ。社交界が早く古代ザマーに飽きて、エジプトに興味を戻すのを待つしかないな」

「それは無理ね」イモージェンはひやかすように言った。「古代エジプトが失われたザマーにどう太刀打ちできるというの？　それに、エジプトについては知るべきことはみな知ってしまったわ」

マサイアスはそのことばに一瞬気を惹かれた。「どうかな。ロゼッタ・ストーンと呼ばれる黒い玄武岩に刻まれた文字を解読できる人間が出てくれば、古代エジプトへの興味も新たにかき立てられるかもしれない」

イモージェンは鼻に皺《しわ》を寄せた。「それでもわたしはザマーの不思議のほうに惹かれるわ」

「きみはどこまでも忠実な人だからね、イモージェン」マサイアスがやさしく言った。

パトリシアが手に目を落とした。「レディ・リンドハーストはザマーのことばを解釈できると言っていたのよ。あの陶板に刻まれた文字も読めるって。どうしてそんな嘘をついたのかしら？」

「レディ・リンドハーストはお遊びをたのしむ女性だからね」マサイアスが嫌悪を隠そうともせずに言った。「だから、ふたりとも彼女とは距離を置いたほうがいい」

パトリシアは肩を落とした。「彼女のサロンにはもう行きたくないわ」

イモージェンはさっと眉根を寄せた。「パトリシア、ひとつ訊きたいことがあるんだけど。今日の午後、ルーシーの日記をあのサロンに持っていくというのはあなたの考えだったの？」

マサイアスは心が凍りつく気がした。「日記がどうしたって？」

パトリシアはその声に身を固くした。「日記についてはほんとうに申し訳なく思っているの。自分のしていることが最善だと思っていたから」

マサイアスは再度説明を求めて口を開こうとしたが、イモージェンがすばやく首を小さく振ってそれを止めた。マサイアスは渋々口をつぐんだ。最近何度か、イモージェンのほうが自分よりもうまくパトリシアをあつかえる気がすることがあったからだ。

イモージェンはパトリシアにほほ笑みかけた。「いいのよ。害はなかったんだし。ただ、日記がわたしたちの手にはいってから、あなたがそのことを誰かに話したのかしらと思って」

下手をすれば盗んだという非難になるところをうまく言い表したイモージェンに、マサイアスは眉を上げてみせた。

「いいえ、ちがうわ」パトリシアは答えた。「それについては誰にも言ってない」

イモージェンはパトリシアをじっと見つめた。「今日の午後、レディ・リンドハーストのサロンに日記を持っていくようにとは誰にも言われなかったの?」

パトリシアはきっぱりと肯定するように首を振った。「もちろん言われなかったわ。お兄様がヴァネック卿の家からそれを持ってきたことをほかに誰が知っているというの?」

「たしかに」イモージェンは何気ない口調で言った。「わたしたち三人以外の誰が知り得たかしら?」

パトリシアは見るからにほっとした顔になった。「サロンのお友達のひとりから伝言を受けとって、それで、レディ・リンドハーストのところへ日記を持って行かなくちゃと思ったの」

それを聞いてマサイアスもそれ以上自制心を保てなくなった。彼はイモージェンが制止する前に口を開いていた。「誰かが日記について伝言をよこしたというのか? 誰だ?」

パトリシアは目をみはった。「わからないわ。今朝受けとった伝言には署名がなかったから。でも、サロンの会員たちが互いに手紙のやりとりをするときに使う秘密の封印がされていた」

「秘密の封印だって？」マサイアスは顔をしかめた。「くだらない。どうしてぼくにその伝言を見せなかった？　いつ届いたんだ？　筆跡に見覚えは？」

パトリシアは馬車の座席の隅に身を引いた。懇願するような表情でイモージェンを見つめている。

イモージェンはマサイアスをにらみつけた。「お願いだから、口を閉じていてくださいな、伯爵様。あなたが口をはさむとややこしくなるわ」

「くそっ」マサイアスはパトリシアを揺さぶって答えを引き出したくてたまらない思いだったが、そうするわけにいかないのは明らかだったので、減る一方の忍耐力の矛先《ほこさき》をしかたなくイモージェンに向けた。「これだけは言っておくが、ぼくは何がどうなっているのか知りたいと思っているだけだ」

「そうでしょうね」イモージェンは歯切れのよい声で言った。「でも、わたしにあなたの妹さんとおちついて理性的に話をさせてくれれば、もっとずっと早くすべてが明らかになるわよ」

マサイアスは馬車の窓枠を指でたたいた。彼女の言うとおりで、それは自分でもわかっていた。「いいさ。だったら、つづけてくれ」

イモージェンはパトリシアに目を戻した。「彼のことは気にしないで。男の人ってすぐに我慢が切れるのよ。さて、あなたが受けとったというその伝言だけど。日記についてはっきりと書いてあったの?」

「いいえ、もちろん書いてなかったわ」パトリシアが当惑しているのは明らかだった。「わたしたちが日記を持っていることは誰にも知られるはずがないもの」

「たしかに」マサイアスがそっけなく言った。「おまえがサロンの友達に書きつけで知らせたんじゃないのか? もちろん、ちゃんと秘密の封印をして」

パトリシアの目に涙が光った。「誰にも教えてないって言ったじゃない」

イモージェンはマサイアスにまたとがめるような目をくれた。「ちょっと、あなたのことは前々から知性あふれる人だと思っていたんだけど、それが多少なりともほんとうなら、そうやって邪魔をするのはやめてくれているはずよ」

マサイアスは歯を食いしばったが、沈黙は守った。

イモージェンはパトリシアに力づけるようにほほ笑みかけた。「さあ、あなたが受けとった書きつけについて話して聞かせて」

パトリシアは警戒の目をマサイアスに向けた。無理やり聞き出そうとする兄から攻撃的なことばをまた浴びせられるのではないかと恐れているのはまちがいない。マサイアスが沈黙を守ると、パトリシアはイモージェンに目を向けた。「書きつけには、みなラトリッジの呪いには気をつけなければならないって書いてあったの。それがザマー研究のサロンに属する誰かの家に災いをもたらさないようにって。呪いが最近もたらした犠牲者がお兄様だとすぐに気づいたわ」

「それはそうね。まったくもって理にかなった結論だわ」とイモージェンが言った。

マサイアスはイモージェンに険しい目を向けたが、どうにか口は閉じていた。

「ほかには何か書いてなかった?」イモージェンが急いで訊いた。

「かつてヴァネックが所有していたものを手に入れた人間は大きな危険にさらされるって書いてあっただけよ」パトリシアは言いよどんだ。「そう、呪いはその人の持ち物すべてにかけられたはずだから」

「日記のことをはっきり示したも同然だな」マサイアスがあざけるように言った。「くそっ、誰かが日記のことを知っているんだ」

イモージェンはまた警告するようなまなざしをマサイアスにくれてから、やさしくパトリシアに訊いた。「たしかにヴァネックの持ち物がわが家にあると気づいたのね、パトリシア?日記のことだけど」

「ええ」パトリシアは当惑する顔になった。「あなたもお兄様も呪いについて説明しようとしても、きっと信じないと思ったから。どちらもそんなのは嘘だと切って捨てていたもの。

でも、何かせずにはいられなかった。お兄様があやうく命を落としかけたんですもの。呪いが次にどんな悲劇をもたらすか、誰にわかって？　レディ・リンドハーストなら、日記をどうしたらいいかわかるんじゃないかと思ったの。古代ザマーの専門家で、ラトリッジの呪いについても信じていたから」

「くそっ」マサイアスがふたたび毒づいた。「セリーナは流行を追っているだけで専門家じゃない」

イモージェンはパトリシアから注意をそらさなかった。「あなたが行動を起こさなきゃと思った理由はわかったけど、あなたのお兄様の言うとおりよ。ラトリッジの呪いなんて嘘八百だわ。レディ・リンドハーストはあなたやサロンのほかの人たちにかなり不愉快なお遊びをしかけていたんじゃないかしら」

パトリシアはため息をついた。「でも、イモージェン、わからないわ。呪いが存在しないんだとしたら、奇妙な出来事が次々と起こる理由をどうやって説明できるというの？」

「偶然よ」イモージェンは軽い口調で答えた。「そういうことはよくあることだわ」

「偶然だなんてよく言ったものだな」二十分後、マサイアスはイモージェンのあとから図書室へはいりながらうなるように言った。「この一件には偶然では片づけられないものがある。きみにもそれはよくわかっているはずだ」

「ええ、マサイアス。でも、パトリシアを怖がらせる理由はないから」イモージェンは図書室の閉じた扉をちらりと見てボンネットを脱ぎ、手袋をはずした。「あれ以上不安にさせる必要はないわ。身の毛もよだつような恐ろしいことを想像しがちな血筋であることを考えると、怖がらせないのが一番だと思うの」

「今の状況には身の毛もよだつ恐ろしいことを想像させずにいられないものがあると思うけどね」マサイアスは机の奥の椅子に身を沈め、部屋のなかを歩き出したイモージェンに陰気な目を向けた。「これはどういうことなんだろう？」

「はっきりはわからないわ。でも、ルーシーの日記が誰かにとってとても重要であるのは明らかよ」

マサイアスは目を細めて考えをめぐらし、一見関係ないように思える出来事や人々を結びつけようとした。「セリーナか？」

「彼女はたしかにあやしいわね」マサイアスの論理の飛躍にイモージェンは楽々ついてきているようだった。「なんといっても、ラトリッジの呪いを解釈できた振りをしていたわけだし」

「どうして彼女があの日記をほしがるんだ？」

「見当もつかないわ。わたしの知るかぎり、ルーシーとセリーナは三年前、かろうじて知り合いと言える程度の間柄だったはずよ。ごくたまに話の流れで名前が出る以外、ルーシーが彼女の話をすることもなかったし」

「そうか」

イモージェンは探るような鋭い目を彼に向けた。「わたしが気づいていないつながりを何か知っているの？」

「どこかの庭でぼくらが一生の記憶に残るような抱擁を交わした晩のことを覚えているかい？」

イモージェンは魅惑的なピンク色に頬を染めた。「ええ、もちろん。そのせいで婚約するってあなたが言い張ったんじゃない」

「あの抱擁は喜ばしいことだったが、そのせいだけで婚約しようと言い張ったわけじゃない」

イモージェンはしばし足を止めた。「いっしょにいたのをセリーナとアラステア・ドレイクに見られたせいで、あなたは婚約するって言い張ったのよ」

「そのとおり。それだけのことだが、興味深い事実じゃないかい？」

「でも、あのふたりは偶然あの晩庭をいっしょに歩いていたにすぎないわ。それで、わたしたちがあんな……あんな……」イモージェンはせき払いをした。「あんなみだらな状態でいるのを見つけたのよ」

「さっきも言ったが、ぼくは今回のことには偶然では片づけられないものがあると思っている」

「いいわ、ちょっと推理してみましょう」イモージェンは両手を後ろで組み合わせ、また歩きはじめた。「あなたがヴァネックの家から日記をとってきたことを誰かが知っている。その誰かわからない人間がパトリシアをだまし、今日サロンに日記を持ってこさせようとした。その人物はセリーナである可能性が高い。彼女が日記に興味を持つ理由もなく、わたしたちがそれを持っていることを知るはずもないけれど」

「もしかして、その人物はサロンのほかの会員の誰かかもしれない」

イモージェンは首を振った。「あり得ないわ。あなたも見たでしょう、マサイアス。みんなパトリシアと同じぐらいの若い女性たちだったわ。ほとんどの女性にとって、これがはじめての社交シーズンよ。三年前にはまだ学校にいたはずだもの。あのなかの誰もルーシーと知り合いだったはずはないわ」

「あの若い女性たちの誰かの親戚とか？」

「その可能性はあるわね」イモージェンは顔をしかめた。「でも、どうかしら。やっぱり同じ問題に戻ってしまう。その誰かが、どうやってあなたがヴァネックの書斎から日記をとってきたことを知ったというの?」

「あの晩、ぼく以外に、ヴァネックの家にふたりの人間がいたことを忘れているよ」マサイアスが言った。「向こうの顔は見えなかった。顔をすっかり隠そうとえらく苦心していたからね。でも、ぼくの顔は見えたにちがいない」

「なんてこと。そのとおりね」

「自分たちが日記を探していたから、ぼくもそうだと推測したのかもしれない」マサイアスはつづけた。「あの日記が重要なものだと考えていて、ぼくもそれを知っていると踏んだわけだ」

「でも、あなたは日記の価値については何も知らなかった」

「目星をつけた何かを探しにあの家にはいったわけじゃないからね。でも、そこで出くわしたふたりにそうとわかるはずはなかった。ぼくがあの呪わしい日記をとってきたのは、ヴァネックがわざわざそれを隠していたからだ」マサイアスはそこでためらった。「それと、あの日記がきみの友人のルーシーのものだとわかったからだ」

「あなたって隠されたものを見つける能力に驚くほどすぐれているのね」イモージェンは考えこむように言った。

「みなそれぞれ、ささやかな能力には恵まれているものさ。ぼくのその能力は失われたザマーでとても役に立ってくれたよ」ぼくがわざと事実を省いたことにイモージェンは勘づいただろうかとマサイアスは陰鬱《いんうつ》に考えた。日記をとってきたのは、単にそれが隠されていたからでも、ルーシーのものだったからでもなかった。なぜか、自分の運命がそれにかかっているとわかったからだ。

しかし、イモージェンは今話し合っている問題を頭のなかで整理することに注意を集中させており、彼がみずから進んで悪運を引き寄せたことについて暗い疑念を抱いている様子はなかった。

「あなたを襲ったふたりのならず者は、あなたがあの家を出たあとに戻ってきて日記を探しつづけたのかもしれないわ」イモージェンは言った。「それで、日記が見つからなかったので、あなたが見つけて持ち去ったと結論づけたのよ」

「家の外に隠れていて、ぼくが日記を手に出てきたのを見ていたのかもしれない。あの晩は月明かりが充分あったから、はっきり見えたはずだ」

「どうかしらね。ルーシーの日記に何かとても重要なことが書かれているんじゃなかったら、すべて理にかなわないことばかりだもの。でも、何が書かれているというの？　ルーシーがアラステア・ドレイクと情事を結んでいたことを気にするとしたら、ヴァネックだけだったでしょうし。ほかの誰も、こんなに時間がたってからそれを気にするはずはないわ。三年も前のことなのよ」

マサイアスは気をしっかりもとうとした。訊かなければならない質問がある。「日記は読み終えたのかい?」

「ほとんど」イモージェンは窓の外の庭へ目を向けた。「読むのに時間がかかっているの。ルーシーが書いていることを読むと、心が痛むものだから」

マサイアスは鵞ペンの先を削るのに使っている小さなナイフを手にとってもてあそびはじめた。「イモージェン、こんなことを言っても信じないかもしれないが、ぼくはあの忌まわしい日記をきみに無理やり読ませたことを後悔しているんだ」

「ばかなことを言わないで」イモージェンは力づけるような笑みを彼に向けた。「あなたは最善と思われることをしただけで、それは正しかったわ。ほかの誰かにとってあの日記に書かれていることがとても重要なことだとしたら、その中身を知る必要があるんですもの」

マサイアスはナイフを机の上に放った。「きみは驚くべき人だよ。自分ではわかっていないだろうが。ほんとうにびっくりだ。くそっ、真実に直面したときに真正面からそれに向き合わずにいることはできないのかい? まあ、結局、きみはI・A・ストーンだからな」

イモージェンは部屋の中央で足を止め、驚きに口をぽかんと開けて彼を見つめた「どうしたの？　なぜ怒っているの？」

「どうしてきみはとんでもなく頭がいい一方で、信じられないほど世間知らずなんだ？」

イモージェンは妙な笑みを浮かべてみせた。「あなたが思うほどわたしが世間知らずじゃないと考えたことはないの、マサイアス？　わたしはただ、あなたとは異なる視点から真実を見ているだけよ」

「どんな状況においても真実はたったひとつだ」

「そうじゃないわ。ザマーの歴史に関して、あなたとわたしが活字を介してよく議論したのを思い出してみて。そういう場合、わたしたちはどちらも同じようにザマーのことばを解釈していながら、それに異なる考察をつけたじゃない。同じ真実をふたつの視点から見てたってわけ」

「わからないのか？」マサイアスは歯を食いしばるようにして言った。「これは古代ザマーとはなんの関係もないことだ。真実について話し合っている以上、お互いひとつははっきりさせておこう」

「何を？」

マサイアスは自分のしようとしていることに驚いた。ここでやめるべきだと自分に言い聞かせる。これ以上ひとことでも発するのは愚かなことだ。日記に関してはどうにか窮地《きゅうち》を脱したようなのだから。運がよかったことを幸運の星に感謝し、この底なしの墓穴を掘りつづけるのはやめにすべきなのだ。イモージェンは日記を渡されたのはほかに選択肢がなかったからだと思っている。理性で考えれば、そう信じさせておくべきなのだ。こんなばかげたやり方で自分の運をさらに試すのは愚かなことだ。それでも、マサイアスには自分を止められなかった。彼は自分で掘った暗い墓穴に飛びこんだ。

「きみもきっと気づいていると思うが、きみに日記を渡したときには、きみがルーシーの本性を知ることになるかもしれないとぼくにはわかっていたんだ」と彼は言った。

「昔の噂話から、ルーシーがどんな人間だったか想像したのね。わたしが日記を読んだら、同じ想像をすると思ったんだわ」

「それは想像で終わらなかった。きみは日記を読んで傷ついたんだから。ちくしょう、きみは泣いていたじゃないか、イモージェン」

イモージェンは首を傾《かし》げ、考えこむように彼をじっと見つめた。「ホレーシア叔母様もルーシーの奇妙な振る舞いに気づいていたって今日はじめて認めていたわ」

「奇妙な振る舞い？」マサイアスは苦々しい笑い声をあげた。「ずいぶんとやさしい表現を使ったものだな。ルーシーは心ないあばずれだった」

「彼女は深く心を悩ませていたのよ。わたしは彼女がロンドンへ行く前、何年も前から友達だったんだから。アッパー・スティックルフォードを出てから、彼女が多少変わったのは否定できないけど」

「変わった？」

「正直、心配したものよ。彼女から手紙が来なくなったときにはとくに。でも、それも結婚したせいだと思っていた」

その声の何かがマサイアスを不安にさせた。「考えを変えたのかい？　もうルーシーが不幸だったのはヴァネックのせいだとは思わないと？」

「ヴァネックにもおおいに責任はあったわ」イモージェンは認めた。「でも、今はルーシーにもほかに問題があったと思うようになった」

「いったい何が言いたいんだ？」

「これまでに読んだ日記のことを考えていたのよ。ホレーシア叔母様にも言ったんだけど、ルーシーは病気だったという結論に達したの」

マサイアスは驚いた。「病気？」

「きっと彼女の精神状態は健全なものじゃなかったのよ。昔からとても神経質な性格だったし。ときどきふさぎの虫にとりつかれることもあった。でも、ヴァネックと結婚してから、それがいっそうひどくなったのよ。日記の口調から、ルーシーの心がどんどん不安定になっていくのがわかるわ。それに、彼女がアラステア・ドレイクに執着するようになったのもまちがいないし」

マサイアスは信じられないという目でイモージェンを見つめた。「ぼくがちゃんと理解しているかどうかたしかめさせてくれ。つまり、ルーシーは正気を失っていたということかい？」

「病院に入れられているかわいそうな人たちとはちがう意味でね。ルーシーはそこにないものを見たり、おかしな声を聞いたりはしなかったから。日記の文章もとても明快だし。わたしがロンドンでいっしょにいたときもいつも理性的だったわ。でも、今は何かがおかしかったことがわかる。ミスター・ドレイクに対する身を焼くような情熱は……」イモージェンは正しいことばを探しているらしく、言いよどんだ。「正常なものとは思えない」

「彼女は浮気していたんだ」マサイアスはあざけるように言った。「それが不安の種だったのさ。結局、まだヴァネックに跡継ぎを産んでいなかったからね。浮気を知ったら彼は怒り狂っただろうから。上流社会のよき妻たちは、不適切な関係を結びはじめる前に、必ず夫に跡継ぎをもたらすものだ」

「いいえ、ヴァネックに浮気がばれるんじゃないかという不安以上のものが感じられるの。異常に思えるほど一心にアラステア・ドレイクを望んでいた。彼がいっしょに逃げてくれないからって憤るほどに」

　マサイアスは机の奥で立ち上がった。「これ以上そんなわけのわからないことを聞かされていたら、ぼく自身が正気を失ってしまいそうだよ。イモージェン、きみの叔母さんが今日ぼくを訪ねてきた」

「ホレーシア叔母様があなたを訪ねてきた？」イモージェンは不思議そうに彼を見やった。「変ね。今朝訪ねたときには、あなたと話すつもりだとは言ってなかったわ」

「きっときみが訪ねていったことで、ぼくに会いに来ようと思ったのさ」マサイアスは全身の筋肉がこわばり、顎が痛む気がした。「彼女はきみと話して、すぐさま、ルーシーの日記をきみに渡したときにぼくが何をしたのかわかったんだ。きみにはわからなかったようだが」

「あなたが何を言っているのか理解できないわ」

「明々白々なことさ」マサイアスはこぶしににぎっていた手をほどいて机についた。わずかに身を乗り出し、イモージェンの澄んだ目をのぞきこむことをみずからに強いる。「ぼくがきみにルーシーの日記を読ませたのは、きみが友人だと思っている人物に関し、真実に直面してほしいと思ったからだ。ありのままの彼女を見させたかった。そう、きみを脅してあの日記を読ませたも同様だった――真実によってきみが傷つくと知りながら。残酷で無慈悲な行動だった」

イモージェンのまなざしは揺るがなかった。「そんなの一瞬たりとも信じないわ」

「ちくしょう、それが真実なんだ」マサイアスは激しい口調で言った。「ぼくを見てくれ、イモージェン。真実を見るんだ。きっときみも気づいているはずだが、ぼくはルーシーの日記をきみに渡すことで、自分がどれほど冷血な人間か示そうとしたんだ」

「マサイアス――」

「出会った日、ぼくは思っていた人間とちがうときみに言われた。きみの言ったとおりさ」マサイアスは目をそらさなかった。「そのときには、自分がどれほど正しいか、きみは知らなかったわけだが」

図書室に恐ろしい沈黙が流れた。

突然部屋が亡霊で一杯になった。マサイアスをとり囲み、声なき声でからかい、目のない眼窩《がんか》であざける亡霊たちの声なき笑いが耳の奥で響き渡った。

どうして彼女の幻想を砕く？　好都合だったんじゃないのか？　おまえは彼女の甘い情熱の熱さで、自分の凍りつくような魂をあたためるのを躊躇《ちゅうちょ》しなかった。彼女の目に映ったみずからの偽りの姿を満喫していた。どうしてそのままにしておけないのだ？　これですべてが台無しになってしまった。

呪わしい過去の亡霊たちに愚か者と教えてもらう必要はなかった。しかし、もうあと戻りはできない。ホレーシアにもその朝真実を告げてしまった。偽りに生きていくわけにはいかない。イモージェンとは。

「何を言おうとしているの?」イモージェンは警戒するように訊いた。

「鈍い振りをしないでくれ。ぼくが〝冷血なコルチェスター〟と呼ばれるのには理由がないわけではない。ぼくはその名にふさわしい人間なんだ。親切でも、高貴でも、志が高い人間でもない。繊細な感受性や洗練された感情なんてものも持ち合わせていない。きみにルーシーの日記を読めと強いたときにそれが証明された。やさしくて思いやり深い夫なら、妻を脅して彼女がかつて友人と呼んだ女性についての真実に向き合わせようなんてしないはずだ」

イモージェンは焼きつくようなまなざしを永遠とも思えるあいだ注いできた。マサイアスは自分を呑みこもうとしている永遠の闇夜に対して身がまえた。

やがてイモージェンはほほ笑みを浮かべた。アニザマラそのものの笑み。太陽のあたたかさを持つ明るい笑みだった。

「今回のことをあなたが真剣にとらえすぎている気がするんだけど、マサイアス」イモージェンは言った。「たぶん、それも繊細な心の持ち主だからこそよ」

「真剣にとらえすぎている?」マサイアスはすばやく机をまわりこんで彼女の腕をつかん

だ。「いったいきみはどうなっているんだ？　どんな鏡があれば、ありのままのぼくをきみにわからせることができる？」

イモージェンは震える指で彼の頬に触れた。「さっきも言ったけど、あなたとわたしは必ずしも真実を同じ光で照らして見ているわけじゃないわ」

彼女の腕をつかむマサイアスの手に力が加わった。「きみはぼくを見るときにどんな真実を見ているんだ？」

「たくさんの真実だわ。もっとも重要な真実は、あなたとわたしがいくつかの点でとてもよく似ていることね」

「いい加減にしてくれ。ぼくらは似ているどころか、対極にあると言ってもいいぐらいだ」

「覚えてないかもしれないけど、わたしたちには情熱とザマーという共通点があるって前にあなたに言われたわ」

絶望と希望が抑えられない荒々しい炎のように全身に広がった。「そういうものは共通するかもしれないが、魂が通じ合うことにはならない。似ているとは言えないよ」

「ああ、ほら、そこがあなたのまちがっているところよ」イモージェンの目が何かの感情に輝いた。「あなたは論理に応じて考える人間だと自負しているわけだから、論理的に考えてみましょう。まずは情熱ね。それは言わずもがなじゃない？　わたしはあなたに感じたような情熱をほかの男性に感じたことは一度もないわ」

「きみはほかの男と寝たことがないからね。ほかの誰かに対してどう感じるか、わかりようがないだろう?」マサイアスはやっとの思いでことばを押し出した。イモージェンがほかの男に身をささげて腕に抱かれている情景は、考えるだけで心をさいなむほどの痛みをもたらしたからだ。

「言わないで」イモージェンは指先で彼の口を閉じた。「あなたとのあいだで感じているものが唯一無二だと知るために、ほかの誰かと愛の行為を経験する必要はないわ。でも、もうその話は充分ね。ザマーへの関心を同じくしているという点へ移りましょう」

「双方が古代ザマーに関心を抱いていることが、とらえがたい崇高な形でわれわれを結びつけているとでも? イモージェン、きみはコールリッジとシェリー(どちらもイギリスのロマン派の詩人)の詩を読みすぎだ。関心を同じくしているのはザマー協会の会員百人も同様さ。これだけは言っておくが、抽象的だろうが、なんだろうが、彼らとは結びつきなど何も感じないね。そのうちの誰であっても、これから一生一度も会わないとしても少しもかまわないよ」

「マサイアス、わからないの? わたしたちの魂をとらえがたい形で結びつけているのは、お互いがザマーの研究をしているという事実じゃないわ。わたしたちのどちらもが同じ理由でその秘密を追い求めるにいたったということよ」

「その理由とは？」

イモージェンは爪先立って彼の唇を唇でかすめるようにした。「そう、もちろん、孤独から逃れるためよ」

マサイアスはことばを失った。彼女がたったひとこと述べたことばの真実に強く打たれたからだ。失われたザマーの島の夜明けさながらに、突然何もかもが明るく照らされ、この世のものとは思えないほど、輝かしく澄み渡った。

自分がザマーを追い求めたのは、亡霊たちを抑えつける手段としてだったが、イモージェンも彼女なりに暗い亡霊たちと闘っていたのかもしれないとは思ってもみなかったのだ。

「わからない？」イモージェンはやさしく訊いた。「古代ザマーの秘密を解き明かそうとすることによって、わたしたちは人生に開いた空っぽの場所を埋めてきたのよ。それは人生に情熱と目的を与えてくれた。ザマーがなかったら、わたしたち、どうしていたかしら？」

「イモージェン」マサイアスはごくりと唾を呑みこんだ。

「あなたにとってザマーがどういうものかはわかっているのよ、マサイアス。わたしにとっても同じだから。わたしにはできないことをあなたはしてくれたわけだから、あなたにはお返しできないほどの恩があるわ。あなたは失われた島を見つけてくれた。あなたが研究結果を発表してくれたおかげで、わたしには開けなかった扉が開いた。あなたの発掘がわたしにどれほどの恩恵をもたらしてくれたか、あなたにはけっしてわからないでしょうね。アッパー・スティックルフォードに大きな謎をもたらしてくれたのよ。わたしはザマーの謎を解明する研究に没頭できた」

マサイアスはようやく声を出すことができた。「それだけでは充分じゃない」

イモージェンは彼につかまれたまま身動きをやめた。「あなたは充分だって言ったわ。ほとんどの夫婦が結婚の礎《いしずえ》としているものよりもましだって」

「ぼくは気高いところなどない人間なのに、きみがかたくなにその事実を受け入れない理由を説明するには充分じゃないって言いたいんだ。古代のザマーをぼくが発見したからというのが、ぼくと結婚した理由ではないはずだ。二度目の発掘で、ぼくではなく、ラトリッジが戻ってきていたとしたらどうだ？　きみのために扉を開いたのが彼だったとしたら？　きみは彼と結婚したかい？」

イモージェンは顔をしかめた。「もちろん、しなかったわ。マサイアス、わたしがあなたと結婚したのはあなたを愛しているからだって言ったじゃない」

「きみがそう言ったのは、ぼくが決闘で命を落とす危険にさらされていると思ったからさ。あの晩のきみは動揺していた。感情的になっていて、不安に駆られ、興奮していた」

「そんなことないわ」

「それなのに、ぼくはきみがそうやって動揺しているのを利用して結婚を承諾させたんだ」

「よくもそんなことが言えるわね？　あなたはそんなことしてないわ。あなたとの結婚に同意したときには、わたしは完全に理性を保っていたもの。わたしがすばらしい神経の持ち主だと何度説明すればいいの？　動揺することなんかない。じっさい、あのときあなたを愛していたし、今も愛しているわ」

「でも、イモージェン」

イモージェンは目を険しくした。「生まれてこのかた、あなたほど頑固な人には会ったことがないわ。ここに突っ立って、あなたへの自分の気持ちを言い争っているなんて信じられない。人に見られたら、ザマーの文献のあいまいな点について議論していると思われるでしょうよ」

マサイアスは彼女をじっと見つめた。「きみのぼくへの愛は古代ザマーの謎以上に理解しがたいからね」

「自明のことだから、何も言わずにただ受け入れなきゃならない真実というものもあるのよ。愛というのもそういう真実のひとつだわ。わたしはあなたに愛をささげているの。それを受け入れるの？　それとも拒む？」

マサイアスは彼女の澄んだ青緑色の目をのぞきこんだ。そこに亡霊はいなかった。「ぼくは頑固かもしれないが、愚かではない。きみがささげてくれたものは受け入れるよ。ああ、失われたザマーの図書館で見つけた何にもまして貴重なものだ。大事に守ると誓うよ」

イモージェンは謎めいた笑みを浮かべた。マサイアスの過去と、現在と、未来にわたる秘密をすべて内に含めたような笑み。「あなたが大事にしてくれると思わなかったら、愛をささげたりしなかったわ」

マサイアスは女らしいほほ笑みの謎を解明するのにそれ以上時間を無駄にはしなかった。彼女を抱き寄せ、唇で唇を封じた。

18

かすれた不明瞭なうなり声が聞こえ、イモージェンはそれがマサイアスの魂の底から発せられたものだと気がついた。彼は彼女を腕に抱き上げ、イルカのソファーに運んだ。シルクのクッションのあいまに下ろされ、目と目が合った。マサイアスのまなざしには、まごうかたなき欲望の光に、耐えがたいほどの渇望が入り交じっていた。

イモージェンは驚くと同時に惹かれずにもいられなかった。「マサイアス？　何をするつもり？　まさか、ここで愛を交わそうというわけじゃないわよね？　今ここで？」

「机の奥のあの椅子にすわって、このソファーにきみが裸で寝そべっていたらどんなだろうと考えることがよくあるんだ。自分で自分を責めさいなんでいるようなものだが」

「なんてこと」

「その空想を現実のものにする機会を待ちかまえていたんだ」マサイアスはそばにあるクッ

ションに身を沈め、彼女に手を伸ばした。「今日がその日だ」

「でも、まだ日も高いし、ここは図書室よ」

マサイアスは彼女の耳たぶをかじりながらドレスの留め金をはずしはじめた。「古代ザマー人は日中に愛を交わすことも多かった」

「そうなの？」

「ああ、ほんとうさ」マサイアスはボディスをゆるめた。「たしかな筋に聞いたんだから」

「たしかな筋ってあなたのことじゃないの？　古代ザマーに関しては、あなたが誰よりもすぐれた専門家なんだから」

「そう言ってもらえてうれしいよ、I・A・ストーン」マサイアスは首をかがめて胸のふくらみにキスをした。

甘い期待がイモージェンのなかで渦巻いた。「まだ日の高い時間に愛を交わすなんて。なんともめずらしい習慣よね。ザマー人は何ものにもしばられない人間だとたしかにあなたは書いていたけど」

「そのとき、もっといいことばが浮かべばよかったんだが」彼はイモージェンのスカートを腰まで引き上げた。

イモージェンの内部で喜ばしい感覚が花開いた。頭がくらくらし、めまいがするほどだった。マサイアスに愛をささげ、それを彼は大事にすると誓ってくれたのだ。コルチェスターは約束を守る人だ。きっと人を愛するすべを学べる人でもある。

そして、それを教えるのはわたし。

その瞬間、彼はたくましく優美な手で、彼女の太腿のあいだの熱くうるおった場所を見つけた。未来についての思いが頭から瞬時に飛び去り、イモージェンはマサイアスが用いる魅惑的なザマーの愛の秘法に嬉々として屈した。マサイアスは彼女が息も絶え絶えになるまで愛撫をつづけた。彼の腕のなかで震え、身をくねらせてよじるまで。

イモージェンは震える手で彼のズボンのボタンをはずし、硬くなったものをあらわにした。マサイアスは彼女の指にみずからを押しつけ、愛撫されると、悦《よろこ》びに体を震わせた。

「愛しているわ」イモージェンはささやいた。

「ああ、イモージェン」

マサイアスは彼女に覆いかぶさってみずからを突き入れ、クッションの上で彼女を押しつぶした。イモージェンはその重さとたくましさにうっとりしながら彼にしがみついた。指ががっしりとした肩の筋肉に食いこむ。

体の奥深くでマサイアスが解放を迎えるのがわかり、イモージェンと名を呼ぶ声がかすかに聞こえた。

今はそれで充分だった。

ルーシーの日記は不安になるほど唐突に終わっていた。最後に書かれた日記を読んで、イモージェンの心に不吉な予感が湧いた。

すてきないとしのアラステアは誰よりもハンサムだけど、男性全員に共通する弱点も持ち合わせている。寝物語が多く、自分のことばかりしゃべるのだ。きっと、このあいだの晩、うっかり口をすべらせたことにわたしが気づいていないと思っているにちがいない。欲望をはたしてけだるい感覚にひたっていた彼は、自分の言ったことの意味をわたしが理解していないと思っているのだ。それを口には出していないと思いこんでいるのかもしれない。でも、わたしだってばかじゃない。ちゃんと聞いて理解した。アラステアのことを心から愛しているから、彼にもお互いが運命の相手だと認めさせるつもりでいる。イタリアに行っていっしょになることを運命づけられた恋人同士として、光り輝くようなすばらしい人生を送るのだ。

動揺のあまり、息もできないぐらい。この日記を書いていても手が震える。アラステアの小さな秘密を調べるためにわたしが雇ったボウ・ストリート・ランナー（イギリスの警察組織の前身）が、ようやく北部から戻ってきた。彼がもたらしてくれた情報は期待していた以上に役に立つものだ。困り者のアラステアは自分で言っているのとはまるでちがう人物だった。社交界からその真実を隠しておくためなら、きっとなんでもするはず。なんでも。沈黙を守るための代償を話したら、きっとそれを払ってくれるだろう。最初は怒るかもしれないけど、無事イタリアに行ったら、わたしたちは永遠にいっしょにいる運命なんだと彼にもわかるはず。わたしがせずにいられなかったことを結局は許してくれるだろう。これは彼のためでもあるのだから。

イモージェンは背筋に冷たいものが走るのを感じながら日記を閉じた。しばらく静かにすわったまま、寝室の窓の外へうつろな目を向けた。

疑念の余地はないわねと声に出さずにつぶやく。人生の終わりに向けて、ルーシーは自分が生み出したおかしな世界にどんどんはいりこんでいってしまったのだ。現実と空想が入り交じるあまり、もはやどこからどこまでが現実なのかわからなくなっていた。アラステア・ドレイクへの執着が理性を失わせてしまったのだ。おそらく、ルーシーは完全におかしくなっていたわけではないだろうが、完全に正気を保っていたわけでもない。

イモージェンは椅子から立ち上がった。ルーシーの日記を脇に抱え、マサイアスを探しにゆっくりと階下《した》へ向かった。

彼は二時間前にいっしょにいた場所にまだいた。机につき、ギリシャ語の文献に没頭している。イモージェンが図書室にはいっていくと、目を上げた。

「イモージェン」そう言って笑みを浮かべかけたが、その視線が日記に定まった。とらえどころのない灰色の目に浮かんだかすかな感情が消え失せた。マサイアスはゆっくりと立ち上がった。「読み終えたんだね」

「ええ」

「それで？」イモージェンが部屋にはいってきて机の反対側に立つのをマサイアスは見守った。「胸の痛みに値するものが見つかったかい？」

イモージェンは悲しげな笑みを浮かべてみせた。「わたしよりもあなたのほうが胸が痛んだようね、マサイアス」

「そんなことはないさ。ルーシーはきみの友人だった。ぼくじゃなく」

「ええ、でも、彼女の日記を読むようにわたしに頼んだことで、自分を責めつづけていたじゃない。自分で自分に突き立てる罪悪感の爪はとても鋭いものじゃない？」

マサイアスは眉を上げた。「正直に言うと、最近まであまり罪悪感など抱いたことがなかったんでね。それがもたらす感覚が気に入ったとは言えないが。焦らさないでくれ、イモージェン。ぼくは責め苦にあえいで当然かもしれないが、きっときみがこんなみじめな状況からできるだけ急いで救い出してくれると信じているよ。何か重要な事実が見つかったかい？　それとも、読むだけ無駄だった？」

「たぶん、誰かが日記を手に入れようとした理由はわかったわ。ルーシーはアラステア・ドレイクについての暗い秘密を知ったのよ」

「ドレイク？」マサイアスは眉根を寄せた。「どんな秘密だ？」

「わからない。日記には書いてなかったから。でも、とても重要なことにちがいないわ。だって、それを調べさせるのにルーシーはボウ・ストリート・ランナーを雇ったほどですもの」

「それは興味深いな」マサイアスは小声で言った。

「最後の日記はランナーの報告について書かれていたわ。ランナーが何を報告したにしても、彼女の疑惑は裏づけられたようよ。ルーシーはその情報を利用して自分をイタリアに連れていくようミスター・ドレイクを脅すつもりだった」

「彼女はあわれで無知な愚か者だったんだな」マサイアスは首を振った。「ドレイクを知っている者なら誰でも、彼がロンドンの社交界でしか生きられない人間だとわかるはずだ。そこでしか輝けない人間だと。ロンドンの生活をみずから進んで手放すはずはない」

イモージェンはきつく日記をつかんだ。「ルーシーがそれを理解していたとは思えないわ。きっと理解していなかった」

マサイアスは肩をすくめただけで何も言わなかった。

イモージェンは彼に鋭い目を向けた。「わたしが世間知らずだとかなんとか、ひとことでも言ってごらんなさい、癇癪《かんしゃく》を起こすわよ」

「そんなことを言うなんて夢にも思わないよ」

「それはとても賢明ね」イモージェンはせき払いをした。「いずれにしても、さっきも言ったけど、ルーシー自身は終わりにするつもりはなかった」

「その点はきみの言うとおりだね。正気の女性なら、きっとそんな常軌を逸した計画を立てたりはしないだろうが。あばいた秘密については何かほのめかすこともしていないのかい?」

「ええ」イモージェンはルーシーが書いていたことを思い出して赤くなった。「アラステアが、あの行為のあとで男性がおちいるらしい極度の疲労感のなかで、ふと何かをもらしたということだけよ」

「あの行為?」マサイアスは寄せていた眉をゆるめた。「ああ、そうか。ドレイクはズボンを下ろしているあいだ、口を閉じておくだけの頭がなかったってことだね?」

「ずいぶんと残酷な言い表し方ね」

「でも、正確であることはきみも認めざるを得ないはずだ」

「そうね」イモージェンは絨毯を爪先で打ちはじめた。「このことが何を示唆しているかはおわかりでしょう?」

マサイアスの捕食動物のような目に鋭い知性が光った。「もちろんさ。きみの友人はたしかに殺されたのかもしれないが、殺したのはヴァネックではなく、アラステア・ドレイクということもあり得るわけだ」

「ええ」イモージェンはゆっくりと椅子に身を沈め、膝の日記にじっと目を向けた。「アラステアは、ルーシーに秘密をばらされないためには、命を奪うしかないと思ったのかもしれない。そう考えると奇妙だわ。三年ものあいだ、わたしはヴァネックがルーシーを殺したと思っていたんですもの。アラステアが人殺しだなんて想像するのもむずかしいし」

「ぼくはさほどむずかしいとは思わないけどね」マサイアスはつぶやくように言った。「でも、興味を惹かれるのはその忌まわしい秘密のほうだ。ルーシーが三年前に雇ったボウ・ストリート・ランナーを見つけられるかどうかだな。彼から話を聞きたい」

イモージェンは目を上げた。「それってすばらしい考えだわ、マサイアス」

「ボウ・ストリートにすぐに伝言を送るよ」マサイアスは椅子にすわり、鵞ペンに手を伸ばした。「ところで、ぼくはこの件について何か知っているかもしれない別の人間に会いに行こうと思っている」

「まさか、アラステアと対決しに行くんじゃないでしょうね？　まだ情報は充分じゃないわ」

「ドレイクじゃないさ。ザマー研究の輝ける星、〝天使〟さ」

「レディ・リンドハーストと話すというの？」イモージェンは顔をしかめた。「どうして？」

「この件に彼女がなんらかの形でかかわっているのはたしかな気がするからね」マサイアスは短い手紙をしたため終えるとペンを置いた。「今日の午後、日記を手に入れようとしたのは彼女だと思う」

「それはおおいにあり得るわね。わたしたちの知らない何かを知っているかもしれない」イモージェンは勢いよく立ち上がった。「わたしもいっしょに行くわ」

「だめだ」マサイアスは揺るがないまなざしを妻に注いだ。「きみはぼくが戻るまでここで待つんだ」

「情報を求めにひとりで行かせるわけにはいかないわ、マサイアス。わたしを連れずにヴァネックの家へ行ったときにどんなひどい目に遭ったか思い出して。あのときに殺されていたかもしれないんだから」

「セリーナが自分の応接間でぼくを殺そうとするとは思えないけどね」マサイアスはおもしろがるように言った。「上流階級の女性であって、娼館の主《あるじ》ってわけじゃないんだから。あいう女性は目的を達するのに自分の魅力に頼ろうとするものさ」

「ふうん。それはそうかもしれないけど、そういうことにおけるあなたの経験はあてにできないと思うわ。母が生前言っていたけど、男性って女性の能力を見くびることが多すぎるそうよ」

「きみのことは見くびらないようにいつも気をつけているけどね」

イモージェンは鼻に皺を寄せた。「だったら、いいわ。危険がないと言い張るなら、わたしがレディ・リンドハーストのところへいっしょに行っていけない理由はまったくないはずよね」

マサイアスは手紙に封をしようとしていた手を止めた。「これからは自分の意見を言うときにはもっと気をつけなきゃいけないことがわかったよ」

「ご自分を責めないで」イモージェンはザマーのソファーに考えこむような目をくれた。「なんと言っても、親密な時間を過ごした長椅子から起き上がって、まだそれほど時間がたっていないんですもの。あなたは愛の行為のあとで男性が襲われるけだるい気分からまだすっかり回復していないのよ」

マサイアスは白い歯を見せて皮肉っぽい笑みを浮かべた。「きみがぼくの繊細な感覚を揺さぶるような影響を与えてくれるからさ。いいだろう、セリーナを訪ねるのにいっしょに来てくれてかまわない。ただ、質問はぼくにまかせてくれ。わかったかい？」

イモージェンは輝く笑みを彼に向けた。「ええ、もちろんよ。この件は明らかにあなたが仕切っているんだから、主導権を奪おうなんて夢にも思わないわ」

マサイアスは疑っているのがありありとわかる顔になった。「そうだろうね」

三十分足らずのち、むっつりとした顔の家政婦がセリーナのタウンハウスの扉を開け、イモージェンとマサイアスをにらみつけた。「何かご用ですか？」

「レディ・リンドハーストに、コルチェスター伯爵夫妻が急ぎの用件で話をしたがっていると伝えてくれ」マサイアスがひややかに言った。

「レディ・リンドハーストはお留守ですよ」家政婦は不機嫌な口調で言った。「いつお戻りになるかわかりません」

もうすぐ五時だとイモージェンは思った。「もしかして、公園へ馬車に乗りに行ったのかしら？」

家政婦はかすれた笑い声をあげた。「公園へ行くのに、誰もあんなふうに荷づくりしようとは思いませんよ」

「レディ・リンドハーストが荷づくりして街を出たと言うのか？」マサイアスが訊いた。

「ええ。そう言ってるじゃありませんか」

「でも、わたしたち、ほんの数時間前にここにいたのよ」イモージェンが言った。「今日もザマー研究のサロンが開かれていたわ」

「あなた方ふたりがお帰りになってすぐに、若いご婦人方をみんな追い出したんですよ」家政婦は言った。「それから、使用人たちにできるだけ急いで荷づくりさせたんです。あんなことははじめてでしたね」

「レディ・リンドハーストはどこへ行くか言っていたか？」

「あたしには言いませんでした」家政婦は広い肩をすくめた。

「くそっ」マサイアスは毒づいた。

家政婦の口調の何かがイモージェンの注意を引いた。ヴァイン夫人が間借り人と彼らの秘密について語ってくれたことを思い出す。「レディ・リンドハーストは出発する前に使用人たちに給金を払っていくのは忘れなかった？」

「いいえ、忘れましたよ」家政婦の目に怒りの炎が燃え立った。「ああいう人にはありがちのことですがね。三年も忠実に仕えたのに、誰にも給金を払いもせずに出ていくってわけです」

イモージェンはマサイアスにちらりと目を向けた。「レディ・リンドハーストがどこへ行ったのか、何か手がかりをくれたら、うちの主人があなたやほかの使用人たちの給金を喜んで払うと思うわ」

「イモージェン、いったいどういうつもりだ？」マサイアスは訊いた。「ぼくはそんなことは――」

「黙って」イモージェンは家政婦に目を向けたままでいた。「どうかしら？　取引に乗る？」

家政婦の目に希望の光が宿った。「彼女がどこに行ったかは、彼女のお兄さんが知っているでしょうよ」

「お兄様？」イモージェンは驚いて家政婦を見つめた。「レディ・リンドハーストに兄がいるとは知らなかったわ」

「それは秘密にしていたからですよ」家政婦は陰険な口調で言った。「あたしもレディ・リンドハーストのもとで働くようになってすぐにたまたま知ったんですけどね。誰も使用人には注意を払わないものです。透明人間かってぐらいに。でも、あたしたちにだって上流階級の方たちと同じように目も耳もあるんです。ある日、お兄さんが訪ねてきたときに、話しているのを聞いたんですよ」

「レディ・リンドハーストの兄の名前は?」マサイアスがやさしく訊いた。

家政婦はずる賢い顔になった。「あたしとほかの使用人たちが給金をもらえるなら喜んで話しますよ」

「答えなくてもかまわないさ」マサイアスは言った。「レディ・リンドハーストの兄が誰かは想像がつくから。その立場にぴったりと思われる人間はひとりしかいない」

イモージェンははっとした。「アラステア・ドレイク?」

家政婦は顔をしかめてみせた。「上流階級の人間のやりそうなことじゃないですかね。服だの馬だのにはひと財産かけるくせに、自分たちのために働いてくれている貧しい連中に給金を支払うとなると、けちんぼのしみったれになるんですよ」

「彼女に四半期分の賃金を払ってあげて、伯爵様」イモージェンが命じた。

マサイアスは険しい目になった。「どうしてぼくがそんなことをしなきゃならない?」

「マサイアス、意地を張っている暇はないわ。お金を払ってあげて」

マサイアスはあきらめてため息をついた。「わかったよ」そう言って家政婦に目を戻した。「すでに明らかになっている情報について金を払うんだから、それはまちがいないと念押ししてくれたほうがいいな」

家政婦の顔が安堵《あんど》に輝いた。「レディ・リンドハーストのお兄さんはミスター・アラステア・ドレイクでまちがいないですよ。あのふたりが家族であることを秘密にしていた理由はわかりませんけどね。隠したところで、誰にどんなちがいがあるっていうんです?」

「それはすばらしい質問ね」イモージェンがつぶやくように言った。


「これまでのところ、答えよりもかえって疑問のほうが多くなった気がするわ」イモージェンはマサイアスの手を借りて馬車の座席に乗りこみながら言った。「つまり、アラステアとセリーナが兄妹だったのね。ルーシーがあばいた秘密ってそれだったのかしら」

「ふたりの関係については知っていたかもしれない」マサイアスは手綱をとって言った。

「でも、それは脅すほどの価値のある秘密とは思えないな。ましてや殺されるほどの秘密ではない」

「アラステアとセリーナが別のもっと危険な秘密を隠すために、自分たちの関係を秘密にしていたとしたら話はちがうけどね」馬が走り出し、イモージェンは貝殻の飾りのついたつばの広い帽子が飛ばないように押さえた。「今日の午後、アラステアもロンドンをあとにしたのかしら」

「たしかめるのは手もないことさ。彼の下宿のそばを通るよ。たしか、ホロウェル街だったはずだ」

「どうしてそれを知っているの？」

「きみとロンドンへ来てすぐに、ドレイクについて多少調べたんだ」彼は暗い顔で言った。

イモージェンは突然興味津々の顔になった。「いったいどうして彼について調べたの？」

「きみときみの叔母さんの家を訪ねた日に、きみが彼の腕に抱かれている光景を目にして、興味深い疑問があれこれ浮かんだとだけ言っておこう」

イモージェンは驚きもあらわに彼を見つめた。「アラステア・ドレイクに嫉妬《しっと》したなんて言わないでね、マサイアス」

「もちろん言わないさ」マサイアスは馬の耳に目を据えていた。「嫉妬なんてものは、鬱屈《うっくつ》した詩人や若者たちだけが抱く、ばかげた未熟な感情だからね」

「それはそうね」まちがいなく嫉妬したのねとイモージェンは胸の内でつぶやき、満足の笑みを浮かべた。「アラステアも姿を消していたら、どうするつもり？」

「警戒を怠《おこた》ってはだめだ」マサイアスは目を険しくした。「この状況はどうも気に入らない。何かがひどくまちがっている」

「そうね」

数分後、マサイアスは馬車をホロウェル街十二番地の前で停めた。アラステアの住まいの扉をノックしたが、応答はなかった。

カーテンのかかっていない窓からなかをのぞくと、十二番地の部屋はめちゃくちゃな状態だった。アラステア・ドレイクが急いで荷づくりしたのは明らかだった。

「ふたりともいなくなったなんて信じられない」しばらくのち、イモージェンは先に立ってマサイアスの図書室へ戻った。「でも、どうして？　ロンドンを離れなければと思うほど、何がふたりを不安にさせたの？」

「ぼくらが日記を持っていて、それをセリーナの手に渡すつもりがないという事実さ」マサイアスはそう言い、苛立《いらだ》つようにクラヴァットの結び目を引っ張った。「今日、セリーナの応接間での一件があって、ルーシーがあばいたのと同じ秘密をぼくらが知ったか、やがて知ることになるだろうとセリーナが思ったのは明らかだな」

「それで、アラステアに知らせたにちがいないわね」イモージェンは考えこむように眉根を寄せた。「それからふたりは荷づくりしてロンドンを出たと？」

「おそらく」

マサイアスの声に不吉なものを感じてイモージェンはすばやく目を上げた。「どういう意味？　おそらくって」

マサイアスは窓辺に寄った。雪のように白いクラヴァットの端が首のまわりにだらりと垂れている。「秘密を知られてドレイクがルーシーを殺した可能性は高い。同じ理由でヴァネックを撃ったのかもしれない」

「でも、ヴァネックの手にルーシーの日記が渡ったのは三年前よ。どうして今年まで待って彼を殺したの？」

マサイアスは窓枠に片手を載せた。「ヴァネックが日記を発見したのが、じっさいいつかはわからないだろう？　それをいつ読んだのかも」

「数カ月前、彼は大きな家を売って新しく小さな住まいを買ったわ」イモージェンが言った。「たぶん、使用人が引っ越しのために荷づくりしているときに日記が出てきたのよ」

「それはおおいにあり得るな。でも、ほかにも疑問は残る。ルーシーはその暗く大きな秘密を日記では明かしていない。秘密をあばいたことをほのめかし、それを使ってドレイクを脅すつもりだと書いているだけだ。秘密自体があの呪わしい日記に書かれているわけではない」

「そのとおりね」イモージェンは後ろで手を組んで図書室のなかを歩きまわりはじめた。「でも、ヴァネックが書斎に日記を隠していた事実からしても、彼がそれを重要なものだと思っていたのはたしかだわ」

「それに、セリーナとドレイクが日記を手に入れようとしていたということから、ルーシーが秘密をそこに書いていたと信じているのは明らかだ。彼らが日記を読んでいないとしたら、じつは書かれていないとは知りようもないからね」

「いいところを突いているわ」イモージェンは小声で言った。「あなたの言うとおり、ヴァネックが最近になって日記を見つけたのだとしたらどうかしら？　セリーナとアラステアが何かを隠しているのはわかっても、それがなんであるかはわからないとしたら？」

「ヴァネックはきっと知っている振りをするだろうな。ルーシーが見つけてドレイクを脅そうとした秘密を自分は知っているとドレイクに思わせたはずだ。ルーシーがしたようにね。だからドレイクは彼を殺した。ルーシーを殺したのと同じように」

「ええ。すばらしい推理ね。そうなると、すべてのつじつまがぴたりと合うわ」

「ありがとう。I・A・ストーンにそう言ってもらえるのは褒めことばだな」マサイアスは窓から振り向き、机に歩み寄った。「ひとつたしかなのは、あの日記が危険なものだということだ。その理由がわかるまで、きみとパトリシアの身に危険がおよばないようにするつもりだ」

イモージェンは驚いた。「まさか、あなたの妹とわたしが危険にさらされていると思っているの？　セリーナとアラステアはロンドンを離れたのよ」

「われわれにそう信じさせようとしたんだろうな。ぼくはいかなる危険も冒すつもりはないが」図書室の扉をノックする音がしてマサイアスはことばを止めた。「なんだ、ウフトン?」「ミスター・ヒューゴー・バグショーという方がお見えです」ウフトンは穏やかに告げた。「バグショーが?」マサイアスは顔をしかめた。「あの若者はほんとうに間が悪いな。ぼくは留守だと伝えてくれ」

ヒューゴーが廊下のウフトンの後ろに立った。めかしこんでおり、手には小さな花束を持っている。彼はマサイアスに憤怒の目を向けた。「妹に関心を寄せてもかまわないとあんたが言ったときには、ぼくをだまそうとしているだけだとわかっていたんだ。それについて嘘をつかないぐらいのたしなみがあってもよかったんじゃないか? ぼくと共通点があるだのなんだの御託《ごたく》を並べたのはなぜだ?」

「ヒューゴー」イモージェンはあたたかい笑みを浮かべて挨拶《あいさつ》し、両手を差し出しながら扉のところへ急いだ。「おはいりになって。会えてうれしいわ。そうでしょう、マサイアス?」

「今はいくつかほかに片づけなきゃならない問題があるじゃないか」マサイアスは抑揚のない口調で言った。「それとも、そういうささいな問題のことは忘れてしまったのかい?」

「もちろん、忘れてないわ」イモージェンは請け合った。「でも、ヒューゴーのことは歓迎すべきだと思うの」

「別のときにね」マサイアスは目を険しくした。

「ふん」ヒューゴーの眉がひそめられ、一直線に結ばれた。「そんなつもりもないくせに。あんたはぼくを追い払おうとしているだけなんだ、コルチェスター」

「ヒューゴー」階段の上からパトリシアのうれしそうな声が響きわたった。「いえ、その……ミスター・バグショー。そこで何をしてらっしゃるの？　訪ねてきてくださったの？」

「ああ、そうさ」ヒューゴーは大声で答えた。「でも、どうやら歓迎されていないようだけどね」

「そんなことはないわ」イモージェンがきっぱりと言った。「ウフトン、ミスター・バグショーが図書室のなかにはいれるようにそこをどいてちょうだいな」

「仰せのままに、奥様」マサイアスにちらりと目を向けると、ウフトンは脇に退《の》いた。

「ああ、ミスター・バグショー」パトリシアは軽やかに階段を降りてきながら言った。「もちろん、大歓迎よ」

イモージェンはウフトンにほほ笑みかけた。「お茶のトレイを図書室にお願い」

「かしこまりました」ウフトンはぎこちなく小さく会釈すると、下がろうとした。

「かまわないでくれ」ヒューゴーは尊大に背筋を伸ばした。「長居することにはならなそうだから」

「そんなことないわ」イモージェンはマサイアスに警告するような目を向けた。「大歓迎だって言ったばかりじゃない。どうかすわって、ヒューゴー」さらにきっぱりとした声を出す。「さあ」

ヒューゴーはわずかに驚いた顔になった。一、二度まばたきすると、警戒しながらゆっくりと図書室のなかにはいってきた。

マサイアスはしかたないとあきらめたようで、机の奥の椅子にすわり、扉のところに集まっている面々を考えこむような顔で見つめた。「いいとも、バグショー、すわってくれ。たまたまきみに手を貸してもらいたいと思っていたんだ」

「手を貸す？」ヒューゴーは警戒の目をマサイアスに向けた。「いったい、なんの話をしているんだ？」

マサイアスは苦々しく笑みを浮かべた。「今、パトリシアには恋人よりも用心棒が必要なんだ。聞くところによれば、きみはミスター・マントンのところで射撃の練習に励んでいるそうじゃないか。それから、ミスター・シュリンプトンからはボクシングのこつを習っているとか」

ヒューゴーはうっすらと赤くなった。「それが何か？」

「きっとそうして体得した技をぼくに対して使おうと思っていたんだろうが、もっとじっさいに役立てる方法があるんだ。どうだい、バグショー？　ぼくの妹の誇り高き用心棒の役割を演じてくれる気はあるかい？」

「いったいなんの話をしているの、お兄様？」とパトリシアが訊いた。

「そうよ、どういうこと？」とイモージェンも訊いた。

「単純な話さ」マサイアスは答えた。「きみにもパトリシアにも、ぼくかバグショーの付き添いなしにはこの家を離れてほしくないということだ。緊急事態にはウフトンも役に立ってくれるだろうが、彼にはほかに山ほどやらなければならない用事があるからね。用心棒の役割からは解放してやりたいんだ」

ヒューゴーは事のなりゆきに興味を惹かれた様子でマサイアスをじっと見つめた。「つまり、この家のご婦人方の身に危険が迫っているというのかい、コルチェスター？」

「ああ」マサイアスは答えた。「まさしくそういうことさ。その危険がどれほど大きいものかはまだわからないが。できるだけ早急にそれを見極めるつもりだ。そのあいだ、信頼できる人間の協力をとりつけたいと思っている。どうだい？」

ヒューゴーは頬を染めたパトリシアを見やった。肩を怒らせ、顎を上げる。「喜んでレディ・パトリシアの用心棒を務めさせてもらうよ」

パトリシアは崇拝するような顔でヒューゴーを見た。「ああ、ヒューゴー。あなたってなんて勇敢で気高いの」

ヒューゴーは顔を赤らめた。それから、手に持った花束を思い出したようで、それをパトリシアに差し出した。「きみに」

「ありがとう」パトリシアはにっこりほほ笑んで前に進み出ると、花を受けとった。

イモージェンは机のほうへそろそろと近寄り、マサイアスによくやったと言いたげな笑みを向けた。「お手柄だわ」と口の端でつぶやく。「あなたのおかげでふたりともとてもうれしそうよ」

「お褒めのことばをありがとう。でも、これだけは言えるが、ぼくのような繊細な心と奥深く鋭敏な感性の持ち主にとっては朝飯前のことさ」

19

そこは黒いカーテンの引かれた叔父のセルウィンの図書室だった。黒い蝋燭《ろうそく》が燃え尽きようとし、頭上では黒いカーテンが揺れている。壁にかけられた死者のマスクの目がじっと自分に注がれている。その情景はぞっとするほど見覚えがあったが、今回は何かがちがった。

暗がりにいるマサイアスの姿を探して振り返ると、部屋には石棺《せっかん》がひとつではなく、ふたつ置かれているのがわかった。彫刻をほどこしたどっしりとしたふたはどちらもはずされている。棺《ひつぎ》のなかでふたつの人影が起き上がり、恐怖に身が凍りつく。セリーナとアラステアだ。ふたりはあざけるような残忍な目をし、声もなく笑っている。やがて彼らは骸骨《がいこつ》の指を伸ばし、絨毯《じゅうたん》の上に倒れているマントをはおった男を指さす。イモージェンは何を目にすることになるのか不安に思いながら、恐怖とともに前に進み出る。男の顔は反対側に向けられているが、漆黒の髪に銀髪がひと筋はいっているのがわかる。

「そう、何もかもきみのせいだ」アラステアが棺から足を踏み出しながら言う。「きみが役割を与えなければ、彼がこのおもしろい小芝居に引きずりこまれることはなかったんだから」

「何もかもあなたのせいよ」セリーナも同意し、はいっていた石棺から立ち上がると、絨毯の上に足を踏み出した。

イモージェンは唐突に目を覚ました。恐ろしい夢のぼんやりしたかけらが脳裏に貼りついている。肌は汗で湿り、目もうるんでいた。心を襲った動揺を鎮めようと何度か大きく深呼吸し、神経は強いはずと自分に言い聞かせる。わたしはとても頑丈な神経の持ち主よ。

それから、暗くなったベッドの上に身動きせずにしばらく横たわっていた。何かがまちがっている。恐ろしいほどに。やがて、自分がひとりきりでいることに気がついた。マサイアスの大きな体から発せられる、心地よい慣れた熱や、胸にまわされるたくましい腕の重みが感じられなかった。恐怖に心をわしづかみされる。

「マサイアス」

「ぼくはここだ、イモージェン」

彼が動くのが音よりも感覚でわかった。イモージェンはすばやく起き上がり、シーツを首のところまで引き上げた。窓辺にマサイアスの輪郭が見えた。暗闇から近づいてくる彼の顔は影になっていた。月明かりのもと、髪にひと筋はいった銀髪がかろうじて見える。夢で見たのとまったく同じだった。

「ごめんなさい」イモージェンはささやき、脳裏に貼りついている夢のかけらと涙を払いのけようと目をきつく閉じた。「全部わたしのせいだわ。あなたを巻きこむべきじゃなかったのよ」

「何をばかなことを言っているんだ？」マサイアスはベッドの端に腰をかけ、彼女を腕に抱いた。「おちつくんだ、イモージェン。大丈夫かい？」

「夢を見たの。悪夢よ」彼女は彼の肩に顔を寄せた。黒いガウンの荒織りのシルクが頬にざらざらと心地よかった。「前に見た夢と似ていたんだけど、今回はセリーナとアラステアも登場したわ」

「今の状況を考えれば驚くことでもないな」マサイアスは彼女の髪を撫でた。「ぼく自身、今夜はあのふたりの不愉快な姿が何度か目に浮かんだからね。唯一のちがいは、ぼくの場合、それをベッドで目が覚めたまま横たわっているときに見たということだ。でも、ドレイクと彼の妹の所在を突きとめれば、そういう夢にも終止符を打てる」

「マサイアス、あなたを危険な目に遭わせるつもりはなかったのよ。力を貸してほしいと頼んだのはまちがいだったわ。わたしにはなんの権利も――」

「シッ」マサイアスは首をかがめ、彼女の口を封じて黙らせた。

イモージェンは身を震わせて彼にしがみついた。

マサイアスは唇を離し、かすかな笑みを浮かべた。「ひとつきみに言うことがあるんだ、イモージェン。とても大事なことだから、よく聞いてくれ」そう言って両手で彼女の顔をはさんだ。「ぼくはどうしたってこの件にかかわることになったはずだ」

「言っている意味がわからないわ。あなたがセルウィン叔父様とかわした約束を守れとわたしがつめ寄らなければ、こんなことは何も起こらなかったのに。あなたの身は安泰だったはずよ」

「きみに会った瞬間に、ぼくはきみの人生にかかわらずにはいられなくなったんだ。わかったかい？」

「でも――」

「絶対にそうさ」

「でも、あなたをアッパー・スティックルフォードに呼ばなければ――」

「呼ばれなくてもすぐにきみを見つけたさ。すでに、I・A・ストーンが何者かあばいてやろうと決心していたからね。それにはさほど長くかからなかっただろう。だから、いいかい？　いずれにしても、同じことになっていたのさ」

「ああ、マサイアス、そう言ってくれるのはとてもやさしいけど——」

「いや」彼は荒っぽくさえぎった。「ぼくはやさしくなどない。ただ、これまで誰に対しても感じたことがないほどにきみを欲しているだけだ」

また唇が下ろされ、官能的な飢えの力が彼女の抗議を呑みこんだ。イモージェンはしばし抗《あらが》ったが、やがて小さくため息をつくと、めずらしく彼にすっかり身をゆだねた。

ときどき、マサイアスにすべてをまかせてしまうのがとても心地よいことがある。それに、そうする以外にないこともある。マサイアスはワルツ以外にも、何かにつけて主導権をとりたがる性格のようだから。わたしも同じような性格である以上、少なくとも、いっしょの人生がつまらないものになることはないだろうとは言える。

マサイアスが顔を上げると、その目には激しい光が宿っていた。「後悔しているとか、罪の意識に駆られているとか、二度と言ってはだめだ。わかったかい？　ぼくは何も後悔していないんだから、きみにも後悔させるつもりはない」

イモージェンは身を震わせ、さらに体を寄せた。マサイアスはたくましくあたたかい腕で包んでくれた。

「ルーシーが雇ったボウ・ストリート・ランナーを見つけられると思う？」しばらくしてイ

モージェンは訊いた。

「明日、何か知らせがあるんじゃないかと思っているんだが、その方面にはあまり期待しすぎないようにするつもりさ。そのランナーから話を聞くことができれば、とても役に立つだろうが、情報を得るにはほかにも方法はある。朝になったら、そのひとつにあたってみるつもりだ」

「何をするつもりなの?」

「フェリックス・グラストンを訪ねるのさ」

「昔いっしょに賭場をやっていた人?」

「ああ。〈ザ・ロスト・ソウル〉には、この世とあの世を隔てるステュクス川の流れほども滔々《とうとう》と情報が流れていて、フェリックスは熟練した漁師なんだ。興味深い情報を網にかけているかもしれない」

イモージェンは顔を上げた。「ミスター・グラストンとお知り合いになるのが待ちきれないわ。とても興味深い人にちがいないもの」

「フェリックスに会いたいと?」マサイアスは驚いた。「無理だ。きみを彼に引き合わせたりしたら、きっときみの叔母さんに殺されるからね。そうなっても、彼女を非難する人間はいないだろうし」

「叔母はこの問題について口出ししないわ」

「イモージェン、分別を働かせてくれ。フェリックスは賭場をやってるんだ。〈ザ・ロスト・ソウル〉のような店を経営している人間を社交で訪問するご婦人はいない」

「かつてはあなた自身がその同じ賭場《とば》を経営していたじゃない」

「それは何年も前のことで、当時だったら、きみはぼくを訪ねることもできなかっただろう」マサイアスは口をゆがめた。「少なくとも、修復の可能性もないほど評判に瑕《きず》をつけずにはね」

「そんなことでわたしを止められると思うの？」

マサイアスはうなった。「きみを知っているから思わないさ。でも、問題はそこじゃない。貴婦人が賭場を経営している男の住まいに足を踏み入れることは、単純に許されないんだ」

「ばかばかしい。いつからあなたはたしなみとお行儀を押しつける人間になったの？」

「イモージェン」

「〝冷血なコルチェスター〟と〝慎みのないイモージェン〟にも多少は守らなければならない評判があるってことでしょうけど、夫の義務をはたすために、息がつまるような堅苦しいうるさ型の人間になるつもりじゃないといいわね、マサイアス。そんなことになったら、恐ろしくがっかりだもの」

「そうかい?」

「社交界になんて思われようとわたしが気にもしないことはあなたにもよくわかっているはずよ。昔からとても軽んじられていたんだもの、どうして今さら気にしなきゃならないの?」

マサイアスは暗闇のなかで笑った。「またもぼくの常識がきみの不敵な論理に負かされたね、奥さん。いいだろう、明日、フェリックスに会うのにきみを連れていくよ。きみたちふたりはすばらしく馬が合うような気がするんだ」


フェリックスの執事の顔に驚愕《きょうがく》の表情が浮かんだのを見て、マサイアスは心底たのしくなった。かわいそうなその男は何度か大きく唾を呑みこんでから、ようやく訪問者の名前をくり返した。

「コルチェスター伯爵ご夫妻とおっしゃいましたか?」

「聞こえたはずだ、ドッジ」マサイアスはそっけなく言った。

「レディ・コルチェスターですか?」ドッジは恐る恐るくり返した。「ほんとうにですか?」

「ぼくには自分の妻もわからないと言いたいのかい?」

「いいえ、もちろん、そうではありません、伯爵様」ドッジは口ごもった。

イモージェンは目もくらむばかりの笑みを彼に向けた。

「申し訳ありません」ドッジはイモージェンを見て呆然《ぼうぜん》となった。「おふた方がおいでだとただちに伝えてまいります。失礼いたします」

ドッジはお辞儀をしながら玄関の間に戻り、マサイアスとイモージェンの鼻先ですばやく扉を閉めた。

「ミスター・グラストンの執事はちょっと動揺しているようね」とイモージェンが言った。

「フェリックスの家の玄関にぼくが現れるのは何度も目にしているはずだが――」マサイアスは言った。「伯爵夫人のために扉を開けたことはきっと一度もないはずだ」

イモージェンは閉じた扉を見つめた。「そう、じっさいには開けてないわ。少なくとも長く開けてはいなかった」

「うろたえたのさ。きっとすぐに、ぼくらを玄関に立たせたままだと気づいて償いに来るよ」

その瞬間、ドッジが扉をまた勢いよく開けた。大汗をかいている。「失礼しました。ほんとうに申し訳ありません。偶然、風に扉を押されてしまいました。お寒いですから、おふたりともなかへどうぞ。ミスター・グラストンがすぐにお会いになります」

「ありがとう、ドッジ」マサイアスはイモージェンの腕をとり、グラストン家の大きな玄関の間へと導いた。

「こちらです、奥様」ドッジは蠟燭に照らされた図書室の入口に立った。それから、大きくせき払いをした。「コルチェスター伯爵ご夫妻がお見えです」

「コルチェスター伯爵」フェリックスが杖の助けを借りて椅子から立ち上がった。「これは驚いた」そう言って推しはかろうとするような目をイモージェンに向けた。「ドッジによれば、あなたが結婚なさったばかりの花嫁をお連れになったということだったが」

「妻を紹介させてくれ」自分のそのことばにマサイアスの胸に満足の思いが湧き起こった。「イモージェン、こちらは古くからの友人のフェリックス・グラストンだ」

「お知り合いになれて光栄ですわ、ミスター・グラストン」イモージェンは上流階級の紳士に紹介されたかのように、手を差し出した。「あなたのことは主人からいろいろうかがっています」

「そうですか」フェリックスの目が驚きに輝いた。しばし彼は差し出されたイモージェンの手をどうしていいかわからない様子だったが、やがて洗練された紳士さながらに、手袋をはめた指にすばやく顔を近づけた。「お会いできて光栄です。おふたりともどうかすわってください」

マサイアスはイモージェンが暖炉のそばの椅子に腰かけるのを見守ってから、向かい合う椅子に腰を下ろした。フェリックスがそろそろと自分の椅子に腰を戻すときに顔をしかめるのがわかった。杖の頭をきつくにぎる節の曲がった手にも気づいていた。

「足が痛むのか？」マサイアスが静かに訊いた。

「気候のせいです」フェリックスは深々と息を吐き、杖を椅子の肘に立てかけた。「あと何時間かで雨になるのはまちがいないでしょうな」

「叔母がリウマチなどの痛みにとてもよく効く薬を持っているの」イモージェンがくだけた調子で言った。「あなたのために調合を書いてもらうわ」

フェリックスは目をぱちくりさせた。「それはご親切に、レディ・コルチェスター」

「いいえ、どういたしまして」イモージェンはほほ笑んだ。「ホレーシア叔母様独自の調合なの。自分で生み出したのよ」

「それはご親切に」フェリックスはくり返した。ほんの少し前のドッジ同様、ぼうっとなっている顔だ。

マサイアスはそろそろ自分がその場を仕切るころあいだと判断した。すばやく行動を起こさないと、古くからの友がどうしようもない愚か者になってしまいそうだった。

「少々急ぎの用件があって訪ねてきたんだ」とマサイアスは言った。

フェリックスはイモージェンの顔から目を引き離した。「急ぎ？　どのような用件です？」

「生死にかかわることよ」イモージェンがきっぱりと言った。

マサイアスは顔をしかめた。「妻はときおり少々過激な言い方をするんだが、深刻な問題であるのはたしかだ。きみに訊きたいことがあるんだ、フェリックス」

フェリックスは両手を広げた。「なんでも訊いてください。答えがわかっていれば、喜んでお答えしますよ」

「アラステア・ドレイクについて知っていることは?」

「ドレイク?」フェリックスは考えこむように眉根を寄せた。「たしか、三年ほど前にロンドンに現れた人物ですね。〈ザ・ロスト・ソウル〉でたまにカードをしている。そう考えてみれば、最近はあまり現れませんな。彼がどうしたんです?」

「彼がレディ・リンドハーストのお兄様だってご存じだった?」とイモージェンが訊いた。

フェリックスは眉をぴくりと動かした。「いいえ。それは重要なことなんですか?」

「あのふたりが兄妹であることを秘密にしてきた理由を知りたいんだ」マサイアスが言った。「まずは、ロンドンで暮らすようになる前はどこに住んでいたのか知りたい」

イモージェンは熱心に身を乗り出した。「もしかして、リンドハースト卿を知ってらしたとか、ミスター・グラストン?」

フェリックスはマサイアスと目を見交わした。「たぶん、知りませんね」と答える。

イモージェンはマサイアスに目を向けた。「あなたは彼を知っていた、マサイアス？」

「いや」マサイアスは考えこむようにして答えた。「会ったこともない」

「とても奇妙ね。あなた方おふたりは、ロンドンのほとんどの紳士と、どちらかが一度や二度は会っているはずじゃないかしら。聞くところによれば、遅かれ早かれ、みんな〈ザ・ロスト・ソウル〉に姿を現すそうだから」イモージェンはそこでいったん口をつぐんだ。「リンドハースト卿なんて紳士はほんとうにいたのかしら？」

フェリックスの目の端に皺が寄った。「的を射た疑問ですね」

「ああ、そうだな」マサイアスも言った。「ぼく自身、それを疑ってみるべきだった」

「なるほど」フェリックスは指の先と先を合わせた。「あなたはとても聡明《そうめい》な女性と結婚なさったんですね、コルチェスター伯爵。おめでとうございます。あなたがご自身を非常に芳《かん》しい状態に導いてくれる伴侶《はんりょ》を見つけたのは喜ばしいことです」

「たしかに退屈はしないいさ」マサイアスは小声で言った。

イモージェンはマサイアスにあたたかい笑みを向けた。「マサイアスとわたしは共通点が多いのよ」

「それはわかりますよ」フェリックスは椅子にゆったりと背をあずけた「さて、あなたの疑問に答えを見つけるのはむずかしいことではないはずです。ただちにそれについて調べましょう」

イモージェンの目が感謝と興奮に輝いた。「すばらしいわ。どうやって感謝の意を示せばいいかしら？」

フェリックスは考えこむような目をイモージェンに向けた。「お茶を飲んでいってください。私は伯爵夫人とお茶を飲んだことがありませんのでね」

「きっとそれも賭場の所有者とお茶を飲むほど愉快ではないでしょうけど」イモージェンは言った。「じつを言うと、マサイアスがあなたを訪ねると言ったときには、賭場を訪問するならいいなと思ったの。賭場は見たことがないから」

フェリックスは驚いてイモージェンをじっと見つめた。それからその目をマサイアスに向けた。

マサイアスは肩をすくめた。

フェリックスはイモージェンに目を戻した。「たぶん、いつか別のときに、レディ・コルチェスター」となめらかな口調で言う。

イモージェンは顔を輝かせた。「すてき。明日のご都合は？」

「賭場に行くなど考えもするんじゃない」マサイアスは苦々しく言った。

イモージェンはフェリックスにほほ笑みかけた。「この人のことは気にしないで、ミスター・グラストン。主人は心配性なの。そう、神経が繊細なのよ」

フェリックスはなんとも愛嬌《あいきょう》のある笑みを浮かべてみせた。「きっとあなたが彼の神経をふるいたたせる存在になるんでしょうね」


イモージェンとマサイアスが家に帰ると、ボウ・ストリートからの伝言が待っていた。ウフトンが玄関の間へとふたりを導き入れながらその知らせを伝えた。

「お探しのランナーは三年ほど前に殺されていました。つかまえようとしていたおいはぎに撃ち殺されたそうです」

マサイアスはイモージェンに目を向けた。「アラステア・ドレイクに殺された可能性のほうが高いな」

イモージェンの全身に寒気《さむけ》が走った。「ええ。ルーシーが亡くなってからは、そのランナーが彼の秘密を知っている唯一の人間だったわけですもの。始末せざるを得なかったはずよ」

ホレーシアは小ぢんまりとした応接間の奥に目をやり、パトリシアとヒューゴーを見てにっこりした。ふたりは小さなテーブルに向かい、カード遊びに夢中になっていた。

「そう、お似合いのふたりよね」ホレーシアはイモージェンに小声で言った。「でも、ミスター・バグショーがパトリシアに関心を寄せるのをコルチェスターが許したのは驚きだわ。この社交シーズンが終わるまでに、バグショーとコルチェスターは決闘する運命にあると世間の誰もが確信していたんだから」

「社交界が状況を見誤ることがどれほど多いかの証明になるわね」とイモージェンは言った。

ヒューゴーは自分に課せられた新たな責任を重く受けとめていた。この数日、パトリシアだけでなく、マサイアスが忙しいときにはイモージェンについても、どこへ行くにも付き添いを務めてくれていた。何時間にもおよぶ買い物に付き合い、午後、公園でいっしょに馬車に乗り、息苦しい舞踏場で終わりなき夜を過ごすことに耐えていた。

雄々しい用心棒が小さな拳銃を持ち歩いていることも、パトリシアがこっそり教えてくれた。「万が一のためよ」と彼女はイモージェンに説明した。それを聞いてイモージェンは不安な気持ちになったが、ヒューゴーが武器を携えているのは賢明なのかもしれないと思った。マサイアスも同様なのだろうかと訝《いぶか》らずにもいられなかった。

何もかもがとても刺激的であるはずだったが、じっさい、日々の生活は退屈で制約された息苦しいものになりつつあった。どこへ行くにもヒューゴーが付き添ってくれることでパトリシアはうれしそうだったが、イモージェンはマサイアスに押しつけられた制限のもとで暮らすことに苛立ちを募らせていた。計画を立てる前に、男性の都合を訊かなければならないことなどこれまでなかったからだ。そうしなければならないことはいやでたまらなかった。

フェリックスの予言に反して、残念ながら、アラステア・ドレイクとセリーナについての情報を手に入れるのは、思っていたよりもかなりむずかしいことがわかった。ふたりは三年前に突然、どこからともなくロンドンに現れたかのようだった。上流階級の人間らしく装うだけの金を持ち、良家の応接間に歓迎されるだけの洗練された社交技術を身につけていたのはたしかで、誰も過去については疑問を持たなかったのだった。

ふたりについてのたしかな情報がないまま、四日が過ぎた。しかし、噂は数多《あまた》流れ、フェリックス・グラストンもあれこれと情報を送ってきてくれた。そのどれも裏づけはなかったが。張りつめた空気は家全体に影響をおよぼしつつあった。

マサイアスはじょじょにおちつきをなくし、苛立つようになっていた。図書室のなかを行ったり来たりし、使用人たちを叱り飛ばした。夜には寝室の窓辺に立ち、暗闇を見つめて何時間も過ごしていた。イモージェンと愛を交わした直後のひとときだけが、多少心の平穏を得られる時間のようだったが、その満足も長くはつづかないように見えた。

イモージェンのほうは眠りに落ちるのを恐れるようになっていた。血と石棺が登場する悪夢を見る頻度が増え、その夢が以前よりもさらに神経に障るようになっていたからだ。ひと晩に二度三度と震えながら目を覚ますこともあり、毎度マサイアスの腕にきつく抱きしめられているのがわかるのだった。

強い神経の持ち主にとってさえも、何もかもがあまりに常軌を逸したものになりつつあった。

その朝、マサイアスは朝食の席で、〈ザ・ロスト・ソウル〉でフェリックスに会うつもりだと宣言した。イモージェンがいっしょに行きたいと言っても、彼はそれについて考えることすらも断固として拒否した。

留守番を強いられたイモージェンとパトリシアは、すぐさま何時間か家から逃げ出す計画を立てはじめた。ザマー協会の博物館へ行くのはどうかとイモージェンは提案した。しばし研究に没頭したかったのだ。パトリシアは、午後じゅうずっと古代ザマーのほこりっぽい遺物に囲まれて過ごさなければならないとしたら、退屈で倒れてしまうと不満を述べた。

ほかに何ができるか活発な議論を交わし、結局はホレーシアを訪ねることで合意した。パトリシアはヒューゴーに伝言を送り、付き添いを務めてもらう必要ができたことを知らせた。彼は決められた時間に忠実に現れ、ふたりをホレーシアのタウンハウスへ連れていってくれた。

「コルチェスターがレディ・リンドハーストとミスター・ドレイクの居場所を突きとめられなかったら、どうなるの？」ホレーシアが心配そうに眉根を寄せて訊いた。

「この状況を永遠につづけるわけにはいかないわ」イモージェンは言った。「こんな囚人みたいな生活にこれ以上耐えるつもりはもちろんないし」

「囚人みたいな生活？」ホレーシアは眼鏡の上の眉を上げた。「それは言いすぎじゃないかしら？」

「マサイアスが自分に許しているだけ、家を出入りする自由をパトリシアとわたしにも許してくれるなら、話はちがうんでしょうけどね」イモージェンは不満を述べた。「でも、そうじゃないから」

「まあ、そうね、きっと何もかもすぐに終わるわよ」

「そうだといいんだけど。マサイアスはこの四日のあいだに二度もザマー協会の博物館に連れていってくれるって約束したのに、お友達のミスター・グラストンが伝言をよこしたからって二度とも約束を破ったのよ。腹が立ってしかたないわ」

ホレーシアは一瞬ためらってから、声をひそめて言った。「今の状況を別にして、結婚生活は幸せなの？」

「なんですって？」マサイアスのことを考えていたイモージェンは頭を現実に引き戻した。

「妙なことを訊くのね。どうしてそんなことを訊くの?」

「あなたがふつうの女性じゃないからよ。コルチェスターも上流階級の典型的な男性とは言えないわ。わたしが多少心配しても道理にかなっているはずよ」

「結婚生活にはとても満足しているわ。唯一の懸念はアラステアとセリーナを見つけることよ。その懸念が晴れるまでは、家の誰もぐっすり眠れないんだから」

「人殺しがその辺をうろうろしていると思うと心が騒ぐわね」とホレーシアも言った。

「わたしも昔人殺しを知ってましたよ」お茶のトレイを持って部屋にはいってきたヴァイン夫人が何気ない口調で言った。「この家を五年か六年前に貸した相手です。ちゃんとした紳士でしたよ。それ以前の間借り人たちに比べて、とてもきれい好きな人でしたしね」

応接間の誰もがヴァイン夫人に目を向けた。

イモージェンが最初に声を発した。「人殺しのために家政婦をしていたというの、ミセス・ヴァイン?」

「ええ、そうです。もちろん、はじめは知りませんでしたけどね」彼女はテーブルの上にトレイを下ろし、カップを並べはじめた。「期日にきちんと家賃を払ってくれる人でした。ここを出ていくことになって残念だったぐらいです」

「そいつが人殺しだとどうしてわかったんだい?」ヒューゴーが興味を惹かれた様子で訊い

た。

「残念ながら、ある晩、玄関の間でばったり出くわしたんですよ」ヴァイン夫人は心から後悔するようにため息をついた。「その晩、お休みをいただいて、妹を訪ねたんです。でも、いつものように朝まで妹のところで過ごす代わりに、ここへ戻ってきたんですよ。それで、玄関の間でミスター・レヴァセッジと出くわしたわけです。そう、まったく予想外のことにね。彼はわたしの数分前に戻ってきたばかりで、死体を引きずって地下へ運ぼうとしていたんですよ」

「なんてこと」ホレーシアは驚きのあまり息を呑んだ。「死体を地下に隠していたというの？」

「わたしが休みをとって妹を訪ねる晩にしてたことですよ。死体を地下へ運んで切り刻み、箱にはいる大きさにしていたんです。それで、その箱を街から持ち出して処分していたというわけです」

「まあ」パトリシアは片手で口をおさえた。恐怖に目をみはっている。「殺された人といっしょに彼が玄関の間にいるのを見てどうしたんです、ミセス・ヴァイン？」

「どうもできませんでしたよ。死体についても何についても」ヴァイン夫人は悲しそうに首を振った。「でも、見て見ぬ振りをするわけにもいきませんでした。たとえ彼がこれまでで最高の間借り人だったとしてもね。すぐに石段を駆け降りて夜警を呼びに行きました。でも、最後にミスター・レヴァセッジからかけられたことばはけっして忘れませんよ」

「なんて言われたの？」とイモージェンが訊いた。

「『玄関の間の血については心配しなくていい、ミセス・ヴァイン。きれいにしておくから』ですって。さっきも言いましたけど、とてもきれい好きな紳士だったんです」


翌朝、マサイアスはザマー協会の博物館の中央にイモージェンとともに立ち、目の前に山と積まれたほこりっぽい遺物を調べていた。イモージェンの満足の笑みの陰には勝ち誇った高笑いが隠されていた。それが朝食の席でのささやかな議論に勝利したゆえだとマサイアスにはわかっていた。

博物館で朝の時間をつぶすことには反対だったのだが、それを避けるのにぴったりの口実を思いつけなかったのだった。新たな噂についてのフェリックスからの知らせもなかった。さらには、イモージェンはヒューゴーとパトリシアのふたりを気に入っているようではあったが、買い物や訪問にふたりのお供をすることには、これ以上一日たりとも我慢するつもりはないようだった。結局、マサイアスが折れざるを得ず、イモージェンが何かを決心したら、それを拒否することなどはたして自分にはできるのだろうかと思わずにいられなかった。

「部屋の奥からはじめましょう、マサイアス」イモージェンは腰に白いエプロンをつけた。「あなたが記録をつける？　それともわたしがしましょうか？」

「きみが遺物を調べてくれ。記録はぼくがつける」マサイアスは外套《がいとう》を脱ぎながら言った。「手を汚すのはきみということさ。ラトリッジが持ち帰ったこのがらくたのなかにさほど重要なものは何もないとぼくはすでに確信しているからね」

「あら、きちんと目録をつくるまでは、そうはっきりとは言えないはずよ」イモージェンは壊れた彫像と石棺のあいだを抜けて、壁際に積まれているどっしりとした木箱のほうへ向かった。「わからないじゃない。もしかしたら、この箱のなかに女王の印章があるかもしれないわよ」

「絶対にないね」マサイアスは小声で言い、外套を釘にかけた。壁にポケットがあたったときに小さな金属音がした。

「その音は何？」

「外套のポケットに拳銃を入れてあるんだ」マサイアスは白いリネンのシャツの袖をまくり上げながら言った。

イモージェンは顔をしかめた。「あなたも拳銃を持ち歩くようになったの？」

「状況を考えれば、用心に越したことはないようだからね」

「マサイアス、アラステアがロンドンに戻ってくるなんてほんとうに思っているわけじゃないでしょうね？　きっと彼もセリーナもできるだけわたしたちからは離れていようと思うはずよ。ヨーロッパに逃げたのはまちがいないわ」

「彼らが何をするかはわからない。それはきみにだってわからないはずだ」マサイアスはイモージェンと目を合わせた。「どうやら彼らはすでに三度殺人を犯している。また誰かを殺そうとしないとは言えない」

「でも、わたしたちを殺す理由は？」

「ぼくらが死ねば、例のランナーはもちろん、ヴァネック卿夫妻の殺害を彼らに結びつける人間もいなくなる。ロンドンで今までどおりの暮らしをとり戻せるというわけさ。前にも言ったが、ドレイクとその妹は社交界の申し子だ。慣れた暮らしをあきらめたいとは思わないはずだ」

「でも、これだけのことがあったのに、今までどおり社交界にいすわることはできないはずだわ。彼らが罪を犯したという証拠はないけど、噂話はおおいに出まわるでしょうから」

「人を殺したなんてささいな噂を立てられても、生き延びられないことはないさ」マサイアスは開いた石棺の端に腰を下ろしながらかすかな笑みを浮かべた。「ぼくもそうだった」

「それは一理あるわね」イモージェンは陶板の山を覆っていた大きな四角い布を持ち上げた。それを脇に放ると、山を成す陶板の最初の一枚を手にとる。「それでも、わたしはこんな制限の多い生活をこれ以上つづけることはできないわ。パトリシアはあまり気にしていないようだけど、わたしはもうすぐおかしくなってしまいそうよ」

マサイアスは愉快そうな顔になった。「今週ぼくがきみとパトリシアに課した制限は、ロンドンのほとんどのご婦人たちがすなおに受け入れている、ごく一般的な制限にすぎないとわかったら、きみもおもしろいと思ってくれるかもしれないな」

「それでも、そう長くこの状態を受け入れるつもりはないわ」イモージェンは体をぐっとかがめて陶板を調べた。「マサイアス、ひとつ訊こうと思っていたことがあるんだけど」

マサイアスはイモージェンの尻の魅惑的な丸い曲線をじっと見つめていた。「訊いてくれ。今日はなんでも答えるよ」そう言いながら、彼女がそんな誘うような格好でいるあいだにスカートを持ち上げることを想像した。きっとそれもザマーの愛の秘法のひとつだと釈明できるはずだ。

「ラトリッジの身に何があったのか、ほんとうのことを知っているの？」

その質問には虚を衝《つ》かれた。気をとり直すのに少し時間がかかるほどだった。マサイアスは深く息を吸った。「ああ」

「そうじゃないかと思っていたわ」イモージェンは身を起こし、慎重に陶板を積み重ねはじめた。「それで？ そのことを話してくれる？」

マサイアスは考えこむようにして、イモージェンが調べたことを記録するために持っていた手帳をじっと見つめた。「ラトリッジはぼくを殺そうとしたんだ。それで、その際にみずからが命を落とした」

「なんてこと」イモージェンは勢いよく振り向いたが、そのせいで肘が積み重ねた陶板にあたってしまった。陶板が崩れないように急いで手を伸ばしたが、目は彼の顔に釘づけになっていた。「冗談でしょう？」

「これについては冗談ではない。迷路の通路のひとつを探索しているときのことだ。ぼくが先導していた。そういうことについては、ぼくのほうがずっとうまくできるとラトリッジにつねづね言われていたからね」

そうしてその通路を進んでいるときに、前触れなく石の階段に行きあたったのだった。さっきまで地下の狭い通路を進んでいたと思ったら、目の前に、硬い岩に掘られた底の見えない階段の入口が現れたのだ。

「なんだ？」ラトリッジが背後から訊いてきた。かすれた声で息を切らしている。

「また階段だ」マサイアスはランプを高く掲げたが、明かりは階段の底の暗闇を貫くことはできなかった。地獄そのものへつづく階段のようだった。「危険だな。降りるにはロープが要《い》る」

「行けよ」ラトリッジが命じた。「ロープなんて必要ない」

「安全とは言えない。階段の下も見えないんだから」

マサイアスに危険を知らせたのは、浅い息をしていたラトリッジがごくりと唾を呑む音だった。何があったのかたしかめようと振り返ると、ラトリッジが小さな槍《やり》を振り上げて向かってこようとしていた。

「ラトリッジ、やめろ」

「ロープなど必要ないと言っただろう」ラトリッジの顔は怒りにゆがんでいた。槍が振り下ろされる。

マサイアスはよけようとしたが、狭い通路では身を動かす空間はほとんどなかった。どうにか槍を頭ではなく肩に受けたが、その衝撃でよろめき、階段の入口へとあとずさることになった。一瞬、底なしの階段の端で体がぐらついたが、そこでランプを落とし、体の平衡をとり戻すと、かつてもっとも親しい友人だった男に飛びかかっていった。

「くそっ、死ね」ラトリッジが叫んだ。「おまえはもう必要ない。用済みだ」

また槍が振り下ろされた。マサイアスはその木製の取っ手をつかみ、ラトリッジの手からとり上げた。

「おまえは死ぬんだ」ラトリッジは怒りのあまり、やみくもに襲いかかってきた。

マサイアスは片側の石の壁に身を押しつけた。ラトリッジは暗闇のなかで彼をつかまえようとしたができず、勢いのまま階段のてっぺんに立つ格好になった。

しばしラトリッジは必死で手がかりを探してぐらつきながらそこに立っているようだった。マサイアスは彼をつかんで安全な通路に引き戻そうと前に進み出た。

しかし、遅すぎた。ラトリッジは階段のてっぺんで足を踏みはずし、石の階段の底なしの暗がりへと落ちていった。その叫び声は長いあいだ通路の壁にこだましていた。

「でも、どうして彼はそんなことをしたの?」イモージェンがやさしく訊く声がマサイアスを現実へと引き戻した。

マサイアスは石棺の脇に立てかけられていた不気味な陶器の仮面をじっと見つめた。「その二日前にぼくがかなり貴重な発見をして以来、行動がおかしかったんだ」

「図書館のこと?」

「ちがう。別のものだ。今となってはどうでもいいことだが。ぼくらはとり決めをしていた。個々の遺物の場合、自分で見つけたものは自分のものとするとり決めをね。でも、ラトリッジはぼくが見つけたものに固執していた。それを手に入れるためなら、人殺しも辞さないほどに」マサイアスは目を上げてイモージェンと目を合わせた。「ただ、くれと言われていれば、くれてやったのにな」

イモージェンは腰に手をあて、短靴を履いた爪先で床を打ちはじめた。「もしかして、かわいそうなルーシー同様、ラトリッジもおかしくなっていたんだと思うの？」

「いや」マサイアスは抑揚のない声で答えた。「彼は最初からぼくを利用していたんだと思う。ぼく自身よりも先に、ぼくがザマーへつながる手がかりを見つけたのかもしれないとわかっていたんだ。それでぼくと親しくなった。自分の図書室も使わせてくれた。発掘隊として同行もした。でも、それ以上利用する価値がないとわかって、ぼくを始末しようとしたわけさ」

「だけど、友人だったはずよ」

「最近は友人を選ぶときはもっと慎重になるようにしているよ」マサイアスはかつての若く世間知らずだった自分を思い出して顔をしかめた。「愚かだったぼくは、ラトリッジが研究を認めてくれたことを名誉なことだと思ったんだ。自分でもよくわからない理由から、彼に認めてほしかった」

イモージェンの目に、理解するようなやさしい光が宿った。「たぶん、あなたのお父様の代わりに――」石と石がこすれるような不気味な音がして、イモージェンはことばを止め、くるりと振り返ってまわりの大きな遺物に目を凝らした。「今のは何?」

マサイアスは手帳を下ろし、ゆっくりと立ち上がった。「ぼくらのほかに誰かいるようだな」

部屋の反対側に置かれていた、ふたが半分閉まった石棺のなかからアラステア・ドレイクが起き上がった。「ラトリッジの身には何があったんだろうと前々から不思議に思っていたんだ」

「ドレイク」アラステアが石棺から出るのをマサイアスはじっと見つめた。「つまり、あんたが階段の上から彼を突き落としたわけだ、そうだろう、コルチェスター? なんとも利口なやり方だな」アラステアは上流階級の人々のあいだで彼の人気を高めた笑みを顔に浮かべ、手に持った拳銃の銃口をマサイアスに向けた。「その話を自分の口から公表できないのは気の毒だが」

「アラステア」イモージェンが驚きに口をぽかんと開けて彼を見つめた。「ここで何をしているの?」

「明々白々だと思うが」とアラステア。

「たしかに」マサイアスは後悔しながら、手の届かないところに吊るしてある外套に目を向けた。ポケットに拳銃を入れたままにした自分に心のなかで毒づく。「きみの魅力的な妹はどこだ？」

「ここよ、コルチェスター」セリーナがいくつかの彫像を覆っている布の陰から優美に姿を現した。手袋をはめた手に小さな拳銃を持っている。「あなた方ふたりがここへ来るのをずっと待っていたのよ。何日かあなたのタウンハウスを見張っていて、遅かれ早かれ、機会には恵まれるだろうとわかっていたわ」

アラステアはイモージェンにほほ笑みかけた。「きみもきみのご主人も、古代ザマーの研究をそれにふさわしい形で終えることができてきっと満足なんじゃないかな。きみたちはラトリッジの呪いの最新の犠牲者としてみんなに悼《いた》まれることになる」

20

イモージェンは胸がひどくしめつけられるのを感じ、息をするのをやめていたことに気づいた。マサイアスのほうに不安の目を向けると、彼は何もおかしなことなど起きていないとでもいうように、また石棺の端にゆったりと腰かけていた。顔には冷ややかで不可解な仮面のような表情が貼りついている。ここにいるのは〝冷血なコルチェスター〟というあだ名を頂戴《ちょうだい》した人間だとイモージェンは思った。その理由も今ならわかる。

どうしてマサイアスが虚弱な神経の持ち主だと結論づけたりできたのだろう。

マサイアスのこの世のものとは思えない灰色の目と一瞬目が合う。彼が冷たい決意を固めているのがわかってうなじの産毛が逆立った。今の状況から逃げ出す方法があるとすれば、それはマサイアスが考えてくれる方法だ。

これこそがザマーの権威のコルチェスターだわ。イモージェンは心の雲が晴れる気がした。誤解していたわけじゃない。彼が行動的な人間であることは前からわかっていたのよ。

イモージェンはまた息をはじめた。ふたりは同志であり、伴侶であり、相棒なのだ。マサイアスがどんな作戦を立てるにせよ、自分の役割をはたす心の準備はしておかなければならない。

「あなた方ふたりがヨーロッパに逃げるのではと思ったのは望みすぎだったようね」イモージェンはうんざりした口調に聞こえますようにと祈りながら言った。

「こんなに大変な思いをして手に入れたすべてを打ち捨てて？」セリーナの笑みが薄れた。「おかしなことを言わないで。兄とわたしは社交界での今の立場を得るのにとんでもなく大変な思いをしたのよ。あなたみたいな学者かぶれのばかな変わり者のせいでようやく手にした役割を失うつもりはないわ、レディ・コルチェスター」彼女はマサイアスに目を向けた。「もっと危険なあなたの旦那様のせいでもね」

イモージェンはセリーナの言うことにも一理あるというように深々とうなずいた。「そうなの。マサイアスも似たようなことを言っていたけど、あなたたちはとても賢いから、これだけのことを引き起こしておいてまだロンドンにいるはずはないと、わたしは彼に言ってやったのよ」

「どうやらきみは彼らの知性を買いかぶっていたようだね、イモージェン」マサイアスがやさしく言った。

アラステアの目に怒りが燃えた。彼は内心の動揺を表すように、一瞬拳銃の銃身を勢いよく上げた。「口を出すな、このクソ野郎。すぐにあんたもあんたの奥さんも、都合よくここにあるザマーの石棺のなかにおさまることになる。多少無理をすれば、あんたたちふたりを同じ石棺におさめることもできるはずだ。理想的だとは思わないか?」

「それはきみの考えか?」マサイアスは皮肉っぽくおもしろがるように口をゆがめた。「この石棺のひとつにわれわれをおさめるつもりだって?」そう言って石棺の端を軽くたたいた。

アラステアはその小さな動きに顔をしかめた。マサイアスの手が動きを止めると、表情をやわらげた。「うまくいくはずさ」

「きみは思っていた以上に愚かなんだな、ドレイク」マサイアスが言った。「そう、ぼくにもロンドンにひとりかふたり友人はいる。何が起こったのか、彼らがすぐに推理し、誰のしわざかもあばくだろうよ」

「それは絶対になさそうだな」アラステアは目を細くした。「誰かが、そう、たとえばあんたのよき友人のフェリックス・グラストンが事の次第を推理するとしても、何ひとつ裏づけはとれないはずだ。あんたたちの死体すら発見できないだろうからな」

イモージェンはアラステアをじっと見つめた。「どういうこと?」

アラステアはほほ笑んだ。「きみとコルチェスターをおさめた石棺は今夜遅く、くみとり人の荷車でこの部屋から運び出され、糞壺《ふんつぼ》の中身といっしょに田舎へと運ばれる。死体の処理には、いかがわしい地域で暮らす屈強な連中を雇った。こっちに疑問を呈するような輩《やから》じゃない。それにもちろん、封印された石棺のふたを持ち上げて中身を見ることもしないだろう」

「あなたたちふたりはどこかの農場にある墓碑なき墓に埋められることになるわ」セリーナが言った。「とても単純で整然とした計画よ」

「それほど簡単にはいかないわ」イモージェンが激しい口調で言った。「うちの御者が二時間もしないうちに戻ってくるもの。わたしたちがいないとわかれば、ザマー協会の建物全体を探させるはずよ」

「すでにきみたちの家に伝言を送って、今日の午後はもう馬車の用はないと伝えてある」アラステアは興奮のあまり、目を熱っぽく光らせた。「きみたちの家の執事に、よく晴れた日なので、歩いて家に帰ることにしたと伝えてあるんだ」

マサイアスはつかのま興味を惹かれた顔になった。「誰がそれを信じるというんだ?」

セリーナは悦に入った笑みを浮かべてみせた。「今日の午後、ふたりの人間がザマー協会の建物から出ていくのを目撃されるのよ。紳士はあなたの黒い外套と帽子とブーツを身につけるわ。ご婦人はレディ・コルチェスターのザマー特有の緑のドレスを着て、とても無粋なボンネットをかぶることになる」

イモージェンは顔をしかめた。「わたしたちの服を着てあなたたちがここを出ていくっていうの？」

「そうしてロンドンの人ごみにまぎれ、二度と姿を見られることはないってわけ」セリーナは空いているほうの手を無造作に動かした。「ラトリッジの呪いのさらなる犠牲者よ」

「噂が立つわ」イモージェンが言い張った。「マサイアスが言ったとおりよ。彼の友人たちが質問してまわりはじめる」

「けっして答えの得られない質問をね」セリーナがきっぱりと言った。「しばらくのあいだ、憶測や噂で社交界はにぎやかでしょうけど、やがてそれもおさまっていくわ。アラステアとわたしは数カ月のうちにはロンドンに戻ってもとの暮らしをとり戻すの。誰もあなたたちの失踪とわたしたちを結びつける者はいないでしょうよ」

「レディ・ヴァネックの死についてもそうだったというわけか？」マサイアスは多少伸びをしようとするようにわずかに体を動かした、ブーツが石棺の脇に立てかけてある陶の仮面をかすめた。

アラステアはその小さな動きにびくりとしてマサイアスのブーツに目を落とした。しかし、すぐに気をゆるめた。「つまり、それについても推理はついているというわけかい？　賢いな」

「ルーシーの日記を読めば、推理するのもむずかしいことじゃなかったわ」イモージェンが言った。「彼女があなたを脅していっしょにイタリアへ逃げようとしたので、彼女を殺したのね」

アラステアは顔をしかめた。「ルーシーはおもしろい女ではなくなっていた。ごくふつうに関係を終わらせようとしたんだが、彼女はぼくを手放そうとしなかった。イタリアへ行くという考えにとりつかれたようになっていた。ぼくがいっしょに行きたがっているとどうして思ったのかは、ぼくには想像もつかないけどね」

「ルーシーはアラステアと別れようとしなかった」セリーナが拳銃のにぎりを持つ手に力を加えた。「そのうち、脅してくるようになったのよ。どうにかしなきゃならなかったわ」

「幸い、セリーナとぼくが血縁であることを彼女が知ることはなかったが、北部での出来事についてては何がしかの情報を手に入れた」アラステアは肩をすくめた。「知りすぎたわけだ」

「彼女を始末するしか方法はなかったわ」セリーナが言った。「彼女が調査のために雇ったランナーも」

イモージェンはアラステアに目を向けた。「あの気の毒なボウ・ストリート・ランナーを殺したおいはぎもあなたなのね？」

「ケープをはおって二丁の拳銃をかまえる姿はわれながら颯爽《さっそう》としていたよ」アラステアはゆっくりと言った。「でも、ルーシーはそれ以上に問題だった。セリーナにもぼくにも疑いの目が向けられないためには、彼女の死にはきちんとしたおぜんだてが必要だった。うんと神経を使って筋書きをつくったのはたしかさ」

「それで、わたしに重要な役をあてがってくれたってわけね」イモージェンは苦々しく言った。

マサイアスは胸の前で腕を組んだ。「ぼくらが推理したとおりだったな、イモージェン。ルーシーの〝自殺〟がきみとヴァネックに責任があると噂が立つように、彼らが巧妙にことを仕組んだんだ」

「慰めになるかどうかわからないけど、ヴァネックもあなたと同じように、はからずも重要な役割を割り振られたのよ、レディ・コルチェスター」セリーナが言った。「彼があの部屋に行ったのは、そのとき関係を持っていた愛人と会うためだった」

「それってもしかしてあなただったとか？」とイモージェンは訊いた。

「ええ、そうよ」セリーナはまたほほ笑んだ。「幸運なことに、ルーシーはアラステアとわたしの関係をあばくことも、北部での出来事にわたしがかかわっていたのを知ることもなかったわ。日記にわたしのことが記されていないのはたしかよ。だって、何カ月か前にヴァネックがそれを見つけたときには、彼はアラステアだけをゆすろうとしたんですもの」

セリーナの声にはかすかに問うような響きがある気がした。ほんとうにそうだと言ってほしいというように。セリーナは日記に自分のことが書かれていないと、絶対的な確信は持てずにいるのだ。

イモージェンは目の端でマサイアスをちらりと見やった。彼はだめだというようにかすかに首を動かした。セリーナの問いに答えてほしくないということだ。彼の心がすっかり読めた気がした。マサイアスは日記を渡す代わりに命を助けてくれるよう取引をもちかけるつもりなのだ。

「あなたとヴァネックがあの寝室で会った晩――」セリーナはつづけた。「アラステアは連れといっしょにその部屋の前の廊下をうまい具合に通りかかるよう手配したの。誰もが知っているように、あなたがあんなみだらな状況にあるのを目にして、当然ながら兄は驚き、ぞっとしたってわけ」

イモージェンはアラステアのほうに向き直った。「すぐにあなたとあなたの連れはヴァネックが妻の親友を誘惑したという噂《うわさ》を流してまわった。それから、あなたはルーシーにアヘンチンキを過剰に摂取させた」

「それはむずかしいことじゃなかった」アラステアが言った。「グラスには神経に効く新しい薬がはいっていると言ってやったんだ。彼女はひどい不安と恐怖に駆られるようになっていたからね。疑うことなく中身を飲んだよ」

「そうしてみんなはそれを自殺だとみなした」イモージェンはつぶやくように言った。

「おめでとう」アラステアはあざけるように小さくお辞儀をした。「きみもようやく真実にたどりついたわけだ」

「ふたり組の役者か」マサイアスが小声で言った。

「それってほんとうにそうなのよ」セリーナが笑った。「どうしてわかったの？　アラステアとわたしは北部で舞台に立っていたの。でも、三年前、自分たちで筋書きをつくり、ここロンドンで上演することにした。われながら、すばらしい演技だったと思うわ」

マサイアスは組んでいた腕をほどき、太腿の両脇で石棺の端をつかんだ。その動きを見て、アラステアがまた身をこわばらせた。

マサイアスはあざ笑うようにアラステアを見やった。「三度目のささやかな殺人芝居を打つときには、またもイモージェンとヴァネックに重要な役を割り振ろうとしたわけかい？　おまけにぼくにも役を与えてくれた。ヴァネックの処刑人としての役を」

「筋書きはそうだったのよ」セリーナが言った。「でも、ヴァネックは割り振られた役を演じるのを拒んだ」

「きみらのどちらかがぼくに相談してくれていれば――」マサイアスが言った。「ヴァネックは決闘に時間どおりに現れる人間じゃないと教えてやれたのにな」

セリーナの空色の目が怒りにきらめいた。「彼が弱い人間であるのはわかっていたけど、あそこまで腰抜けだとは手遅れになるまで気がつかなかった。決闘の前の晩、わたしは動揺して涙に暮れる元恋人の役割を演じるために、彼に会いに行ったの」

「すべてが計画どおりに進んでいるかどうか、その目でたしかめようとしたわけか」マサイアスが言った。「彼がぼくとの対決を避け、ロンドンを離れようとしているのを知って、きみが地団太を踏んだであろうことは想像がつくよ」

「あなたが知っていることよりもっとひどかったのよ」セリーナが言い返した。「行ってみたら、彼は机についてイモージェンあての手紙を書いていたの。ルーシーの死が自分のせいだとイモージェンに疑われているのがわかったのね。だから、ルーシーを殺したのはアラステアだと思うと手紙で伝えようとしたのよ。そう知らせれば、イモージェンにコルチェスター、あなたを止めてもらえるかもしれないと思ったのね。あの晩、彼のところへ行かなかったらどうなっていただろうと考えると、今でも身震いするほどだわ」

彼を」

「きみがヴァネックを撃ったんだな？」マサイアスが何気ない口調で言った。「書斎にいる

「選択の余地はなかったのよ」セリーナは答えた。「あの人はこの国から逃げようとしていたし」

イモージェンは怒り心頭に発する思いだった。「ヴァネックを殺してから、アラステアを呼び、ふたりで死体を馬車に乗せたのね。それから、マサイアスが冷血に彼を殺したように見せかけるために決闘の場まで死体を運んだ」

アラステアは肩をすくめた。「少なくとも、おいはぎに殺されたようには見えるようにね。ヴァネックが死んでいる以上、それはどちらでもかまわなかった」

マサイアスはまた体勢を変えた。ブーツの先がまた陶製の仮面に触れた。今度はアラステアがそれを気にする様子はなかった。

マサイアスがここ数分のあいだに、とるに足らないほどの細かい動きを何度もくり返していることにイモージェンは気がついた。そうしたおちつきのなさは、いつもの抑制された静かな態度から考えると奇妙だった。

一瞬、マサイアスと目が合った。その目が警告を発しているのを読みとるのはむずかしいことではなかった。死を逃れるために、彼が何か行動を起こそうとしているのは明らかだ。

沈黙の交信を行ったその瞬間、イモージェンは突然、そのとるに足らないように思われる一連の動きの理由を理解した。マサイアスは、アラステアとセリーナがそうした小さな動きに慣れるように仕向けているのだ。

「ひとつよくわからないことがあるんだけど」イモージェンがゆっくりと言った。「どうしてこれほど時間がたってからヴァネック卿を殺したの？　あなたがルーシーを殺したのは三年も前のことだわ」

セリーナの目が暗くなった。「あの男がルーシーの日記を見つけたのが最近のことだからよ。メイドがルーシーの私物を整理するまで、そんなものがあることなど誰も知らなかったのに、ヴァネックが新しいタウンハウスに移ったときに日の目を見ることになったのよ」

「三年間、セリーナもぼくも、ぼくらの秘密は守られたと信じていたんだ」アラステアは顔をしかめた。「それなのに、二カ月ほど前にヴァネックがぼくのところへ来て、ルーシーの日記を見つけ、彼女の知っていたことが自分の知るところになったと言ってきたんだ。定期的に金を払ってくれれば、沈黙は守ると言ってね。彼を始末する方法をセリーナといっしょに考えるあいだ、ぼくは金を払うしかなかった」

セリーナはイモージェンにほほ笑みかけた。「そんなときに都合よく、あなたが地図と古代ザマーの遺物に関するばかげた噂話とともに社交界に戻ってきたのよ。おまけにコルチェスターとダンスまで踊っていた」

アラステアはマサイアスに目を向けた。「正直、あんたがイモージェンと彼女の地図に本気で興味を示したことはセリーナとぼくにとって驚きだった。彼女を誘惑して、婚約まで発表したときには、地図が本物だとあんたが信じているのがわかったよ。こんなおかしな縁組みにほかに説明のつけようがないからね」

「そうかい?」マサイアスが穏やかに訊いた。

セリーナはそのことばは無視した。「あなたがイモージェンと地図を本気で手に入れるつもりでいるのが明らかだったから、あなたとヴァネックのあいだの対抗意識を利用してヴァネックを始末すればいいとすぐにわかったわ」

「それでもまだ日記の問題は残る」マサイアスが言った。「きみらは日記を処分しなければならなかった。そこでヴァネックの家へ行って日記を探した」

アラステアは顔をしかめた。「そしてあんたに出くわした。でも、どうして日記のことがわかったんだ?」

「あら」イモージェンが言った。「いい質問ね」そう言って少しあとずさり、数分前に積み上げた陶板の山の横に立った。「それに、ほかに何人が日記のことを知っているかしら?」

「ふん。きみたちを始末してから、日記を手に入れる方法は見つけるさ」

「そうだろうな」とマサイアスが言った。

「嘆き悲しむあなたの妹さんを説得して、呪われた日記を始末させるのはむずかしいことじゃないはずよ」とセリーナが小声で言った。

マサイアスは笑みを浮かべた。「それにはあまり確信を持たないほうがいいな。ぼくや妻に何かあったら、しかるべき手に日記が渡るように手配は済ませてある」

「そんなこと信じないわ」セリーナが吐き捨てるように言った。

マサイアスは眉を上げたが、何も言わなかった。

アラステアが眉根を寄せた。「セリーナ?」

「嘘をついているのよ、アラステア。この人の言うことに耳を貸さないで。日記は手にはいるから」

「わたしたちがルーシーの日記の存在をどうやって知ったか、聞いたらおもしろいと思ってもらえるかもしれないわ」イモージェンがひややかに言った。「そう、偶然見つけたわけじゃないのよ」

アラステアとセリーナはどちらも驚いた顔を彼女に向けた。その点について考えていなかったのは明らかだ。

「いったいなんの話をしている?」とアラステアが訊いた。

セリーナはイモージェンをにらみつけた。「ヴァネックから聞いたにちがいないわ」

「じつはちがうの」イモージェンは答えた。「ヴァネックじゃないわ」

「だったら、誰だ？」アラステアが叫んだ。

セリーナがとがめるような目を兄に向けた。「おちついて、アラステア」

「ちくしょう、セリーナ、わからないのか？　ほかにも日記のことを知っている人間がいるということだぞ」

「ちがうわ。彼女は嘘をついているのよ」

一瞬、セリーナとアラステアは新たな問題で頭が一杯になったようだった。その瞬間をとらえ、マサイアスがまた動いた。今度はおちつかないだけの何気ない動きではなかった。手を伸ばして石棺の端に立てかけてあった重い陶製の仮面をつかみ、それをアラステアめがけてまっすぐ投げつけたのだ。

「いったい何を——」最初に反応したのはセリーナだった。拳銃の銃口をマサイアスのほうに向ける。「だめよ、アラステア。危ない！」

アラステアは振り返ろうとしたが、反応するのが遅すぎた。彼は不明瞭な声を発すると、片腕を上げた。その防御の反応にも重い仮面の勢いはほんのわずかにそがれただけだった。仮面がまともにあたり、アラステアはよろめいてあとずさった。拳銃が手から飛んだ。マサイアスはアラステアに飛びかかっていった。

「くそっ」セリーナは美しい顔を怒りにゆがませ、引き金を引こうとした。

イモージェンが片手を振り出し、積み重ねたザマーの陶板の山を倒した。陶板はセリーナのほうへ崩れ、引き金を引く直前だった彼女をぎょっとさせた。

「どんくさい変人女め」セリーナはイモージェンのほうを振り向いた。「こういうことになったのも全部あなたのせいよ」

イモージェンは逃げようと振り返ったが、膝が石棺の端にあたってつまずき、セリーナが引き金を引いた瞬間に倒れた。

石棺のなかへと無様に倒れこみながら、何か冷たいものが腕をかすめるのがわかった。後ろからは激しい格闘の音が聞こえてきており、セリーナが憤怒の声をあげている。

イモージェンは身を起こした。なぜか左の肩がうまく動かなかった。右腕を使ってどうにか石棺から出ようとする。

アラステアとマサイアスがにらみ合いながらぐるぐるとまわっているのがわかってぞっとする。アラステアの手にはナイフがにぎられていて、それが明かりを受けて光った。セリーナはアラステアが落とした拳銃をつかもうとしゃがみこんでいる。

「今度こそ、あんたの命をもらう、コルチェスター」アラステアが歯をむき出し、ナイフを突き出そうとした。

見たこともない形でマサイアスが振り上げた足が、アラステアの太腿の脇をとらえた。アラステアは痛みに悲鳴をあげ、横によろめいた。

セリーナが落ちた拳銃をつかみかけたのがわかる。イモージェンは石棺から身を持ち上げ、セリーナに飛びかかった。体と体がぶつかって大きな音がした。

飛びかかった勢いで、セリーナとふたり、そびえたつザマリスの彫像にまともにぶつかることになった。その衝撃のせいでどっしりとした彫像が震え、不完全に修復された腕が肩のところでひび割れた。石と石がこすれる不気味な音がした。

「イモージェン、下がるんだ」マサイアスが叫んだ。

イモージェンはスカートを乱しながら横に転がった。その直後にザマリスの大きな腕が床に落ちてきた。

セリーナはうまく逃れることができなかった。石の腕が肩にあたり、下敷きになって床に倒された。彼女は短い途切れ途切れの声をもらしたと思うと、やがて動かなくなった。

イモージェンはゆっくりと身を起こした。頭のなかでぶんぶんいう妙な音がし、肩が痛んだ。石棺に倒れこんだときにすりむいたにちがいない。

部屋のなかに静寂が広がった。マサイアスに目を向けると、アラステアの動かない体の横で立ち上がるのが見えた。

「マサイアス」イモージェンは起き上がろうとした。「大丈夫？」

「ああ。きみは？」

「ええ」痛みに全身を貫かれ、イモージェンは息を呑んだ。「大丈夫」

「イモージェン、きみには驚かされずにいられないよ」マサイアスは近づいてこようとして、目をセリーナに落とした。「死んだのか？」

「死んではいないと思うわ」イモージェンはセリーナに目を向けた。「たぶん、気を失っているだけよ。アラステアは？」

「同じだ。どうやら犯した罪に生きて裁きを受けることになりそうだな」マサイアスは顔をしかめた。「ほんとうに大丈夫なのか？」

「ええ、もちろん」立ち上がるには鉄の意志が必要だった。イモージェンはザマリスの足をつかんで体を支えなければならなかった。「わたしは弱い神経の持ち主じゃないって何度も言ってるでしょう」

「きみのたくましい神経がうらやましいよ」マサイアスは悲しげにほほ笑んだ。「ぼくのほうは少し動揺しているからね」

イモージェンは大きく息を呑んだ。「そんなことを信じると思わないで。弱い神経の持ち主だなんて言って、とんでもなく誤解させてくれたわね」

「そうじゃないよ。今きみがあやうく殺されかけたことで、二週間はベッドで寝たきりになるほどさ」マサイアスの目が突然暗くなった。「イモージェン、きみの肩」

「おちついて。石棺の端でちょっとすりむいただけよ」

「すりむいただと」急いで近づいてくるマサイアスの目は銀色の氷のようだった。「セリーナに撃たれたんだな」

イモージェンが傷ついた肩に目を向けると、血が見えた。「ああ、なんてこと。撃たれたのね」そこで本物の痛みが襲ってきた。焼けつくような、頭がくらくらするような痛み。生まれてはじめてイモージェンは気を失った。彼女が床に倒れこむ前にマサイアスがその体をつかまえた。

暗闇から浮き上がってくると、マサイアスの腕に抱かれているのがわかった。彼がザマー協会の建物の石段でふたりの作業員に指示を出しているのが聞こえる。夜警を呼んで博物館のなかにいるふたりをつかまえるようにという指示。

マサイアスに抱かれて辻馬車に乗りこんだときに、また世界が回転しはじめた。イモージェンはマサイアスの肩に顔を寄せ、歯を食いしばった。体にまわされた彼の腕に力が加わる。

永遠につづくように思われる痛みに耐えてから、馬車が停まったのがわかった。マサイアスに抱かれ、タウンハウスの石段をのぼる。扉が開いた。

応接間のあたりから大声が聞こえてきた。ひどい言い争いが起きているのがわかる。

「彼女から手を放すんだ」ヒューゴーが怒鳴った。「さもないと、こぶしをお見舞いするぞ」

「この子は私の姪《めい》だ」別の男性が大声を出した。「彼女のことは好きにさせてもらう」

「パトリシアはあんたといっしょにはどこへも行かない」ヒューゴーがきっぱりと言った。

「離れろ。こっちは命をかけて彼女を守るつもりでいるんだ」

「ウフトン」マサイアスが怒鳴った。「いったいどこにいる?」

「ここです」ウフトンが答えた。「すみません。扉の音が聞こえなかったもので。今少々とりこみ中でして」

「そっちはあとでいい。イモージェンが撃たれた」

イモージェンが目を開けると、心配そうな目でウフトンがのぞきこんできていた。「こんにちは、ウフトン」自分の声の弱々しさに思わず驚く。

「すぐに図書室にお運びください」

応接間の声がまた大きくなった。

「あれはパトリシアの恐るべき伯父様、ミスター・プールにちがいないわ」イモージェンがささやいた。「ここに訪ねてきたんでしょう、ウフトン？」

「レディ・パトリシアをいっしょにデヴォンへ連れ帰るとおっしゃっています」ウフトンが図書室の扉を開けながら言った。「ミスター・バグショーがそれに反対なさっているんです」

イモージェンはほほ笑んだ。「ヒューゴー、えらいわ」

その瞬間、応接間からまた激しい怒鳴り声が聞こえてきて、脂ぎった髪のひょろりとした男が開いた入口から飛び出し、玄関の間の床に伸びた。

その男は呆然としてしばらく大理石のタイルの上に横たわったままだったが、やがて細い顔を振り、マサイアスに敵意に満ちた目を向けた。せせら笑う口もとに黄色い歯がのぞく。ネズミを思わせる顔だった。

「なあ、あんたがコルチェスターにちがいないな」男は顎をこすりながら身を起こした。「私はパトリシアの伯父のプールだ。彼女を引きとりに来た。あの若造が言うには、彼女にここにいていいとあんたが許したそうだが」

ヒューゴーが入口に現れた。その後ろにパトリシアが心配そうに立っている。

「ほんとうさ」ヒューゴーは痛めた右手の節をもみながらなぐった相手を見下ろした。それから、マサイアスと目を合わせた。「このウジ虫のところへ戻すことはしないとパトリシアに約束したよな、コルチェスター？」

「ああ、した」マサイアスはイモージェンを腕に抱いたまま図書室に歩み入った。「そいつを追い出してくれ、バグショー」

「喜んで」

イモージェンのかすみがかかった目に、ヒューゴーがプールを立たせようと手を伸ばす姿が見えた。

「私にさわるな」プールはヒューゴーの手から逃れようとあとずさり、タイルの上を小走りに玄関の扉へ向かった。ヒューゴーがそのあとを追った。

プールの出ていった玄関の扉をヒューゴーが思いきり閉めると、パトリシアが玄関の間を横切って急いで近づいてきた。「イモージェンがどうかしたの？」

「レディ・リンドハーストに撃たれたんだ」マサイアスはイモージェンをそっとイルカのソファーに下ろした。

「なんてこと」パトリシアは小声で言った。「だ、大丈夫なの？」

「ああ」マサイアスは言った。血の誓いのこもった、重みのあるひとことだった。

イモージェンはソファーの肘かけに身をあずけ、相手を励ます笑みに見えますようにと願いながらほほ笑んだ。「大丈夫よ。みんな、そんな心配そうな顔をしなくていいわ」

「傷の状態を見せてください」傷を調べるためにウフトンが、イモージェンにぴったりくっついているマサイアスをどうにか脇に押しのけた。

「どうかしら？」イモージェンが訊いた。まわりのものはもうぐるぐるとまわってはいなかった。時間がたつにつれて気分はよくなってきていた。

ウフトンは満足した顔でうなずいた。「傷は浅いものです、奥様。すぐによくなりますよ」ウフトンはブランデーの瓶に手を伸ばした。「ごくんと飲んでいただけますか？」

イモージェンは目をしばたたいた。「なんていい考えなの、ウフトン」

イモージェンはウフトンが強いブランデーを大量に喉に流しこむにまかせた。酒は喉から胃までを焼くようだったが、血管に喜ばしいあたたかさをもたらしてくれた。ブランデーを飲み終えると、イモージェンはまたまばたきをし、マサイアスにうっとりとほほ笑みかけた。彼は笑みを返してはくれず、それどころか、さらに険しい顔になった。

「奥様を押さえていていただけますか、旦那様？」ウフトンが小声で言った。

マサイアスはソファーの肘かけに腰を載せ、イモージェンの体をつかんで自分の脚に押さえつけた。その手はやさしかったが、押さえつける力は強かった。

「赦《ゆる》してくれ、イモージェン」とマサイアスは言った。

「赦すって何を？」イモージェンは顔をしかめて彼を見上げた。「あなたは赦しを乞うようなことは何もしていないわ。それどころか、今日の午後は勇敢そのものだった。ほんとうにわくわくしたわ。前々から、心のなかでは、あなたが行動的な人であるのはわかっていたのよ」

ウフトンが傷口にブランデーを注いだ。イモージェンは悲鳴を上げ、人生で二度目に気を失った。

21

三日後、イモージェンがまた図書室のザマー様式のソファーにすわり、ホレーシアとおしゃべりしているところへ、パトリシアがはいってきた。

「具合はいかが、イモージェン？」パトリシアはボンネットを脱ぎながら尋ねた。

「とてもいいわ、ありがとう」イモージェンは答えた。「肩が多少ずきずきするけど、ウフトンとブランデーの治療のおかげでいい具合に治ってきているわ」

「あのときのことを思い出させないで」パトリシアは顔をしかめ、縁に花飾りのついたボンネットをそばのテーブルに置いた。「そう、ウフトンが傷にブランデーを注げるようにあなたを押さえつけていたときのお兄様の顔は絶対に忘れないわ」

イモージェンは顔を輝かせた。「どんな顔だったというの？」

「誰かを殺してやりたいって顔だった」パトリシアは腰を下ろしてお茶のポットに手を伸ば

した。「あの瞬間、彼が〝冷血なコルチェスター〟と呼ばれた所以《ゆえん》がわかったぐらいよ」

「きっとわたしのことが心配だったんだわ」とイモージェンは言った。これから妻が経験する苦痛を予想して、マサイアスが心打たれるほどの苦悩の表情でいたと言ってくれたらよかったのにと思わずにいられなかった。でも、人を殺しそうな顔というのでも充分かもしれない。つまりは深い感情を表したわけだから。

ホレーシアが、顔を上気させ、輝かせているパトリシアに目を向けた。「あなたは今日、とてもご機嫌みたいね、パトリシア。馬車に乗るのはたのしかったの？」

「ええ、とても」パトリシアの頰の赤みが増した。「とてもたのしかったわ。ヒューゴーってほんとうに手綱さばきが上手なの。公園で注目の的だった。ところで、イモージェン、彼がよろしくですって。今晩のシェルトン家の夜会で会えなくて残念だって言っていたわ」

イモージェンは鼻に皺を寄せた。「マサイアスが二週間は家から出てはだめだと言うのよ。それについては絶対に譲らないの。これまでのところ、その決意を翻《ひるがえ》すことはできていないわ」

「このあいだ恐ろしい思いをさせられたからだって言ってるわ」パトリシアはお茶をカップに注いでポットを下ろした。「自分の繊細な神経が回復するには何週間もかかるだろうって言っていた」

「ふうん」イモージェンはお茶を飲んだ。「最近マサイアスって自分に都合のいいときだけ、心配性だとか繊細な神経だとか言う気がするわ。そうじゃないときはそんなこと、まるで気にもとめないようなのに」

パトリシアは笑った。「あなたの言うとおりだと思うわ。でも、今週開かれるパーティーや舞踏会に出られないのは気の毒ね。あなたと兄はロンドンのありとあらゆる催しで一番の話題の的になるでしょうに。今日、公園でヒューゴーとわたしの馬車は何度も停められたのよ。ザマー協会の博物館で起こった恐ろしい出来事について、みんなが知りたがっていた」

ホレーシアが忍び笑いをもらした。「コルチェスターが二週間は招待に応じてはいけないとイモージェンに言い渡した一番の理由はそれだと思うわ。社交界の面々の好奇心を満足させてやろうなんて気は毛頭ないからよ」

「まさしくそのとおりですよ、ホレーシア」図書室の入口からマサイアスが言った。「ぼくの神経に多大な影響を与えてくれた事柄について礼儀正しい会話を交わすより、ましなことはいくらでもありますからね」

「ああ、帰ったのね、マサイアス」イモージェンは夫にほほ笑みかけた。「あなたを待っていたのよ。お友達のフェリックスは探していた情報を手に入れていた?」

「ああ」マサイアスは妻のそばへ行って身をかがめ、自分のものと示すように唇にすばやくキスをした。

「どんな情報？」とパトリシアが訊いた。

イモージェンは彼女にちらりと目を向けた。「あら、もちろん、北部で何があったのかという疑問に対する答えよ。そう、アラステアと彼の妹は何も白状しようとしないから。ルーシーが知ることになった彼らの暗い秘密が、日記にそのまま書かれてはいなかったと踏んでいるのね――そのとおりだけど」

「でも、イモージェンとぼくが手に入れた情報とフェリックス・グラストンが見つけた情報を合わせてみて、ようやく全容がわかってきたんだ」マサイアスはソファーのイモージェンの隣に腰を下ろし、ホレーシアに目を向けた。「きっとあなたにはかなり興味深いと思ってもらえるはずです」

「どうして？」とホレーシアが訊いた。

「悪名高きダンストーク・キャッスルの悪魔の双子についての恐ろしい噂を覚えていますか？」

「もちろんよ」ホレーシアは目をみはった。「まさか、ミスター・ドレイクとレディ・リンドハーストが悪魔の双子だっていうんじゃないでしょうね」

「それが真相です」とマサイアスは答えた。

パトリシアは当惑して眉根を寄せた。「でも、あのふたりは双子に見えないわ」「双子がみんな似ているわけじゃないのよ」イモージェンはそう言ってマサイアスのためにカップにお茶を注ごうとポットに手を伸ばした。

「そのとおり」マサイアスは顔をしかめた。「さあ、ぼくにやらせてくれ。きみはまだあまり動いちゃだめだ」そう言ってイモージェンの手からポットをとり上げた。「セリーナとドレイクは老いたダンストーク卿を殺し、邸宅に火をつけて逃げたんだ。噂されていたとおりにね。さらには、ダンストーク卿が持っていた宝石を山ほど持ち出した。この三年、彼らはそれを売った金で暮らしてきたんだ」

イモージェンの想像力がすばやくふくらみ、欠けている部分をおぎなった。「それで、別人になりすましてロンドンにやってきたのね。それらしく見せかける財力と、自分の選んだ役割をまっとうする演技力もあったから、誰も彼らを疑おうとは思わなかった」

マサイアスは自分でお茶を注ぎ、腰をソファーに戻して言った。「ただ、ロンドンに来てみたら、社交界は悪魔の双子の噂でもちきりだった。身もとのよくわからない兄と妹が突然社交界に現れたら、疑われることになる。そこで、念には念を入れるために、兄妹であることは秘密にすることにした」

「その後、噂が鎮まってからも、その秘密は守らなければならなかった」ホレーシアがつぶやくように言った。「何カ月も兄妹じゃない振りをしていたあとで、じつは兄と妹だったとは言えなかったでしょうからね」

「そのとおり」マサイアスは言った。「でも、そんなときにドレイクがルーシーと関係を持つようになった。そしてそのあいだに口がすべってルーシーが疑いを抱くようなことをもらしてしまったわけだ。おそらく、芝居をしていたとか、自分には演技力があるとか、そういうことだろう。何にしても、ルーシーはランナーを雇うことにし、その結果、興味深い事実を知ったにちがいない」

イモージェンは考えこんだ。「それから三年もたってから、ヴァネック卿がルーシーの日記を見つけた。彼は秘密がなんであるか正確には知らなかったけど、なんらかの秘密があるということはわかった。それで充分だったのね。お金が必要だった彼はアラステアをゆすろうと決めた」

「ルーシーが知っていたことを自分も知っているとドレイクに思わせたんだが、その過程で自分の死刑執行書にサインすることになってしまった」マサイアスがあとを引きとって言った。「ドレイクと彼の妹にとっては社交界がすべてだったからね。自分たちが手に入れた立場を守るためなら、人を殺すことも辞さないほどに」

パトリシアは身震いした。「しばり首になると思う？」

「それよりは、オーストラリアに送られる可能性が高いだろうね」マサイアスは答えた。「ああいう連中にはお決まりの運命さ。今はもう罪人をアメリカに送ることはなくなったから」

イモージェンは顔をしかめた。「セリーナとアラステアは植民地でとてもうまくやっていく気がするわ」

今度は黒いカーテンの寝室だった。なぜかもうすぐ深夜零時になるのがわかった。窓が開いていて、冷たい夜気が蠟燭の炎を揺らしている。マサイアスの姿はない。彼の名を呼びながらゆっくりと振り返るが、答えは返ってこない。

突然、動揺の波に襲われる。マサイアスを見つけなければ。部屋を出て、叔父のセルウィンの葬送品にあふれた家のなかを駆けまわる。恐怖と絶望に心をむしばまれながら。彼を見つけなければ、この恐ろしい霊廟《れいびょう》のなかでふたりとも永遠に迷子になってしまう……。

邸宅のすべての暗い部屋を探し、残るは図書室だけとなる。開けるのが怖くてたまらず、閉まったままの扉を見つめる。マサイアスがなかにいなければ、永遠に彼を見つけることはできないだろう。どちらも永遠にひとりぼっちになってしまう。

ゆっくりと手を伸ばしてノブをひねる……。

「おはよう、イモージェン」とマサイアスが言った。

夢のかけらが一瞬で霧散した。イモージェンが目を開けると、マサイアスがベッドの足もとに立っていた。彫刻をほどこした小さな箱を脇に抱え、手には〈ザマリアン・レビュー〉を持っている。

「起こしてすまない」彼は言った。「でも、〈レビュー〉の最新号が届いたのをきみが知りたいかと思ってね。あの傲慢で、僭越《せんえつ》で、尊大なI・A・ストーンが今度は何を書いたか、きみには想像もつかないだろうよ」

イモージェンはあくびをして身を起こし、枕に背をあずけた。ひそかにマサイアスを見つめる。シャツとズボン姿の彼はとてもたくましく、とても現実味があった。髪にひと筋はいった冷たい銀色の房が陽光を浴びて光っている。目は夜明けの空のようなすっきりとした灰色だ。

突然、窓から陽光が燦々《さんさん》と射しこんでいることに気がついた。「いやだ、今、何時?」

「まだ十時にならないさ」マサイアスはおもしろがる顔になった。

「あり得ないわ。そんなに寝過ごすことなんてないもの」イモージェンはドレッサーの上の時計に目を凝らした。たしかに十時五分前だ。「あなたのせいよ。昨日の晩、ずっと寝かせてくれなかったから」

マサイアスはいたずらっぽい笑みを浮かべてみせた。「ザマー人の婚姻についての巻物に書かれている体位の半分を実践したいときみが言い張ったからじゃないか、イモージェン」

イモージェンは情熱のひとときを思い出して顔を赤らめた。「半分じゃないわ。とくにおもしろそうだったいくつかを選んだだけよ」

「たしか、そのどれもが女性が上に来る体位だった」マサイアスの笑みが深くなった。「でも、心配は要らないよ。きみが主導権をにぎったときにぼくの血が熱くなるのはきみも知ってのとおりさ」マサイアスはベッドをまわりこんで彼女に近づき、〈レビュー〉を手渡した。

「わたしが書いた論文を見せるためにわたしを起こしたの？」イモージェンは興味を覚えながら訊き、〈レビュー〉を開いた。

「まあ、じっさいにはちがう。そのせいで起こしたわけじゃない」

「あら、見て、マサイアス、編集者はあなたの論文よりも先にわたしの論文を載せているわ」

「ああ、わかってる」彼は言った。「でも、きみを起こした理由だが――」

「あなたの論文より先にわたしの論文を載せてくれたのは今回がはじめてよ」イモージェンは興奮を募らせながら言った。「たぶん、ついにわたしの解釈もあなたの解釈と同じぐらい理にかなった興味深いものとみなされたんだわ」

「そのことについては編集者と話をするつもりだ。そのいまいましい雑誌をつくったのがぼくだということを忘れてしまっているようだからね」マサイアスはベッドの端に腰かけた。

「でも、まずはきみに渡したいものがあるんだ」

「ちょっと待って。ザマーの神話に登場するザマリスとアニザマラの関係について、前の号でわたしが書いた論文に、意見する手紙が寄せられていないかどうかたしかめさせて」

「きみに渡したいものがあるんだ、イモージェン」

「ああ、あの愚かなブレッドロウからの手紙が載ってるわ。わたしの解釈に反論してくることはわかっていたのよ」イモージェンはそこでことばを止めた。「今なんて言ったの?」

マサイアスはかすかな笑みを浮かべた。「きみに贈りたいものがあるんだ」

「すてき」彼が何かとても重要なことを言おうとしているのがわかった。「その箱のなかにはいっているもの?」

「ああ」マサイアスは彫刻をほどこされた箱を彼女の手に載せた。

イモージェンはゆっくりとふたを開けてなかをのぞきこんだ。

なかには、黒いヴェルヴェットに包まれた、手の大きさぐらいのすばらしいものがはいっていた。金でつくられ、片側には古代ザマー語の細かい文字が刻まれている。もう一方の側には、このうえなく美しい宝石や水晶が散りばめられていた。神々しく光り輝くその物体が現実のものとは信じられないほどだった。

「女王の印章ね」イモージェンはかすれた声で言った。

「ラトリッジがぼくを殺そうと思う原因となった遺物さ」

イモージェンは彼の目を探るようにのぞきこんだ。「ずっとあなたが持っていたというの？　隠し持っていて、伝説が広がるにまかせていたと？」

マサイアスは小さく肩をすくめた。「ああ。ぼくにとっては亡霊みたいなものだったからね」

「どうしてわたしにくれるの？」

マサイアスは優美な指で彼女の頬に触れた。「きみのおかげで亡霊たちから救われたからさ。きみはぼくのアニザマラなんだ」

「ああ、マサイアス。とても愛しているわ」イモージェンは貴重な印章を脇に放って彼に手を伸ばした。

「それを聞いてうれしいよ」マサイアスは印章がベッドから床に転がり落ちる前につかみ、そっとベッド脇のテーブルに置いた。「ぼくもきみを愛しているから。死ぬまで、いや、死んでからもきみを愛するよ」

「それは約束なの？」

「ああ。これまで結んだなかで一番大事な約束だ」

イモージェンは彼の首に腕を巻きつけ、幸福に満ちた情熱とともに彼を自分の上に引き寄せた。コルチェスターが必ず約束を守る人間であることは世の誰もが知っていた。

著者あとがき

〝ぞっとするような〟小説――ロマンティック・ゴシック・ホラーと呼ばれる、背筋も凍るような話――が、一八〇〇年代初頭に広く人気を博しました。そのジャンルでもっとも成功した作家たちは女性でした。当時、ジェーン・オースティンやパーシー・シェリーなどの有名作家を含むありとあらゆる人々がそのジャンルの本を読んでいました。とはいえ、誰もがそうした小説を認めていたわけではありません。

書評家たちはスリルと陰鬱な謎を好む風潮を嘆いていました。それでも、〝*The Mysterious Hand, or, Subterranean Horrors*〟や〝*The Enchanted Head*〟などは熱狂的な読者を獲得していました。

結局、書評家たちによって、ほとんどのホラー小説やその作家たちは社会的に認められる文学界からは排除されてしまいましたが、どれほど酷評されようとも、読者の熱意をそぐことにはなりませんでした。そうした物語の本質があまりに力強く、それを抑制することはできなかったのです。

今日《こんにち》、英文学のクラスでホラー小説を学ぶことはありませんが、だからといって、その影響を強く感じないというわけではありません。ゴシック・ホラーの書き手たちは、現代の一般的なフィクションにいまだに影響を与えています。ロマンスや、ＳＦや、ファンタジーや、サスペンスや、ホラーといった分野の作品がとくに彼らの恩恵を受けています。

ちなみに、現代まで読みつがれているホラー小説があります。それが一八一八年にはじめて出版されたときには、〈クォータリー・レビュー〉の書評家たちはこぞって散々に酷評しました。それでも、現代の誰もがその題名を知っています。その小説はメアリー・シェリーの『フランケンシュタイン』です。

何かを証明するのに、一冊の本があれば事足りることもあるのです。

訳者あとがき

ヒストリカル・ロマンスの名手、アマンダ・クイックの『時のかけらを紡いで』（原題 *Mischief*）をお届けします。

アマンダ・クイック名義のヒストリカル作品に加え、ジェイン・アン・クレンツ名義でコンテンポラリー作品を、ジェイン・キャッスル名義で未来を舞台にした作品を数多く発表し、パラノーマル物やラブ・サスペンスなど、多種多様な物語で読者をたのしませてくれているクイックですが、本書はゴシック・ホラーのような不気味な雰囲気ではじまります。

マサイアス・マーシャルことコルチェスター伯爵は、失われた古代帝国ザマーを発掘し、ザマーの権威として有名な人物ですが、イモージェン・ウォーターストーンという女性からの謎の呼び出しに応じ、真夜中に、田舎にある、亡くなった彼女の叔父セルウィンの家にやってきます。古代の葬送品を集めていたセルウィンの家は巨大な霊廟のようで、出迎えてくれる人間もいないまま、マサイアスはある部屋に置かれていた石棺のなかで一夜を過ごします。

翌朝、その部屋に現れたイモージェンは、セルウィンに恩があるマサイアスに、ある計画への協力を頼みます。三年前に自殺した親友のルーシーがじつは夫ヴァネックに殺されたのではないかと疑うイモージェンは、ヴァネックに復讐しようと考えていたのです。亡くなったセルウィンから遺産を受けとったイモージェンは、ふたたびロンドンの社交界に出て、叔父からザマーの貴重な宝のありかを示す地図を受け継いだと嘘の噂を流すつもりでいました。金銭的苦境にあえいでいるヴァネックはその嘘に食いついてくるにちがいなく、そうなったら、彼に大勢の投資家と共同事業体を組織させてザマーへ向かわせ、あとになって宝の場所を示す地図が偽りだと明らかにすれば、ヴァネックは信用と名誉を失い、社会的制裁を受けるにちがいないと考えたからです。

マサイアスはその嘘に信憑性を持たせるために、イモージェンに関心を持った振りをしてほしいと頼まれます。三年前、評判に瑕のつくような出来事があり、社交界から〃慎みのないイモージェン〟というあだ名を頂戴している彼女に、伯爵であるマサイアスが本気で関心を寄せるはずはないとヴァネックは思うにちがいなく、そこで地図の噂を流せば、ザマーの権威のマサイアスが関心を寄せるなら地図は本物だとヴァネックに信じさせることができるからです。最初は協力することに難色を示していたマサイアスでしたが、なぜかイモージェンにうまく乗せられ、彼女の計画に力を貸すことになってしまいます。

ロンドンの社交界で計画を実行に移すイモージェンとマサイアスですが、ヴァネックをだますために互いに関心のある振りをするつもりが、じっさいに惹かれ合うようになってしまい、復讐計画は思いもよらぬ方向へとそれていってしまいます。そこへヴァネックのみならず、イモージェンの叔母ホレーシアや、イモージェンがかつて淡い恋心を抱いていたアラステア、マサイアスの異母妹のパトリシア、マサイアスの友人セリーナ、マサイアスに復讐心を燃やすヒューゴーなど、さまざまな個性の人たちが複雑にからんできて、ふたりの恋はスリリングに展開していきます。

クイックの作品では、風変わりなヒロインと危険な雰囲気を持つ謎めいたヒーローが定石ですが、本書も例外ではありません。ちょっとおっちょこちょいで思いこみが激しいものの、勇敢で正義感あふれるイモージェンは、社交界での評判や噂に惑わされることなく、物事の真の価値を見極められる女性です。マサイアスにザマーの太陽の女神アニザマラにたとえられるように、人々をあたたかく照らす、愛すべき存在と言えます。

不仲だった両親のせいで心に傷を抱えるマサイアスは、社交界で〝冷血なコルチェスター〟と恐れられている人物で、イモージェンにザマーの夜の神ザマリスを思い起こさせる謎めいた影のある男性ですが、イモージェンとかかわることで、本来のやさしく思いやり深い自分をとり戻していきます。過去の亡霊にとりつかれている彼の暗い心理は非常に細やかに描かれており、誰しも感情移入せずにはいられない人物です。

著者はこれまでさまざまなペンネームを使って百六十冊あまりの作品を発表しており、アマンダ・クイック名義の作品も現在までに三十冊あまり発表されています。本書はそのうち十二作品目と、わりと初期に発表されたものですが、すでに邦訳されている、やはり初期の『満ち潮の誘惑』（原題 *Ravished*）や『香り舞う島に呼ばれて』（原題 *Desire*）同様、非常に完成度の高い作品になっています。架空の古代王国ザマーを登場させ、古代ザマーの謎とイモージェンの親友ルーシーの死の謎を複雑にからみ合わせたミステリアスなストーリーで、主人公たちを翻弄するような出来事が次から次へと起こるスリリングな展開には惹きこまれずにいられません。魅力的な登場人物たちの造形と細やかな心理描写もクイックならではで、ヒストリカル・ロマンス界随一のストーリーテラー、アマンダ・クイックの面目躍如といった作品になっています。

本書のように、クイックの初期の作品のなかにも、まだまだご紹介したい魅力的な作品が多数眠っております。いずれ順次ご紹介していけたら幸いです。

二〇一五年　十二月

MISCHIEF by Amanda Quick
Copyright © 1996 by Jayne Ann Krentz
Japanese translation rights arranged with
The Axelrod Agency through Japan UNI Agency, Inc.

時のかけらを紡いで

著者　アマンダ・クイック

訳者　高橋佳奈子《たかはしかなこ》

2016年1月30日　初版第1刷発行

発行人　鈴木徹也

発行所　ヴィレッジブックス
〒150-0031 東京都渋谷区桜丘町18-6 日本会館5階
電話 03-6452-5479
http://www.villagebooks.co.jp

印刷所　中央精版印刷株式会社

ブックデザイン　鈴木成一デザイン室

本書の無断複写・複製・転載を禁じます。乱丁、落丁本はお取り替えいたします。

定価はカバーに明記してあります。

©2016 villagebooks ISBN978-4-86491-261-7 Printed in Japan

アマンダ・クイックの好評既刊

夢見る赤毛の妖精

アマンダ・クイック
高橋恭美子＝訳

わたしがほしいのは、妻の座よりも本物の愛情。

過去の過ちがもとで疵物と言われる令嬢。
過去の恨みを晴らすために彼女を利用しようとする伯爵。
ふたりの出会いが招くものは?

定価：本体920円＋税 ISBN978-4-86491-200-6